U0571168

[唐]杜甫 著

謝思煒 校注

杜甫集校注

丙申夏 一清

杜工部集卷第十八

近體詩五十七首 自公安發次岳州及湖南作

曉發公安數月憩息此縣①〔一〕

北城擊柝復欲罷，東方明星亦不遲〔二〕。鄰鷄野哭如昨日，物色生態能幾時②？舟楫眇然自此去，江湖遠適無前期。此門轉眄已陳迹③，藥餌扶吾隨所之〔三〕。（1352）

【校】

① 曉發公安數月憩息此縣，「數月憩息此縣」錢箋小字。

② 生態，宋本、錢箋校：「一作生生。」

③ 此，錢箋作「出」。

【注】

黄鶴注：大曆三年（七六八）秋，公移居公安。冬，深入岳陽。此詩作於其時。

〔一〕曉發公安：陸游《入蜀記》卷五：「老杜《曉發公安》詩注云：數月憩息此縣。按公《移居公安》詩云：水烟通徑草，秋露接園葵。而《留別公安太易沙門》詩云：沙村白雪仍含凍，江縣紅梅已放春。則是以秋至此縣，暮冬始去。其曰數月憩息，蓋謂此也。」

〔二〕北城二句：擊柝，見卷一四《將曉二首》（0949）注。《詩・小雅・大東》：「東有啓明，西有長庚。」傳：「日旦出謂明星爲啓明，日既入謂明星爲長庚。」《爾雅・釋天》：「明星謂之啓明。」注：「太白星也。晨見東方爲啓明，昏見西方爲太白。」

〔三〕此門二句：《趙次公先後解》：「此門之義未曉，豈指石門者乎？」曹植《洛神賦》：「轉眄流精，光潤玉顔。」王羲之《蘭亭序》：「俯仰之間，已爲陳跡。」謝靈運《游南亭》：「藥餌情所止，衰疾忽在期。」

《趙次公先後解》：「此篇蓋吴體矣。」王嗣奭《杜臆》：「七言律之變至此而極妙，亦至此而神。此老杜夔州以後詩，七言律無一篇不妙，真山谷所云不煩繩削而合者。」仇注：「唐人作拗體律詩，平仄多有失粘處。明季蕭雲從作《杜律細》，平仄用轉音，改拗從順，雖考證詳洽，但恐多此轉折耳。如此章仄聲七字改作平聲，欲字音迂……罷字即疲，叶遲……方字音訪……亦音放。昨字音槎……態音臺……自當音私……已字音遺。」

泊岳陽城下〔一〕

江國逾千里，山城僅百層〔二〕。岸風翻夕浪，舟雪灑寒燈。留滯才雖盡①〔三〕，艱危氣益增。圖南未可料，變化有鯤鵬〔四〕。（1353）

【校】

① 雖，錢箋作「難」。

【注】

黄鶴注：當是大曆三年（七六八）冬深作。

〔一〕岳陽：見卷六《寄韓諫議》（0278）注。

〔二〕僅：將及，言其多。劉孝威《謝東宮賜聖僧餘饌啓》：「石崇芳果，金谷僅於萬株；陳湯木滋，杜陵幾於千樹。」

〔三〕留滯句：《史記·太史公自序》：「是歲天子始建漢家之封，而太史公留滯周南。」才盡，見卷八《送顧八分文學適洪吉州》(0389)注。

〔四〕圖南二句：《莊子·逍遥游》：「窮髮之北有冥海者，天池也。有魚焉，其廣數千里，未有知其修者，其名爲鯤。有鳥焉，其名爲鵬，背若太山，翼若垂天之雲，摶扶摇羊角而上者九萬里，絶雲氣，負青天，然後圖南，且適南冥也。」

纜船苦風戲題四韻奉簡鄭十三判官泛〔一〕

楚岸朔風疾，天寒鶬鴰呼〔二〕。漲沙霾草樹，舞雪渡江湖。吹帽時時落〔三〕，維舟日日孤。因聲置驛外，爲覓酒家壚〔四〕。（1354）

【注】

黄鶴注：當是大曆三年（七六八）在岳陽時作。

〔一〕鄭泛：事迹不詳。

〔二〕楚岸二句：班固《西都賦》：「鶬鴰鴇鶂。」《文選》李善注：「《爾雅》曰：鶬，麋鴰也。鴰音括。

郭璞曰：即鶬鴰也。」

〔三〕吹帽：見卷九《九日藍田崔氏莊》（0484）注。

〔四〕因聲二句：仇注：「因聲，猶云寄語。」張九齡《送使廣州》：「因聲謝遠別，緣義不緣名。」孟浩然《送崔遏》：「因聲兩京舊，誰念卧漳濱。」按，因聲與寄語義稍有別，也可表示對對方直接表達某意。置驛，見卷一三《贈王二十四侍御契四十韻》（0869）「鄭驛」注。酒壚，見卷七《遣懷》（0360）注。

登岳陽樓①

昔聞洞庭水，今上岳陽樓〔一〕。吴楚東南坼，乾坤日夜浮〔二〕。親朋無一字，老病有孤舟。戎馬關山北，憑軒涕泗流。（1355）

【校】

① 登岳陽樓，《文苑英華》作「登岳陽樓望洞庭」。

【注】

黃鶴注：當是大曆三年（七六八）作。

〔一〕昔聞二句：范致明《岳陽風土記》：「岳陽樓，城西門樓也。下瞰洞庭，景物寬闊。唐開元四年，中書令張説除守此州，每與才士登樓賦詩，自爾名著。其後太守於樓北百步復創樓，名曰燕公樓。」《方輿勝覽》卷二九岳州：「岳陽樓，在郡治西南，西面洞庭，左顧君山，不知創始爲誰。唐開元四年，中書令張説出守是邦，日與才士登臨賦詠，自爾名著。」

〔二〕吴楚二句：《史記・魯仲連鄒陽列傳》：「天崩地坼。」《水經注》湘水：「羅君章《湘中記》曰：湘水之出於陽朔，則觴爲之舟，至洞庭，日月若出入於其中也。」《拾遺記》卷一〇：「洞庭山浮於水上，其下有金堂數百間，玉女居之。」趙翼《甌北詩話》卷一二：「春秋時洞庭左右皆楚地，無吴地也。若以孫吴與蜀分湘水爲界，則當云吴蜀東南坼。且以天下地勢而論，洞庭尚在西南，亦難指爲東南。少陵從蜀東下，但覺其在東南故耳。」

强幼安《唐子西文録》：「過岳陽樓，觀子美詩，不過四十字耳，氣象閎放，涵蓄深遠，殆與洞庭爭雄，所謂富哉言乎者。太白、退之輩率爲大篇，極其筆力，終不逮也。杜詩雖小而大，餘詩雖大而小。」

曾季貍《艇齋詩話》：「老杜有《岳陽樓》詩，孟浩然亦有。浩然雖不及老杜，然『氣蒸雲夢澤，波撼岳陽城』，亦自雄壯。」

王夫之《薑齋詩話》卷下：「『親朋無一字，老病有孤舟』，自然是登岳陽樓詩。嘗試設身作杜陵，憑軒遠望觀，則心目中二語居然出現，此亦情中景也。孟浩然以舟楫、垂釣鈎鎖合題，却自全無干涉。」

陪裴使君登岳陽樓〔一〕

湖闊兼雲霧，樓孤屬晚晴。禮加徐孺子，詩接謝宣城〔二〕。雪岸叢梅發，春泥百草生。敢違漁父問，從此更南征〔三〕。（1356）

【注】

黄鶴注：當是大曆四年（七六九）初春作，裴使君必岳守。

〔一〕裴使君：名不詳。

〔二〕禮加二句：徐孺子，見卷一六《奉送韋中丞之晉赴湖南》（1174）注。謝宣城，謝朓。《趙次公先後解》：「徐孺子，公自比也。」「謝宣城，蓋以比裴使君也。」

〔三〕敢違二句：漁父，見卷一〇《秦州見勅目薛三璩授司議郎畢四曜除監察與二子有故遠喜遷官兼述索居凡三十韻》（0609）注。《楚辭·離騷》：「濟沅湘以南征兮，就重華而陳詞。」

過南岳入洞庭湖〔一〕

洪波忽争道，岸轉異江湖。鄂渚分雲樹，衡山引舳艫〔二〕。翠牙穿裛槳①，碧節上寒蒲②〔三〕。病渴身何去〔四〕，春生力更無。壤童犂雨雪，漁屋架泥塗。欹側風帆滿，微冥水驛孤。悠悠回赤壁，浩浩略蒼梧〔五〕。帝子留遺恨，曹公屈壯圖〔六〕。聖朝光御極，殘孽駐艱虞〔七〕。才淑隨厮養，名賢隱鍛鑪〔八〕。邵平元入漢，張翰後歸吴〔九〕。莫怪啼痕數，危檣逐夜烏〔一〇〕。（1357）

【校】

① 槳，錢箋校：「荆作蔣。」《草堂》校：「王荆公作蔣。」

② 上，錢箋校：「一云吐。」《草堂》作「吐」，校：「一作上。」

【注】

〔一〕《趙次公先後解》：今題蓋欲過往南岳而入洞庭湖以去也。黄鶴注：當是大曆四年（七六九）自潭州回岳陽作。朱鶴齡注：此詩大曆四年正月，公由岳陽之潭州時作。

〔一〕南岳：衡山。見卷八《過津口》(0395)注。洞庭湖，見卷七《寄薛三郎中據》(0363)注。

〔二〕鄂渚二句：《楚辭・九章・涉江》：「乘鄂渚而反顧兮，欸秋冬之緒風。」補注：「鄂州，武昌縣地是也。隋以鄂渚爲名。」郭璞《江賦》：「舳艫相屬，萬里連檣。」《文選》李善注：「《説文》曰：舳，舟尾也。艫，船頭也。」

〔三〕翠牙二句：《趙次公先後解》：「今詳其義，乃菰蔣之蔣耳。蓋浦有節而蔣有牙也。」褭爲纏繞義，見卷六《牽牛織女》(0293)注。又指褭香，見卷一一《狂夫》(0620)注。

〔四〕病渴：見卷六《同元使君春陵行》(0276)注。

〔五〕悠悠二句：赤壁，見卷八《醉歌行》(0375)注。蒼梧，見卷一六《奉送十七舅下邵桂》(1182)注。

〔六〕帝子二句：帝子，見卷七《追酬故高蜀州人日見寄》(0384)注。《三國志・魏書・武帝紀》：「(建安十三年)十二月，孫權爲備攻合肥。公自江陵征備，至巴丘，遣張憙救合服。權聞憙至，乃走。公至赤壁，與備戰，不利。於是大疫，吏士多死者，乃引軍還。備遂有荆州、江南諸郡。」

〔七〕聖朝二句：《趙次公先後解》：「蓋時上雖復長安已七八年矣，而吐蕃之孽未息。」朱鶴齡注：「殘孽，謂河北諸降將。」

〔八〕才淑二句：《史記・淮陰侯列傳》：「夫隨廝養之役者，失萬乘之權。」隱鍛鑪，見卷九《贈比部蕭郎中十兄》(0476)注。

〔九〕邵平二句：召平，見卷二《喜晴》(0077)「東門瓜」注。張翰，見卷一二《嚴中丞枉駕見過》(0729)注。

〔一〇〕危檣句：檣烏，《趙次公先後解》：「言檣上之烏夜宿也。」參卷一七《大曆三年春白帝城放船出瞿唐峽久居夔府將適江陵漂泊有詩凡四十韻》(1308)注。

宿青草湖

洞庭猶在目，青草續爲名〔一〕。宿槳依農事，郵籤報水程〔二〕。寒冰争倚薄，雲月遞微明。湖雁雙雙起，人來故北征〔三〕。(1358)

【注】

黄鶴注：當是大曆四年(七六九)赴湖南時宿此。

〔一〕洞庭二句：見卷七《寄薛三郎中據》(0363)注。

〔二〕宿槳二句：《趙次公先後解》：「漏籌謂之郵籤，古詩云雞人司漏傳更籤是已。」朱鶴齡注：「驛館漏籌也。聽漏籌，則計程而宿，是報水程也。」按，郵指郵傳、郵驛。《唐會要》卷六一《館驛》：「(元和)五年正月，考功奏：諸道節度使、觀察等使，各選清强判官一人，專知郵驛。」王安石《貴州虞部使君訪及道舊竊有感惻因成小詩》：「郵籤忽報旌麾入，齋閣遥瞻組綬新。」呂南公《金陵遞中示到亨父老丈去年秋初見寄詩書捧詠無窮之意不勝私感因成四韻奉呈》：「郵籤初發去年書，歎息貧窮未破除。」皆指郵遞信函，與更漏無關。杜詩蓋亦指郵遞，自某郵驛至某處有里程，故云報水程。

〔三〕湖雁二句：《趙次公先後解》：「末句蓋有念鄉之意。雁乃北征，人之不如也。」

宿白沙驛 初過湖南五里〔一〕。

水宿仍餘照，人烟復此亭。驛邊沙舊白，湖外草新青。萬象皆春氣，孤槎自客星〔二〕。隨波無限月①，的的近南溟〔三〕。（1359）

【校】

①月，錢箋校：「一作景。」

【注】

黃鶴注：當是大曆四年（七六九）春赴湖南時經此。

〔一〕白沙驛：《水經注》湘水：「瀟者，水清深也。《湘中記》曰：湘川清照五六丈，下見底石，如樗蒲矢，五色鮮明，白沙如霜雪，赤崖若朝霞，是納瀟湘之名矣。」朱鶴齡注：「驛或以此名。」

按，《水經注》下文有：「湘水又逕白沙戍西，又北，右會東町口溳水也。」《嘉慶重修一統志》卷三五五長沙府：「白沙戍，在湘陰縣北五十七里湘江上。唐有驛，久裁。《水經注》：湘水又北逕白沙戍西。杜甫詩注：白沙驛，過湖南五里。」貫休有《避寇白沙驛作》。蓋各地多有同名者。

〔二〕孤槎：見卷一〇《秦州雜詩二十首》(0556)注。

〔三〕隨波二句：《莊子·逍遥游》：「是鳥也，海運則將徙於南冥。南冥者，天池也。」《趙次公先後解》：「的的者，月色之明的也。」何遜《日夕望江山贈魚司馬》：「的的帆向浦，團團日映洲。」蕭綱《詠梔子花》：「素華偏可憙，的的半臨池。」謂分明貌。

湘夫人祠〔一〕

肅肅湘妃廟〔二〕，空墻碧水春。蟲書玉佩蘚〔三〕，燕舞翠帷塵。晚泊登汀樹，微馨借渚蘋①〔四〕。蒼梧恨不盡，染淚在叢筠〔五〕。（1360）

【校】

① 馨借，錢箋校：「一作香借。」借，《草堂》校：「一作惜。」

【注】

黃鶴注：當是大曆四年（七六九）春作。

〔一〕湘夫人祠：《水經注》湘水：「湘水又逕黃陵亭西，右合黃陵水口，其水上承大湖，湖水西流，逕二妃廟南，世謂之黃陵廟也。言大舜之陟方也，二妃從征，溺於湘江。神游洞庭之淵，出入瀟湘之浦。瀟者，水清深也。《湘中記》曰：湘川清照五六丈，下見底石，如樗蒲矢，五色鮮明，白沙如霜雪，赤岸若朝霞，是納瀟湘之名矣。故民爲立祠于水側焉。荆州牧劉表刊石立碑，樹之於廟，以旌不朽之傳矣。」韓愈《黃陵廟碑》：「湘旁有廟曰黃陵，自前古以祠堯之二女、舜二妃者。庭有石碑，斷裂分散在地，其文剥缺，考《圖記》言：漢荆州牧劉表景升之立。題曰湘夫人碑。今驗其文，乃晋太康九年，又其額曰虞帝二妃之碑，非景升立者。」錢箋：「王逸注《楚辭》，以湘君爲水神，湘夫人乃二妃也。郭璞曰：天帝之二女，而處江爲神。江湘之有夫人，猶河洛之有虙妃也。……韓退之《黃陵廟碑》則以娥皇爲湘君，女英爲湘夫人。後世宗之。公此詩題曰湘夫人祠，蓋本王逸之説也。」

〔二〕肅肅句：《詩·大雅·思齊》：「雍雍在宫，肅肅在廟。」

〔三〕蟲書：許慎《説文解字叙》：「自爾秦書有八體：一曰大篆，二曰小篆，三曰刻符，四曰蟲書……」

〔四〕晚泊二句：《楚辭·九歌·湘夫人》：「帝子降兮北渚，目眇眇兮愁予。……鳥何萃兮蘋中，罾何爲兮木上。」

〔五〕蒼梧二句：見卷二《奉先劉少府新畫山水障歌》(0080)注。

祠南夕望

百丈牽江色〔一〕，孤舟泛日斜。興來猶杖屨，目斷更雲沙。山鬼迷春竹，湘娥倚暮花〔二〕。湖南清絶地，萬古一長嗟。(1361)

【注】

黄鶴注：與前篇同一時作。

〔一〕百丈：見卷七《秋風二首》(0316)注。

〔二〕山鬼二句：《楚辭·九歌·山鬼》：「若有人兮山之阿，被薜荔兮帶女蘿。」張衡《西京賦》：「感河馮，懷湘娥。」《文選》李善注：「《楚辭》曰：帝子降兮北渚。王逸曰：言堯二女娥皇、女英，隨舜不及，墮湘水中，因爲湘夫人。」

登白馬潭〔一〕

水生春纜没，日出野船開。宿鳥行猶去〔二〕，叢花笑不來①。人人傷白首，處處接金杯。莫道新知要〔三〕，南征且未回。（1362）

【校】

① 叢花，錢箋校：「一作花叢。」

【注】

黄鶴注：當是大曆四年（七六九）赴湖南時作。

〔一〕白馬潭：《水經注》江水：「江水右會湘水，所謂江水會者也。……江水自彭城磯東逕如山北，北對隱磯，二磯之間有獨石孤立大江中，山東江浦，世謂之白馬口。」仇注引顧注引此。然其地在岳州東北，自非往潭州所經。又謂岳州巴陵縣有白馬湖，未詳所據。王嗣奭《杜臆》：「潭在上水，故云登。」仇注改「登」爲發。

〔二〕宿鳥句：董斯張《吹景集》卷六：「夫既行矣，而復曰猶去，與俗稱牙木梳何異哉？行當讀作杭，去當作失。蓋此詩發端云日出野船開，其不指日暮明甚。言舟行之早，林鳥之宿者已起而成行，而行子猶與之相失也。」仇注引《杜臆》：「此時宿鳥之成行者，猶且先我而去。」

〔三〕莫道句：《趙次公先後解》：「言爲新知之所要也。」仇注：「舊解爲要事，新説作招要解。」「義從平聲，讀用去聲。」

歸雁

聞道今春雁，南歸自廣州〔一〕。見花辭漲海，避雪到羅浮〔二〕。是物關兵氣，何時免客愁〔三〕？年年霜露隔，不過五湖秋〔四〕。（1363）

【注】

黄鶴注：當是大曆四年（七六九）春赴湖南時作，時吐蕃未寧。朱鶴齡注繫於大曆三年（七六八）。

〔一〕聞道二句：錢箋：「《唐會要》：大曆二年，嶺南節度使徐浩奏：十一月二十五日，當管懷集縣陽雁來。乞編入史。從之。先是五嶺之外，翔雁不到，浩以爲陽爲君德，雁隨陽者，臣歸君之象也。史稱浩貪而佞，公詩蓋深譏之。」事見《唐會要》卷二八《祥瑞》。謝靈運《山居賦》：「海鳥違風，朔禽避涼。」自注：「朔禽，雁也，寒月轉往衡陽。」《北堂書鈔》卷一六〇衡山：「回雁，

《地記》云：衡山一峰極高，雁不能過，遇春北歸，故名回雁。或曰峰勢如雁之回，故名。」《方輿勝覽》卷二四衡州：「回雁峰，在衡陽之南。雁至此不過，遇春而回，故名。或曰峰勢如雁之回。」

〔二〕見花二句：《初學記》卷六：「南海大海之别有漲海。」謝承《後漢書》曰：交趾七郡貢獻，皆從漲海出入。」羅浮，見卷八《詠懷二首》(0388)注。朱鶴齡注：「辭漲海，北徂也。到羅浮，南翔也。」

〔三〕是物二句：朱鶴齡注：「雁避雪極南，實窮陰寒沍驅之，是即兵氣所感。」盧元昌曰：「今日西北爲戎馬之鄉，東南少兵革之氣，雁避兵歸矣。」仇注：「北雁乘秋而至，此殺氣之可愁者。」按，兵法有占鳥。易静《兵要望江南》占鳥：「群鳥隊，飛去又飛來。不以下營並在路，此行千里足難回。仔細察天災。」又：「兵行次，軍上伯勞鳴。兆是軍分爲兩路，兼防禍起察姦情。主將要須明。」注：「古詩云：莫作東伯勞，西飛雁。故爲分軍之兆。」關兵氣者指此。

〔四〕五湖：朱鶴齡注：「此五湖當指洞庭湖言。」《史記·河渠書》索隱：「五湖者，郭璞《江賦》云具區、洮滆、彭蠡、青草、洞庭是也。」

野望

納納乾坤大〔一〕，行行郡國遥。雲山兼五嶺，風壤帶三苗〔二〕。野樹侵江闊，春

蒲長雪消。扁舟空老去，無補聖明朝。(1364)

【注】

黄鶴注：當是大曆四年（七六九）春作。

〔一〕納納句：《説文》：「納，絲濕納納也。」劉向《九歎》：「裳襜襜而含風兮，衣納納而掩露。」王逸注：「納納，濡濕貌也。」《趙次公先後解》：「公之意以納身天地之内猶納身於衣中之義耳。」解有偏離。

〔二〕雲山二句：五嶺，見卷一〇《寄李十二白二十韻》(0613)注。《書・大禹謨》傳：「三苗之國，左洞庭，右彭蠡。」《水經注》湘水：「（洞庭）湖之右岸有山，世謂之笛烏頭石。石北右會翁湖口。水上承翁湖，左合洞浦，所謂三苗之國左洞庭者也。」《元和郡縣圖志》卷二九潭州：「懷帝分荊州湘中諸郡置湘州，南以五嶺爲界，北以洞庭爲界，漢晋以來，亦爲重鎮。」

入喬口 長沙北界〔一〕。

漠漠舊京遠，遲遲歸路賒。殘年傍水國，落日對春華。樹蜜早蜂亂，江泥輕燕斜〔二〕。賈生骨已朽，悽惻近長沙〔三〕。(1365)

【注】

黃鶴注：當是大曆四年（七六九）春作。

〔一〕喬口：黃鶴注：「《唐志》：潭州有喬口鎮兵。《九域志》：喬口鎮在長沙縣。」《朝野僉載》卷六：「天后時將軍李楷固，契丹人也。……出爲潭州喬口鎮守將。」嘉靖《長沙府志》卷三益陽：「喬江，在治東八十里，資江分派，流經長沙喬口。」卷四關梁長沙：「喬口鎮，在縣西北九十里。」引杜甫詩。

〔二〕樹蜜二句：崔豹《古今注》卷下：「枳椇子，一名樹蜜，一名木餳，實形卷曲，核在實外，味甘美如餳蜜。一名白石，一名木實，一名枳椇。」《九家》杜《補遺》：「荆湘多此木，子美以記土地之所有也。」朱鶴齡注引《本草》陶隱居曰：木蜜，懸樹枝作之，色青白。謂即樹蜜，與「早蜂亂」應。按，《齊民要術》卷一〇：「《廣志》曰：木蜜樹，號千歲。根甚大，伐之，四五歲乃斷。取不腐者爲香。生南方。枳，木蜜，枝可食。《本草》曰：木蜜，一名木香。」《古今注》卷下：「木蜜，生南方，合體皆甜。軟皮及葉，皆可生啗。味如蜜，解煩止渴。其老枝及根幹，堅乂可食。細碎煮之，以爲蜜味，倍甘美。」《法苑珠林》卷四九：「《異物志》曰：木蜜香，名曰香樹。生千歲，根本甚大。先伐僵之，四五歲乃往看。歲月久，樹根惡者腐敗，唯中節堅貞，芬香獨在耳。《廣志》曰：木蜜出交州及西方。《本草經》曰：木香，一名蜜香。味辛温。」則木蜜亦有多說。朱注所引見《政和證類本草》卷二〇「石蜜」條，謂蜂結樹上所成。說似可從。

〔三〕賈生二句：見卷八《上水遣懷》(0390)注。

銅官渚守風〔一〕

不夜楚帆落①，避風湘渚間。水耕先浸草，春火更燒山〔二〕。早泊雲物晦，逆行波浪慳〔三〕。飛來雙白鶴〔四〕，過去杳難攀。(1366)

【校】

①不，錢箋、《草堂》校：「樊作亦。」《文苑英華》作「昨」。

【注】

黄鶴注：當是大曆四年（七六九）春作。

〔一〕銅官渚：《水經注》湘水：「高水……東北流注湘爲陵子口。湘水自高口戍東又北……得陵子口，湘水右岸銅官浦出焉。湘水又北逕銅官山，西臨湘水，山土紫色，内含雲母，故亦謂之雲母山也。」《方輿勝覽》卷二三潭州：「銅官渚，在寧鄉縣界三十里。《舊志》：楚鑄錢處。」按，其地在潭州北，亦將至潭州時所作。

〔二〕水耕二句：《趙次公先後解》：「紀楚俗之事也。」《漢書・武帝紀》：「江南之地，火耕水耨。」注：「應劭曰：燒草下水種稻，草與稻並生，高七八寸，因悉芟去，復下水灌之，草死獨稻長，所謂火耕水耨。」仇注：「浸草作糞，燒灰擁田，皆楚地春農事。」

〔三〕早泊二句：《趙次公先後解》：「其意謂有風則波浪暴起而不慳嗇，故欲行則等候風定而慳嗇時。」仇注：「慳，阻滯難行也。」慳有滯義。《敦煌變文集・祇園因由記》：「人乞與之，終無慳滯。」

〔四〕飛來句：《相和歌辭・艷歌何嘗行》：「飛來雙白鵠，乃從西北來。」鵠或作鶴。

北風 新康江口信宿方行〔一〕。

春生南國瘴，氣待北風蘇。向晚霾殘日，初宵鼓大鑪〔二〕。爽攜卑濕地，聲拔洞庭湖〔三〕。萬里魚龍伏，三更鳥獸呼。滌除貪破浪，愁絕付摧枯〔四〕。執熱沉沉在，凌寒往往須〔五〕。且知寬疾肺，不敢恨危途〔六〕。再宿煩舟子〔七〕，衰容問僕夫。今晨非盛怒〔八〕，便道即長驅。隱几看帆席，雲山涌坐隅。（1367）

【注】

黄鶴注：當是大曆四年（七六九）春暖喜得北風而作也。

〔一〕新康江口：《水經注》湘水：「溈水出益陽縣馬頭山，東逕新陽縣南，晉太康元年改曰新康矣。溈水又東入臨湘縣，歷溈口戍東，南注湘水。」《舊唐書・地理志》潭州：「益陽，漢縣。……武德四年，分置新康縣。七年，省入。」嘉靖《長沙府志》卷三寧鄉：「玉潭江，在治南半里。有三源，一出大溈山，一出芙蓉山，一出湘鄉之豐山。三水合流，環縣治而東，至新康口。」仇注：「公自潭至衡，於北風爲順，故喜而有作。」

〔二〕向晚二句：《詩・邶風・終風》：「終風且霾，惠然肯來。」傳：「霾，雨土也。」《莊子・大宗師》：「今一以天地爲大爐，以造化爲大冶。」《後漢書・何進傳》：「此猶鼓洪爐燎毛髮耳。」

〔三〕爽攜二句：《史記・屈原賈生列傳》：「賈生既辭往行，聞長沙卑濕。」

〔四〕滌除二句：《宋書・宗慤傳》：「願乘長風破萬里浪。」《漢書・異姓諸侯王表》：「摧枯朽者易爲力。」

〔五〕執熱二句：《詩・大雅・桑柔》：「誰能執熱，逝不以濯。」謝靈運《入華子崗》：「南州實炎德，桂樹凌寒山。」

〔六〕且知二句：邢邵《冬夜酬魏少傅直史館》：「體羸不盡帶，髮落强扶冠。夜景將欲近，夕息故無寬。」本書卷五《營屋》（0255）：「草茅雖薙葺，衰疾方少寬。」

〔七〕再宿：《左傳》莊公三年：「凡師，一宿爲舍，再宿爲信。」

〔八〕今晨句：宋玉《風賦》：「夫風生於地，起於青蘋之末，侵淫溪谷，盛怒於土囊之口。」

發潭州

夜醉長沙酒，曉行湘水春〔一〕。岸花飛送客，檣燕語留人。賈傅才未有，褚公書絶倫〔二〕。高名前後事，回首一傷神。褚永徽末放此州。（1368）

【注】

《趙次公先後解》編入大曆五年（七七〇）。黄鶴注：當是大曆四年（七六九）春自潭之衡時作。明年雖亦嘗去潭之衡，然是時已夏。按，卷八《宿鑿石浦》（0393）：「早宿賓從勞，仲春江山麗。」則此年甫至潭未久留，即往衡州。

〔一〕夜醉二句：《元和郡縣圖志》卷二九潭州長沙縣：「湘水，南自衡山縣界，流入於岳州湘陰縣界。」

〔二〕賈傅二句：賈傅，賈誼。褚公，褚遂良。《舊唐書·褚遂良傳》：「（永徽）六年，高宗將廢皇后王氏，立昭儀武氏爲皇后……左遷遂良潭州都督。」參卷一五《寄劉峽州伯華使君四十韻》（1032）注。

范温《潛溪詩眼》：「世俗喜綺麗，知文者能輕之。後生好風花，老大即厭之。然文章論當理與不當理耳，苟當於理，則綺麗風花同入於妙。苟不當理，則一切皆爲長語。……老杜云：『緑垂風折笋，紅綻雨肥梅』，『岸花飛送客，檣燕語留人』，亦極綺麗。其模寫景物，意自親切，所以妙絶古今。」

雙楓浦

輟棹青楓浦〔一〕，雙楓舊已摧。自驚衰謝力，不道棟梁材〔二〕。浪足浮紗帽，皮須截錦苔〔三〕。江邊地有主，暫借上天回〔四〕。（1369）

【注】

黄鶴注：大曆四年（七六九）去潭州時作。

〔一〕輟棹句：《方輿勝覽》卷二三潭州：「青楓浦，在瀏陽縣。」《嘉慶重修一統志》卷三五四長沙府：「淮川水……《舊志》：瀏水徑瀏陽縣西南三十五里，曰青楓浦，折而西入長沙縣。」「雙楓浦，在瀏縣南三十里瀏水中，一名青楓浦。」按，去潭之衡，不當東折入瀏陽。此或爲另一地。

〔二〕自驚二句：《趙次公先後解》：「蓋直以楓爲人而自比以爲言也。樹老而摧，如自驚駭其力衰謝，却不道材可充棟梁也。」仇注：「人但驚其精力已竭，又誰道未衰之先材堪棟梁乎？」

〔三〕浪足二句：《趙次公先後解》：「楓皮上有苔蘚，不能不滑，故須截去錦苔而後可乘也。」「欲乘此楓泛江而上天。」仇注：「波平而皮蘚半呈，如截錦苔。」

〔四〕江邊二句：《趙次公先後解》謂末句用乘槎事。朱鶴齡注引《異苑》：烏傷陳氏女，未醮，著履，徑上大楓樹顛，了無危怖，舉手辭決家人而去，飄聳輕越，移時乃没。

回棹

宿昔世安命①，自私猶畏天〔一〕。勞生繫一物，爲客費多年〔二〕。衡岳江湖大，蒸池疫癘偏〔三〕。散才嬰薄俗②，有迹負前賢〔四〕。巾拂那關眼〔五〕，瓶罍易滿船。火雲滋垢膩，凍雨裛沈綿③〔六〕。强飯蓴添滑，端居茗續煎〔七〕。清思漢水上，凉憶峴山巔〔八〕。順浪翻堪倚，回帆又省牽〔九〕。吾家碑不昧，王氏井依然〔一〇〕。几杖將衰齒，茅茨寄短椽。灌園曾取適，游寺可終焉〔一一〕。遂性同漁父，成名異魯連④〔一二〕。篙師煩爾送，朱夏及寒泉〔一三〕。（1370）

【校】

①世，錢箋作「試」，校：「一作世。」

②薄，錢箋、《草堂》校：「一作舊。」

③沈，宋本、錢箋、《草堂》校：「一作塵。」

④名，錢箋校：「一作功。」《草堂》作「功」。

【注】

《趙次公先後解》編入大曆五年（七七〇）。黄鶴注：魯訔是大曆五年作，然詩不言臧玠之變，當止是大曆四年（七六九）至衡州，畏熱欲歸襄陽而卒留於潭。仇注：考臧玠之亂在四月，公往衡山過耒陽俱在夏日，此云火雲垢膩，殆耒陽回棹而作，詞不及憂亂者，前後諸詩已詳，不必每章疊見。還依舊編爲當。浦起龍云：此自是四年夏畏熱北回之作。黄生、仇氏諸人欲以證耒陽夕卒之非，因編五年《阻水》詩後。不知公之不卒於療飢之夕，即《阻水》本篇可證，不必牽涉是篇也。至錢、朱輩欲即此爲證實飫死張本，則又信史之過。按，謂甫遇熱即回棹，説甚牽强。然衡州無可依之人，其欲再南下而畏途終不果行乎？

〔一〕宿昔二句：《趙次公先後解》：「世安命，言自往世已然。」按，世安命，即安此世命。《雜阿含經》卷二一：「於此世命終，化生於天上。」《出曜經》卷一八：「從今世命終，當生六趣中。」佛經常見。佛教又言宿世。《法苑珠林》卷二引《毗耶娑仙人問佛經》：「以業熟故，了了分明憶宿世事，如視掌中。」故此稱宿昔世。賈誼《鵩鳥賦》：「小智自私兮，賤彼貴我。」畏天，畏天命。《論語・季氏》：「孔子曰：君子有三畏：畏天命，畏大人，畏聖人之言。」

〔二〕勞生二句：《趙次公先後解》：「蓋人之勞生，不免繫着一物，若利，若名，若行，若止，皆是一物也。」《三國志・魏書・荀粲傳》：「粲曰：『功名者，志局之所獎也。然則志局自一物耳，固非識之所獨濟也。』」《梁書・簡文帝紀》：「軒冕之華，儻來之一物。」《北齊書・王晞傳》：「晞緩笑曰：『昨晚陶然，頗以酒漿被責，卿輩亦是留連之一物，豈直在魚鳥而已。』」

〔三〕衡岳二句：《漢書・地理志》長沙國：「承陽。」注：「應劭曰：承水之陽。師古曰：承水原出零陵永昌縣界，東流注湘也。承音烝。」《水經注》湘水：「承水出衡陽重安縣西，邵陵縣界邪姜山。……至湘東臨承縣北，東注於湘，謂之承口。」《元和郡縣圖志》卷二九衡州：「衡陽縣，緊，郭下。……縣城東傍湘江，北背蒸水。」

〔四〕散才二句：《莊子・人間世》：「（櫟社樹）散木也。以爲舟則沈，以爲棺槨則速腐，以爲器則速毀，以爲門户則液滿，以爲柱則蠹，是不材之木也。」

〔五〕巾拂：見卷八《憶昔行》（0365）注。

〔六〕火雲二句：《爾雅・釋天》：「暴雨謂之涷。」注：「今江東人呼夏月暴雨爲涷雨。」蕭統《錦帶書十二月啓》：「涷雨洗梅樹之中，火雲燒桂林之上。」

〔七〕强飯二句：卷一五《秋日寄題鄭監湖上亭三首》（1050）：「羹煮秋蓴滑，杯迎露菊新。」參該詩注。《分門》夢符曰：「按《茶録》：潭邵之間，渠江中有茶，而多毒蛇猛獸，鄉人每年采擷，不過十五六斤。其色如鐵，芳草異常。煎之無脚，彼人所餉。」黄希注：「余嘗官郴，見其土風唯尚煎茶，客至繼以六七。則知茗續煎者，湖南多如此。」

〔八〕清思二句：《趙次公先後解》：「公本襄陽人，蓋懷鄉之語乎？」仇注：「此欲託跡襄陽，終以安命自處也。」

〔九〕順浪二句：朱鶴齡注：「自衡回潭爲下水，故云順浪。」

〔一〇〕吾家二句：《晋書·杜預傳》：「預好爲後世名，常言高岸爲谷，深谷爲陵，刻石爲二碑，紀其勳績，一沈萬山之下，一立峴山之上，曰：『焉知此後不爲陵谷乎。』」王粲井，見卷一一《一室》（0616）注。

〔一一〕灌園二句：《史記·魯仲連鄒陽列傳》：「於陵仲子辭三公，爲人灌園。」集解：「《列士傳》曰：楚於陵子仲，楚王欲以爲相，而不許，爲人灌園。」潘岳《閑居賦》：「灌園鬻蔬，供朝夕之膳。」《梁書·處士傳》劉慧斐：「嘗還都，途經尋陽，游於匡山，過處士張孝秀，相得甚歡，遂有終焉之志。因不仕，居於東林寺。又於山北構園一所，號曰離垢園。」

〔一二〕遂性二句：漁父，見卷六《壯游》（0295）注。《趙次公先後解》：「翻異魯仲連，蓋仲連能却秦軍，下燕城，雖不受封，猶爲取名也。」

〔一三〕篙師二句：《初學記》卷三引梁元帝《纂要》：「夏曰朱明，亦曰長嬴、朱夏、炎夏、三夏、九夏。」徐幹《贈劉楨》：「陶陶朱夏德，草木昌且繁。」

奉送王信州崟北歸〔一〕

朝廷防盜賊，供給愍誅求〔二〕。下詔選郎署，傳聲典信州①〔三〕。蒼生今日困②，天子嚮時憂。井屋有烟起，瘡痍無血流〔四〕。壤歌唯海甸，畫角自山樓〔五〕。白髮寐常早，荒榛農復秋。解龜逾卧轍，遣騎覓扁舟〔六〕。徐榻不知倦③，潁川何以酬〔七〕？塵生彤管筆④，寒膩黑貂裘〔八〕。高義終焉在，斯文去矣休。别離同雨散，行止各雲浮。林熱鳥開口，江渾魚掉頭。尉佗雖北拜，太史尚南留〔九〕。軍旅應都息，寰區要盡收。九重思諫諍，八極念懷柔。徙倚瞻王室，從容仰廟謀。故人持雅論，絶塞豁窮愁。復見陶唐理，甘爲汗漫游〔一〇〕。（1371）

【校】

①典信，宋本、《草堂》校：「一作能典。」錢箋作「能典」，校：「一作典信。」

②困，錢箋校：「一作起。」

③知，錢箋校：「一作能。」

④塵生，宋本、錢箋校：「一作孝塵。」

【注】

黃鶴注：大曆四年（七六九）夏作。《趙次公先後解》：信州，今之夔州也。此詩舊在潭州詩中，分明是夔州詩矣。編入大曆二年（七六七）夔州詩。朱鶴齡注：今詩有絶塞豁窮愁語，乃是夔州。

〔一〕王崟：《新唐書·宰相世系表》烏丸王氏：給事中文濟孫、左千牛將軍仁忠子，「崟，懷州刺史。」李邕《贈安州都督王仁忠神道碑》：「次子尚衣奉御嵩、司農主簿崑、京兆府參軍崇、岧、岉、嵒、崟等。」《唐代墓志彙編》大和〇六七鄭當《大唐故太原王氏夫人墓志銘》：「曾王父諱崟，實亞宗伯。王父諱礎，擁節黔巫。」《唐尚書省郎官石柱題名考》度支、户部、左司、吏部員外郎有其名。獨孤及有《海上懷華中舊游寄鄭縣劉少府造渭南王少府崟》，岑參有《題新鄉王釜廳壁》、《餞王岑判官赴襄陽道》，釜、岑當作崟。《舊唐書·地理志》：「夔州下，隋巴東郡。武德元年，改爲信州。……（二年）又改信州爲夔州。」黃鶴注：「唐州固以夔州爲本信州，而亦云潁州汝陰郡本信州。今詩有壤歌唯海甸，又用陳蕃下榻事云：潁川何以酬。當是王得潁。」王嗣奭《杜臆》：「梁置信州，治白帝城，唐自肅宗乾元後稱夔矣。公何以復用舊名耶？注因詩有潁川語，謂《唐志》潁州舊爲信州。余考《唐志》自有信州，在今江西，潁州在河南，皆公所未嘗到，而亦非海甸也。大抵以夔爲是，獨海甸可疑，或有誤字。」按，夔州爲信州僅武德初一年耳。此刺史正式稱謂，亦無有用舊名者。且夔州爲都督府，都督兼刺史，前有柏貞節、崔某，稱柏中丞、柏都督、卿翁，皆稱其較貴之兼銜，此一二年間亦無容另有夔州刺史。王崟當任信州上饒郡刺史。此詩亦非夔州作。

〔二〕誅求：見卷四《送韋諷上閬州録事參軍》(0196)注。

〔三〕下詔二句：《趙次公先後解》：「此篇王信州替罷而北歸也。四句言其初來作守時也。」按，王當入朝爲郎官。

〔四〕蒼生四句：《趙次公先後解》：「追言天子前時以蒼生之困而選王君爲守，其效至於井邑有烟，則逃亡復業矣；瘡痍無血，則誅求不再矣。」

〔五〕壤歌二句：《太平御覽》卷一八九引《帝王世紀》：「堯時老人擊壤於路而歌曰：鑿井而飲，耕田而食，帝力于我何有哉？」《趙次公先後解》：「唯海甸，則時淮海獨無虞也。」孔稚圭《北山移文》：「張英風於海甸，馳妙譽於浙右。」《文選》張銑注：「海甸，所理邑近海，而在浙江之右也。」

〔六〕解龜二句：謝靈運《初去郡》：「牽絲及元興，解龜在景平。」《文選》李善注：「解龜，去官也。《漢書》曰：薛宣爲左馮翊，高陽令楊湛解印綬付吏。又曰：黄金印，龜鈕，文曰章。」《後漢書·侯霸傳》：「遣使徵霸，百姓老弱相携號哭，遮使者車，或當道而卧。」覓扁舟，見卷一一《得廣州張判官叔卿書使還以詩代意》(0706)「孝廉船」注。《趙次公先後解》：「踰卧轍，則踰越之而過也。」「覓扁舟，公言王守之覓其船，以張憑自比也。」仇注：「解龜，謂離任。卧轍，百姓留王。覓舟，王來要公也。」

〔七〕徐榻二句：見卷六《贈李十五丈别》(0302)注。《趙次公先後解》：「公以徐穉自比，而指王崟爲陳蕃也。言崟相待，如陳蕃之見徐穉……潁川，則陳氏之郡號也。」朱鶴齡注：「言王今罷郡歸，覓舟下榻，加禮不倦，我將何以酬之耶？」黄鶴注謂指王得潁州。按，陳蕃爲汝南平輿人。《新唐書·宰相世系表》稱陳軫封潁川侯，遂徙潁川。蔡邕《陳太丘碑文》：「潁川陳君，絶世超倫。」然疑此用黄潁川典，見卷六《贈李十五丈别》(0302)注。

〔八〕麈生二句：《詩·邶風·静女》：「彤管有煒。」箋：「彤管，筆赤管也。」朱鶴齡注：「公爲郎官，得用赤管筆。」見卷一三《春日江村五首》(0896)注。貂裘，見卷一五《江上》(1077)注。

〔九〕尉佗二句：《史記·南越列傳》：「乃召賈以爲太中大夫，往使，因讓佗自立爲帝，曾無一介之使報者。陸賈至南越，王甚恐……乃頓首謝，願長爲藩臣，奉貢職。」南留，見卷一一《敬簡王明府》(0645)注。《趙次公先後解》：「尉佗雖北拜，以言叛者之既服，豈吐蕃之稍息乎？」「太史尚南留，則公自比也。」錢箋：「尉佗，當是指崔旰輩也。」朱鶴齡注：「時旰入朝。」按，崔旰之亂在蜀中，不應用尉佗事。疑此指臧玠之亂。大曆五年四月，澧州刺史楊子琳、道州刺史裴虬、衡州刺史楊漳出軍討玠。此詩當作於其年夏。

〔一〇〕復見二句：《淮南子·道應訓》：「盧敖游乎北海，經乎太陰，入乎玄闕，至於蒙谷之上，見一士焉，若士者齤然而笑曰：『……今子游始於此，乃語窮觀，豈不亦遠哉。然子處矣。吾與汗漫期於九垓之外，吾不可以久駐。』若士舉臂而竦身，遂入雲中。」

江閣卧病走筆寄呈崔盧兩侍御〔一〕

客子庖厨薄，江樓枕席清。衰年病祇瘦，長夏想爲情。滑憶彫胡飯①，香聞錦帶羹〔二〕。溜匙兼暖腹，誰欲致杯罌②〔三〕？（1372）

【校】

①憶，宋本、錢箋、《草堂》校：「一作喜。」

②致，錢箋校：「一作覓。」《草堂》作「覓」，校：「一作致。」

【注】

黄鶴注：大曆四年（七六九）秋作。大曆五年平臧玠在潭州，而已去潭，則江閣不在潭州也。意江閣在潭州之近境，故四年之秋、五年之初夏皆在焉。

〔一〕崔盧兩侍御：仇注：「崔乃崔大涣。盧乃盧十四弟也。」崔涣未詳所據，當與「蘇大侍御涣」混淆。此崔侍御當爲崔漼。卷一六《别崔漼因寄薛據孟雲卿》（1171）注：「内弟漼，赴湖南幕職。」又卷八《聶耒陽以僕阻水書致酒肉療飢荒江詩得代懷興盡本韻》（0408）注：「聞崔侍御漼乞師于洪府。」時任湖南幕職，帶侍御銜。盧十四弟，詳後注。

〔二〕滑憶二句：彫胡，見卷一《白水縣崔少府十九翁高齋三十韻》（0042）注。《分門》夢符曰：「荆湘間有錦帶，春末開花，紅白如錦，其苗亦嫩脆可食。」師曰：「安陸王彦輔中散云：錦帶，吐綬雞也。其肉脆美，堪作臛。錦帶花，則予親見之。謂吐綬雞爲錦帶，則傳記所不載。彦固博學而文，恐其言亦有所據。」黄鶴注：「既以錦帶花爲春生，而詩云長夏若爲情，又云滑憶彫胡飯，當是秋作。則非錦帶花明矣。謂之吐綬雞，固未知所據，不然亦烏獸中物，如今人稱一種禽爲練帶、繡帶是也。」朱鶴齡注：「錦帶，即蓴絲也。《本草》作蒓。蔡朗父名純，改爲露葵。或謂之錦帶。今南方湖澤中多有之，生湖南者最美。此詩錦帶與秋菰並舉，知必爲蓴無疑也。《本草》又云蓴多食熱壅。故下云兼暖腹。」仇注引顧注：「臨湘縣有蓴湖，在縣東。」

〔三〕溜匙二句：仇注：「朱注以溜匙承飯，暖腹承羹，恐蓴性不能暖腹。吴論以溜匙承羹，暖腹承飯。據前詩正想滑溜匙，原指飯言，不當指羹。顧注溜匙總承飯羹，暖腹指酒，兼欲得杯罌也。此説較妥。」

潭州送韋員外牧韶州迢①〔一〕

炎海韶州牧，風流漢署郎〔二〕。分符先令望，同舍有輝光〔三〕。白首多年疾，秋

天昨夜凉。洞庭無過雁，書疏莫相忘。（1373）

【校】

① 潭州送韋員外牧韶州，「迢」《九家》、《草堂》在「員外」二字下。

【注】

黄鶴注：當是大曆四年（七六九）秋作。

〔一〕韋迢：《舊唐書·韋夏卿傳》：「父迢，檢校都官郎中、嶺南節度行軍司馬。」韓愈《監察御史元君妻京兆韋氏夫人墓志銘》：「夫人諱叢……曾祖父諱伯陽，自萬年令爲太原少尹副留守北都，卒贈秘書監。大王父迢，以都官郎爲嶺南軍司馬，卒贈同州刺史。王考夏卿，以太子少保卒贈左僕射。」

〔二〕炎海二句：《元和郡縣圖志》卷三四嶺南道：「韶州，始興。下。……南至廣州水陸相兼五百三十里。西北至郴州陸路四百一十里。」漢署郎，指尚書省郎官。見卷六《客堂》（0269）、卷九《承沈八丈東美除膳部員外阻雨未遂馳賀奉寄此詩》（0478）注。

〔三〕分符二句：分符，見卷一五《上卿翁請修武侯廟遺像缺落時崔卿權夔州》（1058）。同舍，見卷一五《更題》（1043）注。《趙次公先後解》：「公亦是員外郎，故於韋員外可謂之同舍矣。」

潭州留別杜員外院長

韶州刺史韋迢

江畔長沙驛①，相逢纜客船。大名詩獨步，小郡海西偏〔一〕。地濕愁飛鵩，天炎畏跕鳶〔二〕。去留俱失意，把臂共潸然。

【校】

① 驛，錢箋校：「一作澤。」

【注】

〔一〕大名二句：海西謂東海西，故江淮等地皆可謂海西。如卷一三《送舍弟頻赴齊州三首》（0884）：「岷嶺南蠻北，徐關東海西。」孟浩然《宿桐廬江寄廣陵舊游》：「還將兩行淚，遥寄海西頭。」此謂潭州又在江淮之偏。

〔二〕地濕二句：飛鵩，見卷七《八哀詩·李公邕》（0334）注。跕鳶，見卷一五《秋日夔府詠懷奉寄鄭監審李賓客之芳一百韻》（1030）注。

江閣對雨有懷行營裴二端公〔一〕

南紀風濤壯①〔二〕，陰晴屢不分。野流行地日，江入度山雲。層閣憑雷殷，長空水面文②。雨來銅柱北，應洗伏波軍③〔三〕。（1374）

【校】

① 紀，錢箋、《草堂》校：「一作極。」

② 水面，宋本、錢箋、《草堂》校：「一作面水。」

③ 應，錢箋校：「一作意。」

【注】

黃鶴注：當是大曆五年（七七〇）作。

〔一〕裴二端公：裴虬。見卷八《暮秋枉裴道州手札率爾遣興寄近呈蘇渙侍御》（0379）、《湘江宴餞裴二端公赴道州》（0401）注。仇注：「裴時爲道州刺史，與討臧玠之亂，故有行營。」

〔二〕南紀：見卷七《八哀詩·張公九齡》（0337）注。

〔三〕雨來二句：見卷八《詠懷二首》(0388)注。

早發湘潭寄杜員外院長

韋　迢

北風昨夜雨，江上早來凉。楚岫千峰翠，湘潭一葉黄〔一〕。故人湖外客，白首尚爲郎〔二〕。相憶無南雁，何時有報章？

【注】

黄鶴注：此詩語意與前篇《送韋員外牧韶州》詩多同，又同韻，疑是韋酬杜之詩。前所謂《留別杜員外》者，當移在此。覽者合以語意求之，況合押一涼字。

〔一〕楚岫二句：《元和郡縣圖志》卷二九潭州：「湘潭縣，緊。東北至州一百四里，陸路一百二十里。……湘水，經縣理東。」

〔二〕白首句：白首郎，見卷一三《暮春題瀼西新賃草屋五首》(0983)、《承聞河北諸道節度入朝歡喜口號絶句十二首》(0990)注。

酬韋韶州見寄

養拙江湖外〔一〕，朝廷記憶疏。深慚長者轍〔二〕，重得故人書。白髮絲難理①，新詩錦不如。雖無南過雁②，看取北來魚〔三〕。（1375）

【校】

①理，錢箋校：「一作並。」《文苑英華》校：「集作並。」

②過，錢箋作「去」。

【注】

黃鶴注：當是大曆四年（七六九）秋作。

〔一〕養拙：見卷五《營屋》（0255）注。

〔二〕長者轍：見卷九《對雨書懷走邀許十一簿公》（0432）注。

〔三〕雖無二句：《趙次公先後解》：「古人每於寄書言雁與魚。……今公答韋迢無南雁之語，故以北來書復戲之也。」參卷一三《送梓州李使君之任》（0829）注。

千秋節有感二首

自罷千秋節，頻傷八月來〔一〕。先朝常宴會，壯觀已塵埃。鳳紀編生日，龍池塹劫灰〔二〕。湘川新涕淚，秦樹遠樓臺。寶鏡羣臣得，金吾萬國回〔三〕。衢樽不重飲，白首獨餘哀〔四〕。（1376）

【注】

黄鶴注：大曆四年（七六九）潭州作。

〔一〕自罷二句：《舊唐書·玄宗紀》：開元十七年八月，「上以降誕日，宴百僚於花萼樓下，百僚表請以每年八月五日爲千秋節，王公已下獻鏡及承露囊，天下諸州咸令宴樂，休暇三日，仍編爲令，從之。」《唐會要》卷二九《節日》：「至天寶二年八月一日，刑部尚書兼京兆尹蕭炤及百寮，請改千秋節爲天長節。制曰可。至寶應元年八月三日敕：八月五日，本是千秋節，改爲天長節。其休假三日，宜停前後各一日。」按，史未言千秋節罷廢，只停其休假三日。

〔二〕鳳紀二句：鳳紀，見卷九《上韋左相二十韻》（0413）注。龍池，見卷四《韋諷録事宅觀曹將軍畫馬圖》（0195）注。《高僧傳》卷一《竺法蘭傳》：「昔漢武穿昆明池底得黑灰，以問東方朔，朔云：『不委，可問西域人。』後法蘭既至，衆人追以問之。蘭云：『世界終盡，劫火洞燒，此灰塵是也。』」《趙次公先後解》：「塹劫灰，則言其時移世變故也。」

〔三〕寶鏡二句：《唐會要》卷二九《節日》千秋節：「羣臣當以是日進萬壽酒，王公戚里，進金鏡綬帶，士庶以絲結承露囊，更相遺問，村社作壽酒宴樂，名賽白帝。報田神。」《舊唐書·玄宗紀》：「（開元十八年）八月丁亥，上御花萼樓，以千秋節百官獻賀，賜四品已上金鏡、珠囊、縑綵，賜五品已上束帛有差。」則其時獻鏡、賜鏡皆有之。仇注：「得寶鏡者舊臣凋謝，爲金吾者各國散歸。」按，金吾謂左右金吾衛。上句仍言玄宗舊時事，下句謂車駕出巡，萬方皆有征伐。

〔四〕衢樽二句：《淮南子·繆稱訓》：「聖人之道，猶中衢而致尊邪。過者斟酌，多少不同，各得其所宜。」

御氣雲樓敞，含風綵仗高〔一〕。仙人張内樂，王母獻宫桃〔二〕。羅襪紅蕖艷，金羈白雪毛〔三〕。舞階銜壽酒，走索背秋毫〔四〕。聖主他年貴，邊心此日勞。桂江流向北〔五〕，滿眼送波濤。（1377）

【注】

〔一〕御氣二句：仇注：「或以雲樓爲樓名，含風爲殿名，非也。考《會要》，千秋節宴在勤政、花萼諸樓，不在含風殿，且紫雲樓在曲江，起於太和中，與此無預。」

〔二〕仙人二句：崔令欽《教坊記》：「妓女入宜春院，謂之内人，亦曰前頭人，常在上前頭也。」《新唐書·百官志》太樂署：「武德後，置内教坊於禁中。武后如意元年，改曰雲韶府，以中官爲使。開元二年，又置内教坊於蓬萊宫側，有音聲博士、第一曹博士、第二曹博士。」《九家》杜《正謬》引《宣室志》及《開元傳信記》玄宗夢仙子奏樂及游月宫事。《漢武帝内傳》：「須臾，以玉盤盛仙桃七顆，大如鴨卵，形圓青色，以呈王母。母以四顆與帝，三顆自食。桃味甘美，口有盈味。帝食輒收其核，王母問帝，帝曰：『欲種之。』母曰：『此桃三千年一生實，中夏地薄，種之不生。』」參卷一〇《奉和賈至舍人早朝大明宫》（0521）注。

〔三〕羅襪二句：曹植《洛神賦》：「凌波微步，羅襪生塵」；「迫而察之，灼若芙蕖出渌波。」曹植《白馬篇》：「白馬飾金羈，連翩西北馳。」

〔四〕舞階二句：朱鶴齡注：「舞階，謂舞馬。」見卷一五《鬭雞》（1074）注。張衡《西京賦》：「跳丸劍之揮霍，走索上而相逢。」《文選》薛綜注：「索上，長繩繫兩頭於梁，舉其中央，兩人各從壹頭上，交相度，所謂舞絙者也。」《通典》卷一四六《散樂》：「以兩大繩繫兩柱，相去數丈，二倡女對舞行於繩上，切肩而不傾。」「《高絙伎》，蓋今之戲繩者也。」朱鶴齡注：「所謂背秋毫也。」

〔五〕桂江：見卷八《詠懷二首》（0388）注。

晚秋長沙蔡五侍御飲筵送殷六參軍歸澧州覲省〔一〕

佳士欣相識，慈顏望遠游〔二〕。甘從投轄飲，肯作置書郵〔三〕。高鳥黄雲暮，寒蟬碧樹秋。湖南冬不雪，吾病得淹留。（1378）

【注】

黄鶴注：當是大曆四年（七六九）冬作。

〔一〕蔡五侍御：名不詳。殷六參軍：名不詳。《舊唐書·地理志》江南西道：「澧州，下，隋澧陽郡。」

〔二〕慈顏句：潘岳《閑居賦》：「壽觴舉，慈顏和。」《趙次公先後解》：「慈顏，則殷之母也。」

〔三〕甘從二句：《漢書·陳遵傳》：「遵嗜酒，每大飲，賓客滿堂，輒關門，取客車轄投井中，雖有急，終不得去。」《世説新語·任誕》：「殷洪喬作豫章郡，臨去，都下人因附百許函書。既至石頭，悉擲水中，因祝曰：『沈者自沈，浮者自浮，殷洪喬不能作致書郵。』」

湖中送敬十使君適廣陵〔一〕

相見各頭白，其如離别何。幾年一會面，今日復悲歌。少壯樂難得，歲寒心匪他〔二〕。氣纏霜匣滿，冰置玉壺多〔三〕。遭亂實漂泊，濟時曾琢磨。形容吾校老，膽力爾誰過？秋晚岳增翠，風高湖涌波。騫騰訪知己〔四〕，淮海莫蹉跎。（1379）

【注】

黄鶴注：當是大曆四年（七六九）秋公在潭州作。

〔一〕敬十使君：敬超先。見卷八《追酬故高蜀州人日見寄》（0384）注。

〔二〕歲寒句：《詩·小雅·頍弁》：「豈伊異人，兄弟匪他。」

〔三〕氣纏二句：霜匣，謂劍。《莊子·刻意》：「夫有干越之劍，柙而藏之，不敢用也。」李白《門有車馬客行》：「雄劍藏玉匣，陰符生素塵。」曹丕《大墻上蒿行》：「白如積雪，利如秋霜。」張華《博陵王宫俠曲》：「吴刀鳴手中，利劍嚴秋霜。」鮑照《代白頭吟》：「直如朱絲繩，清如玉壺冰。」

〔四〕騫騰：見卷一〇《寄岳州賈司馬六丈巴州嚴八使君兩閣老五十韻》（0611）注。

長沙送李十一銜〔一〕

與子避地西康州，洞庭相逢十二秋〔二〕。遠愧尚方曾賜履，竟非吾土倦登樓〔三〕。久存膠漆應難並，一辱泥塗遂晚收〔四〕。李杜齊名真忝竊，朔雲寒菊倍離憂〔五〕。（1380）

【注】

黄鶴注：當是大曆五年（七七〇）作。《趙次公先後解》編入大曆四年（七六九）。

〔一〕李銜：事迹不詳。

〔二〕與子二句：西康州，指同谷。《元和郡縣圖志》卷二二成州：「同谷縣……隋開皇三年罷郡，以縣屬康州，大業初屬鳳州，貞觀元年屬成州。」《新唐書·地理志》成州同谷郡：「同谷，中下。又武德元年以縣置西康州。貞觀元年州廢，來屬。咸通十三年復置。」按，後周所置名康州。又嶺南道有康州，稱南康州，故又稱此为西康州。《新唐書》所言不確。朱鶴齡注：「公以乾元二年冬寓同谷，至大曆五年爲十二秋。今詩所云蓋只約略計之，或欲據此爲五年秋自衡歸潭之證，則不然也。」

〔三〕遠愧二句：尚方履，見卷一五《七月一日題終明府水樓二首》(1028)注。王粲《登樓賦》：「雖信美而非吾土兮，曾何足以少留。」

〔四〕久存二句：膠漆，見卷四《憶昔二首》(0193)注。《左傳》襄公三十年：「以晉國之多虞，不能由吾子，使吾子辱在泥塗久矣。」

〔五〕李杜二句：《後漢書·李杜列傳》謂李固、杜喬，贊：「李杜司職，朋心合力。」又《黨錮傳》杜密：「與李膺俱坐，而名行相次，故時人亦稱李杜焉。」范滂：「母曰：『汝今得與李、杜齊名，死亦何恨。』」

重送劉十弟判官〔一〕

分源豕韋派，別浦雁賓秋〔二〕。年事推兄忝，人才覺弟優。經過辨酆劍，意氣逐吴鈎〔三〕。垂翅徒衰老，先鞭不滯留〔四〕。本枝淩歲晚〔五〕，高義豁窮愁。他日臨江待，長沙舊驛樓。(1381)

【注】

黄鶴注：當是大曆四年(七六九)秋在潭州作。

〔一〕劉十：名不詳。補遺有《惜別行送劉僕射判官》，岑仲勉謂當作某僕射劉判官。與此詩爲一人。

〔二〕分源二句：《左傳》襄公二十四年：「昔匄之祖，自虞以上，爲陶唐氏，在夏爲御龍氏，在商爲豕韋氏，在周爲唐杜氏。」昭公二十九年：「有陶唐氏既衰，其後有劉累，學擾龍於豢龍氏，以事孔甲，能飲食之。夏后嘉之，賜氏曰御龍，以更豕韋之後。」《趙次公先後解》：「言劉與杜同出也。」《禮記·月令》：「季秋之月……鴻雁來賓。」注：「來賓，言其客止未去也。」

〔三〕經過二句：豐城劍，見卷七《可歎》(0328)注。吴鈎，見卷三《後出塞五首》(0132)注。

〔四〕垂翅二句：《後漢書·馮異傳》：「始雖垂翅回谿，終能奮翼黽池。」《晉書·劉琨傳》：「吾枕戈待旦，志梟逆虜，嘗恐祖生先吾著鞭。」

〔五〕本枝句：《詩·大雅·文王》：「文王孫子，本支百世。」《左傳》莊公六年作「本枝百世」。

奉贈盧五丈參謀琚 時丈人使自江陵，在長沙待恩旨，先支率米錢①〔一〕。

恭惟同自出，妙選異高標〔二〕。入幕知孫楚，披襟得鄭僑〔三〕。丈人藉才地，門閥冠雲霄〔四〕。老大逢迎拙②，相於契託饒〔五〕。賜錢傾府待，争米駐船遥〔六〕。鄰好艱難薄，氓心杼軸焦〔七〕。客星空伴使，寒水不成潮〔八〕。素髮乾垂領，銀章破在腰〔九〕。説詩能累夜，醉酒或連朝。藻翰惟牽率，湖山合動摇〔一〇〕。時清非造次，興盡却蕭條〔一一〕。天子多恩澤，蒼生轉寂寥〔一二〕。休傳鹿是馬，莫信鵩如鴞③〔一三〕。未解依依袂，還斟泛泛瓢〔一四〕。流年疲蟋蟀④，體物幸鷦鷯〔一五〕。辜負滄洲願⑤，誰云晚見招〔一六〕。（1382）

【校】

① 時丈人使自江陵在長沙待恩旨先支率米錢，「待」《草堂》作「待命」。「米錢」錢箋、《九家》、《草堂》作「錢米」。

② 老大，錢箋、《九家》、《草堂》作「老矣」。

③ 如，錢箋、《草堂》校：「陳作爲。」

④ 疲，《草堂》作「悲」。

⑤ 辜，錢箋校：「刊作孤。」《草堂》作「孤」。

【注】

黄鶴注：大曆四年（七六九）潭州作。

〔一〕盧琚：朱鶴齡注：「盧蓋江陵帥府參謀也。」

〔二〕恭惟二句：《左傳》成公十三年：「康公，我之自出。」杜預注：「晉外甥。」《爾雅·釋親》：「男子謂姊妹之子爲出。」《趙次公先後解》：「盧與公蓋同舅氏也。」朱鶴齡注：「蓋參謀之母與公母皆崔氏也。黄鶴引公祖母盧氏，非。」按，盧琚爲甫丈人行，則爲甫母崔氏族姑所出。《晉書·裴楷傳》：「武帝爲撫軍，妙選僚采。」

〔三〕入幕二句：孫楚，見卷七《八哀詩·嚴公武》(0332)「子荆」注。鄭子産名僑。《左傳》襄公二十九年：「(吴公子札)聘於鄭，見子産，如舊相識。」《趙次公先後解》：「上句言盧丈之爲參謀也。」「下句言江陵節度與之爲友，如季札也。」仇注：「比使長沙。」

〔四〕丈人二句：《晉書·王恭傳》：「自負才地高華，恒有宰輔之望。」《北齊書·趙郡王琛傳》：「我爲爾娶鄭述祖女，門閥甚高。」

〔五〕老大二句：孔融《與韋休甫書》：「不得復與足下岸幘廣坐，舉杯相於。」仇注：「相於，猶云相與。」託契，見卷五《莫相疑行》(0231)注。

〔六〕賜錢二句：《趙次公先後解》：「兩句題注所謂支率錢米也。」朱鶴齡注：「府謂長沙。時必有長沙錢米應輸江陵者，盧爲之請旨，支給本部，故言民心焦嗷，不可多斂也。」按，率錢謂率口出錢。《唐會要》卷九一《内外官料錢》：「儀鳳三年八月二日詔：……宜令王公已下，百姓已上，率口出錢，以充防閤、庶僕、胥士、白直、折衝府仗身並封户内官人俸食等料。既依户次，貧富有殊，載詳職務，繁簡不類。率錢給用，須有等差。」此當指以所率錢米支給當地官員俸料，錢米謂料錢、禄米。

〔七〕鄰好二句：《趙次公先後解》：「蓋當艱難之際，杼軸空而民心焦熬，則不可多斂以爲鄰好之奉也。」仇注：「鄰指潭州。」按，州郡之間不言鄰好。此鄰好即指鄰里，謂民間艱難。《詩·小雅·大東》：「小東大東，杼柚其空。」箋：「譚無他貨，維絲麻耳，今盡杼柚不作也。」釋文：「杼，直吕反。《説文》云：盛緯器。柚音逐，本又作軸。」

〔八〕客星二句：《趙次公先後解》：「客星則公自謂也，伴使以言其伴盧之爲使星也。」按，此用使星事。《後漢書·方術傳》李郃：「和帝即位，分遣使者，皆微服單行，各至州縣，觀采風謡。使者二人當到益部，投郃候舍。時夏夕露坐，郃因仰觀，問曰：『二君發京師時，寧知朝廷遣二使邪？』二人默然，驚相視曰：『不聞也。』問何以知之，郃指星示云：『有二使星向益州分野，故知之耳。』」上句即言盧之出使。仇注：「民困莫輸，如寒水涸潮。」按，時盧在長沙待恩旨，則尚未復命，故言客星空伴。下句則紀實。

〔九〕素髪二句：潘岳《秋興賦》：「斑鬢髟以承弁兮，素髪颯以垂領。」銀章，見卷一三《春日江村五首》(0896)注。《趙次公先後解》：「公自言其老」，「又自言其不達。」

〔一〇〕藻翰二句：謝瞻《答靈運》：「牽率酬嘉藻，長揖愧吾生。」見卷一四《宴忠州使君侄宅》(0932)注。

〔一一〕時清二句：造次，輕易、隨便。見卷一《驄馬行》(0039)注。《趙次公先後解》：「言逢時之清爲難得。」

〔一二〕天子二句：《趙次公先後解》：「公題下注云待恩旨，先文率錢米，此豈亦恩澤之謂邪？」仇

注：「天子施恩，而生民轉困者，以朝有姦佞，外多掊克耳。」《舊唐書·代宗紀》：「（大曆元年十一月甲寅）詔：……今則編户流亡，而墾田減税，計量入之數，甚倍徵之法。納隍之懼，當宁軫懷。慮失三農，憂深萬姓，務從省約，稍冀蠲除。……青苗地頭錢宜三分取一。在京諸司官員久不請俸，頗聞艱辛，其諸州府縣官及折衝府官職田，據苗子多少，三分取一，隨處糶貨，市輕貨以送上都，納青苗錢庫，以助均給百官。」「（大曆四年三月壬申）詔：……今連歲治戎，天下凋瘵，京師近甸，煩苦尤重，比屋流散，念之惻然。人寡吏多，困於供費，欲其蘇息，不可得也。……其京兆府長安、萬年宜各減丞一員、尉兩員，餘縣各減丞、尉一員。」此天子恩澤之謂也。然盧之使職在率錢徵調，實不能無關於民之煩苦。

〔一三〕休傳二句：《史記·秦始皇本紀》：「趙高欲爲亂，恐羣臣不聽，乃先設驗，持鹿獻於二世，曰：『馬也。』二世笑曰：『丞相誤邪。謂鹿爲馬。』問左右，左右或默或言馬以阿順趙高。或言鹿，高因陰中諸言鹿者以法。」《屈原賈生列傳》：「賈生爲長沙王太傅三年，有鵩飛入賈生舍，止於坐隅，楚人命鵩曰服。」《趙次公先後解》：「當是時，魚朝恩用事，與元載不協，則鹿是馬者，公有激而云矣。」朱鶴齡注：「時盧待恩旨，公恐其奉行未至，故以此戒之。」仇注：「指鹿爲馬，如魚朝恩是也。鵩鳥如鴞，若臧玠是也。」按，上句蓋泛言斥施政之顛倒疑似，下句則自我開解，趙、仇説皆涉臆測，牽扯臧玠事尤謬。

〔一四〕末解二句：謝靈運《贈安成》：「解袂告離，雲往風飛。」《古詩爲焦仲卿妻作》：「舉手長勞勞，二情同依依。」《周禮·天官·酒正》：「辨五齊之名：一曰泛齊。」注：「泛者，成而滓浮泛泛然，如今宜成醪矣。」

〔一五〕流年二句：《詩·唐風·蟋蟀》：「蟋蟀在堂，歲聿其莫。今我不樂，日月其除。」《趙次公先後解》：「歎晚也。」《莊子·逍遥游》：「鷦鷯巢於深林，不過一枝。」陸機《文賦》：「賦體物而瀏亮。」張華《鷦鷯賦》：「屈猛志以服養，塊幽縶於九重。……雖蒙幸於今日，未若疇昔之從容。」

〔一六〕辜負二句：滄洲願，見卷二《奉先劉少府新畫山水障歌》（0080）注。左思《詠史》：「馮公豈不偉，白首不見招。」仇注：「誰見招，無復用世矣。」

登舟將適漢陽〔一〕

春宅弃汝去〔二〕，秋帆催客歸。庭蔬尚在眼，浦浪已吹衣。生理飄蕩拙，有心遲暮違。中原戎馬盛，遠道素書稀〔三〕。塞雁與時集，檣烏終歲飛。鹿門自此往，永息漢陰機〔四〕。（1383）

【注】

黄鶴注：當在大曆四年（七六九）秋作，其後不果歸漢陽。仇注：此詩王彦輔、鄭卬、魯訔皆謂作於大曆五年之秋，黄鶴謂四年之秋欲登舟而不果行者，無據。

〔一〕漢陽：《元和郡縣圖志》卷二七江南道：「沔州，漢陽。上。……武德四年，分沔陽郡漢陽縣置沔州及縣，並自臨嶂山下改移於今理。……東渡江至鄂州七里。」

〔二〕春宅：《趙次公先後解》：「公二月到潭州，因居焉，則自春所有之宅名之曰春宅。」

〔三〕中原二句：黄鶴注：「是年十一月，吐蕃寇靈州。蓋自大曆元年以來，無歲無其禍。」

〔四〕鹿門二句：見卷二《喜晴》(0077)注。《莊子・天地》：「子貢南游於楚，反於晉，過漢陰，見一丈人方將爲圃畦，鑿隧而入井，抱甕而出灌，滑滑然用力甚多而見功寡。子貢曰：『有械於此，一日浸百畦，用力甚寡而見功多，夫子不欲乎？』……爲圃者忿然作色而笑曰：『吾聞之吾師，有機械者必有機事，有機事者必有機心。機心存於胸中，則純白不備，純白不備，則神生不定，神生不定者，道之所不載也。吾非不知，羞而不爲也。』」

暮秋將歸秦留别湖南幕府親友

水闊蒼梧野①，天高白帝秋〔一〕。途窮那免哭，身老不禁愁〔二〕。大府才能會，諸公德業優〔三〕。北歸衝雨雪，誰憫弊貂裘②〔四〕？(1384)

【校】

① 野，錢箋、《草堂》校：「樊作晚。」《文苑英華》作「晚」，校：「集作野。」

②　誰，錢箋、《草堂》校：「一作俱。」《文苑英華》作「俱」，校：「集作誰。」

【注】

《趙次公先後解》：公雖欲往漢陽，而元未行。今又有欲歸秦之興，然相續其下等篇，皆只在潭州，亦言之而不行也。編入大曆四年（七六九）。黄鶴注：大曆五年（七七〇）秋公欲北首而卒。前篇題云將適漢陽，此題又云將歸秦，不應一時所嚮不同，故知爲大曆五年作。朱鶴齡注：黄鶴不知適漢陽者，正欲泝漢水以歸秦耳。時竟不果歸，終歲居潭。

〔一〕水闊二句：蒼梧，見卷一七《大曆三年春白帝城放船出瞿唐峽久居夔府將適江陵漂泊有詩凡四十韻》（1308）注。《趙次公先後解》：「白帝城在夔州，公自夔而來，故言及之。」仇注引顧注：「此言湘江之水甚闊，直接蒼梧。白帝司秋，蓋言暮秋時令。」參卷一〇《望岳》（0544）注。

〔二〕途窮二句：途窮，見卷九《敬贈鄭諫議十韻》（0415）注。禁，見卷一〇《奉陪鄭駙馬韋曲二首》（0535）注。

〔三〕大府二句：《資治通鑑》昭宗景福元年：「西川乃其大府。」胡三省注：「巡屬諸州以節度使府爲大府，亦謂之會府。」按，舊之都督府亦稱大府。時潭州爲湖南觀察使府，管潭、衡等七州。《舊唐書・代宗紀》：「（大曆四年二月）辛酉，以湖南都團練觀察使、衡州刺史韋之晋爲潭州刺史，因是徙湖南軍於潭州。」

〔四〕貂裘：見卷一五《江上》（1077）注。

送盧十四弟侍御護韋尚書靈櫬歸上都二十韻〔一〕

素幕渡江遠，朱幡登陸微〔二〕。悲鳴駟馬顧，失涕萬人揮〔三〕。參佐哭辭畢，門欄誰送歸〔四〕？從公伏事久〔五〕，之子俊才稀。長路更執紼，此心猶倒衣〔六〕。感恩義不小，懷舊禮無違。墓待龍驤詔，臺迎獬豸威〔七〕。深衷見士則，雅論在兵機〔八〕。戎狄乘妖氣，塵沙落禁闈〔九〕。往年朝謁斷，他日掃除非〔一〇〕。但促銅壺箭①，休添玉帳旂〔一一〕。動詢黄閣老，肯慮白登圍〔一二〕。萬姓瘡痍合，羣兇嗜慾肥②〔一三〕。刺規多諫諍，端拱自光輝〔一四〕。儉約前王體，風流後代希〔一五〕。對敭期特達，衰朽再芳菲〔一六〕。空裏愁書字，山中疾采薇〔一七〕。撥杯要忽罷，抱被宿何依〔一八〕。眼冷看征蓋，兒扶立釣磯〔一九〕。清霜洞庭葉，故就別時飛〔二〇〕。（1385）

【校】

① 促，錢箋、《草堂》校：「一作整。」

② 兇，錢箋、《草堂》校：「一作雄。」

【注】

黄鶴注：當是大曆四年（七六九）冬作。

〔一〕盧十四弟：盧岳。穆員《陝虢觀察使盧公墓志銘》：「府君諱岳，字周翰。……安壽生汝州司馬正紀，正紀生絳州聞喜令抗。……府君，聞喜之第二子也。……天寶末擢明經，調宋州襄邑主簿，歷婺州、夔州二録事參軍，以大理評事兼監察御史，始佐湖南觀察之政。前帥韋之晉倚之以清，後帥辛京杲藉之以立。既真拜，又稍遷殿中侍御史。京杲入覲，咨以留府。」盧岳與杜審言繼室盧氏同族，故爲甫表弟。韋尚書：韋之晉。詳後注。

〔二〕素幕二句：《趙次公先後解》：「朱幡，則丹旐也。」潘岳《寡婦賦》：「龍轜儼其星駕兮，飛旐翩以啓路。」《文選》李善注：「旐，喪柩之旌也。《爾雅》曰：廣幅曰旐。凶幡即今之旒旐。」黄鶴注：「素幕既渡江，而朱幡乃登陸，則又非丹旐矣。若是丹旐，則與之俱渡江矣。當是軍校送之者。」按，舟載靈櫬而登陸，乃設想之辭，故言微。鶴注非是。

〔三〕悲鳴二句：《博物志》卷七：「漢滕公薨，出葬東都門外，公卿送喪，駟馬不行，跼地悲鳴。」蔡邕《陳寔碑》：「岩藪知名，失聲揮涕。」王粲《七哀詩》：「顧聞號泣聲，揮涕獨不還。」《文選》李善注：「揮涕，以手揮之也。」

〔四〕參佐二句：《趙次公先後解》：「門闌，則貴人之家也。」按，當指下屬舊人。《後漢書·明帝紀》：「勞賜縣掾吏，及門闌走卒。」注：「《後漢志》曰：五伯、鈴下、侍閤、門闌部署，街里走卒，皆有程品。」原指供役使者。于邵《與蕭相公書》：「敢託相公門闌之舊。」《送河南王少府還任序》：「頃忝臺憲，出於門闌。」皆指門下士。

〔五〕從公句：《宋書・袁淑傳》：「臣昔忝伏事，常思效節。」

〔六〕長路二句：《禮記・曲禮上》：「助葬必執紼。」注：「紼，引車索。」《荀子・大略》：「諸侯召其臣，臣不俟駕，顛倒衣裳而走，禮也。《詩》曰：顛之倒之，自公召之。」句謂猶思顛倒衣裳而走以奉召。

〔七〕墓待二句：龍驤詔，見卷七《八哀詩・嚴公武》(0332)注。《後漢書・輿服志下》：「法冠，一曰柱後。高五寸，以纚爲展筩，鐵柱卷，執法者服之，侍御史、廷尉正監平也。或謂之獬豸冠。獬豸，神羊，能別曲直。」仇注：「龍驤承韋，言殁後贈典。獬豸承盧，言宿望還都。」

〔八〕深衷二句：顔延之《五君詠・劉參軍》：「頌酒雖短章，深衷自此見。」《世説新語・德行》：「陳仲舉言爲士則，行爲世範。」《宋書・武帝紀》：「此是兵機，非卿所解。」

〔九〕戎狄二句：《趙次公先後解》：「此言廣德元年吐蕃陷京師也。」朱鶴齡注：「言吐蕃屢寇京畿也。」

〔一〇〕往年二句：《趙次公先後解》：「言掃除吐蕃妖氣之不得上策，所以爲非矣。」仇注：「朝謁斷，指代宗幸陝。掃除非，謂禦戎無策。」

〔一一〕但促二句：銅壺箭，見卷二《湖城東遇孟雲卿復歸劉顥宅宿宴飲散因爲醉歌》(0081)注。《趙次公先後解》：「欲上之未明求衣而早朝也。休添玉帳旂，則言不必添兵也。」朱鶴齡注：「言天子但當早朝勤政，毋事添兵苑中。」

〔一二〕動詢二句：黄閣老，見卷一〇《奉贈嚴八閣老》(0500)注。《史記·韓信盧綰列傳》：「上出白登，匈奴騎圍上。……居七日，胡騎稍引去。」集解：「服虔曰：白登，臺名，去平城七里。」《趙次公先後解》：「言天子雖屢詢大臣，而莫知以白登之圍爲慮者。」朱鶴齡注：「言執政大臣不以主辱爲憂也。」

〔一三〕萬姓二句：《趙次公先後解》：「言將帥乘此爲驕也。」朱鶴齡注：「言河北諸將也。」

〔一四〕刺規二句：端拱，見卷六《往在》(0291)注。《趙次公先後解》：「言天子聞其諫諍，自可以垂衣拱手而治也。」

〔一五〕儉約二句：《淮南子·主術訓》：「君人之道，處静以修身，儉約以率下。」《後漢書·王暢傳》：「府君不希孔聖之明訓，而慕夷齊之末操。」

〔一六〕對敭二句：《書·説命下》：「敢對揚天子之休命。」王褒《四子講德論》：「夫特達而相知者，千載之一遇也。」郭璞《游仙詩》：「珪璋雖特達，明月難闇投。」朱鶴齡注：「上云往年朝謁斷，下云衰朽再芳菲，歎己之不得歸朝，而期侍御以此入對也。」

〔一七〕空裏二句：書空，見卷一五《寄劉峽州伯華使君四十韻》(1032)注。采薇，見卷五《草堂》(0251)注。

〔一八〕撥杯二句：《趙次公先後解》：「撥杯者，揮杯也。」王嗣奭《杜臆》：「撥杯謂抛杯而不飲也，前有『撥弃潭州百斛酒』可證。」

〔一九〕眼冷二句：楊炯《送臨津房少府》：「烟霞駐征蓋，絃奏促飛觴。」釣磯，見卷一一《三絶句》(0658)注。

〔二〇〕清霜二句：《楚辭・九歌・湘夫人》：「嫋嫋兮秋風，洞庭波兮木葉下。」

哭李常侍嶧二首〔一〕

一代風流盡，修文地下深〔二〕。斯人不重見，將老失知音。短日行梅嶺，寒山落桂林①〔三〕。長安若箇畔，猶想映貂金〔四〕。(1386)

【校】

① 山，宋本、錢箋、《草堂》校：「一作江。」

【注】

黄鶴注：當是大曆三年(七六八)在荆南作，而梁權道編在大曆四年潭州詩内，潭不應言江漢也。

〔一〕李嶧：《舊唐書・李峘傳》：「李峘，太宗第三子吴王恪之孫。恪第三子琨生信安王禕，禕生三子：峘、嶧、峴。……初，峘爲户部尚書，峴爲吏部尚書、知政事，嶧爲户部侍郎、銀青光禄大夫，兄弟同居長興里第，門列三戟，兩國公門十六戟，一、三品門十二戟，榮耀冠時。嶧位終蜀州刺史。」

〔二〕一代二句：《南齊書・張緒傳》：「從弟融敬重緒，事之如親兄，賫酒於緒靈前酌飲，慟哭曰：『阿兄風流頓盡。』」修文郎，見卷一四《聞高常侍亡》(0931)注。

〔三〕短日二句：梅嶺，《趙次公先後解》謂指大庾嶺：「李常侍之櫬，應自廣南來也。」參卷一一《廣州段功曹到得楊五長史譚書功曹却歸聊寄此詩》(0705)注。黄希注引《史記・東越列傳》：「令諸校屯豫章梅嶺待命。」索隱：「豫章西三十里有梅嶺，在洪崖山足，當古驛道。」正義：「《括地志》云：梅嶺在虔化縣東北百二十八里。虔州漢亦屬豫章郡。二所未詳。」桂林，見卷一一《寄楊五桂州》(0642)注。黄希注：「若以桂州爲桂林，則梅嶺非桂林所經之路。」仇注引舊注：「桂林指衡州之桂陽。」按，梅嶺、桂林蓋泛舉廣南之地。

〔四〕長安二句：若箇，見卷一七《哭李尚書》(1340)注。貂金，見卷一五《諸將五首》(1159)「侍中貂」注。

青瑣陪雙入，銅梁阻一辭①〔一〕。風塵逢我地，江漢哭君時。次第尋書札，呼兒檢贈詩〔二〕。發揮王子表〔三〕，不愧史臣詞。(1387)

【校】

① 銅，宋本作「洞」，據錢箋等改。

【注】

〔一〕青瑣二句：青瑣，見卷九《奉贈太常張卿二十韻》(0414)注。《趙次公先後解》：「公昔爲左拾遺，與常侍同通籍而入也。」銅梁，在蜀中，見卷四《贈蜀僧閭丘師兄》(0175)注。《趙次公先後解》：「阻一辭，則追恨不得一别也。」

〔二〕次第二句：《趙次公先後解》：「次第對呼兒，以第對兒，此亦雞黍對楊梅之格也。」

〔三〕發揮句：《趙次公先後解》謂《漢書》有《王子侯表》。按，此表當指章表。

哭韋大夫之晉〔一〕

凄愴郇瑕邑①，差池弱冠年〔二〕。丈人叨禮數②，文律早周旋〔三〕。臺閣黄圖裏，簪裾紫蓋邊〔四〕。尊榮真不忝，端雅獨翛然〔五〕。貢喜音容間，馮招病疾纏③〔六〕。南過駭蒼卒，北思悄聯綿〔七〕。鵩鳥長沙諱，犀牛蜀郡憐〔八〕。素車猶慟哭，寶劍欲高懸〔九〕。漢道中興盛，韋經亞相傳〔一〇〕。沖融標世業〔一一〕，磊落映時賢。城府深朱夏④，江湖眇霽天〔一二〕。綺樓關樹頂⑤，飛旐泛堂前〔一三〕。帟幕疑風燕，笳簫急暮蟬〔一四〕。興殘虚白室，跡斷孝廉船〔一五〕。童孺交游盡，喧卑俗事牽。老來多涕淚，情在强詩篇。誰繼方隅理〔一六〕，朝難將帥權。春秋褒貶例，名器重雙全〔一七〕。（1388）

【校】

① 邑，《草堂》作「地」，校：「一作邑。」

② 丈，錢箋校：「一作大。」《草堂》作「大」，校：「一作丈。」

③ 病疾，《草堂》作「疾病」。

④ 深，《草堂》作「開」。

⑤ 關，錢箋校：「一作高。」《草堂》作「開」。

【注】

黄鶴注：大曆四年（七六九）夏作。

〔一〕韋之晉：見卷一六《奉送韋中丞之晉赴湖南》（1174）。此年夏卒於潭州。

〔二〕淒愴二句：《左傳》成公六年：「晉人謀去故絳，諸大夫皆曰：『必居郇瑕氏之地。』」杜預注：

「郇、瑕，古國名。河東解縣西北有郇城。」《元和郡縣圖志》卷一二河中府猗氏縣：「故郇邑，在縣西南四里。《左傳》曰『晋侯謀去故絳，欲居郇瑕氏之地』。」本卷《奉酬寇十侍御錫見寄四韻復寄寇》(1406)：「往別郇瑕地，於今四十年。」則甫弱冠時曾與之晋、寇錫游於猗氏。聞一多《會箋》謂開元十八年甫十九歲，游晋，至郇瑕，今山西猗氏縣。按，郇瑕地實近陝州安邑，甫蓋自洛陽西游至此。

〔三〕丈人二句：沈約《去東陽與吏民別》：「微薄叨今幸，忝荷非昔期。」任昉《出郡傳舍哭范僕射》：「平生禮數絶，式瞻在國楨。」此言忝叨丈人以禮數相待。陸機《文賦》：「普辭條與文律，良余膺之所服。」

〔四〕臺閣二句：黄圖，見卷一三《寄董卿嘉榮十韻》(0870)注。簪裾，見卷四《謁文公上方》(0204)注。沈約《齊故安陸昭王碑文》：「陪龍駕於伊洛，侍紫蓋於咸陽。」《文選》張銑注：「龍駕、紫蓋，並天子行也。」仇注謂此指衡山紫蓋峰，時韋先爲衡州刺史。

〔五〕尊榮二句：《史記・周本紀》：「奕世載德，不忝前人。」《晋書・徐邈傳》：「邈姿性端雅。」

〔六〕貢喜二句：貢喜，見卷一《奉贈韋左丞丈二十二韻》(0001)注。左思《詠史》：「馮公豈不偉，白首不見招。」

〔七〕南過二句：朱鶴齡注：「駭蒼卒，駭韋之死。」仇注：「公在衡，韋在潭，故聞訃之辰，自南而思北。」

〔八〕鵬鳥二句：鵬鳥，見卷七《八哀詩・李公邕》(0334)注。犀牛，見卷四《石犀行》(0172)注。仇

注：「賈生鵬鳥，比其刺潭。李冰石犀，比其守蜀。」

〔九〕素車二句：《後漢書・范式傳》：「與汝南張劭爲友。劭字元伯。……式未及到，而（元伯）喪已發引，既至壙，將窆，而柩不肯進。其母撫之曰：『元伯，豈有望邪？』遂停柩移時，乃見有素車白馬，號哭而來。其母望之曰：『是必范巨卿也。』」懸劍，見卷一三《别房太尉墓》（0864）注。

〔一〇〕漢道二句：韋經，見卷六《贈李十五丈别》（0302）「玄成」注。仇注：「韋賢少子玄成，復以明經爲相，故曰亞相。」按，韋之晋贈尚書，故稱亞相。獨孤及《爲元相祭嚴尚書文》：「予忝臺司，公亦亞相。」

〔一一〕沖融：見卷一《渼陂行》（0031）注。

〔一二〕城府二句：仇注：「城府，韋治潭州。江湖，公客衡州也。」

〔一三〕綺樓二句：《古詩十九首》：「西北有高樓，上與浮雲齊。交疏結綺窗，阿閣三重階。」飛旐，見卷七《八哀詩・嚴公武》（0332）注。

〔一四〕帟幕二句：左思《蜀都賦》：「張帟幕，會平原。」《文選》劉逵注：「帟，平帳也。《周禮》曰：田則張幕設帟。」幕燕，參卷九《對雨書懷走邀許十一簿公》（0432）注。

〔一五〕興殘二句：《莊子・人間世》：「瞻彼闋者，虚室生白，吉祥止止。」司馬彪注：「室比喻心，心能空虚，則純白獨生也。」孝廉船，見卷一一《得廣州張判官叔卿書使還以詩代意》（0706）。

〔一六〕誰繼句：羊祜《讓開府表》：「今道路未通，方隅多事。」

〔一七〕春秋二句：杜預《春秋左傳序》：「其微顯闡幽，裁成義類者，皆據舊例而發義，指行事以正褒貶。」《左傳》成公二年：「唯器與名，不可以假人，君之所司也。」杜預注：「器，車服。名，爵號。」

舟中夜雪有懷盧十四侍御弟①〔一〕

朔風吹桂水〔二〕，大雪夜紛紛②。暗度南樓月，寒深北渚雲〔三〕。燭斜初近見，舟重竟無聞〔四〕。不識山陰道，聽鷄更憶君〔五〕。（1389）

【校】

①舟中夜雪有懷盧十四侍御弟，《文苑英華》作「舟中夜雪懷盧侍郎」，校：「集作御。」御，錢箋校：「一作郎。」

②大，錢箋作「朔」，校：「一作大。」

【注】

黄鶴注：大曆四年（七六九）冬作。

〔一〕盧侍御：見《送盧十四弟侍御護韋尚書靈櫬歸上都》（1385）注。黄鶴注：「此詩當是盧送韋大夫歸柩，公對雪而懷之也。故有暗渡南樓月句。必盧過鄂故云。」

〔二〕桂水：見卷八《詠懷二首》(0388)注。

〔三〕暗度二句：《趙次公先後解》：「南樓、北渚，蓋潭州實有之。」《草堂》夢弼注：「南樓謂庾亮之樓也。」鶴注亦謂指武昌南樓。仇注：「邵注謂南樓在武昌。顧注謂南樓在岳陽。盧注據柳子厚《長沙驛前南樓感舊》詩爲證，是南樓即在潭州。」

〔四〕燭斜二句：仇注：「舟重，雪厚也。」「燭斜初見，在坐時。舟重無聞，在卧時。」

〔五〕不識二句：《世説新語・任誕》：「王子猷居山陰，夜大雪，眠覺開室，命酌酒，四望皎然，因起彷徨，詠左思《招隱詩》，忽憶戴安道，時戴在剡，即便乘小船就之。」

對雪

北雪犯長沙，胡雲冷萬家。隨風且間葉①，帶雨不成花。金錯囊徒罄②，銀壺酒易賒〔一〕。無人竭浮蟻，有待至昏鴉。何遜詩云：城陰度塹黑，昏鴉接翅歸〔二〕。(1390)

【校】

①間，宋本、錢箋校：「一作開。」《草堂》作「開」，校：「一作間。一作聞。」

②徒，錢箋作「從」，校：「一作徒。」

【注】

《趙次公先後解》編入大曆四年（七六九）。

〔一〕金錯二句：《苕溪漁隱叢話》後集卷一引《藝苑雌黄》：「張平子《四愁詩》云：美人贈我金錯刀，何以報之英瓊瑶。錢昭度詩云：荷揮萬朶玉如意，蟬弄一聲金錯刀。即王莽所鑄錢名。莽居攝，變漢制，以周錢有子母相權，於是更造大錢，徑寸二分，重十二銖，文曰大錢五十。又造契刀，其環如大錢，身形如刀，長二寸，文曰契刀五百。錯刀，以黄金錯其文，曰一刀直五千。與五銖錢凡四品並行。杜子美《對雪》詩：金錯囊徒罄，銀壺酒易賖。韓退之《潭州泊船》詩：聞道松醪賤，何須恡錯刀。此謂是也。或注《四愁詩》，引《續漢書》：佩刀，諸侯王以黄金錯環。恐與王莽所鑄錯刀又别。」金錯囊，猶言錢囊。卷一〇《空囊》（0595）：「囊空恐羞澀，留得一錢看。」

〔二〕無人二句：浮蟻，見卷九《贈特進汝陽王二十韻》（0417）注。黄伯思《東觀餘論》卷下《跋何水曹集後》：「然少陵嘗引『昏鴉接翅歸』、『金粟裹搔頭』等語，而此集無有，猶當有軼者。」《趙次公先後解》：「王立之作《詩話》云：頗嘗怪昏鴉亦常語，何必引遜句耶？甫後作絶句却云：釣艇收緡盡，昏鴉接翅稀。立之之説如此。次公考杜集『接翅稀』絶句，在此《對雪》詩前。立之既失前後之次，又不原公之心。於第二次用昏鴉方獨引注，蓋公時露消息，要見其詩所謂無兩字無來處矣。」朱鶴齡注：「必出後人假託。今流俗本所云公自注者，多此類也。」按，朱説甚武斷。此注爲甫自注，當無疑。「釣艇」二句見卷一五《復愁十二首》(1145)。

冬晚送長孫漸舍人歸州〔一〕

參卿休坐幄，蕩子不還鄉〔二〕。南客蕭湘外，西戎鄠杜傍〔三〕。衰年傾蓋晚〔四〕，費日繫舟長。會面思來札，銷魂逐去檣〔五〕。雲晴鷗更舞，風逆雁無行。匣裏雌雄劍，吹毛任選將〔六〕。(1391)

【注】

黄鶴注：按史，大曆三年(七六八)八月吐蕃寇靈州、邠州，當是三年冬晚作。《趙次公先後解》編入大曆四年(七六九)。

〔一〕長孫漸：事迹不詳。

〔二〕參卿二句：《晋書·孫楚傳》：「復參石苞驃騎軍事。楚既負其材氣，頗侮易於苞，初至，長揖曰：『天子命我參卿軍事。』」《趙次公先後解》：「公爲劍南節度府參謀，是之謂參卿……而今罷，此所謂休坐幄。」按，此或指長孫漸。《古詩十九首》：「蕩子行不歸，空床難獨守。」

〔三〕南客二句：《趙次公先後解》：「吐蕃之兵未息。去歲大曆三年八月，寇靈州，又寇邠州。今歲四年十一月，又寇靈州故也。」朱鶴齡注：「杜屬京兆，鄠屬扶風，時吐蕃入寇京畿，故曰鄠杜旁。」見卷八《追酬故高蜀州人日見寄》(0384)注。

〔四〕哀年句：《史記·魯仲連鄒陽列傳》：「諺曰：有白頭如新，傾蓋如故。」

〔五〕會面二句：江淹《別賦》：「黯然銷魂者，唯別而已矣。」

〔六〕匣裏二句：雌雄劍，見卷一五《秋日夔府詠懷奉寄鄭監審李賓客之芳一百韻》(1030)注。《趙次公先後解》：「佛書有云：如吹毛劍。任選將，則二劍皆可吹毛，任長孫選將其一也。」仇注：「吹毛可斷，言劍鋒之利。將者，佩之而行也。」《朝野僉載》卷三：「其祆主取一横刀，利同霜雪，吹毛不過。」《太平廣記》卷一九四《聶隱娘》(出《傳奇》)：「兼令長執寶劍一口，長二尺許，鋒利吹毛。」禪宗語録則後出。

暮冬送蘇四郎徯兵曹適桂州〔一〕

飄飄蘇季子，六印佩何遲〔二〕。早作諸侯客，兼工古體詩。爾賢埋照久，余病長年悲〔三〕。盧綰須征日，樓蘭要斬時〔四〕。歲陽初盛動，王化久磷緇〔五〕。爲入蒼梧廟，看雲哭九疑〔六〕。（1392）

【注】

黄鶴注：大曆四年（七六九）冬作。

〔一〕蘇徯：見卷七《君不見簡蘇徯》（0361）、卷一六《别蘇徯》（1205）注。《元和郡縣圖志》卷三七嶺南道：「桂州，始安。中都督府。……今爲桂管經略使理所。……東北至道州四百八十里。西至柳州五百四十里。」

〔二〕飄飄二句：《史記·蘇秦列傳》：「於是六國比合而併力焉，蘇秦爲從約長，並相六國。……諸侯各發使送之甚衆，疑於王者。周顯王聞之恐懼，除道，使人郊勞。蘇秦之昆弟妻嫂側目不敢仰視，俯伏侍取食。蘇秦笑謂其嫂曰：『何前倨而後恭也？』嫂委蛇蒲服，以面掩地而謝曰：『見季子位高金多也。』」集解：「譙周曰：蘇秦字季子。」索隱：「按，其嫂呼小叔爲季子耳，未必即其字。」

〔三〕爾賢二句：顔延之《五君詠·阮步兵》：「沈醉似埋照，寓辭類託諷。」

〔四〕盧綰二句：《史記·韓信盧綰列傳》：「又得匈奴降者，降者言張勝亡在匈奴，爲燕使。於是上曰：『盧綰果反矣！』使樊噲擊燕，燕王綰悉將其宫人家屬騎數千居長城下，候伺，幸上病愈，自入謝。四月，高祖崩，盧綰遂將其衆亡入匈奴，匈奴以爲東胡盧王。綰爲蠻夷所侵奪，常思復歸，居歲餘，死胡中。」《漢書·傅介子傳》：「介子與士卒俱賫金幣，揚言以賜外國爲名，至樓蘭……王貪漢物，來見使者。介子與坐飲，陳物示之，飲酒皆醉，介子謂王曰：『天子使我私報王。』王起隨介子入帳中，屏語，壯士二人從後刺之，刃交胸，立死。其貴人左右皆散走。」《趙次公先後解》謂上句指時必有心懷叛貳者，下句指言吐蕃之贊普。黃鶴注：「蓋指大曆四年十二月，桂州人朱濟時反，容管經略王翃敗之。」《舊唐書·李勉傳》：「（大曆）四年，除廣州刺史，兼嶺南節度觀察使。番禺賊帥馮崇道、桂州叛將朱濟時等阻洞爲亂，前後累歲，陷没十餘州。勉至，遣將李觀與容州刺史王翃併力招討，悉斬之，五嶺平。」

〔五〕歲陽二句：《淮南子·天文訓》：「陽生於子，故十一月日冬至，鵲始加巢，人氣鍾首。」《禮記·月令》疏：「十一月一陽生，十二月二陽生。」磷緇，見卷一五《夔府書懷四十韻》（1056）注。《趙次公先後解》：「傷時之切矣。」

〔六〕爲入二句：《史記·五帝本紀》：「（舜）南巡狩，崩於蒼梧之野，葬於江南九疑，是爲零陵。」集解：「《皇覽》曰：舜冢在零陵營浦縣。其山九谿皆相似，故曰九疑。」《水經注》湘水：「營水出營陽泠道縣南流山，西流逕九疑山下，蟠基蒼梧之野，峰秀數郡之間。羅岩九舉，各導一谿，岫壑負阻，異嶺同勢，游者疑焉，故曰九疑山。大舜窆其陽，商均葬其陰。山南有舜廟，前有石碑，文字缺落，不可復識。」《元和郡縣圖志》卷二九江南道：「永州，零陵。……《史記》舜葬九疑，即此也。」郴州藍山縣：「九疑山，在縣西南五十里。」黃希注：「蘇徯適桂，道所從出，故云。」

風疾舟中伏枕書懷三十六韻奉呈湖南親友

軒轅休製律，虞舜罷彈琴〔一〕。尚錯雄鳴管，猶傷半死心。聖賢名古邈〔二〕，羈旅病年侵。舟泊常依震，湖平早見参①〔三〕。如聞馬融笛，若倚仲宣襟〔四〕。故國悲寒望，羣雲慘歲陰〔五〕。水鄉霾白屋②，楓岸疊青岑〔六〕。鬱鬱冬炎瘴，濛濛雨滯淫。鼓迎非祭鬼③，彈落似鴞禽〔七〕。興盡纔無悶〔八〕，愁來遽不禁。生涯相汩没〔九〕，時物自蕭森④。疑惑樽中弩，淹留冠上簪〔一〇〕。牽裾驚魏帝，投閣爲劉歆〔一一〕。狂走終奚適，微才謝所欽〔一二〕。吾安藜不糝，女貴玉爲琛⑤〔一三〕。烏几重重縛，鶉衣寸寸針〔一四〕。哀傷同庾信，述作異陳琳〔一五〕。十暑岷山葛，三霜楚户砧〔一六〕。叨陪錦帳座，久放白頭吟〔一七〕。反樸時難遇，忘機陸易沉〔一八〕。應過數粒食，得近四知金〔一九〕。春草封歸恨，源花費獨尋〔二〇〕。轉蓬憂悄悄，行藥病涔涔〔二一〕。瘞夭追潘岳，持危覓鄧林〔二二〕。蹉跎翻學步，感激在知音〔二三〕。却假蘇張舌，高誇周宋鐔〔二四〕。納流迷浩汗，峻址得嶔崟〔二五〕。城府開清旭，松筠起碧潯⑥〔二六〕。披顔争倩倩，逸足競駸駸〔二七〕。朗鑒存愚直，皇天實照臨〔二八〕。公孫仍恃險，侯景未生擒〔二九〕。書信中原闊，干戈北斗深〔三〇〕。畏人千里井，問俗九州箴〔三一〕。戰血流依舊，軍聲動至今。葛洪尸定解，許靖力還任⑦〔三二〕。家事丹砂訣，無成涕作霖〔三三〕。伏羲造瑟，神農作琴，舜彈五絃琴，歌《南風》之篇有矣〔三四〕。（1393）

【校】

①早，宋本、錢箋、《草堂》校：「一作半。」

②屨，錢箋作「屋」。

③非，錢箋校：「一作方。」　非祭，《草堂》作「祭非」。

④自，宋本、錢箋、《草堂》校：「一作正。」

⑤女，錢箋校：「一作汝。」

⑥筠，錢箋、《草堂》校：「一作篁。」

⑦還，《草堂》作「難」。

【注】

《趙次公先後解》：此詩作於大曆四年（七六九）之冬，而涉明年之春初。黄鶴注同。仇注：此詩是大曆五年（七七〇）冬作，本傳及年譜但云公卒於耒陽，而不載其歲月，今以是詩考之，蓋卒於五年之冬矣。按，仇注以是詩爲甫絶筆之作，且據以定其卒時，實少堅證。

〔一〕軒轅二句：《史記·五帝本紀》：「黄帝者，少典之子，姓公孫，名曰軒轅。」《漢書·律曆志》：「黄帝使泠綸自大夏之西，崑崙之陰，取竹之嶰谷，生其竅厚均者，斷兩節間而吹之，以爲黄鐘之宫。製十二筒以聽鳳之鳴，其雄鳴爲六，雌鳴亦六，比黄鐘之宫，而皆可以生之，是爲律本。」《禮記·樂記》：「昔者舜作五絃之琴以歌《南風》。」

〔二〕聖賢句：孫綽《贈謝安》：「緬哉冥古，邈矣上皇。」

〔三〕舟泊二句：《易·説卦》：「萬物出乎震，震，東方也。」《趙次公先後解》：「泊處常依震，則泊處在東邊也。舊注更引震澤，惑學者矣。」王嗣奭《杜臆》：「公時將適漢陽，而於潭、岳則在東北，故舟泊常依震，蓋先天東北方之卦也。」仇注：「依震，欲向東北。」按，邵雍所謂先天八卦震東北，後天八卦震正東，然其説實出於宋儒，唐以前典籍無此明文。蓋冬季多西北風，泊船東岸以免漂蕩。王、仇説誤。《相和歌辭·善哉行》：「月没參横，北斗闌干。」

〔四〕如聞二句：馬融笛，見卷七《八哀詩·嚴公武》(0332)注。王粲《登樓賦》：「憑軒檻以遥望兮，向北風而開襟。」

〔五〕故國二句：庾肩吾有《舟中寒望》詩。徐幹《室思詩》：「慘慘時節盡，蘭葉凋復零。」江淹《赤亭渚》：「坐識物序晏，卧視歲陰空。」

〔六〕水鄉二句：《禮記·月令》：「孟冬之月……雉入大水爲蜃。」注：「大水，淮也。大蛤曰蜃。」

《太平御覽》卷九三二引《周書》：「成王時，長沙獻鱉蜃。」《西京雜記》卷二：「或一馬之飾直百金，皆以南海白蜃爲珂。」《初學記》卷六「氣如蜃」，引《雜兵書》：「東海出氣如鱉，渭水出氣如蜃。」此言水鄉霧霾之氣如蜃。《楚辭・招魂》：「湛湛江水兮上有楓，目極千里兮傷春心。」

〔七〕鼓迎二句：《論語・爲政》：「非其鬼而祭之，諂也。」范致明《岳陽風土記》：「荆湖民俗，歲時會集，或禱祠，多擊鼓，令男女踏歌，謂之歌場。疾病不事醫藥，惟灼龜打瓦，或以雞子占卜，求祟所在，使俚巫治之。」似鴞禽，謂鵩，見《奉贈盧五丈參謀琚》(1382)注。《莊子・齊物論》：「見彈而求鴞炙。」《趙次公先後解》：「此長沙實事也。」

〔八〕興盡句：《易・乾・文言》：「遯世無悶。」

〔九〕汩没：見卷三《泥功山》(0150)注。

〔一〇〕疑惑二句：《風俗通義》卷九：「予之祖父郴爲汲令，以夏至日請見主簿杜宣，賜酒，時北壁上有懸赤弩，照於杯中，其形如蛇。宣畏惡之，然不敢不飲，其日便得胸腹痛切，妨損飲食，大用羸露，攻治萬端，不爲愈。後郴因事過至宣家闚視，問其變故，云：『畏此蛇入腹中。』郴還聽事，思惟良久，顧見懸弩，必是也。則使門下史將鈴下侍，徐扶輦載宣，於故處設酒，杯中故復有蛇。因謂宣：『此壁上弩影耳，非有他怪。』宣意遂解，甚夷懌，由是瘳平。」《九家》杜《補遺》引此。《趙次公先後解》：「上句多引有客詣樂廣……乃弓事耳，非弩也」，謂杜所引極是。冠上簪，見卷七《八哀詩・嚴公武》(0332)注。朱鶴齡注：「冠上簪，謂朝簪。公久卧疾，未得歸朝，故曰淹留也。」

〔一一〕牽裾二句：牽裾，見卷一一《建都十二韻》（0647）注。投閣，見卷一《醉時歌》（0019）注。《趙次公先後解》：「言其曾爲左拾遺時諫房琯有才不宜罷免。」「又言琯既貶邠州刺史，而公出爲華州司功也。」朱鶴齡注：「子雲被收，本爲劉歆子棻獄辭連及，今云爲劉歆，蓋借用事以趁韻耳。」

〔一二〕狂走二句：朱浮《與彭寵書》：「伯通獨中風狂走，自捐盛時。」陸機《贈從兄車騎》：「寤寐靡安豫，願言思所欽。」

〔一三〕吾安二句：《莊子·讓王》：「孔子窮於陳蔡之間，七日不火食，藜羹不糝。」《晋書·隱逸傳》宋纖：「其人如玉，爲國之琛。」《爾雅·釋言》：「琛，寶也。」朱鶴齡注：「汝，指湖南親友。」浦起龍云：「所欽字、汝字，泛指朝貴言。」

〔一四〕烏几二句：烏皮几，見卷六《阻雨不得歸瀼西甘林》（0296）注。鶉衣，見卷一三《贈王二十四侍御契四十韻》（0869）注。

〔一五〕哀傷二句：庾信，見卷一一《戲爲六絶句》（0691）注。陳琳，見卷一〇《奉贈王中允》（0534）注。《趙次公先後解》：「公自言其無爲人作謗詈語，所以爲異也。或云陳琳健於章表，曹公嘗見其檄而頭風愈。今公自謙，以爲其述作不能似之。」仇注：「同庾信，謂均遭喪亂。異陳琳，謂不草書檄。」

〔一六〕十暑二句：《趙次公先後解》：「岷山言葛，則蜀中出布故也。」「葛以御夏，故云暑。」《史記·項羽本紀》：「故楚南公曰：楚雖三户，亡秦必楚也。」仇注：「十暑、三霜，通計行蹤。」

〔一七〕吅陪二句：錦帳，見卷七《奉酬薛十二丈判官見贈》(0324)注。白頭吟，見卷六《七月三日亭午已後較熱退晚加小涼穩睡有詩因論壯年樂事戲呈元二十一曹長》(0292)注。

〔一八〕反樸二句：《梁書・明山賓傳》：「此言足使還淳反樸，激薄停澆矣。」儲光羲《雜詩》：「達士志寥廓，所在能忘機。」《莊子・則陽》：「方且與世違而心不屑與之俱，是陸沈者也。」張協《雜詩》：「養真尚無爲，道勝貴陸沈。」

〔一九〕應過二句：張華《鷦鷯賦》：「巢林不過一枝，每食不過數粒。」《後漢書・楊震傳》：「當之郡，道經昌邑，故所舉荆州茂才王密爲昌邑令，謁見，至夜懷金十斤以遺震。震曰：『故人知君，君不知故人，何也？』密曰：『暮夜無知者。』震曰：『天知，神知，我知，子知。何謂無知？』」《趙次公先後解》：「以口腹之累，不比鷦鷯數粒而已。如是則須金以拯客窮，所以近金而無嫌也。」仇注：「分米贈金，蓋親友所惠者。」

〔二〇〕春草二句：《楚辭・招隱士》：「王孫游兮不歸，春草生兮萋萋。」《趙次公先後解》：「故園之草有懷恨以待公之歸也。」源花，用桃花源事。見卷二《北征》(0052)注。

〔二一〕轉蓬二句：《詩・邶風・柏舟》：「憂心悄悄，愠於群小。」行藥，晋人稱行散，亦作行藥。《世説新語・文學》：「王孝伯在京，行散至其弟王睹户前。」王羲之帖：「因行藥欲數處更過，還復共集散耳，不見奴。」《文選》鮑照《行藥至城東橋》劉良注：「照因疾服藥，行而宣導之。」《後漢書・外戚傳》：「皇后免身後，衍取附子並合大醫大丸以飲皇后。有頃曰：『我頭岑岑也。藥中得無有毒？』」注：「師古曰：岑岑，痺悶之意。」又作涔涔。《南方草木狀》卷上諸蔗：「用此合糯爲酒，故劇飲之，既醒，猶頭熱涔涔，以其有毒草故也。」

〔二二〕瘞夭二句：潘岳《西征賦》：「夭赤子於新安，坎路側而瘞之。亭有千秋之號，子無七旬之期。雖勉勵於延吴，實潛慟乎余慈。」黄鶴注：「元微之《志》：嗣子宗武不克葬。則宗文爲早世甚明。……意是四年自潭之衡時喪宗文，以與聶令有舊，故瘞於耒陽，而公死不果徙也。」錢箋：「潤州刺史樊晃《叙杜工部小集》云：君有宗文、宗武，近知所在，漂寓江陵。則宗文之亡，實在工部殁後也。」參卷八《入衡州》(0403)注。《山海經·海外北經》：「夸父與日逐走，入日，渴欲得飲，飲於河渭，河渭不足，北飲大澤。未至，道渴而死。弃其杖，化爲鄧林。」仇注：「鄧林，謂老行須杖。」

〔二三〕蹉跎二句：《莊子·秋水》：「且子獨不聞夫壽陵餘子學行於邯鄲與？未得國能，又失其故行矣，直匍匐而歸耳。」《趙次公先後解》：「公自傷其方隨流俗也。」《吕氏春秋·本味》：「伯牙鼓琴，鍾子期聽之。……鍾子期死，伯牙破琴絶絃，終身不復鼓琴，以爲世無足復爲鼓琴者。」王褒《洞簫賦》：「知音者樂而悲之，不知音者怪而偉之。」《趙次公先後解》：「公自傷其無識之者也。」仇注：「翻學步，不能隨俗而趨。感知音，窮途幸逢親友也。」

〔二四〕却假二句：蘇張舌，見卷八《暮秋枉裴道州手札率爾遣興寄近呈蘇涣侍御》(0379)注。《莊子·説劍》：「天子之劍，以燕谿石城爲鋒，齊岱爲鍔，晋魏爲脊，周宋爲鐔，韓魏爲鋏。」《説文》：「鐔，劍鼻也。」《趙次公先後解》：「言雖欲爲説客，則所談者王道也。」仇注：「謂諸公謬加獎賞。」

〔二五〕納流二句：陸雲《贈顧尚書》：「積簣爲山，納流成淵。」曹丕《濟川賦》：「漫浩汗而難測，眇不睹其垠際。」峻址，即峻趾，見卷一《橋陵詩三十韻因呈縣内諸官》（0037）注。王延壽《魯靈光殿賦》：「倔佹雲起，嶔崟離樓。」《説文》：「崟，山之岑崟也。」參卷二《述懷》（0050）「嶔岑」注。《趙次公先後解》：「兩句以比所求見之人。」

〔二六〕城府二句：《趙次公先後解》：「上句則言諸公在幕府。」「下句則公自言其舟之所在。」朱鶴齡注：「城府、松筠，幕府所在也。」江淹《雜體詩·謝光禄莊郊游》：「涼葉照沙嶼，秋榮冒水潯。」

〔二七〕披顔二句：謝靈運《酬從弟惠連》：「末路值令弟，開顔披心胸。」李白《游溧陽北湖亭望瓦屋山懷古贈同旅》：「清光了在眼，白日如披顔。」指見面。倩倩，《趙次公先後解》謂指笑貌，引《詩》「巧笑倩兮」。按，庾闡《揚都賦》：「貞條捎風，勁節集霧。望之猗猗，即之倩倩。」言竹。又指風流貌。《詩·小雅·四牡》：「駕彼四駱，載驟駸駸。」傳：「駸駸，驟貌。」《趙次公先後解》：「又以駿馬比諸公。」朱鶴齡注：「言望其顔色者，皆争往而歸之。」按，倩倩、駸駸，皆形容諸公俊逸之貌。

〔二八〕朗鑒二句：蔡邕《荆州刺史度尚碑》：「朗鑒出於自然，英風發乎天骨。」陸機《君子行》：「朗鑒豈遠假，取之在傾冠。」《趙次公先後解》：「愚直，公自謂也。朗鑒存之，則所以望諸公也。」

〔二九〕公孫二句：錢箋：「大曆三年，崔寧既入朝，楊子琳乘虚襲據成都府，寧弟寬攻破子琳，收復成都。四年，子琳敗還瀘州，招聚亡命，得數千人，沿江東下，聲言入朝，擊王守仙於忠州，殺夔州別駕張忠，據其城。荆南節度使衛伯玉欲結以爲援，以夔州許之，爲之請於朝。此詩公孫、侯景，皆指子琳也。」仇注：「侯景未擒，臧玠失討也。」

〔三〇〕書信二句：《趙次公先後解》：「北斗，指言長安。長安之城號北斗。」參卷一〇《元日寄韋氏妹》（0489）、卷一四《月三首》（1011）注。黄鶴注：「指是年吐蕃寇靈州。」

〔三一〕畏人二句：《玉臺新詠》劉勛妻王氏雜詩：「千里不唾井，況乃昔所奉。」李匡乂《資暇集》卷下：「諺云：千里井，不反唾。蓋由南朝宋之計吏瀉剉殘草於公館井中，且自言相去千里，豈當重來。及其復至，熱渴汲水遽飲，不憶前所弃草，草結於喉而斃。俗因相戒曰：千里井，不反剉。復訛爲唾爾。」蘇鶚《蘇氏演義》卷下引《金陵記》略同。《漢書・揚雄傳》贊：「箴莫善於虞箴，作州箴。」注：「晋灼曰：九州之箴也。」《左傳》襄公四年：「昔周辛甲之爲大史也，命百官，官箴王闕，於《虞人之箴》曰：芒芒禹跡，畫爲九州，經啓九道。民有寢廟，獸有茂草，各有攸處，德用不擾。」仇注：「畏人，問俗，言到處可憂。」

〔三二〕葛洪二句：《晋書・葛洪傳》：「後忽與岳疏云：『當遠行尋師，克期便發。』岳得疏，狼狽往別。而洪坐至日中，兀然若睡而卒，岳至，遂不及見。時年八十一。視其顔色如生，體亦柔軟，舉屍入棺其輕，如空衣，世以爲屍解得仙云。」許靖，見卷八《詠懷二首》（0388）注。《趙次公先後解》：「兩句所以重難其遭危難而不得不流落矣。」仇注：「屍定解，將死道路。力難任，不復遠行。」

〔三三〕家事二句：《抱朴子・金丹》：「《金液經》云：投金人八兩於東流水中，飲血爲誓，乃告口訣。」《隋書・經籍志》：「《合丹大師口訣》一卷。」《新唐書・藝文志》：「《丹砂訣》一卷，開元二十二年上。」《趙次公先後解》：「家事丹砂訣是兩件事，言處辨家事及營求燒丹之訣，兩無所成。」

〔三四〕伏羲四句：《風俗通義》卷六瑟：「謹按《世本》：宓羲作。八尺一寸，四十五絃。」琴：「謹按《世本》：神農作琴。《尚書》：舜彈五絃之琴，歌《南風》之詩，而天下治。」《孔子家語·辯樂解》：「昔者舜彈五絃之琴，造《南風》之詩，其詩曰：南風之薰兮，可以解吾民之慍兮；南風之時兮，可以阜吾民之財兮。」

奉贈蕭二十使君〔一〕

昔在嚴公幕，俱爲蜀使臣。艱危參大府，前後間清塵。嚴再領成都，余後參幕府〔二〕。起草鳴先路，乘槎動要津〔三〕。王鳧聊暫出，蕭雉只相馴〔四〕。終始任安義，荒蕪孟母鄰〔五〕。聯翩匍匐禮，意氣死生親。嚴公殁後，老母在堂。使君温清之問，甘脆之禮，名數若己之庭闈焉。太夫人傾逝，喪事又首諸孫主典。撫孤之情，不減骨肉，則膠漆之契可知矣〔六〕。張老存家事，嵇康有故人〔七〕。食恩慚鹵莽，鏤骨抱酸辛〔八〕。巢許山林志，夔龍廊廟珍〔九〕。鵬圖仍矯翼，熊軾且移輪〔一〇〕。磊落衣冠地，蒼茫土木身〔一一〕。塤篪鳴自合，金石瑩逾新〔一二〕。重憶羅江外〔一三〕，同游錦水濱。結歡隨過隙〔一四〕，懷舊益霑巾。曠絶含香舍〔一五〕，稽留伏枕辰。停驂雙闕早，回雁五湖春〔一六〕。不達長卿病，從來原憲貧〔一七〕。監河受貸粟，一起轍中鱗〔一八〕。（1394）

【注】

黄鶴注：詩云「回雁五湖春」，當是大曆五年（七七〇）潭州作。

〔一〕蕭二十：名不詳。黄鶴注：「公有《蕭明府晏處覔桃栽》詩，乃其人也。」按，卷一一《蕭八明府隄處覔桃栽》(0719)，顯非一人。

〔二〕昔在四句：《趙次公先後解》：「蕭是嚴公初鎮時入幕府，公在其再來時，所以爲間也。」大府，見《暮秋將歸秦留别湖南幕府親友》(1384)注。

〔三〕起草二句：《趙次公先後解》：「起草鳴先路，則蕭使君初自嚴幕而往，必爲舍人之職矣。」朱鶴齡注：「起草，言爲尚書郎也。詳詩語，蕭蓋除郎官，以他事貶縣令，旋復入爲郎，故云蕭雉只相馴。次公引《唐志》凡詔令皆舍人起草，固是，然此詩所用起草，則以郎官言之。」按，《新唐書·百官志》中書舍人：「開元初，以它官掌詔敕策命，謂之兼知制誥。肅宗即位，又以它官知中書舍人事。……先是，知制誥率用前行正郎，宣宗時，選尚書郎爲之。」玄肅時已有郎官兼知制誥者。乘槎，見卷一〇《送翰林張司馬南海勒碑》(0525)注。仇注：「乘槎，應使臣。」

〔四〕王鳧二句：王鳧、蕭雉，見卷一七《夏夜李尚書筵送宇文石首赴縣聯句》(1322)注。按，朱注以此句用王皃事，謂蕭貶縣令，復入爲郎，甚拘。詩言「俱爲蜀使臣」，則蕭應以郎官出爲蜀刺史，亦爲劍南節度使屬州，蓋由嚴武薦引者。

〔五〕終始二句：《漢書·衛青霍去病傳》：「自是後，青日衰而去病日益貴。青故人門下多去，適去病，輒得官爵，唯獨任安不肯去。」孟母鄰，見卷一〇《寄張十二山人彪三十韻》(0612)注。《趙次公先後解》：「上句則言蕭使君之於嚴公如此」，「孟母，指言嚴公之母也。」

〔六〕聯翩二句：《詩·邶風·谷風》：「凡民有喪，匍匐救之。」箋：「匍匐，言盡力也。凡於民有凶禍之事，鄰里尚盡力往救之，況我於君子家之事難易乎，固當黽勉。以疏喻親也。」按，注謂蕭使君「喪事又首諸孫主典」，蕭某當與嚴母同族。束皙《補亡詩》：「眷戀庭闈，心不遑安。」《文選》李善注：「庭闈，親之所居。」注雖言「首諸孫」，然據「温清」、「庭闈」義，蕭當爲嚴母子侄輩，與嚴武爲中表兄弟。《歷代法寶記》載「先嚴尚書表弟子簫（蕭）律師等囑太夫人奪金和上禪院爲律院」，亦可間接證明嚴母爲蕭氏。《舊唐書·李林甫傳》載嚴挺之初娶妻出之，妻乃嫁蔚州刺史王元琰，挺之又婚崔氏。此開元二十四年前事。《唐代墓志彙編》開元四八五《大唐故蔚州刺史兼横野軍使上柱國王府君墓志》及開元五二七翁偉《大唐故蔚州刺史王府君夫人南陽郡君樊氏墓志銘》，爲王元琰與其妻墓志。武之母恐非被出之妻，然亦非後娶之崔氏。此挺之家事疑不能明者。《雲谿友議》卷上又載，嚴安之（挺之）娶裴卿之女，薄其妻而愛其子，武年八歲，持鍾碎其妾玄英首。此又小説之傳言。

〔七〕張老二句：《禮記·檀弓下》：「晋獻文子成室，晋大夫發焉。張老曰：『美哉輪焉，美哉奂焉！歌於斯，哭於斯，聚國族於斯。』文子曰：『武也得歌於斯，哭於斯，聚國族於斯，是全要領以從先大夫於九京也。』北面再拜稽首。君子謂之善頌善禱。」張老即晋大夫張孟，事又見《左傳》、《國語·晋語》。《左傳》襄公二十七年：「子木問於趙孟曰：『范武子之德何如？』對曰：『夫子之家事治，言於晋國無隱情。』」此蓋合二事爲一。《趙次公先後解》：「以張老比蕭使君，言能存嚴公之家事，使得令諸孫奉太夫人喪事，哭於斯，聚族人於斯，不失其家也。」《晋書·山濤傳》：「（嵇康）臨誅，謂子紹曰：『巨源在，汝不孤矣。』」《趙次公先後解》：「嵇康以比嚴公，故人則指言蕭使君也。」

〔八〕食恩二句：《魏書·蕭衍傳》：「深仁厚德，鏤其骨髓，引領思報，義如手足。」《趙次公先後解》：「蓋以蕭使君之心，舊食嚴公之恩，尚慚報之鹵莽。」朱鶴齡注：「慚不能如蕭使君之報嚴公也。」

〔九〕巢許二句：巢父、許由，見卷一《自京赴奉先縣詠懷五百字》（0041）注。夔龍，見卷一〇《紫宸殿退朝口號》（0516）注。《趙次公先後解》：「上句則公自比也」，「下句則以言蕭使君也。」

〔一〇〕鵬圖二句：鵬圖，見《泊岳陽城下》（1353）注。熊軾，見卷一六《奉送蜀州柏二别駕將中丞命赴江陵起居衛尚書太夫人因示從弟行軍司馬位》（1297）注。《趙次公先後解》：「言蕭使君如大鵬之圖南，仍矯奮其翼，固當遂晋擢矣，而且爲太守，故憑熊軾以移輪也。」

〔一一〕磊落二句：《世説新語·容止》：「劉伶身長六尺，貌甚醜悴，而悠悠忽忽，土木形骸。」《趙次公先後解》：「公言其身如之，而亦在衣冠之列也。」

〔一二〕塤篪二句：《詩・小雅・何人斯》：「伯氏吹塤，仲氏吹篪。」箋：「伯仲喻兄弟也。我與汝恩如兄弟，其相應和如塤篪。」《趙次公先後解》：「於是再與蕭相見，如塤篪之合。」瑩，磨瑩。《西京雜記》卷一：「十二年一加磨瑩，刃上常若霜雪。」

〔一三〕重憶句：《元和郡縣圖志》卷三三綿州巴西縣：「羅江水，經縣西，去縣三十二里。」《趙次公先後解》：「成都在羅江之外，所以記實也。」

〔一四〕過隙：見卷一四《陪諸公上白帝城頭宴越公堂之作》(0973)注。

〔一五〕含香舍：見卷一五《七月一日題終明府水樓二首》(1028)注。

〔一六〕停驂二句：《趙次公先後解》：「上句則又言其不得朝謁，而思入朝之士。下句則言其在湘潭之間時候也。」五湖，見卷五《草堂》(0251)注。

〔一七〕不達二句：長卿病，見卷六《同元使君舂陵行》(0276)注。原憲，見卷一〇《寄岳州賈司馬六丈巴州嚴八使君兩閣老五十韻》(0611)注。《趙次公先後解》：「長卿有消渴之疾，而公亦同之，故自怪其不省解如此。」仇注：「不達，謂蕭使君未之知耳。注家謂因不顯達而致病，對下句不合。」

〔一八〕監河二句：《莊子・外物》：「莊周家貧，故往貸於監河侯。監河侯曰：『諾。我將得邑金，將貸子三百金，可乎？』莊周忿然作色曰：『周昨來，有中道而呼者。周顧視車轍中有鮒魚焉。周問之曰：「鮒魚來，子何爲者邪？」對曰：「我，東海之波臣也。君豈有斗升之水而活我哉？」周曰：「諾。我且南游吴越之王，激西江之水而迎子，可乎？」鮒魚忿然作色曰：「吾失我常與，我無所處，我得斗升之水然活耳，君乃言此，曾不如早索我於枯魚之肆！」』」《趙次公先後解》：「句則有求於蕭使君矣。」仇注：「使君倘能貸粟窮途，庶涸鱗得以頓起也。」

奉送二十三舅録事之攝郴州 崔偉〔一〕

賢良歸盛族，吾舅盡知名。徐庶高交友，劉牢出外甥〔二〕。泥塗豈珠玉，環堵但柴荆〔三〕。衰老悲人世，驅馳厭甲兵。氣春江上别，淚血渭陽情〔四〕。舟鷁排風影，林烏反哺聲〔五〕。永嘉多北至，勾漏且南征〔六〕。必見公侯復〔七〕，終聞盜賊平。郴州頗凉冷①，橘井尚凄清〔八〕。從役何蠻貊，居官志在行〔九〕。（1395）

【校】

①頗，《草堂》作「可」，校：「或作頗。」

【注】

黄鶴注：當是大曆五年（七七〇）作，時臧玠爲亂。仇注：盜賊指嶺南之寇。舊注誤云臧玠之亂，春時玠尚未反也。

〔一〕崔偉：事迹不詳。參卷八《入衡州》(0403)注。唐諸衛、都督府、諸州有録事參軍事，階只七品或八品，似不能代攝州事。

〔二〕徐庶二句：《三國志·蜀書·諸葛亮傳》：「每自比於管仲、樂毅，時人莫之許也。惟博陵崔州平、潁川徐庶元直與亮友善，謂爲信然。」注引《魏略》：「亮在荆州，以建安初，與潁川石廣元、徐元直、汝南孟公威等俱游學。」《宋書·武帝紀》：「何無忌，劉牢之甥，酷似其舅。共舉大事，何謂無成。」

〔三〕泥塗二句：《世説新語·容止》：「驃騎王武子是衛玠之舅，俊爽有風姿。見玠，輒歎曰：『珠玉在側，覺我形穢。』」

〔四〕氣春二句：渭陽，見卷一六《奉送卿二翁統節度鎮軍還江陵》(1210)注。史岑《出師頌》：「言念伯舅，恩深渭陽。」

〔五〕舟鷁二句：桓譚《新論·譴非》：「昔宣帝時，公卿大夫朝會廷中，丞相語次言：『聞梟生子，子長，且食其母，乃能飛。寧然邪？』時有賢者應曰：『但聞烏子反哺其母耳。』丞相大慚，自悔其言之非也。」《文選》束晳《補亡詩》李善注：「《小雅》曰：純黑而反哺者，烏也。」《趙次公先後解》：「上句言崔舅之船，下句則崔舅應侍太夫人以行也。」

〔六〕永嘉二句：《晉書·地理志》：「永嘉之亂，臨淮、淮陵並淪没石氏。元帝渡江之後，徐州所得惟半，乃僑置淮陽、陽平、濟陰、北濟陰四郡。又琅邪國人隨帝過江者，遂置懷德縣及琅邪郡以統之。是時，幽、冀、青、并、兖五州及徐州之淮北流人，相帥過江淮，帝並僑立郡縣以司牧之。」

葛洪求爲勾漏令，見卷八《送重表侄王砅評事使南海》(0386)注。

〔七〕必見句：《左傳》閔公元年：「公侯之子孫，必復其始。」

〔八〕橘井：見卷七《八哀詩・張公九齡》(0337)「蘇躭井」注。

〔九〕居官句：《論語・衛靈公》：「子張問行。子曰：『言忠信，行篤敬，雖蠻貊之邦行矣。』」

送魏二十四司直充嶺南掌選崔郎中判官兼寄韋韶州①〔一〕

選曹分五嶺，使者歷三湘〔二〕。才美膺推薦，君行佐紀綱〔三〕。佳聲期共遠②，雅節在周防〔四〕。明白山濤鑒，嫌疑陸賈裝〔五〕。故人湖外少，春日嶺南長〔六〕。憑報韶州牧，新詩昨寄將③〔七〕。(1396)

【校】

① 送魏二十四司直充嶺南掌選崔郎中判官兼寄韋韶州，「魏」《文苑英華》作「衛」。

② 期，錢箋作「斯」，校：「一作期。」《草堂》校：「一作斯。」　共，錢箋、《草堂》校：「樊作不。」

③ 寄，錢箋、《草堂》校：「一作夜。」

【注】

黃鶴注：當是大曆五年（七七〇）春作，時臧玠未爲亂，公尚在潭州。

〔一〕魏二十四：名不詳。《唐六典》卷一八大理寺：「司直六人，從六品上。」《唐六典》卷二吏部郎中：「其嶺南、黔中，三年一置選補使，號爲南選。」《唐會要》卷七五《南選》：「天寶十三載七月敕：如聞嶺南州縣，近來頗習文儒。自今已後，其嶺南五府管内白身有詞藻可稱者，每至選補時任令應諸色鄉貢，仍委選補使准其考試，有堪及第者，具狀聞奏。如有情願赴京者亦聽。其前資官並常選人等，有詞理兼通、才堪理務者，亦任北選，及授北官。」「大曆十四年十二月二日敕：南選已差郎官，固宜專達。自今已後，不須更差御史監臨。」崔郎中：名不詳。時充嶺南選補使，魏二十四爲其判官。韋韶州：韋迢。見《潭州送韋員外牧韶州》（1373）注。

〔二〕選曹二句：選曹，指吏部。《舊唐書·職官志》吏部郎中：「員外郎一人掌判南曹。曹在選曹之南，故謂之南曹。」《蕭至忠傳》：「頃者選曹授職，政事官人，或異才升，多非德進。」五嶺，見卷一〇《寄李十二白二十韻》（0613）注。顔延之《始安郡還都與張湘州登巴陵城樓作》：「三湘淪洞庭，七澤藹荊牧。」《文選》李善注：「郭璞《山海經注》曰：巴陵縣有洞庭陂，江、湘、沅水皆共會巴陵，故號三江口也。」《方輿勝覽》卷二三潭州：「三湘，《寰宇記》：湘潭、湘鄉、湘源。」

〔三〕才美二句：《趙次公先後解》：「上句則又以言魏爲人所薦而爲判官也，下句則言魏君之行佐崔君之紀綱也。」紀綱，見卷六《送殿中楊監赴蜀見相公》（0306）注。

〔四〕佳聲二句：杜審言《贈崔融二十韻》：「雅節君彌固，衰顏余自傷。」周防，見卷一二《遺悶奉呈嚴鄭公二十韻》(0883)注。

〔五〕明白二句：《晉書·山濤傳》：「濤再居選職十有餘年，每一官缺，輒啓擬數人，詔旨有所向，然後顯奏，隨帝意所欲爲先。故帝之所用，或非舉首。衆情不察，以濤輕重任意。或譖之於帝，故帝手詔戒濤曰：『夫用人惟才，不遺疏遠單賤，天下便化矣。』而濤行自若，一年之後，衆情乃寢。」《史記·酈生陸賈列傳》：「高祖使陸賈賜尉他印爲南越王……乃大説陸生，留與飲數月。曰：『越中無足與語，至生來，令我日聞所不聞。』賜陸生槖中裝直千金，他送亦千金。陸卒拜尉他爲南越王，令稱臣奉漢約。」《趙次公先後解》：「嫌疑陸賈裝，又戒之以廉也。」按，稱嫌疑，又暗用馬援事。

〔六〕故人二句：《趙次公先後解》：「故人湖外客，此是韋迢詩一句。公改一字，而精神健矣。」

〔七〕將：仇注：「將，送也。」按，將爲語助詞。見卷七《前苦寒行二首》(0342)注。

送趙十七明府之縣〔一〕

連城爲寶重，茂宰得才新〔二〕。山雉迎舟楫，江花報邑人〔三〕。論交翻恨晚，卧病却愁春。惠愛南翁悅，餘波及老身〔四〕。（1397）

【注】

黃鶴注：當是大曆五年（七七〇）潭州作。

〔一〕趙十七：名不詳。

〔二〕連城二句：《史記·廉頗藺相如列傳》：「趙惠文王時，得楚和氏璧。秦昭王聞之，使人遺趙王書，願以十五城請易璧。」盧諶《覽古》：「趙氏有和璧，天下無不傳。……連城既僞往，荆玉亦真還。」浦起龍云：「此借趙國比趙姓。」謝朓《和伏武昌登孫權故城》：「雄圖悵若兹，茂宰深遐睠。」李白《贈從孫義興宰銘》：「天子思茂宰，天枝得英才。」指縣令。

〔三〕山雉二句：《後漢書·魯恭傳》：「拜中牟令，恭專以德化爲理，不任刑罰。……河南尹袁安聞之，疑其不實，使仁恕掾肥親往廉之。恭隨行阡陌，俱坐桑下，有雉過，止其傍。傍有童兒，親曰：『兒何不捕之？』兒言：『雉方將雛。』」朱鶴齡注：「江花，用潘岳事。」參卷一一《蕭八明府隄處覓桃栽》（0719）注。

〔四〕惠愛二句：朱鶴齡注：「趙必官衡、潭間，故有末語。」

燕子來舟中作

湖南爲客動經春，燕子銜泥兩度新〔一〕。舊入故園常識主①，如今社日遠看

人〔二〕。可憐處處巢居室②，何異飄飄託此身。暫語船檣還起去，穿花落水益霑巾。（1398）

【校】

①常，《草堂》作「嘗」。

②居，錢箋作「君」，校：「一作居。」

【注】

黄鶴注：當是大曆五年（七七〇）潭州作。

〔一〕湖南二句：《古詩十九首》：「思爲雙飛燕，銜泥巢君屋。」傅玄《陽春賦》：「鵲營巢於高樹，燕銜泥於廣庭。」《趙次公先後解》：「兩度新，則大曆四年、五年之春，四年在潭州城中，今歲在舟中。」

〔二〕舊入二句：社日，見卷一五《社日兩篇》（1106）注。《古今合璧事類備要》別集卷七三引《格物總論》：「燕……春社來，秋社去，故謂之社燕。」

同豆盧峰貽主客李員外賢子棐知字韻①〔一〕

鍊金歐冶子②，噴玉大宛兒〔二〕。符彩高無敵，聰明達所爲〔三〕。夢蘭他日應，折桂早年知〔四〕。爛漫通經術，光芒刷羽儀〔五〕。謝庭瞻不遠③，潘省會於斯〔六〕。唱和將鶵曲，田翁號鹿皮〔七〕。（1399）

【校】

①同豆盧峰貽主客李員外賢子棐知字韻，錢箋作「同豆盧峰知字韻」，題注：「貽主客李員外賢子棐也。」

②鍊，宋本作「練」，據錢箋等改。

③遠，《草堂》作「足」。

【注】

黄鶴注：舊次在大曆五年（七七〇）潭州作。

〔一〕豆盧峰：武元衡《劉商郎中集序》：「有若太原王緒，河東裴茂、茂弟薦，河南豆盧峰，馮翊嚴紳、紳弟綬，及余伯舅洎於子夏，咸以儒業相資，冠冑群族，雄詞麗句，遍在人間。」劉商有《雜言同豆盧郎中郭南七里橋哀悼姚倉曹》、《送豆盧郎[中]赴海陵》。李員外：或爲李崟。《唐尚書省郎官石柱題名考》主客員外郎有李崟。勞格引《新唐書·宗室世系表》蔡王房士英子崟。《文苑英華》卷五〇四、五二七有李崟判文。《全唐文》卷四三五小傳謂：「崟，肅宗朝官主客員外郎。」岑仲勉《郎官石柱題名新考訂》謂其時代是否相當難決。其子名棐。《唐六典》卷四禮部：「主客員外郎一人，從六品上。」

〔二〕鍊金二句：《吴越春秋》卷二：「干將者，吴人也，與歐冶子同師，俱能爲劍。」《越絶書》卷一一：「(楚王)乃令風鬍子之吴，見歐冶子、干將，使人作鐵劍。」大宛兒，見卷一《驄馬行》(0039)注。噴玉，見卷七《醉爲馬墜諸公携酒相看》(0356)注。

〔三〕符彩二句：曹植《七啓》：「符采照料，流景揚輝。」傅玄《乘輿馬賦》：「目若曜星，符采横發。」

〔四〕夢蘭二句：《左傳》宣公三年：「鄭文公有賤妾曰燕姞，夢天使與己蘭，曰：『余爲伯儵。余，而祖也。以是爲而子。以蘭有國香，人服媚之如是。』既而文公見之，與之蘭而御之。辭曰：『妾不才，幸而有子。將不信，敢徵蘭乎？』公曰：『諾。』生穆公，名之曰蘭。」《晉書·郤詵傳》：「臣舉賢良對策，爲天下第一，猶桂林之一枝，崑山之片玉。」

〔五〕爛漫二句：爛漫，見卷二《彭衙行》(0070)注。沈約《和謝宣城》：「將隨渤澥去，刷羽泛清源。」《易·漸》：「上九，鴻漸於陸，其羽可用爲儀，吉。」班固《幽通賦》：「皇十紀而鴻漸兮，有羽儀於上京。」此蓋由刷羽而連言及之。

〔六〕謝庭二句：《世説新語・言語》：「謝太傅問諸子侄：『子弟亦何預人事，而正欲使其佳？』諸人莫有言者，車騎答曰：『譬如芝蘭玉樹，欲使其生於階庭耳。』」潘岳《秋興賦》：「以太尉掾兼虎賁中郎將，寓直於散騎之省。」

〔七〕唱和二句：《宋書・樂志》：「《鳳將雛》哥者，舊曲也。應璩《百一詩》云『爲作陌上桑，反言鳳將雛』，然則《鳳將雛》其來久矣。」鹿皮翁，見卷三《遣興三首》（0096）注。

歸雁二首

萬里衡陽雁，今年又北歸〔一〕。雙雙瞻客上，一一背人飛。雲裏相呼疾，沙邊自宿稀。繫書元浪語①，愁寂故山薇〔二〕。（1400）

【校】

①元，錢箋校：「一作無。」《草堂》作「無」，校：「一作元。」

【注】

黄鶴注：當是大曆五年（七七〇）春潭州作。

〔一〕萬里二句：衡陽有回雁峰，見卷一七《舟中出江陵南浦奉寄鄭少尹審》（1335）注。應瑒《侍五官中郎將建章臺集詩》：「言我塞門來，將就衡陽栖。」

〔二〕繫書二句：繫書，見卷九《遣興》（0488）注。采薇，見卷五《草堂》（0251）注。

欲雪違胡地，先花別楚雲〔一〕。却過清渭影，高起洞庭羣。塞北春陰暮，江南日色曛。傷弓流落羽〔二〕，行斷不堪聞。（1401）

【注】

〔一〕欲雪二句：謝靈運《九日從宋公戲馬臺集送孔令》：「季秋邊朔苦，旅雁違霜雪。」《禮記·月令》：「季冬之月……雁北鄉。」

〔二〕傷弓：見卷三《兩當縣吴十侍御江上宅》（0139）注。《晉書·苻生載記》：「傷弓之鳥，落於虚發。」

小寒食舟中作〔一〕

佳辰强飲食猶寒①，隱几蕭條帶鶡冠〔二〕。春水船如天上坐，老年花似霧中

看〔三〕。娟娟戲蝶過閑幔②，片片輕鷗下急湍〔四〕。雲白山青萬餘里，愁看直北是長安③。（1402）

【校】

① 飲，錢箋作「飯」，校：「一云飲。」《草堂》校：「一作飯。」

② 閑，錢箋校：「一作開。」 過閑，《草堂》作「閑過」。

③ 直，《草堂》作「西」。 愁看七字，《草堂》校：「一作愁看直北至長安。」

【注】

黄鶴注：當是大曆五年（七七〇）作。《趙次公先後解》編入大曆四年（七六九）。

〔一〕小寒食：黄鶴注：「小寒食如小至之類，前寒食一日也。」金盈之《醉翁談録》卷三：「寒食……今云斷火三日者，謂冬至後一百四日、一百五日、一百六日也。唐杜甫《小寒食》詩云：『佳辰强飲食猶寒。』乃知食猶寒，則是一百六日也。一百四日爲大寒食，一百六日爲小寒食明矣。或以一百五日爲官寒食，一百四日爲私寒食。」王嗣奭《杜臆》：「注謂寒食前一日，誤矣。蓋謂寒食次日也。《歲時記》：冬至後一百五日爲寒食。據曆在清明前二日。而《後漢書》周舉移書子推廟，移一月爲三日。廣義注：禁火三日。謂至後一百四日、五日、六日。乃知小寒食是六日。故詩云『佳辰强飲食猶寒』，總在三日内，故云佳辰。次日清明始有新火，故云食猶寒。

其意甚明。注者引小至爲證，不知小至亦謂至之次日。」

〔二〕鶡冠：見卷一六《耳聾》(1227)注。

〔三〕春水二句：范温《潛溪詩眼》：「老杜律詩，布置法度全學沈佺期，更推廣集大成耳。沈云：『人如天上坐，魚似鏡中懸。』杜云：『春水船如天上坐，老年花似霧中看。』是皆不免蹈襲前輩。然『雲白山青千萬里，幾時重謁聖明君。』杜云：『雲白山青萬餘里，愁看直北是長安。』沈云：前後傑句，亦未易優劣。」

〔四〕娟娟二句：張耒《明道雜志》：「(王)仲至家有古寫本杜詩……本作開幔，開幔語更工，因開幔見蝶過也。」《趙次公先後解》：「世有《王立之詩話》載：老杜家諱閑，而詩中有云娟娟戲蝶過閑幔。或云恐傳之謬。又有《宴王使君宅》詩云泛愛憐霜鬢，留歡卜夜閑。余以爲皆當以閑字爲正，臨文恐不自以爲避也。立之之説如此。次公則以上夜關於義方活。一云上夜關。今則當以閑字爲正，乃臨文不諱之説。」胡應麟《詩藪》雜編卷五：「張文潛以杜涓涓戲蝶過閑幔爲開幔，曾閃朱旗北斗閑爲殷，皆非是。論詩最忌穿鑿，當觀古人通篇語意文勢，庶得之。」參卷一七《宴王使君宅題二首》(1350)注。

清明二首

朝來新火起新烟，湖色春光浄客船〔一〕。繡羽銜花他自得，紅顔騎竹我無緣〔二〕。胡童結束還難有，楚女腰支亦可憐①〔三〕。不見定王城舊處，長懷賈傅井依然〔四〕。虛霑焦舉爲寒食②，實藉嚴君賣卜錢〔五〕。鍾鼎山林各天性，濁醪粗飯任吾年〔六〕。（1403）

【校】

① 支，錢箋作「肢」。

② 焦舉，錢箋校：「當作周舉。」 焦，《草堂》校：「一作周。」

【注】

黄鶴注：當是大曆四年（七六九）初到潭州時作。按，四年仲春甫已離潭州，此當與卷八《清明》（0405）同作於大曆五年（七七〇）。

〔一〕朝來二句：《趙次公先後解》：「按唐制，清明日賜百官新火。」謝觀《清明日恩賜百官新火賦》：「國有禁火，應當清明。萬室而寒火寂滅，三辰而纖靄不生。木鐸罷循，乃灼燎於榆柳；桐花始發，賜新火於公卿。」宋敏求《春明退朝録》卷中：「《周禮》：四時變國火。謂春取榆柳之火，夏取棗杏之火，季夏取桑柘之火，秋取柞楢之火，冬取槐檀之火。而唐時，惟清明取榆柳火以賜近臣戚里。」

〔二〕繡羽二句：《趙次公先後解》：「繡羽者，眼前所見文禽也。銜花亦是禽之實事。」鮑照《芙蓉賦》：「戲錦鱗而夕映，曜繡羽以晨過。」蕭綱《茱萸女》：「茱萸生狹斜，結子復銜花。」《世説新語・品藻》：「殷侯既廢，桓公語諸人曰：『少時與淵源共騎竹馬，我弃去，已輒取之，故當出我下。』」《文選》王融《三月三日曲水詩序》李善注引杜氏《幽求子》：「年五歲聞有鳩車之樂，七歲有竹馬之歡。」

〔三〕胡童二句：《後漢書・東夷傳》倭：「衣皆横幅，結束相連。」《馬廖傳》：「傳曰：吴王好劍客，百姓多創瘢。楚王好細腰，宫中多餓死。」庾肩吾《詠美人看畫》：「非關能結束，本自細腰肢。」《趙次公先後解》：「胡童結束，似指言陝西之事，蓋彼中有胡商居焉，則宜有之矣。今於荆湖，既難有矣。」仇注：「楚雜苗蠻，故有胡童之服。」

〔四〕不見二句：《漢書・景十三王傳》：「長沙定王發，母唐姬，故程姬侍者。」《水經注》湘水：「漢高祖五年，以封吴芮爲長沙王，是城即芮築也。漢景帝二年，封唐姬子發爲王，都此」；「城之内郡廨西有陶侃廟，云舊是賈誼宅地，中有一井，是誼所鑿，極小而深，上斂下大，其狀似壺。傍有一脚石床，纔容一人坐形，流俗相承，云賈誼所坐床。又有大柑樹，亦云誼所植也。」

〔五〕虚霑二句：《後漢書・周舉傳》：「稍遷并州刺史。太原一郡，舊俗以介子推焚骸，有龍忌之禁。至其亡月，咸言神靈不樂舉火，由是士民每冬中輒一月寒食，莫敢烟爨，老小不堪，歲多死者。舉既到州，乃作弔書以置子推之廟，言盛冬去火，殘損民命，非賢者之意，以宣示愚民，使還温食。於是衆惑稍解，風俗頗革。」嚴君平，見卷一《渼陂西南臺》(0032)注。

〔六〕鍾鼎二句：《晉書・閻纘傳》：「率取膏粱擊鍾鼎食之家。」

此身飄泊苦西東，右臂偏枯半耳聾①〔一〕。寂寂繫舟雙下淚，悠悠伏枕左書空〔二〕。十年蹴踘將鶵遠，萬里鞦韆習俗同〔三〕。旅雁上雲歸紫塞②，家人鑽火用青楓〔四〕。秦城樓閣烟花裏③，漢主山河錦繡中〔五〕。風水春來洞庭闊④，白蘋愁殺白頭翁。（1404）

【校】

① 半，《草堂》校：「一本作左。」

② 雲，《文苑英華》作「樓」。

③ 烟，宋本、錢箋、《草堂》校：「一作鶯。」

④ 風水，錢箋、《草堂》校：「一作春去。」《文苑英華》作「春去」，校：「集作風水。」

【注】

〔一〕此身二句：《禮記・檀弓上》：「今丘也，東西南北人也。」注：「東西南北，言居無常處也。」倒言西東以押韻。《黄帝内經素問・風論》：「風之傷人，或爲寒熱，或爲熱中，或爲寒中，或爲癘風，或爲偏枯。」

〔二〕書空：見卷一五《寄劉峽州伯華使君四十韻》（1032）注。《趙次公先後解》：「以右臂偏枯，故書空用左也。」

〔三〕十年二句：《荆楚歲時記》：「去冬至一百五日，即有疾風甚雨，謂之寒食。禁火三日，造餳、大麥粥。鬭雞，鏤雞子，鬭雞子。打毬、秋千、施鈎之戲。」注：「按劉向《别録》曰：蹴鞠，黄帝所造，本兵勢也。或云起於戰國。按，鞠與毬同。古人蹋蹴以爲戲也。」《藝文類聚》卷四引《古今藝術圖》：「北方山戎寒食日用鞦韆爲戲，以習輕趫者。」高承《事物紀原》卷八：「秋千，《古今藝術圖》曰：北方山戎愛習輕趫之能，每至寒食爲之。後中國女子學之，乃以綵繩懸樹立架，謂之秋千。或曰本山戎之戲也，自齊桓公北伐山戎，此戲始傳中國。一云正作秋千字，爲秋遷非也。本出自漢宫祝壽詞也。後世語倒爲秋千耳。」成公綏《嘯賦》：「又似雁之將雛，群鳴號乎沙漠。」

〔四〕旅雁二句：紫塞，見卷六《七月三日亭午已後較熱退晚加小凉穩睡有詩因論壯年樂事戲呈元二十一曹長》（0292）注。鑽火，見卷一七《秋日荆南述懷三十韻》（1338）注。

〔五〕漢主句：左思《魏都賦》：「錦繡襄邑，羅綺朝歌。」

贈韋七贊善〔一〕

鄉里衣冠不乏賢，杜陵韋曲未央前〔二〕。爾家最近魁三象①，斗魁下兩兩相比，爲三台。時論同歸尺五天。俚語曰：城南韋杜，去天尺五②〔三〕。北走關山開雨雪③，南游花柳塞雲烟④。洞庭春色悲公子，蝦菜忘歸范蠡船〔四〕。(1405)

【校】

①象，《草堂》作「冢」，校：「一作象。」

②尺五，宋本作「五尺」，據錢箋等改。

③山，宋本、錢箋、《草堂》校：「一作河。」

④雲，宋本、錢箋、《草堂》校：「一作風。」

【注】

黄鶴注：當是大曆五年(七七〇)在潭州作。

〔一〕韋七：卷一二有《贈韋贊善别》(0771)。黄鶴注：「韋贊善，必韋見素之後。見素位至宰相，贈司空，故詩云爾家最近魁三象。見素與公皆京兆人，故又云鄉里衣冠不乏賢。若韋思謙父子，乃鄭州人。」劉長卿有《送韋贊善使嶺南》。

〔二〕鄉里二句：《三國志·蜀書·馬忠傳》：「雖亡黄權，復得狐篤，此爲世不乏賢也。」杜陵，見卷一《醉時歌》(0019)注。韋曲，見卷一〇《奉陪鄭駙馬韋曲二首》(0535)注。

〔三〕爾家二句：《史記·天官書》：「魁下六星，兩兩相比者，名曰三能。」集解：「蘇林曰：能音台。」參卷六《昔游》(0288)注。《雍録》卷七杜縣：「杜縣與五代都城謹相並附，故古事著迹此地者多也。語謂城南韋杜，去天尺五。以其迫近帝都也。」卷八韋曲杜曲薛曲：「吕《圖》：韋曲在明德門外，韋后家在此，蓋皇子陂之西也。所謂城南韋杜，去天尺五者也。杜曲在啓夏門外，向西即少陵原也。」

〔四〕洞庭二句：錢箋：「此謂楚之洞庭也。」引《史記·越王句踐世家》集解：「張華曰：陶朱公冢在南郡華容縣西，樹碑云是越之范蠡也。」任昉《述異記》卷上：「洞庭湖中有釣洲，昔范蠡乘扁舟，至此遇風，止釣於洲上，刻石記焉。有一陂，陂中有范蠡魚。昔范蠡釣得大魚，烹食之，小者放於陂中。」朱鶴齡注：「時公舟居，故以范蠡船自況。」卷一一《王竟携酒高亦同過共用寒字》(0712)：「自愧無鮭菜」，鮭一作蝦。馬永卿《懶真子》卷四：「又見浙人呼海錯爲蝦菜，每食不可闕，始悟『風俗當園蔬』之意。」

奉酬寇十侍御錫見寄四韻復寄寇〔一〕

往别郇瑕地〔二〕，于今四十年。來簪御府筆，故泊洞庭船〔三〕。詩憶傷心處，春深把臂前〔四〕。南瞻按百越，黄帽待君偏〔五〕。(1406)

【注】

黄鶴注：當是大曆五年（七七〇）潭州作，去年春深公入衡矣。《趙次公先後解》編入大曆四年（七六九）。

〔一〕寇錫：《唐代墓志彙編》大曆〇六四崔祐甫《有唐朝議郎守尚書工部郎中寇公墓志銘》：「尚義含章之士上谷寇錫，字子賜，後漢雍奴侯恂之後，皇朝中書舍人、兵部侍郎、宋定等四州刺史、上谷子洮之仲子，享年七十一，以大曆十二年十月廿五日終於京師永寧里之私第。……少以門子爲太廟齋郎，解褐尉鄭之滎陽，入爲豐王府參軍，遷右領軍衛騎曹，轉左威衛倉曹，改壽安主簿。……天寶季年，虜馬飲於瀍澗，公拔身無地，受羈僞職，乘輿返正，以例播遷，遷於虔州……復以才能授高安令，俄轉大理司直，擢爲監察御史，風憲克舉。受命監嶺南選事，藻鑒惟精。遷殿中侍御史，累遷尚書膳部員外郎、工部郎中。」時南選有御史監臨。據前《送魏二十四司直充嶺南掌選崔郎中判官兼寄韋韶州》（1396），寇錫當於同時往嶺南監選。

〔二〕郇瑕：見《哭韋大夫之晋》（1388）注。

〔三〕來簪二句：《初學記》卷一二侍御史引《魏略》：「帝嘗大會，殿中侍御史簪白筆，側階而坐。上問左右：『此爲何官何主？』左右不對。辛毗曰：『此謂御史。舊時簪筆，以奏不法。今者直備官，但毦筆耳。』」

〔四〕春深句：袁宏《三國名臣序贊》：「把臂託孤，惟賢與親。」

〔五〕南瞻二句：賈誼《過秦論》：「南取百越之地，以爲桂林、象郡。」《史記》集解：「韋昭曰：越有百邑。」朱鶴齡注：「黄帽，公自謂也。」見卷三《有懷台州鄭十八司户》（0107）注。《趙次公先後解》引《漢書》鄧通以擢船人爲黄頭郎，顔師古注刺船之郎皆著黄帽。仇注：「黄帽，指舟人，謂相候於水邊也。」按，待君偏，蓋暗用孟嘉風落帽事。

杜員外兄垂示詩因作此寄上

郭　受〔一〕

新詩海内流傳困①，舊德朝中屬望勞。郡邑地卑饒霧雨，江湖天闊足風濤。松醪酒熟傍看醉，蓮葉舟輕自學操〔二〕。春興不知凡幾首，衡陽紙價頓能高。衡陽出武家紙。又云出五里紙②〔三〕。

【校】

①困，錢箋、《九家》作「遍」。

②衡陽出武家紙又云出五里紙，《草堂》謂此注出鄭印《音義》。

【注】

〔一〕郭受：當爲湖南觀察使判官。

〔二〕松醪二句：吴曾《能改齋漫録》卷六：「唐《原化記》：有老人訪崔希真，真飲以松花酒。老人云：『花澀無味。』以一丸藥投之，酒味頓美。裴鉶《傳奇》載酒名松醪春。故杜子美集載《杜員外》詩云：『松醪酒熟傍看醉。』劉長卿《送從兄之淮南》詩云：『泝沿隨桂檝，醒醉任松華。』又《至華陽洞》詩云：『蘿月延步虛，松花醉閑宴。』」仇注引邵注：「蓮葉舟，小舟也。太乙真人乘蓮葉舟。」

〔三〕春興二句：《新唐書·地理志》衡州衡陽郡：「土貢：麩金、綿紙。」《晋書·左思傳》：「於是豪貴之家競相傳寫，洛陽爲之紙貴。」

酬郭十五判官

才微歲老尚虛名，臥病江湖春復生。藥裹關心詩總廢〔一〕，花枝照眼句還成。只同燕石能星隕，自得隨珠覺夜明〔二〕。喬口橘洲風浪促，繫帆何惜片時程〔三〕。

（1407）

【注】

黄鶴注：當是公在衡，郭在潭，大曆四年（七六九）也。《趙次公先後解》編入大曆五年（七七〇）。

朱鶴齡注：末二語當是公在潭州候郭受，夢弼謂公欲郭自潭到衡訪己，恐非。

〔一〕藥裹：見卷七《寄從孫崇簡》(0349)注。

〔二〕只同二句：《藝文類聚》卷九引《闞子》：「宋之愚人，得燕石於梧臺之東，歸而藏之以爲寶。周客聞而觀焉，主人齋七日，端冕玄服以發寶，革匱十重，緹巾十襲。客見之，掩口而笑曰：『此特燕石也。其與瓦甓不殊。』」《搜神記》卷二〇：「隋侯出行，見大蛇，被傷中斷，疑其靈異，使人以藥封之。蛇乃能走。因號其處斷蛇丘。歲餘，蛇銜明珠以報之。」《趙次公先後解》：「此句公自謙，以言其詩如此。下句則言郭判官之詩如之也。」

〔三〕喬口二句：喬口，見《入喬口》(1365)注。橘州，見卷八《岳麓山道林二寺行》(0406)注。

衡州送李大夫赴廣州①〔一〕

斧鉞下青冥，樓船過洞庭〔二〕。北風隨爽氣，南斗避文星〔三〕。日月籠中鳥，乾坤水上萍〔四〕。王孫丈人行，垂老見飄零〔五〕。(1408)

【校】

① 衡州送李大夫赴廣州，「李大夫」下錢箋有「七丈勉」三字。《草堂》題注：「勉。」

【注】

《趙次公先後解》編入大曆五年（七七〇）。黄鶴注：勉是四年秋冬之交赴廣州，故此詩有北風隨爽氣之句。公是年在衡，以畏熱歸潭，終歲舟居，明年又自潭之衡。今題曰衡州，蓋誤也，當作潭州。朱鶴齡注謂是四年春作。

〔一〕李勉：《舊唐書·代宗紀》：「（大曆三年冬十月）乙未，以京兆尹李勉爲廣州刺史，充嶺南節度使。」《李勉傳》：「（大曆）四年，除廣州刺史，兼嶺南節度觀察使。」

〔二〕斧鉞二句：《國語·魯語》：「大刑用甲兵，其次用斧鉞。」參卷二《北征》(0052)「仗鉞」注。《漢書·楊僕傳》：「南越反，拜爲樓船將軍。」《趙次公先後解》：「下青冥，言自長安而來。」仇注：「猶言自天而下。」

〔三〕文星：見卷一七《宴胡侍御書堂》(1314)注。仇注：「文昌本在北斗宫，李自北而南，故南斗應避之。」《史記·天官書》：「斗魁戴匡六星曰文昌宫。」索隱：「《文耀鈎》曰：文昌宫爲天府。《孝經援神契》云：文者精所聚，昌者揚天紀。」《漢書·天文志》：「占曰：文昌爲上將貴相。」然稱文昌爲文星者似未見。

〔四〕日月二句：左思《詠史》：「習習籠中鳥，舉翮觸四隅。」江淹《雜體詩·王侍中粲懷德》：「朝露竟幾何，忽如水上萍。」《趙次公先後解》：「蓋言我身於日月之下，如籠中之鳥局而不伸；於天地之中，如水上之萍泛而無定。非謂言以日月爲籠，而我爲鳥；以天地爲水，而我爲萍也。」朱鶴齡注：「日月之長，但如籠鳥。乾坤之大，止作浮萍。皆自歎也。」

〔五〕王孫二句：《舊唐書·李勉傳》：「李勉，字玄卿，鄭王元懿曾孫也。」按，鄭王元懿爲高祖子，杜甫爲太宗第十子紀王慎孫之外孫，則勉爲甫外舅公輩。

補遺

瞿唐懷古①

西南萬壑注，勍敵兩崖開。地與山根裂，江從月窟來〔一〕。削成當白帝，空曲隱陽臺〔二〕。疏鑿功雖美，陶鈞力大哉〔三〕。（1409）

【校】

① 以下五篇見宋本補遺。原在卷二〇末，今移至此。錢箋列入「《草堂詩箋》逸詩拾遺」。《草堂》注：「右五篇乃蘇州太守裴煜如晦所收。見舊集補遺。」錢箋注同。本篇注：「見吳若本。又見《英華》。」見《文苑英華》卷三〇八。

【注】

黃鶴注：此詩當是公初見瞿唐而作，乃大曆元年（七六六）作。《趙次公先後解》編入大曆二年（七六七）。

〔一〕月窟：見卷二《送韋十六評事充同谷郡防禦判官》（0088）注。

〔二〕陽臺：見卷六《雨》（0297）注。

〔三〕疏鑿二句：疏鑿，見卷六《柴門》（0274）注。鄒陽《獄中上書自明》：「是以聖王制世御俗，獨化於陶鈞之上。」《文選》李善注：「張晏曰：陶家名模下圓轉者爲鈞，以其能製器爲大小，比之於天也。」

送司馬入京①

羣盜至今日，先朝忝從臣。歎君能戀主，久客羨歸秦。黃閣長司諫，丹墀有故人〔一〕。向來論社稷，爲話涕霑巾。（1410）

【校】

① 錢箋注：「見吴若本。」

【注】

黄鶴注：與《巴西聞收京送班司馬入京》同作，後人妄分爲二，當合爲一題，曰《送班司馬入京二首》。廣德二年（七六四）作。

〔一〕黄閣二句：黄閣，見卷一〇《奉贈嚴八閣老》（0500）注。疑司馬曾任左拾遺或左補闕，爲門下省屬官。

惜別行送劉僕射判官①〔一〕。

聞道南行市駿馬，不限疋數軍中須②。襄陽幕府天下異，主將儉省憂艱虞〔二〕。祇收壯健勝鐵甲，豈因格鬭求龍駒。而今西北自反胡，騏驎蕩盡一疋無。龍媒真種在帝都〔三〕，子孫永落西南隅③。向非戎事備征伐，君肯辛苦越江湖？江湖凡馬多顛頓，衣冠往往乘蹇驢。梁公富貴於身疏，號令明白人安居。俸錢時散士子盡，府庫不爲驕豪虚。以兹報主寸心赤，氣却西戎回北狄。羅網羣馬藉馬多④，氣在驅除出金帛⑤。劉侯奉使光推擇，滔滔才略滄溟窄。杜陵老翁秋繫船，扶病相識長沙驛。强梳白髮提胡盧〔四〕，手兼菊花路傍摘⑥。九州兵革浩茫茫，三

歎聚散臨重陽。當杯對客忍涕淚⑦，君不覺老夫神内傷⑧。（1411）

【校】

①惜別行，「送劉僕射判官」六字錢箋、《文苑英華》大字連題。《草堂》作「惜別行送劉僕射」，校：「有判官二字。」錢箋注：「見陳浩然本。又見《英華》。」見《文苑英華》卷三四一。

②軍，錢箋、《草堂》校：「一作官。」

③永，《文苑英華》作「未」。

④馬藉，錢箋校：「一作鳥藉。」《文苑英華》校：「集作鳥藉。」

⑤氣，《文苑英華》校：「集作用。」　在，錢箋校：「一作用。」　驅除，錢箋作「驅馳」。

⑥兼，錢箋、《草堂》作「把」，錢箋校：「一作兼。」

⑦涕淚，錢箋、《草堂》作「流涕」，錢箋校：「一作涕淚。」

⑧君，錢箋校：「一無此字。」《草堂》、《文苑英華》無此字，《文苑英華》校：「集有君字。」

【注】

仇注：當是大曆四年（七六九）作。

〔一〕劉僕射判官：參本卷《重送劉十弟判官》（1381）注。王嗣奭《杜臆》：「僕射乃其主將，劉乃僕射之判官也。」岑仲勉《唐人行第録》：「詩明云劉侯奉使，則奉使者劉姓無疑，衹可云某僕射劉判官，以劉加於僕射之上則非也。」

〔二〕襄陽二句：朱鶴齡考襄陽主將梁公即梁崇道。《舊唐書·梁崇義傳》：「寶應二年三月，崇義殺昭與南陽，以脅衆心，朝廷因授其節度焉。以襄州薦履兵禍，屈法含容，姑務息人也。歷御史中丞、大夫、尚書。遂與田承嗣、李正己、薛嵩、李寶臣爲輔車之勢，奄有襄漢七州之地，帶甲二萬，連根結固，未嘗朝覲。然於群凶，地最褊，兵最少，法令最理，禮貌最恭。」據此詩，則崇義曾帶僕射銜。

〔三〕龍媒：見卷一《沙苑行》(0038)注。

〔四〕胡盧：即胡蘆。見卷五《草堂》(0251)注。

呀鶻行①〔一〕

病鶻卑飛俗眼醜②〔二〕，每夜江邊宿衰柳。清秋落日已側身③，過雁歸鴉錯回首〔三〕。緊腦雄姿迷所向，疏翮稀毛不可狀④〔四〕。强神迷復皂鵰前，俊材早在蒼鷹上〔五〕。風濤颯颯寒山陰，熊羆欲蟄龍蛇深⑤。念爾此時有一擲〔六〕，失聲濺血非其心。(1412)

【校】

①錢箋注：「見陳浩然本。又見《英華》。」見《文苑英華》卷三四五。

②卑，錢箋作「孤」，校：「陳作卑。」

③日，《文苑英華》作「月」，校：「集作日。」

④狀，《草堂》作「壯」。

⑤蟄，錢箋校：「一作縶。」《文苑英華》作「縶」，校：「集作蟄。」

【注】

仇注：蔡夢弼編在大曆三年（七六八）江陵詩内，以詩有江邊秋日語也。然在夔州，亦可言之。

〔一〕呀鶻：《分門》鄭曰：「呀，虛加切，張口也。」《廣韻》：「呀，唅呀，張口貌。」《太平廣記》卷九六《金剛仙》（出《傳奇》）：「大呀口，吸其蜘蛛。」

〔二〕病鶻句：仇注：「俗眼看醜，憎其病狀。」

〔三〕清秋二句：王嗣奭《杜臆》：「過雁歸鴉，猶恐其搏，故錯回首。」

〔四〕緊腦二句：《齊民要術・養牛馬驢騾》：「插頸欲得高。一曰體欲得緊。」《初學記》卷二九引《相牛經》：「捶頭欲得高，百體欲得緊。」釋德洪《送瑫上人往臨平兼戲廓然》：「鶻瑫腦骨緊，脚力健生雲。」用其語。蓋形容其腦形堅勁。

〔五〕强神二句：《易・復》：「上六，迷復，凶。」仇注謂與上「迷所向」重，改非復。非是。此言病鶻勉强其精神，迷其所往。

〔六〕擲：仇注：「擲，投下。鷙鳥搏物，必自上投下。」

狂歌行贈四兄①〔一〕

與兄行年校一歲，賢者是兄愚者弟。兄將富貴等浮雲，弟切功名好權勢。長安秋雨十日泥，我曹鞴馬聽晨雞②〔二〕。公卿朱門未開鎖，我曹已到肩相齊。吾兄睡穩方舒膝，不襪不巾踏曉日。男啼女哭莫我知，身上須繒腹中實。今年思我來嘉州，嘉州酒重花繞樓③〔三〕。樓頭喫酒樓下卧，長歌短詠還相酬④。四時八節還拘禮，女拜弟妻男拜弟。幅巾鞶帶不挂身，頭脂足垢何曾洗〔四〕。吾兄吾兄巢許倫，一生喜怒長任真。日斜枕肘寢已熟，啾啾唧唧何爲人⑤〔五〕？（1413）

【校】

① 狂歌行贈四兄，「狂」錢箋校：「一作短。」錢箋注：「見陳浩然本。又見《英華》。」見《文苑英華》卷三五〇。

② 曹，《文苑英華》作「曾」，校：「集作曹。」

③ 重，錢箋、《文苑英華》校：「一作香。」　繞，錢箋校：「一作滿。」《草堂》作「滿」。

④ 詠，錢箋校：「一作歌。」《文苑英華》作「歌」，校：「集作詠。」

⑤ 何爲人，錢箋、《草堂》作「爲何人」，錢箋校：「浩然本作何爲人。」《草堂》校：「一作何爲人。」

【注】

仇注：此當是永泰夏去成都之嘉戎時作，觀詩言嘉州可見。

〔一〕四兄：仇注引胡夏客曰，謂是甫之從兄。

〔二〕長安二句：《説文》：「犕，《易》曰犕牛乘馬。」段注：「此蓋與革部之鞁同義。鞁，車駕具也。故《玉篇》云：犕，服也，以鞍裝馬也。……以車駕牛馬之字當作犕，作服者假借耳。」《增修禮部韻略》：「鞴，服，駕牛馬也。亦作服。」犕鞴字通。

〔三〕今年二句：按，杜甫永泰元年去成都下忠渝，或經嘉州，然亦未曾久留。疑二人未必在嘉州相見。

〔四〕幅巾二句：幅巾，即巾幞。《三國志·魏書·武帝紀》注引《傅子》：「漢末王公，多委王服，以幅巾爲雅，是以袁紹、崔鈞之徒，雖爲將帥，皆著縑巾。」參卷一《兵車行》(0011)「裹頭」注。《晋書·輿服志》：「革帶，古之鞶帶也，謂之鞶革。文武衆官牧守丞令下及騶寺皆服之。其有囊綬，則以綴於革帶，其戎服則以皮絡帶代之。……昔周公負成王，製此服衣，至今以爲朝服。」

〔五〕啾啾句：啾唧，吵鬧聲。《王梵志詩校注》〇〇五首：「忽起相羅拽，啾唧索租調。」

漢州王大録事宅作①〔一〕

南溪老病客，相見下肩輿〔二〕。近髮看烏帽〔三〕，催蓴煮白魚。宅中平岸水，身外滿床書。憶爾才名叔，含悽意有餘。（1414）

【校】

① 見《九家集注》本卷二三。朱鶴齡《杜工部詩集輯注》卷一八録，注：「見郭知達本，他本皆不載。」

【注】

仇注：當是廣德元年漢州（七六三）作。

〔一〕王大録事：朱鶴齡注：「公有《詰王録事許修草堂貲不到》詩，疑即其人。」仇注：「此詩言才名叔，蓋公尊行也。後詩直云爲嗔王録事，知其別爲一人也。」按，「才名叔」謂録事之叔有才名，非謂録事本人。

〔二〕南溪二句：仇注：「公《送韋司直歸成都》詩：爲問南溪竹，抽梢合過牆。知南溪即浣花溪。」肩輿，見卷六《雨》（0301）注。

〔三〕烏帽：見卷五《相從歌》(0248)注。

樓上①

天地空搔首，頻抽白玉簪〔一〕。皇輿三極北，身事五湖南〔二〕。戀闕勞肝肺，論材愧杞柟②〔三〕。亂離難自救，終是老湘潭。（1415）

【校】

①見錢箋卷一八。又見《分門》卷一三述懷下，注「新添」。《千家注》卷一九。

②論，錢箋校：「一作掄。」

【注】

仇注：此當是潭州所作。

〔一〕天地二句：張協《詠史》：「抽簪解朝衣，散髮歸海隅。」《文選》李善注：「鍾會《遺榮賦》曰：散髮抽簪，永絶一丘。《倉頡篇》曰：簪，笄也。所以持冠也。」仇注引《杜臆》：「白玉簪蓋朝冠所用，屢思入朝而中止，故云頻抽。」

〔二〕皇輿二句：《楚辭·離騷》：「豈余身之憚殃兮，恐皇輿之敗績。」王逸注：「皇，君也。輿，君之所乘。」仇注：「地有四極，皇輿在東西南之北，故云三極。與《繫辭》三極不同。」按，《易·繫辭上》：「六爻之動，三極之道也。」王弼注：「三極，三材也。」《宋書·廢帝紀》：「朕位御三極，風澄萬宇。」此言帝位三極而在北，實無仇注所言之義。

〔三〕論材句：左思《吴都賦》：「跇踰竹栢，𤢂猭杞柟。」

逃難①

五十頭白翁，南北逃世難。疏布纏枯骨〔一〕，奔走苦不暖叶去聲。已衰病方入，四海一塗炭〔二〕。乾坤萬里内，莫見容身畔。妻孥復隨我，回首共悲歎。故國莽丘墟，鄰里各分散。歸路從此迷，涕盡湘江岸。（1416）

【校】

①此以下二十七篇錢箋列入「《草堂詩箋》逸詩拾遺」。《草堂》注：「右二十七篇，朝奉大夫員安宇所收。」錢箋注同。本篇注：「見陳浩然本。」《苕溪漁隱叢話》前集卷一三引《王直方詩話》：「老杜遺詩二十九篇，而《哭台州鄭司户蘇少監》一首，山谷云語似不類。予最愛其葉葉自開春之句。」

【注】

仇注：末云涕盡湘江岸，當是避臧玠之亂而作。

〔一〕疏布：《禮記·禮運》：「疏布以冪。」疏：「疏布，謂粗布。」

〔二〕塗炭：《書·仲虺之誥》：「民墜塗炭。」傳：「民之危險，若陷泥墜火。」

寄高適

楚隔乾坤遠，難招病客魂。詩名惟我共，世事與誰論？北闕更新主，南星落故園〔一〕。定知相見日，爛漫倒芳尊。（1417）

【注】

黄鶴注：詩云北闕更新主，謂代宗初即位，當是寶應元年（七六三）作。是時公在成都，而適召還矣。朱鶴齡注：時公在蜀，不應首有楚隔乾坤遠之句。夔州爲南楚，公到夔時，適已没矣。以此推之，必是贋作。仇注：考七國時蜀本屬楚，前《送李校書》詩亦云已見楚山碧，則高在成都，亦何不可言楚。自嚴武還京，高適代尹成都，公則自綿入梓，故有隔遠之語。此詩寄適，當在是年之秋。

〔一〕北闕二句：朱鶴齡注：「南星，南極老人星也。」仇注引《史記·天官書》：「東井爲水事，其西曲星曰鉞。鉞北，北河。南，南河。」正義：「南河三星，北河三星。……占以南星不見，則南道不通，北亦如之。」仇注：「公與適將自南而歸，故曰落故園。……此云南星落故園，是南星見而南北道通矣。」

送靈州李判官〔一〕

羯胡腥四海，回首一茫茫。血戰乾坤赤，氛迷日月黄。將軍專策略，幕府盛材良〔二〕。近賀中興主，神兵動朔方。（1418）

【注】

黄鶴注：李光弼乾元二年又爲幽州大都督府長史兼河北節度，故稱神兵。當是乾元二年（七五九）在秦州作。仇注：當是安史正猖獗，靈武初即位時，蓋至德二載（七五七）在鳳翔作。

〔一〕靈州：《元和郡縣圖志》卷四關内道：「靈州，靈武。大都督府。……開元二十一年，於邊境置節度使，以遏四夷，靈州常爲朔方節度使理所。」

〔二〕將軍二句：黄鶴注：「當是指王思禮。是年七月爲關内潞府節度，兼太原尹、北京留守。」仇

注：「按《唐書》，祿山反，以郭子儀爲靈武太守，充朔方軍節度使。陳濤斜之敗，帝惟倚朔方軍爲根本。此章言專策略，又言動朔方，當指郭子儀。」

與嚴二郎奉禮別〔一〕

別君誰暖眼，將老病纏身。出涕同斜日，臨風看去塵。商歌還入夜〔二〕，巴俗自爲鄰。尚愧微軀在，遥聞盛禮新①。山東羣盜散，闕下受降頻〔三〕。諸將歸應盡，題書報旅人。（1419）

【校】

① 禮，《草堂》作「德」。

【注】

黄鶴注：當是廣德元年（七六三）在閬州作。

〔一〕嚴二郎奉禮：《唐六典》卷一四太常寺：「奉禮郎二人，從九品上。」仇注：「嚴蓋入京師赴職。」

按，奉禮郎當是所兼朝銜。

〔二〕商歌：見卷一六《夜》(1259)注。

〔三〕山東二句：黄鶴注：「是時薛嵩以四州降，張忠志以五州降，張獻誠以汴州降，李懷仙以幽州降，田承嗣以魏州降，故云受降頻。其降在寶應元年冬，廣德元年春。」

巴西驛亭觀江漲呈竇使君二首〔一〕

轉驚波作怒，即恐岸隨流。賴有杯中物，還同海上鷗〔二〕。關心小剡縣，傍眼見揚州〔三〕。爲接情人飲，朝來減半愁①。(1420)

【校】

①半，錢箋校：「一作片。」《九家》作「片」。

【注】

黄鶴注：當是廣德元年春，自梓州送辛員外暫至綿州時作。

〔一〕竇使君：見卷一二《巴西驛亭觀江漲呈竇使君》(0761)注。

〔二〕海上鷗：見卷一二《倚杖》(0790)注。

〔三〕關心二句：仇注引張遠注：「公少游吴越，久不能忘，一見水勢之大，遂疑旦夕可達，故曰關心，曰傍眼。」

向晚波微緑①，連空岸脚青〔一〕。日兼春有暮，愁與醉無醒〔二〕。漂泊猶杯酒，躊躇此驛亭。相看萬里外，同是一浮萍。（1421）

【校】

①此首《九家》題「又呈竇使君」。微，錢箋校：「一作猶。」

【注】

〔一〕連空句：仇注改「脚」爲「却」。按，杜詩言山脚、殿脚、雨脚、日脚，岸脚義同。

〔二〕日兼二句：蔣紹愚謂兼有共義。按，日兼春有暮，即日暮兼春暮。

遣憂①

亂離知又甚，消息苦難真。受諫無今日，臨危憶古人②〔一〕。紛紛乘白馬，攘

攘著黄巾。隋氏留宫室③，焚燒何太頻〔二〕。（1422）

【校】

① 吴曾《能改齋漫録》卷一一：「余家有唐顧陶大中丙子歲所編《唐詩類選》，載杜子美《遺憂》一詩云……世所傳杜集皆無此詩。」

② 憶古人，錢箋校：「顧作傷故臣。」

③ 留，錢箋校：「顧作營。」

【注】

黄鶴注：當是廣德元年（七六三）吐蕃陷京師時作。

〔一〕受諫二句：黄鶴注：「時代宗惟不受諫，故程元振輩又從而召亂，太常博士柳伉上疏，其詞切直，豈虚言哉。」

〔二〕紛紛四句：朱鶴齡注：「白馬，用侯景事。黄巾，用張角事。」見卷六《青絲》（0261）注。《後漢書·靈帝紀》：「巨鹿人張角自稱黄天，其部帥有三十六方，皆著黄巾，同日反叛。」仇注：「是時高暉以城降吐蕃，王獻忠脅豐王珙以迎吐蕃，吕太一乘機作亂，故云紛紛攘攘。末二亦借隋形唐，蓋諱言也。」

早花

西京安穩未，不見一人來〔一〕。臘日巴江曲①，山花已自開。盈盈當雪杏，艷艷待春梅②。直苦風塵暗，誰憂容鬢催③？（1423）

【校】

①日，錢箋校：「一作月。」《九家》作「月」。

②春，錢箋校：「一作香。」

③容，錢箋校：「一作客。」

【注】

黄鶴注：當是廣德元年（七六三）十二月閬州作。

〔一〕西京二句：黄鶴注：「廣德元年十月，吐蕃陷京師，代宗幸陝。十二月，至自陝。」

巴山

巴山遇中使，云自峽城來①〔一〕。盜賊還奔突，乘輿恐未回〔二〕。天寒邵伯樹，地闊望仙臺〔三〕。狼狽風塵裏，羣臣安在哉？（1424）

【校】

① 峽，錢箋校：「一作陝。」《九家》、《草堂》作「陝」。

【注】

黄鶴注：此詩廣德元年（七六三）十一月公在閬州作。

〔一〕巴山二句：《元和郡縣圖志》卷六河南道：「陝州，陝郡。……武德元年，改爲陝州。廣德元年，改爲大都督府。謹按，陝城蒲牢與彭城、滑臺、壽陽、懸瓠，屢經攻守，皆中夏之要云。」「陝縣，望。郭下。……周明帝於陝城内置崤郡，以陝、崤二縣屬焉。」

〔二〕盜賊二句：黄鶴注：「代宗以是年十二月還京，而此云乘輿恐未回，故其爲十一月作。」

〔三〕天寒二句：《史記·燕召公世家》：「召公巡行鄉邑，有棠樹，決獄政事其下。」正義：「今之棠梨樹也。《括地志》云：召伯廟在洛州壽安縣西北五里。召伯聽訟甘棠之下，周人思之，不伐其樹，後人懷其德，因立廟，有棠在九曲城東阜上。」《三輔黄圖》卷三：「集靈宫、集仙宫、存仙殿、存神殿、望仙臺、望仙觀，俱在華陰縣界，皆帝宫觀名也。」

收京

復道收京邑，兼聞殺犬戎。衣冠却扈從，車駕已還宫〔一〕。尅復成如此，安危在數公①〔二〕。莫令回首地〔三〕，慟哭起悲風。（1425）

【校】

① 安危，錢箋校：「一作扶持。」《九家》作「扶持」。

【注】

黄鶴注：廣德二年（七六四）十二月作。仇注：當是廣德二年春作。

〔一〕衣冠二句：仇注：「《唐書》：廣德元年十月，郭子儀復京師，車駕至自陝州。按公在梓州，至次年而始聞其信。」

〔二〕尅復二句：《三國志·魏書·公孫瓚傳》注引《漢晋春秋》袁紹與瓚書：「今舊京克復，天罔云補。」

〔三〕莫令句：王粲《七哀詩》：「南登霸陵岸，回首望長安。」

巴西聞收宫闕送班司馬入京①〔一〕

聞道收宗廟，鳴鑾自陜歸〔二〕。傾都看黄屋〔三〕，正殿引朱衣。劒外春天遠，巴西勑使稀。念君經世亂，匹馬向王畿。（1426）

【校】

①《九家》本《送司馬入京》(1410)在此詩後。

【注】

黄鶴注：當是廣德二年(七六四)春公在綿州作。

〔一〕班司馬：黄鶴注：「班司馬意是班宏。按《舊史》云，爲高適劒南判官，累拜大理司直，攝監察御史。疑誤以司直爲司馬也。」班宏，新舊《唐書》有傳。按，司馬與判官爲兼職，非司直之誤。

巴西：綿州。見卷一二《巴西驛亭觀江漲呈竇使君》（0761）注。

〔二〕聞道二句：班固《西都賦》：「大路鳴鑾，容與徘徊。」《文選》李善注：「《周禮》曰：巾車掌玉輅。凡馭輅儀，以鑾和爲節。鄭玄曰：鑾在衡，和在軾，皆以金鈴也。」

〔三〕黄屋：見卷二《晦日尋崔戢李封》（0075）注。

花底

紫萼扶千蘂，黄鬚照萬花。忽疑行暮雨，何事入朝霞？恐是潘安縣，堪留衛玠車〔一〕。深知好顔色，莫作委泥沙。（1427）

【注】

黄鶴注：廣德元年（七六三）春，同《柳邊》在梓州作。

〔一〕恐是二句：潘安縣，見卷一一《蕭八明府隄處覓桃栽》（0719）注。《晉書·衛玠傳》：「總角乘羊車入市，見者以爲玉人，觀之者傾都。」

柳邊

只道梅花發，那知柳亦新。枝枝總到地，蘂蘂自開春。紫燕時翻翼，黄鸝不露身。漢南應老盡，霸上遠愁人〔一〕。（1428）

【注】

黄鶴注：當是廣德元年（七六三）春在梓州作。

〔一〕漢南二句：庾信《枯樹賦》：「昔年移柳，依依漢南。今看摇落，凄愴江潭。」《三輔黄圖》卷六：「灞橋，在長安東，跨水作橋。漢人送客至此橋，折柳贈别。」

送竇九歸成都〔一〕

文章亦不盡，竇子才縱横。非爾更苦節，何人符大名？讀書雲閣觀，問絹錦官城〔二〕。我有浣花竹，題詩須一行。（1429）

【注】

黃鶴注：廣德元年（七六三）梓州作。

〔一〕竇九：黃鶴注：「竇九意是檢察竇侍御者。」竇侍御見卷五《入奏行》（0236）注。仇注謂恐是成都竇少尹之子，故用問絹事。

〔二〕讀書二句：雲閣，見卷一一《贈李八秘書別三十韻》（1031）注。仇注謂雲閣觀當在成都，乃平日讀書處。拘甚。《三國志・魏書・胡質傳》注引《晉陽秋》：「質之爲荆州也，威自京都省之。家貧，無車馬童僕，威自驅驢單行，拜見父。停廐中十餘日，告歸。臨辭，質賜絹一疋，爲道路糧。威跪曰：『大人清白，不審於何得此絹。』質曰：『是吾俸禄之餘，故以爲汝糧耳。』」

贈裴南部聞袁判官自來欲有按問①〔一〕

塵滿萊蕪甑，堂橫單父琴〔二〕。人皆知飲水，公輩不偷金②〔三〕。梁獄書因上③，秦臺鏡欲臨〔四〕。獨醒時所嫉，羣小謗能深〔五〕。即出黃沙在〔六〕，何須白髮侵。使君傳舊德，已見直繩心〔七〕。（1430）

【校】

①袁判官自來欲有按問，《九家》爲小字。

②偷，《草堂》校：「一作愉。」

③因上，錢箋校：「一作應作。」《九家》作「應作」。

【注】

黄鶴注：廣德元年（七六三）閬州作。

〔一〕裴南部：名不詳。《舊唐書・地理志》閬州領縣：「南部，後漢分閬中置充國縣，屬巴郡。又分置南充國郡。梁改爲南充郡，隋改爲南部也。」按問，謂問案。

〔二〕塵滿二句：《後漢書・獨行傳》范冉：「所止單陋，有時糧粒盡，窮居自若，言貌無改，閭里歌之曰：甑中生塵范史雲，釜中生魚范萊蕪。」單父琴，見卷一五《七月一日題終明府水樓二首》（1029）注。

〔三〕人皆二句：《晋書・鄧攸傳》：「時吴郡闕守，人多欲之，帝以授攸。攸載米之郡，俸禄無所受，唯飲吴水而已。」《史記・萬石張叔列傳》：「（直不疑）爲郎，事文帝。其同舍有告歸，誤持同舍郎金去。已而金主覺，妄意不疑，不疑謝有之，買金償。而告歸者來而歸金，而前郎亡金者大慚，以此稱爲長者。」仇注：「此言裴君以清節受誣。」

〔四〕梁獄二句：梁獄，見卷一〇《秦州見勅目薛三璩授司議郎畢四曜除監察與二子有故遠喜遷官兼述索居凡三十韻》(0609)注。《西京雜記》卷三：「高祖初入咸陽宮，周行庫府……有方鏡廣四尺，高五尺九寸，表裏有明。人直來照之，影則倒見。以手捫心而來，則見腸胃五臟歷然無硋。人有疾病在內，則掩心而照之，則知病之所在。又女子有邪心，則膽張心動。」

〔五〕獨醒二句：《史記・屈原賈生列傳》：「屈原曰：『舉世混濁而我獨清，衆人皆醉而我獨醒，是以見放。』」

〔六〕即出句：《晋書・武帝紀》：「（太康五年）六月，初置黄沙獄。」

〔七〕使君二句：《晋書・李胤傳》：「遷御史中丞，恭恪直繩，百官憚之。」仇注：「使君指袁判官。」

奉使崔都水翁下峽〔一〕

無數涪江筏，鳴橈總發時〔二〕。别離終不久，宗族忍相遺。白狗黄牛峽，朝雲暮雨祠〔三〕。所過頻問訊，到日自題詩。（1431）

【注】

黄鶴注：當是廣德元年（七六三）梓州作。

〔一〕崔都水翁：名不詳。《唐六典》卷二三都水監：「使者二人，正五品上。都水使者掌川澤津梁之政令，總舟楫、河渠二署之官屬。」仇注：「與公爲甥舅，故稱曰翁。」

〔二〕無數二句：涪江經梓州，見卷五《冬至金華山觀因得故拾遺陳公學堂遺跡》（0207）注。鳴橈，猶言鳴棹。盧照鄰《七夕泛舟》：「連橈渡急響，鳴棹下浮光。」

〔三〕白狗二句：白狗、黄牛，見卷一六《獨坐二首》（1248）注。神女廟，見卷一五《遣愁》（1060）注。

題郪縣郭三十二明府茅屋壁〔一〕

江頭且繫船，爲爾獨相憐。雲散灌壇雨，春青彭澤田〔二〕。頻驚適小國，一擬問高天。别後巴東路，逢人問幾賢。（1432）

【注】

黄鶴注：廣德元年（七六三）在梓州作。

〔一〕郭三十二明府：名不詳。郪縣：見卷一二《郪城西原送李判官兄武判官弟赴成都府》（0785）注。

〔二〕雲散二句：《博物志》卷七：「太公爲灌壇令，武王夢婦人當道夜哭，問之，曰：『吾是東海神女，嫁於西海神童。今灌壇令當道，廢我行。我行必有大風雨，而太公有德，吾不敢以暴風雨過，以毀君德。』武王明日召太公，三日三夜，果有疾風暴雨從太公邑外過。」黃希注：「彭澤，縣名。雖在江州，以郭明府爲縣令，故用淵明事。淵明有田種秫。」

遣悶戲呈路十九曹長〔一〕

江浦雷聲喧昨夜，春城雨色動微寒。黃鸝並坐交愁濕，白鷺羣飛大劇乾〔二〕。晚節漸於詩律細，誰家數去酒杯寬〔三〕？惟吾最愛清狂客①，百遍相看意未闌②。

（1433）

【校】

① 吾最，錢箋校：「一作君醉。」 最，《草堂》校：「魯作醉。」

② 看，錢箋校：「一作過。」

【注】

仇注：公於大曆元年春至夔州，此云誰家數去，又云百遍相看，知其作於二年（七六七）之春也。

〔一〕路十九：名不詳。《唐國史補》卷下：「尚書丞、郎、郎中相呼爲曹長，外郎、御史、遺補相呼爲院長。上可兼下，下不可兼上。」

〔二〕黄鸝二句：賈誼《旱雲賦》：「惜旱太劇。」王羲之帖：「僕左邊大劇，且食少。」王嗣奭《杜臆》：「劇乃已甚之意，謂苦其乾。」仇注：「今按詩意，恐是太難之意，如煩劇之劇。舊解作太苦乾，未當。方遇雨何云苦乾耶？」按，大劇，即太過、太甚，常以言病症之重。此蓋逆言雨至前乾旱之甚。

〔三〕晚節二句：王嗣奭《杜臆》：「老去詩篇渾漫興，真語也。晚節漸於詩律細，戲語也。然公於《漫興》中脈理甚細，戲語亦真，而人未必知。」仇注：「律細言用心精密，漫與言出手純熟。熟從精處得來，兩意未嘗不合。」

隨章留後新亭會送諸君〔一〕

新亭有高會，行子得良時。日動映江幕，風鳴排檻旗。絶葷終不改，勸酒欲無詞①〔二〕。已墮峴山淚，因題零雨詩〔三〕。（1434）

【校】

①酒，錢箋校：「一作醉。」

【注】

黃鶴注：新亭在梓州，當是廣德元年（七六三）作。

〔一〕章留後：章彝。見卷四《冬狩行》(0194)注。

〔二〕絶葷二句：仇注：「座客必有絶葷者，故詩中及之。顧注謂指漢中王者或然。且諸客中當有仕梓而去者，故用峴山碑以志去思。舊注謂送客至襄陽者，太泥。」

〔三〕已墮二句：《晉書·羊祜傳》：「祜樂山水，每風景，必造峴山，置酒言詠，終日不倦。……襄陽百姓於峴山祜平生游憩之所建碑立廟，歲時饗祭焉。望其碑者莫不流涕，杜預因名爲墮淚碑。」《詩·豳風·東山》：「我來自東，零雨其濛。」

東津送韋諷攝閬州録事〔一〕

聞説江山好，憐君吏隱兼〔二〕。寵行舟遠泛，怯別酒頻添〔三〕。推薦非承乏，操持必去嫌〔四〕。他時如按縣，不得慢陶潛〔五〕。(1435)

【注】

黃鶴注：當是廣德元年（七六三）送辛員外暫至綿州時作。

〔一〕韋諷：見卷四《送韋諷上閬州録事參軍》（0196）注。卷五《觀打漁歌》（0242）：「綿州江水之東津，魴魚鱍鱍色勝銀。」黄鶴注謂東津在綿州。

〔二〕吏隱：見卷一《白水縣崔少府十九翁高齋三十韻》（0042）注。

〔三〕寵行二句：唐人稱餞行集會賦詩爲寵行。張説《送工部尚書弟赴定州詩序》：「傾城出餞，會文章以寵行。」

〔四〕推薦二句：《左傳》成公二年：「敢告不敏，攝官承乏。」《漢書·陳咸傳》：「然操持掾史，郡中長吏皆令閉門自斂，不得逾法。」

〔五〕他時二句：蕭統《陶淵明傳》：「歲終，會郡遣督郵至縣，吏請曰：『應束帶見之。』淵明歎曰：『我豈能爲五斗米折腰向鄉里小兒！』即日解綬去職，賦《歸去來》。」按，《唐六典》卷三〇：「司録、録事參軍，掌付事勾稽、省署抄目，糾正非違，監守符印。若列曹有異同，得以聞奏。」録事參軍掌糾彈官吏，故詩言此。

客舊館

陳迹隨人事，初秋别此亭①。重來梨葉赤，依舊竹林青。風幔何時卷②，寒砧昨夜聲。無由出江漢，愁緒月冥冥③。（1436）

【校】

①此,《草堂》校:「一作北。」

②何,錢箋、《草堂》校:「一作前。」

③愁緒,錢箋校:「一作秋渚。」 愁,《草堂》校:「一作秋。」 月,《草堂》校:「一作日。」

【注】

仇注:依舊編廣德元年(七六三)梓州詩内。據此詩,則是初秋别梓,秋盡復回也。

閬州奉送二十四舅使自京赴任青城〔一〕

聞道王喬舄〔二〕,名因太史傳。如何碧雞使,把詔紫微天〔三〕。秦嶺愁回馬,涪江醉泛船〔四〕。青城漫污雜,吾舅意淒然。(1437)

【注】

黄鶴注:廣德元年(七六三)作。

〔一〕二十四舅:崔姓,名不詳。黄鶴注:「當是其舅爲青城宰。」參卷四《閬州東樓筵奉送十一舅往青城縣得昏字》(0198)注。

〔二〕王喬舄：見卷一《橋陵詩三十韻因呈縣内諸官》(0037)注。

〔三〕如何二句：《漢書·郊祀志》：「或言益州有金馬碧雞之神，可醮祭而致，於是遣諫議大夫王褒使持節而求之。」紫微，指帝居，見卷八《詠懷二首》(0387)注。仇注：「公舅必先使於蜀也。」「今以王朝之使，詔除縣令，是京官反爲外吏矣。如何二字，訝而惜之也。」

〔四〕秦嶺二句：二十四舅自秦嶺而至閬州，蓋自閬中道入蜀。參卷五《入奏行》(0236)注。

愁坐

高齋常見野，愁坐更臨門。十月山寒重，孤城月水昏。葭萌氏種迴，左擔犬戎存①〔一〕。終日憂奔走，歸期未敢論。(1438)

【校】

①存，錢箋校：「一作屯。」《九家》作「屯」。

【注】

仇注：單復編在廣德元年(七六三)梓州詩内，時蓋往來梓閬間也。

〔一〕葭萌二句：《華陽國志》卷二梓潼郡：「晉壽縣，本葭萌城，劉氏更曰漢壽。水通於巴西，又入漢川。有金銀礦，民今歲歲取洗之。蜀亦大將軍鎮之。漆、藥、蜜所出也。」《元和郡縣圖志》卷二二興元府：「利州，益昌。下府。……按今州即廣漢郡之葭萌縣地也。蜀先主改葭萌爲漢壽縣，屬梓潼郡。」《華陽國志》卷二陰平郡：「東接漢中，南接梓潼，西接隴西，北接酒泉。土地山險，人民剛勇。多氏傁，有黑、白水羌，胡虜風俗，所出與武都略同。」「平武縣有關尉。自景谷有步道徑江油左儋出涪，鄧艾伐蜀道也。」《太平御覽》卷一九五引任豫《益州記》：「江油左擔道，案圖，在陰平縣北，於成都爲西。其道至阻，自北來者，擔在左肩，不得度擔也。鄧艾束馬懸車處。」

陪鄭公秋晚北池臨眺〔一〕

北池雲水闊，華館闢秋風。獨鶴元依渚，衰荷且映空。采菱寒刺上，踏藕野泥中。素楫分曹往，金盤小逕通。萋萋露草碧，片片晚旗紅。杯酒霑津吏，衣裳與釣翁。異方初艷菊，故里亦高桐。摇落關山思，淹留戰伐功〔二〕。嚴城殊未掩，清宴已知終〔三〕。何補參卿事①，歡娱到薄躬〔四〕。（1439）

【校】

①參卿事，錢箋校：「一作參軍乏。」事，《草堂》校：「一作乏。」

【注】

黄鶴注：公時在幕中也，當是廣德二年（七六四）作。

〔一〕鄭公：嚴武。見卷一三《將赴成都草堂途中有作先寄嚴鄭公五首》（0859）注。

〔二〕搖落二句：仇注：「戰功稱嚴。」

〔三〕嚴城二句：沈約《齊故安陸昭王碑文》：「塞草未衰，嚴城於焉早閉。」

〔四〕何補二句：參軍事稱參卿。楊炯《梓州官僚贊・參軍事盧恒慶贊》：「恒慶有地，參卿述職。」宋之問《祭杜學士審言文》：「王也纔參卿於西陝，楊也終遠宰於東吳。」仇注：「末聯自謙。」

去蜀

五載客蜀郡，一年居梓州①〔一〕。如何關塞阻，轉作瀟湘游。世事已黄髮②〔二〕，殘生隨白鷗。安危大臣在，不必淚長流③〔三〕。（1440）

【校】

①居,《九家》作「歸」。

②世,錢箋校:「一作萬。」

③不,錢箋校:「一作何。」

【注】

黄鶴注:此當是廣德二年(七六四)在閬州作。仇注:此詩作於永泰元年(七六五)夏將往戎渝之時。

〔一〕五載二句:黄鶴注:「公乾元己亥冬至成都,距廣德二年爲五載。而寶應元年秋至廣德元年秋在梓州,爲一年。」仇注:「所謂五載客蜀者,上元元年、上元二年、寶應元年、廣德二年、永泰元年也。一年居梓者,專指廣德元年也。」

〔二〕黄髮:見卷一三《玉臺觀》(0853)注。

〔三〕安危二句:黄鶴注:「謂吐蕃入寇,有子儀諸公可恃也。」仇注:「此反言以自釋之辭也。」

放船

收帆下急水,卷幔逐回灘。江市戎戎暗,山雲淰淰寒〔一〕。村荒無徑入①,獨

鳥怪人看。已泊城樓底，何曾夜色闌。（1441）

【校】

①村荒，錢箋校：「一作荒林。」

【注】

黄鶴注：當是永泰元年（七六五）自忠渝下雲安作。

〔一〕江市二句：《詩·召南·何彼襛矣》傳：「襛猶戎戎也。」疏：「言戎戎者，毛以華狀物色。」《禮記·禮運》：「龍以爲畜，故魚鮪不淰。」注：「淰之言閃也。」釋文：「淰音審，徐舒冉反。」疏：「淰，水中驚走也。」《廣韻》：「淰，淰潤，水動也。」董斯張《吹景集》卷六：「案毛萇傳何彼襛矣云：襛猶戎戎也。《古文苑》載張衡賦云：乃樹靈木，靈木戎戎。注：戎戎，盛貌。蓋野市臨江，草木蓊薈，著一暗字可曉。淰音審。《禮運》云：龍以爲畜，故魚鮪不淰。注：群隊驚散貌。淰淰者，狀雲物散而不定也。《廣雅》：淰，溷濁也。音徒感切。一説云：水不波也。升庵主此説，謂寒雲凝聚如不波之水也。此與《禮運》義相左，不可從。」《正字通》卷四：「蒙戎，亂貌。《邶風·狐裘》蒙戎注：裘敝也。與茸通。《左傳》狐裘尨茸，即蒙戎。杜甫《放船》詩江市戎戎暗，義同。」胡文英《吴下方言考》卷九：「淰淰音念。淰淰，雲稠密貌。吴中謂粥不薄曰淰。」

哭台州鄭司户蘇少監〔一〕

故舊誰憐我，平生鄭與蘇。存亡不重見，喪亂獨前途。豪俊何人在①，文章掃地無。羈游萬里闊，凶問一年俱〔二〕。白首中原上，清秋大海隅。夜臺當北斗，泉路著東吴〔三〕。得罪台州去，時危弃碩儒。移官蓬閣後，穀貴没潛夫〔四〕。流慟嗟何及，銜冤有是夫〔五〕。道消詩興廢，心息酒爲徒〔六〕。許與才雖薄，追隨跡未拘〔七〕。班揚名甚盛，嵇阮逸相須〔八〕。會取君臣合，寧銓品命殊。賢良不必展，廊廟偶然趨。勝決風塵際，功安造化鑪〔九〕。從容拘舊學②，慘淡閟陰符〔一〇〕。擺落嫌疑久，哀傷志力輸〔一一〕。俗依綿谷異，客對雪山孤〔一二〕。童稚思諸子，交朋列友于〔一三〕。情乖清酒送，望絶撫墳呼〔一四〕。瘧病餐巴水③，瘡痍老蜀都。飄零迷哭處，天地日榛蕪。（1442）

【校】

①何人，錢箋校：「一作人誰。」

②拘，錢箋、《草堂》校：「一作詢。」

③病，錢箋校：「一作痾。」

【注】

黃鶴注：當是廣德二年（七六四）秋作。

〔一〕鄭司户蘇少監：指鄭虔、蘇源明。見卷七《八哀詩·蘇公源明》（0335）、《鄭公虔》（0336）注。

〔二〕羈游二句：按，鄭虔卒於乾元二年，蘇源明當卒於廣德間。杜甫蓋於源明卒後而得二人凶問。參卷一二《懷舊》（0776）注。

〔三〕夜臺二句：阮瑀《七哀詩》：「冥冥九泉室，漫漫長夜臺。」喬知之《哭故人》：「平生不得意，泉路復何如。」仇注引遠注：「北斗、蓬閣承中原，指蘇。東吴、台州承海隅，指鄭。」

〔四〕移官二句：仇注引胡夏客曰：「《八哀詩》詠蘇源明云：長安米萬錢，凋喪盡餘喘。則蘇死果以飢歟？」蓬閣，見卷一五《秋日夔府詠懷奉寄鄭監審李賓客之芳一百韻》（1030）注。潛夫，見卷一一《晚晴》（0698）注。

〔五〕流慟二句：《詩·王風·中谷有蓷》：「啜其泣矣，何嗟及矣。」《論語·述而》：「唯我與爾有是夫。」

〔六〕道消二句：浦起龍云：「謂知交謝而哀輓攖情，意緒孤而沈冥取醉。」

〔七〕許與二句：仇注：「許與承詩，追隨承酒，二句自謂。」

〔八〕班揚二句：班揚，班固、揚雄。嵇阮，嵇康、阮籍。仇注：「班揚承詩，嵇阮承酒，二句鄭、蘇。」

〔九〕勝決二句：《莊子·大宗師》：「今一以天地爲大爐，以造化爲大冶。」

〔一〇〕從容二句：《戰國策·秦策》：「（蘇秦）乃夜發書，陳篋數十，得《太公陰符》之謀。」朱鶴齡注：「蘇嘗爲諭德、司業，故曰詢舊學。鄭嘗著兵法諸書不見用，故曰閟陰符。」仇注：「言肅宗復國，蘇爲少監，鄭遭貶斥也。」

〔一一〕擺落二句：陶淵明《飲酒》：「擺落悠悠談，請從余所之。」仇注：「舊注仍指鄭、蘇，按此皆自迷之詞。公向遭貶斥，今則擺落已久，特志力日虧爲可傷耳。」浦起龍云：「統言二子吏議漸寬，時忌漸減。」

〔一二〕俗依二句：綿谷，見卷一一《贈別何邕》(0725)注。雪山，見卷一一《歲暮》(0648)注。

〔一三〕童稚二句：仇注：「日在童稚時便思諸子才名，鄭、蘇年蓋少長也。」友于，兄弟。見卷八《岳麓山道林二寺行》(0406)注。

〔一四〕情乖二句：仇注：「歎知交別久，歿失哀奠。」

聞惠二過東溪特一送①

惠子白駒瘦②，歸溪惟病身。皇天無老眼，空谷滯斯人③〔一〕。崖蜜松花熟④，

山杯竹葉新⑤〔二〕。柴門了無事⑥，黃綺未稱臣⑦〔三〕。（1443）

【校】

①以下七篇見錢箋卷一八，注：「吴若本逸詩七篇。」本篇注：「李祁蕭遠校書云：陳恬叔易傳東坡記此詩云：右一篇劉斯立得於管城人家册子葉中，題云工部員外詩集。名甫，字東甫。其餘諸篇，語多不同，如故園桃李今摇落，安得愁中却盡生也。」《草堂》注：「右一篇見《洪駒父詩話》：劉路左車言：嘗收得唐人雜篇詩册有之。」《苕溪漁隱叢話》前集卷一三引《洪駒父詩話》「劉路左車爲予言」云云。聞惠二過東溪特一送，《草堂》作「送惠二歸故居」。

②駒，錢箋校：「一作魚。坡作驢。」

③滯，錢箋校：「一作值。」《草堂》作「值」。

④熟，錢箋校：「一作白。一作古。」《草堂》作「白」，校：「一作熟。」

⑤山杯，錢箋校：「一作村醪。」杯，《草堂》校：「一作醪。」

⑥無，錢箋校：「一作生。」《草堂》作「生」。

⑦黃，錢箋、《草堂》校：「一作園。」

【注】

黃鶴注：意東溪指瀼東而言也，大曆二年（七六七）作。

〔一〕惠子四句：《詩·小雅·白駒》：「皎皎白駒，在彼空谷。生芻一束，其人如玉。」

〔二〕崖蜜二句：崖蜜，見卷三《發秦州》(0140)注。張協《七命》：「乃有荆南烏程、豫北竹葉，浮蟻星沸，飛華蓱接。」《文選》李善注：「張華《輕薄篇》曰：『蒼梧竹葉清，宜城九醖酒。』」

〔三〕黄綺：見卷一一《朝雨》(0699)注。

舟泛洞庭①

蛟室圍青草，龍堆擁白沙②〔一〕。護江盤古木③，迎棹舞神鴉〔二〕。破浪南風正，收颿畏日斜④〔三〕。雲山千萬疊，底處上仙槎⑤？（1444）

【校】

①錢箋注：「右洪玉甫云：有人得之江中石刻。王直方云：此老杜過洞庭湖詩也。潘淳云：元豐中，有人得此詩刻於洞庭湖中，不載名氏。以示山谷，山谷曰：子美作也。今蜀本已收入。」《草堂》注：「右一篇見李希聲。《王直方詩話》云：得之於江心小石刻。」《苕溪漁隱叢話》前集卷一〇引《王直方詩話》載此詩，謂：「此老杜《過洞庭》詩也。李希聲云得之江心一石刻。」舟泛洞庭，錢箋校：「一作過洞庭湖。」《草堂》作「過洞庭湖」，校：「一作舟泛洞庭。」

②擁，錢箋校：「一作隱。」《草堂》作「隱」，校：「一作擁。」

③江，錢箋校：「一作堤。」《草堂》作「堤」。

④收颿，錢箋校：「一作回檣。一作歸舟。」《草堂》作「回檣」，校：「一作歸舟。」

⑤雲山千萬疊底處上仙槎，《草堂》作「湖光與天遠直欲泛仙槎」，校：「一作雲中千萬疊，底處上星槎。」

【注】

朱鶴齡注：按，此詩有收帆畏日斜句，斷非公作。畏日，夏日也。公過南岳，入洞庭湖，在大曆四年正月，至五年（七七〇）夏，已卒於耒陽，安得復有洞庭之泛乎？或欲援此詩以證公之旅殯岳陽，尤爲無據。仇注：此當是大曆五年夏自衡州回棹重過洞庭湖而作。

〔一〕蛟室二句：青草湖，見卷七《寄薛三郎中據》（0363）注。《水經注》湘水：「（洞庭）湖中有君山、編山。……昔秦始皇遭風於此，而問其故。博士曰湘君入則多風。秦王乃赭其山。漢武帝亦登之，射蛟於是山。」《明一統志》卷六二：「金沙洲，在洞庭湖中，一名龍堆，延袤數里。」白沙，見《宿白沙驛》（1359）注。

〔二〕護江二句：《岳陽風土記》：「巴陵鴉甚多，土人謂之神，無敢弋者。穿堂入庖厨，略不畏。園林果實未熟，耗啄已半。」熊孺登《董監廟》：「神烏慣得商人食，飛趁征帆過蠡湖。」仇注引吴江周篆曰：「神烏在岳州南三十里。羣烏飛舞舟上，或擲以碎肉，或擲以荳粒，食葷者接肉，食素者接荳，無不巧中。如不投以食，則隨舟數十里，衆烏以翼沾泥水污船而去，此其神也。」

〔三〕破浪二句：《說文》：「颿，馬疾步也。從馬，風聲。」徐鉉曰：「舟船之颿，本用此字。今別作帆，非是。」《左傳》文公七年：「趙衰，冬日之日也。趙盾，夏日之日也。」杜預注：「冬日，可愛。夏日，可畏。」

李鹽鐵二首①〔一〕

落葉春風起②，高城烟霧開。雜花分户映，嬌燕入簷回。一見能傾産③，虛懷只愛才〔二〕。鹽官雖絆驥，名是漢庭來〔三〕。（1445）

【校】

①錢箋注：「後一首題云李監宅。在第九卷中。」見本書卷九《李監宅》（0420）。

②落葉，錢箋校：「一作華館。」

③産，錢箋校：「一作座。」

【注】

仇注與《李監宅》同編入天寶初作。

〔一〕李鹽鐵：名不詳。按，鹽鐵當指鹽鐵院官。肅宗乾元元年，以第五琦爲鹽鐵使，始立鹽鐵法，立監院官吏。此詩與《李監宅》未必同爲一人，亦非天寶年間作。

〔二〕一見二句：《北齊書·神武帝紀》：「及自洛陽還，傾産以結客。」《晋書·王渾傳》：「虚懷綏納，座無空席。」

〔三〕鹽官二句：《漢書·食貨志》：「元帝即位……在位諸儒多言鹽鐵官及北假田官、常平倉可罷，毋與民争利。上從其議，皆罷之。……其後用度不足，獨復鹽鐵官。」《戰國策·楚策四》：「夫驥之齒至矣，服鹽車而上太行，蹄申膝折，尾湛胕潰，漉汁灑地，白汗交流，中阪遷延，負轅不能上。」庾信《謹贈司寇淮南公》：「絆驥還千里，垂鵬更九飛。」

長吟

江渚翻鷗戲，官橋帶柳陰。江飛競渡日，草見踏春心①〔一〕。已撥形骸累，真爲爛漫深〔二〕。賦詩歌句穩②，不免自長吟③。（1446）

【校】

① 春，《草堂》作「青」。

②歌，《草堂》作「新」。

③免，錢箋校：「一作覺。」《草堂》作「覺」。

【注】

仇注編入永泰元年（七六五）春。

〔一〕江飛二句：踏春，蓋指踏青。見卷一二《絶句》(0773)注。《荆楚歲時記》：「五月五日……是日，競渡，采雜藥。」注：「五月五日競渡，俗爲屈原投汨羅日，傷其死，故並命舟楫以拯之。舸舟取其輕利，謂之飛鳧，一自以爲水軍，一自以爲水馬。州將及士人悉臨水而觀之。邯鄲淳《曹娥碑》云：五月五日，時迎伍君逆濤而上，爲水所淹。斯又東吴之俗，事在子胥，不關屈平也。《越地傳》云起於越王勾踐，不可詳矣。」按，詩言春事，則此競渡乃泛言。

〔二〕已撥二句：《莊子·讓王》：「雖貴富不以養傷身，雖貧賤不以利累形。」陶淵明《還舊居》：「撥置且莫念，一觴聊可揮。」

絶句九首①

聞道巴山裏，春船正好行②。都將百年興，一望九江城③〔一〕。（1447）

【校】

①錢箋校：「前六首在十三卷中。」見本書卷一三《絶句六首》(0899)。

②行，《草堂》校：「趙作還。」

③城，《草堂》校：「趙作山。」

【注】

仇注：單氏編在永泰元年（七六五）成都詩内。

〔一〕都將二句：《元和郡縣圖志》卷二八江南道：「江州，潯陽。上。……《禹貢》揚、荆二州之境……荆州云『九江孔殷』，今州西北二十五里九江是也。……大業三年，罷江州爲九江郡。」

水檻温江口，茅堂石笋西〔一〕。移船先主廟〔二〕，洗藥浣沙溪①。(1448)

【校】

①沙，《草堂》作「花」。

【注】

〔一〕水檻二句：《元和郡縣圖志》卷三一成都府：「温江縣，次畿。東至府七十五里。」「大江，俗謂之温江，南流經縣一里。」石笋，見卷四《石笋行》(0171)注。

〔二〕先主廟：見卷四《古柏行》(0180)注。

設道春來好①，狂風大放顛〔一〕。吹花隨水去②，翻却釣魚船。(1449)

【校】

① 《草堂》此首後注：「右三絶句見謝克家任伯本，題云得於真文肅家故書中，猶是吴越錢氏時人所傳，格律高妙，其爲少陵不疑矣。」錢箋注：「右謝克家任伯題云：右五詩得盛文肅家故書中，猶是吴越錢氏時人所傳。格律高妙，其爲少陵不疑。」《苕溪漁隱叢話》後集卷八引《詩説雋永》：「晁氏嘗於中壺緘線纊夾中，得吴越人寫本杜詩，諱流字之類，乃盛文肅故書也。如日出籬東水等絶句六首，乃九首，其一云漫道春來好……」苕溪漁隱曰：「此詩淺近，絶非少陵語。庸俗所亂，不足憑也。」設，錢箋、《草堂》校：「一作謾。」

② 吹，錢箋校：「一作飛。」

【注】

〔一〕設道二句：設道，假設，假如。《景德傳燈録》卷二五淨德智筠：「設道毗盧有師，法身有主，斯乃抑揚，對機施設，諸仁者作麽生會？對底道理？」放顛，放狂。陸游《秋晴出游》：「無情日駁工催老，耐事天公聽放顛。」宋元人常用。

送王侍御往東川放生池祖席①〔一〕

東川詩友合，此贈怯輕爲。況復傳宗近，空然惜别離〔二〕。梅花交近野，草色向平池。儻憶江邊卧，歸期願早知。（1450）

【校】

① 以下二篇見錢箋卷一八，注：「右二篇見王原叔本。」《草堂詩箋》卷四〇併《軍中醉飲寄沈八劉叟》，注：「右三篇見王原叔本。」

【注】

仇注：成都詩有王侍御掄及王侍御契，此或即其人歟？放生池亦當在成都。

〔一〕王侍御：卷五有《陪王侍御同登東山最高頂宴姚通泉晚携酒泛江》（0216），卷一一有《王十七侍御掄許携酒至草堂奉寄此詩便請邀高三十五使君同到》（0711），卷一三有《贈王二十四侍御契四十韻》（0869）。顔真卿《天下放生池碑銘》：「乃以乾元二年太歲己亥春三月己丑，端命左驍衛右郎將史元琮、中使張庭玉，奉明詔，布德音，始於洋州之興道，洎山南、劍南、黔中、荆南、嶺南、江西、浙江西諸道，訖於昇州之江寧、泰淮、太平橋、臨江，帶郭上下五里，各置放生池，凡八十一所。」《鑒戒録》卷一〇：「又大慈寺東北有池，號曰放生池。蜀人競以三元日，多將鵝鴨放在池中浴。」此成都事。

〔二〕況復二句：仇注引張遠注，謂傳宗指放生池，以佛家有南北宗。又引邵注，作傳蹤。仇注則臆改爲「傳宗匠」。按，傳宗當指佛寺，此祖席於放生池，必近佛寺。或即《鑒戒録》所云大慈寺。據《歷代法寶記》，寶應、廣德間，成都淨衆寺無相門下曾發生傳法之爭。

惠義寺送王少尹赴成都〔一〕得峰字。

苒苒谷中寺，娟娟林表峰。闌干上處遠，結構坐來重。騎馬行春徑，衣冠起晚鐘。雲門青寂寂，此別惜相從。（1451）

【注】

黄鶴注：寺在梓州，當是廣德元年（七六三）春作。

〔一〕惠義寺：見卷三《陪章留後惠義寺餞嘉州崔都督赴州》（0197）注。王少尹：卷一一有《赴青城縣出成都寄陶王二少尹》(0635)。

避地①

避地歲時晚，竄身筋骨勞〔一〕。詩書遂牆壁，奴僕且旌旄〔二〕。行在僅聞信，此生隨所遭。神堯舊天下〔三〕，會見出腥臊。（1452）

【校】

①見錢箋卷一八、《草堂詩箋》卷四〇。錢箋、《草堂》注：「右一篇見趙次翁本，題云至德二載丁酉作。」嚴羽《滄浪詩話》：「少陵有《避地》逸詩一首云……題下公自注云至德二載丁酉作。此則真少陵語也，今書市集本並不見有。」錢箋此篇後有《惠義寺送辛員外》、《又送》二首，注：「右二篇見卞圜本。並見吴若本。」已見本書卷一二(0818、0819)。《草堂》卷四〇併《長吟》注見卞圜本。

【注】

錢箋、《草堂》引趙次翁本題云至德二載（七五七）作。仇注引顧注：當是至德元載（七五六）冬作，蓋避地白水、鄜州間，竄歸鳳翔時也。

〔一〕竄身句：劉楨《贈五官中郎將》：「余嬰沈痼疾，竄身清漳濱。」

〔二〕詩書二句：盧元昌曰：「禄山之亂猶始皇坑焚詩書，牆壁即藏書屋壁意。奴僕旌旄，向謂至德二載五月，朝廷自清渠之敗，以官爵收散卒，凡應募入官者皆衣金紫。今疑不然。不特清渠之役是二載五月事，即公陷賊時方冀朝廷將士反正不暇，不得以奴僕旌旄輒爲譏彈，當是指賊黨如田乾真、蔡希德、崔乾祐之徒，目前雖擁旌旄，不久自當撲滅。」仇注引《後漢書·獻帝紀》：「百官披荆棘，依牆壁間。」按，《隋書·音樂志》沈約奏答：「漢初典章滅絶，諸儒捃拾溝渠牆壁之間，得片簡遺文。」詩蓋用此。

〔三〕神堯：唐高祖。見卷七《别李義》(0358)注。

王若虚《滹南遺老集》卷三八《詩話》：「世所傳《千家注杜詩》，其間有曰新添者四十餘篇。吾舅周君德卿嘗辨之云：唯《瞿塘懷古》、《呀鶻行》、《送劉僕射》、《惜别行》爲杜無疑，自餘皆非本真。蓋後人依仿而作，欲竊盜以欺世者。或又妄撰其所從得，誣引名士以爲助，皆不足信也。東坡嘗謂《太白集》中往往雜入他人詩，蓋其雄放不擇，故得容僞，于少陵則決不能。豈意小人無忌憚如此。其詩大抵鄙俗狂瞽，殊不可訓。蓋學步邯鄲，失其故態，求居中下且不得，而欲以爲少陵，真可憫笑。《王直方詩話》既有所取，而鮑文虎、杜時可間爲注説，徐居仁復加編次，甚矣世之識真者少也。其中一二，雖稍平易，亦不免蹉跌。至于《逃難》、

《解憂》、《送崔都水》、《聞惠子過東溪》、《巴西觀漲》及《呈竇使君》等，尤爲無狀，洎餘篇大似出于一手。其不可亂真也，如糞丸之在隋珠，不待選擇而後知，然猶不能辨焉。世間似是而相奪者，又何可勝數哉。予所以发憤而極論者，不獨爲此詩也。吾舅自幼爲詩，便祖工部，其教人亦必先此。嘗與予語及新添之詩，則頻蹙曰：人才之不同，如其面焉。耳目鼻口，相去亦無幾矣，然諦視之，未有不差殊者。詩至少陵，他人豈得而亂之哉。公之持論如此，其中必有所深得者。顧我輩未之見耳。表而出之，以俟明眼君子云。」

虢國夫人①〔一〕

虢國夫人承主恩，平明上馬入宮門②。却嫌脂粉涴顔色③〔二〕，淡掃蛾眉朝至尊。（1453）

【校】

① 以下三篇及《哭長孫侍御》（本書卷一〇0508）錢箋列爲「他集互見四首」。此篇見《草堂詩箋》卷四〇。别見《張承吉文集》卷五，爲《集靈臺二首》之二。《萬首唐人絶句》卷四三亦作張祜詩。樂史《楊太真外傳》卷上以爲杜甫詩。《施注蘇詩》卷二四《虢國夫人夜游圖》引爲杜甫詩。

②宮，錢箋校：「祐集作金。」宋蜀本《張承吉文集》作「金」。
③涴，宋蜀本《張承吉文集》作「污」。

【注】

〔一〕虢國夫人：見卷一《麗人行》(0029)注。樂史《楊太真外傳》卷上：「虢國不施粧粉，自衒美艷，常素面朝天。當時杜甫有詩云。」
〔二〕涴：《廣韻》：「涴，泥著物也。亦作污。烏卧切，又烏管切。」

軍中醉飲寄沈八劉叟①〔一〕

酒渴愛江清，餘甘漱晚汀②。軟沙欹坐穩，冷石醉眠醒。野膳隨行帳，華音發從伶〔二〕。數杯君不見，醉已遣沉冥③〔三〕。(1454)

【校】

①見《草堂詩箋》卷四〇，謂與《送王侍御往東川放生池祖席》等三篇見王原叔本。《文苑英華》卷二一五題作暢當詩。《文苑英華辨證》卷六：「其有可疑及當兩存者，如暢當《軍中醉飲寄沈八劉叟》詩

『酒渴愛江清，餘酣漱晚汀』，司空曙《杜鵑行》『古時杜宇稱望帝，魂作杜鵑何微細』，今並載杜甫集。」《瀛奎律髓》卷一九：「黄本注杜詩無此篇。山谷嘗用酒渴愛江清爲韻賦詩，任淵注亦云杜詩。而白本杜詩亦有此篇。或以爲暢當詩，然頓挫翕忽不可以律縛，恐暢當未辨此也。」

②甘，錢箋校：「一作酣。」

③醉，錢箋校：「一作都。」

【注】

〔一〕沈八：暢當又有《題沈八齋》，當是一人。

〔二〕華音句：伶，伶人。韓愈《辭唱歌》：「幸有伶者婦，腰身如柳枝。……聲自肉中出，使人能透隨。」

〔三〕數杯二句：王嗣奭《杜臆》：「飲止數杯，而君不見我之醉已沉冥。十字爲句。」

杜鵑行①

古時杜宇稱望帝，魂作杜鵑何微細〔一〕。跳枝竄葉樹木中，搶佯瞥捩雌隨雄②〔二〕。毛衣慘黑貌憔悴③，衆鳥安肯相尊崇。隳形不敢栖華屋④，短翮唯願巢深叢。穿皮啄朽觜欲禿，苦饑始得食一蟲。誰言養雛不自哺，此語亦足爲愚蒙。聲音咽咽如有謂⑤，號啼略與嬰兒同。口乾垂血轉迫促，似欲上訴於蒼穹⑥。蜀人聞之皆起立，至今斅學傳遺風⑦。廼知變化不可窮。豈知昔日居深宮⑧，嬪嬙左右如花紅⑨。（1455）

【校】

① 見《分門集注》卷二三，引洙曰：「此詩注並在《杜鵑詩》內。」《文苑英華》卷三四五題作司空曙詩。《韻語陽秋》卷一六引作杜甫詩。錢箋校：「見陳浩然本。亦見黄鶴本。」

② 佯，《文苑英華》作「翔」，校：「集作佯。」

③ 貌，錢箋校：「一作自。」《文苑英華》作「自」。

④ 際，《文苑英華》作「陋」，校：「集作際。」

⑤ 咽咽如，《文苑英華》作「咽噦若」，校：「集作咽咽如。」

⑥ 似欲，《文苑英華》作「欲似」，校：「集作似欲。」

⑦ 斅學傳遺風，《文苑英華》作「相效傳遺風」，校：「集作斅學傳遺風。」

⑧ 知，《文苑英華》作「思」。

⑨ 嫱，錢箋校：「一作妃。」《文苑英華》作「妃」。

【注】

〔一〕古時二句：見卷四《杜鵑行》(0173)注。

〔二〕跳枝二句：仇注引邵注：「搶佯，飛掠有似猖狂。瞥捩，目斜視而旋折也。」按，瞥捩同撇捩。見卷二《留花門》(0068)注。搶佯，一作搶翔，同搶攘。《漢書・賈誼傳》上疏陳政事：「國制搶攘，非甚有紀。」注：「晋灼曰：搶音傖，吴人駡楚人曰傖。傖攘，亂貌也。」李商隱《行次西郊作一百韻》：「搶攘互間諜，孰辨梟與鸞。」攘亦讀陽韻，見《古今韻會舉要》。

杜工部集卷第十九

表賦記説讃述十四首

進三大禮賦表①

臣甫言：臣生長陛下淳樸之俗，行四十載矣。與麋鹿同羣而處，浪跡於陛下豐草長林②，實自弱冠之年矣。豈九州牧伯，不歲貢豪俊於外？豈陛下明詔，不仄席思賢於中哉③？臣之愚頑，静無所取④。以此知分，沈埋盛時。不敢依違，不敢激訐，默以漁樵之樂自遣而已⑤。頃者賣藥都市，寄食朋友⑥〔一〕。竊慕堯翁擊壤之謳，適遇國家郊廟之禮〔二〕。不覺手足蹈舞，形於篇章。漱吮甘液，游泳和氣，聲韻寖廣，卷軸斯存。抑亦古詩之流，希乎述者之意〔三〕。然詞理野質，終不足以拂天聽之崇高，配史籍以永久。恐倏先狗馬，遺恨九原，謹稽首投延恩匭獻納〔四〕，上表進明主《朝獻太清宮》、《朝享太廟》、《有事於南郊》等三賦以聞⑦。臣甫誠惶誠恐，頓首頓首⑧。謹言。（1456）

【校】

①進三大禮賦表，錢箋題下注：「天寶十三年。」《文苑英華》注：「天寶十三載。」

②浪跡於，錢箋無「於」字，校：「吴本有於字。」

③仄，《文苑英華》作「側」。

④取，《文苑英華》作「處」。

⑤默，《文苑英華》无「默」字，校：「一有默字。」

⑥朋友，錢箋校：「吴作友朋。」《文苑英華》作「友朋」。

⑦獻納上表，《文苑英華》作「獻納上」，校：「三字一作獻納上表。」

⑧頓首頓首，《文苑英華》作「稽首頓首」。

【注】

《舊唐書・玄宗紀》：「（天寶）十載，春正月乙酉朔。壬辰，朝獻太清宮。癸巳，朝饗太廟。甲午，有事於南郊，合祭天地。禮畢，大赦天下。太廟置内官，供灑掃諸陵廟。己亥，改傳國寶爲承天大寶。」

《新唐書・杜甫傳》：「天寶十三載，玄宗朝獻太清宮、饗廟及郊，甫奏賦三篇，帝奇之，使待制集賢院，命宰相試文章。」黄鶴注：「《朝享太廟賦》云：壬辰，既格於道祖，乘輿即以是日致齋於九室。則爲十載大禮明矣。」錢箋：「趙子櫟《年譜》：考《明皇紀》，十三載二月癸酉，朝獻太清宮。甲戌，親享太廟。未嘗有事南郊。當以《舊書》爲正。按諸書載十三載獻賦，並承《新書》本傳之誤。然獻賦自在大禮告成之日，鶴以爲九載預獻，則非也。」

〔一〕賣藥都市：見卷一一《魏十四侍御就敝廬相別》(0708)注。

〔二〕竊慕二句：《太平御覽》卷一八九引《帝王世紀》：「堯時老人擊壤於路而歌曰：鑿井而飲，耕田而食，帝力于我何有哉？」

〔三〕抑亦二句：班固《兩都賦序》：「賦者，古詩之流也。」《禮記・樂記》：「作者之謂聖，述者之謂明。」

〔四〕投延恩匭獻納：見卷九《贈獻納使起居田舍人》(0447)注。

朝獻太清宮賦〔一〕

冬十有一月，天子既納處士之議，承漢繼周，革弊用古①，勒崇揚休〔二〕。明年孟陬，將攄大禮以相籍，越彝倫而莫儔〔三〕。歷良辰而戒吉，分祀事而孔修〔四〕。營室主夫宗廟，乘輿備乎冕衮〔五〕。甲子王以昧爽，春寒薄而清浮〔六〕。虛閶闔，逗蚩尤〔七〕。張猛馬，出騰虬。捎熒惑，墮旄頭〔八〕。風伯扶道，雷公挾輈②〔九〕。通天台之雙闕，警溟漲之十洲〔一〇〕。浩劫礧砢，萬山颼飀③〔一一〕。欻臻於長樂之舍④，嵬入乎崑崙之丘〔一二〕。太一奉引，庖犧左右⑤〔一三〕。堯步舜趨，禹馳湯驟〔一四〕。鬱閟宫之嵂崒⑥，坼元氣以經構〔一五〕。斸紫雲而竦墻⑦，撫流沙而承霤〔一六〕。紛隮珠而陷碧⑧，爟波錦而浪繡〔一七〕。森青冥而欲雨，艴光炯而初晝⑨〔一八〕。於是翠蕤俄的，藻藉舒就〔一九〕。祝融擲火以焚香，溪女捧盤而盥漱⑩〔二〇〕。羣有司之望幸，辨名物之難究。瓊漿自問於粢盛，羽客先來於介冑〔二一〕。爍聖祖之儲祉⑪，敬雲孫而及此〔二二〕。詔軒轅使合符，敕王喬以視履〔二三〕。積昭感於嗣續，匪正辭於祝史〔二四〕。若肸蠁而有憑⑫，肅風飆而乍起〔二五〕。揚流蘇於浮柱，金英霏而披靡〔二六〕。擬雜珮於曾巔，孔蓋歘以颯纚⑬〔二七〕。中縱縱以回復，外蕭蕭而未已〔二八〕。上穆然，注道爲身，覺天傾耳〔二九〕。陳僭號於五代，復戰國於千祀〔三〇〕。曰嗚呼！昔蒼生纏孟德之禍，爲仲達所愚〔三一〕。鑿齒其俗，窫窳其孤〔三二〕。赤烏高飛，不肯止其屋；黄龍哮吼，不肯負其圖〔三三〕。伊神器臬兀，而小人呴喻〔三四〕。

曆紀大破，創痍未蘇⑭〔三五〕。尚攫拏於吴蜀，又顛躓於羯胡〔三六〕。縱羣雄之發憤，誰一統於亭衢〔三七〕？在拓跋與宇文，豈風塵之不殊⑮〔三八〕。比聰廆及堅特，渾貑豹而齊驅〔三九〕。愁陰鬼嘯，落日梟呼。各擁兵甲，俱稱國都。且耕且戰，何有何無〔四〇〕？惟累聖之徽典，恭淑慎以允緝〔四一〕。兹火土之相生，非符讖之備及〔四二〕。煬帝終暴，叔寶初襲〔四三〕。編簡尚新，義旗爰入〔四四〕。既清國難，方覩家給〔四五〕。竊以爲數子自誣，敢貞乎五行攸執⑯〔四六〕？而觀者潛晤⑰，或喜至於泣〔四七〕。鱗介以之鳴簴，昆蚑以之振蟄⑱〔四八〕。感而遂通，罔不具集〔四九〕。仡神光而甜問⑲，羅詭異以戢孴〔五〇〕。地軸傾而融曳，洞宮儼以嶷岌〔五一〕。九天之雲下垂，四海之水皆立〔五二〕。鳳鳥威遲而不去，鯨魚屈矯以相吸〔五三〕。掃太始之含靈，卷殊形而可挹〔五四〕。則有虹霓爲鉤帶者，入自於東〔五五〕。揭莽蒼，履崆峒⑳〔五六〕。素髮漠漠，至精濃濃〔五七〕。條弛張於巨細，覬披寫於心胸〔五八〕。蓋修竿無隙，而仄席已容㉑〔五九〕。裂手中之黑簿，睨堂下之金鐘〔六〇〕。得非擬斯人於壽域，明返樸於玄踪〔六一〕？忽翳日而翻萬象，却浮空而留六龍㉒〔六二〕。咸讋跖而壯兹應，終蒼黄而昧所從〔六三〕。上猶色若不足，處之彌恭〔六四〕。天師張道陵等㉓，泊左玄君者，前千二百官吏㉔，藹而進曰㉕〔六五〕：今王巨唐，帝之苗裔，坤之紀綱〔六六〕。土配君服，宫尊臣商〔六七〕。起數得統㉖，特立中央〔六八〕。且大樂在懸，黄鐘冠八音之首；太昊斯啓，青陸獻千春之祥〔六九〕。曠哉勤力耳目，宜乎大帶斧裳〔七〇〕。故風后孔甲充其佐，山稽岐伯翼其傍〔七一〕。至於易制取法，足以朝發五帝㉗，夕宿三皇。信周武之多幸，存漢祖之自强㉘。且近朝之濫吹，仍改卜乎祠堂〔七二〕。初降素車，終勤恤其後；有客白馬，固漂淪不忘〔七三〕。伊庶人得議，實邦家之光。臣道陵等試本之於青簡，探之於縹囊〔七四〕。列聖有差，夫子聞斯於老氏；好問自久，宰我同科於季康〔七五〕。取撥亂返正㉙，乃此其所長㉚〔七六〕。萬神開，八駿回。旗掩月，車畜雷㉛。騫七曜，燭九垓〔七七〕。能事穎脱，清光大來〔七八〕。或曰今太平之人，莫不優游以自得。況是蹴魏踏晉，批周抉隋之後，與乎更始者哉㉜〔七九〕。（1457）

【校】

①古，宋本作「吉」，據錢箋、《文苑英華》改。

②輈，《文苑英華》作「舟」，校：「一作輈。」此篇注：「凡一作皆集本。」

③山，錢箋作「仙」。《文苑英華》校：「一作仙。」

④於，《文苑英華》校：「一作乎。」

⑤太一，《唐文粹》作「太乙」。　左，《文苑英華》、《唐文粹》作「在」，《文苑英華》校：「一作左。」

⑥闕，《文苑英華》作「曾」，校：「一作闕。」

⑦竦，《文苑英華》作「扞」，校：「一作竦。」

⑧陷，《文苑英華》校：「一作隱。」

⑨光，《文苑英華》作「色」，校：「一作光。」

⑩盤，《文苑英華》作「壺」，校：「一作盤。」

⑪聖，《文苑英華》作「皇」。

⑫若，《文苑英華》作「君」，校：「一作若。」

⑬孔，《文苑英華》校：「一作芝。」《唐文粹》作「芝」。

⑭創，錢箋、《文苑英華》、《唐文粹》作「瘡」。

⑮殊，錢箋校：「一作雜。」《文苑英華》作「雜」，校：「一作殊。」

⑯貞，宋本、錢箋作「正」，據《文苑英華》、《唐文粹》改。

⑰晤，錢箋校：「一作悟。」《文苑英華》、《唐文粹》作「悟」。

⑱鱗介，《文苑英華》、《唐文粹》其上有「矧」字。　介以，《文苑英華》無「以」字，校：「一有以字。」　之振，《文苑英華》無「之」字，校：「一有之字。」　十二字，錢箋校：「一作矧鱗介之鳴簴，昆蚑以振蟄。」

⑲閙，《文苑英華》校：「一作閧。」

⑳履，宋本校：「一作屩。」

㉑仄，《文苑英華》作「反」。

㉒空，《文苑英華》作「雲」。

㉓等，《文苑英華》無「等」字，校：「一有等字。」

㉔者前，《文苑英華》無「前」字，「者」字校：「一作前。」

㉕藹，宋本校：「一作謁。」錢箋、《文苑英華》作「謁」。

㉖起數，錢箋、《文苑英華》校：「一作數起。」《唐文粹》作「數起。」

㉗發，錢箋、《文苑英華》、《唐文粹》作「登」。

㉘存，《文苑英華》校：「一作好。」

㉙取，《文苑英華》、《唐文粹》作「敢」，《文苑英華》校：「一作取。」

㉚此，《文苑英華》作「止」，校：「一作此。」

㉛畜，宋本校：「一作奮。」錢箋作「奮」。

㉜與，《文苑英華》作「興」。　乎，錢箋作「夫」，校：「一作乎。」　哉，《文苑英華》作「也」，校：「一作哉。」

【注】

〔一〕太清宮：《舊唐書·玄宗紀》：「（天寶）二年春正月丙辰，追尊玄元皇帝爲大聖祖玄元皇帝……三月壬子，親祀玄元廟以册尊號。……改西京玄元廟爲太清宫。」「（九載十一月）己丑，制自今告獻太清宫及太廟改爲朝獻。」

〔二〕天子四句：《舊唐書·玄宗紀》：「（天寶九載）九月乙卯，處士崔昌上《五行應運曆》，以國家合承周、漢，請廢周、隋不合爲二王後。」《禮儀志》：「九載九月，處士崔昌上《大唐五行應運曆》，以王者五十代而一千年，請國家承周、漢，以周、隋爲閏。十一月，敕：唐承漢後，其周武王、漢高祖同置一廟並官吏。」

〔三〕明年孟陬三句：《爾雅·釋天》：「正月爲陬。」《楚辭·離騷》：「攝提貞於孟陬兮，惟庚寅吾以降。」《禮記·月令》注：「孟春者，日月會於諏訾，而斗建寅之辰也。」《書·洪範》：「我不知其彝倫攸叙。」傳：「言我不知天所以定民之常道理次叙。」

〔四〕歷良辰二句：《周禮·地官·黨正》：「及四時之孟月吉日，則屬民而讀邦法以糾戒之。」顔延之《三日曲水詩序》：「加以二王于邁，出餞戒吉。」

〔五〕營室二句：《爾雅·釋天》：「營室謂之定。」注：「定，正也。作宫室皆以營室中爲正。」《詩·鄘風·定之方中》箋：「定星昏中而正，於是可以營製宫室，故謂之營室。」《史記·天官書》：「營室爲清廟，曰離宫、閣道。」

〔六〕甲子二句：《書·牧誓》：「時甲子昧爽，王朝至於商郊牧野。」傳：「昧，冥。爽，明。早旦。」

〔七〕虚閶闔二句：《史記·天官書》：「蚩尤之旗，類彗而後曲，象旗。見則王者征伐四方。」參卷一《自京赴奉先縣詠懷五百字》(0041)注。此指車駕前導。江淹《雜體詩·謝光禄莊郊游》：「肅舲出郊際，徙樂逗江陰。」《文選》李善注：「《説文》曰：逗，止也。」

〔八〕張猛馬四句：《淮南子·天文訓》：「南方，火也。……其神爲熒惑。」《漢書·天文志》：「昴爲旄頭，胡星也。」《武五子傳》：「建旄旗鼓車，旄頭先驅。」注：「師古曰：旄頭先驅，皆天子之制也。」《晉書·天文志》：「昴、畢間爲天街，天子出，旄頭罕畢以前驅，此其義也。」仇注：「閶闔，殿門也。蚩尤，旗幟也。猛馬，後騎也。騰虬，御馬也。捎熒惑，向南也。墮旄頭，肅前驅。」按，揚雄《羽獵賦》：「立歷天之旗，曳捎星之旃。」《文選》注：「韋昭曰：捎，拂也。」此捎字所本。

〔九〕風伯二句：《韓非子·十過》：「風伯進掃，雨師灑道。」雷公，見卷四《喜雨》（0182）注。《周禮·冬官考工記·輈人》：「輈人爲輈。」注：「輈，車轅也。」

〔一〇〕通天台二句：孫綽《游天台山賦》：「涉海則有方丈蓬萊，登陸則有四明天台。……雙闕雲竦以夾路，瓊臺中天而懸居。」見卷二《有懷台州鄭十八司户》（0107）注。溟漲，見卷六《殿中楊監見示張旭草書圖》（0304）注。十洲，見卷一三《玉臺觀》（0855）注。仇注：「雙闕、十洲，遥望廟景。」

〔一一〕浩劫二句：浩劫，見卷一三《玉臺觀》（0855）注。仇注：「謂階級。」司馬相如《上林賦》：「蜀石黄碝，水玉磊砢。」《文選》郭璞注：「磊砢，魁磊貌也。」左思《吴都賦》：「與風飄颻，颮瀏颼飀。」《文選》張銑注：「颮瀏颼飀，風聲也。」

〔一二〕歘臻於二句：《三輔黄圖》卷二：「漢長樂宫，本秦之興樂宫也。高皇帝始居櫟陽，七年長樂宫成，徙居長安城。」仇注：「長樂、崑崙，比太清宮也。」

〔一三〕太一二句：《史記・孝武本紀》：「亳人薄誘忌奏祠泰一方，曰：天神貴者泰一，泰一佐曰五帝。」索隱：「案《樂汁徵圖》云：紫微宮北極，天一、太一。宋均以爲天一、太一，北極之別名。」伏羲氏，又稱庖犧氏。《初學記》卷九引《帝王世紀》：「庖犧氏，風姓也。蛇身人首，有聖德。燧人氏没，庖犧代之，繼天而王。……取犧牲以充庖厨，故號庖犧氏。是爲犧皇。後世音謬，故謂之伏犧，或謂之密犧。」

〔一四〕堯步二句：《史記・禮書》：「步驟馳騁，廣騖不外。」正義：「三皇步，五帝驟，三王馳，五伯騖也。」《初學記》卷九引《白虎通》、《太平御覽》卷七六引《孝經鈎命訣》同。又《太平御覽》卷七六引《論語撰考讖》：「考靈差德，知堯步舜驟禹馳湯騖。德有優劣，故曰行轉疾也。」

〔一五〕鬱閟宫二句：閟宫，見卷四《古柏行》(0180)注。嵂崒，見卷一《橋陵詩三十韻因呈縣内諸官》(0037)注。

〔一六〕斷紫雲二句：《藝文類聚》卷一引《漢武帝故事》：「宣帝祠甘泉，紫雲從西北來，散於殿前。」《册府元龜》卷五四《帝王部・尚黄老》：「(天寶)五載正月，太清宫使門下侍郎陳希烈奏：昨二日緣告獻大聖祖宿齋時日抱戴，又今日告獻後，有紫雲從殿上起，向東南飛，光昭清宫，色蓋仙宇，久而不散。」「九載正月，東京留守上言：清河郡人崔以清今載元日平明，於天津橋上忽見紫雲爲蓋，五色雲中，前有音樂，後有響梵，其中一人，著黄衣，乘青牛，口云我是太上李老君，有天應云。」《游天台山賦》：「雙闕雲竦以夾路。」《後漢書・李固傳》：「昔堯殂之後，舜仰慕三年，坐則見堯於牆，食則睹堯於羹。」仇注謂句本此。按，竦牆謂牆竦立，仇注迂。《列仙傳》卷上關令尹：「老子亦知其奇，爲著書授之，後與老子俱游流沙化胡。」《禮記・檀弓上》：「池視重霤。」鄭玄注：「如堂之有承霤也。承霤以木爲之，用行水，亦宮之飾也。」

〔一七〕紛⿰阝禀珠二句：《藝文類聚》卷六一引《漢武故事》：「上起神屋……前庭植玉樹，珊瑚爲枝，以碧玉爲葉，或青或赤，悉以珠玉爲之。」蕭綱《玄覽賦》：「乃有青琴碧玉，絳樹緑珠。」《龍龕手鑑》：「燿，俗音霍，正作霩。」《玉篇》：「霩，呼郭切，雨止雲罷也。」此與《觀公孫大娘弟子舞劍器行》作霍然急疾解之「燿」似不同。班固《西都賦》：「若摛錦布繡，燭燿乎其陂。」木華《海賦》：「若乃雲錦散文於沙汭之際，綾羅被光於螺蚌之節。」

〔一八〕森青冥二句：《玉篇》：「赩，許力切，大赤色。」《説文》：「赫，大赤貌。」段注：「或作赩，如《白虎通》引『韎韐有赩』，李注《文選》亦引《毛傳》『赩，赤貌』。」

〔一九〕於是二句：翠蕤，見卷七《魏將軍歌》(0366)注。司馬相如《上林賦》：「明月珠子，的皪江靡。」《文選》李善注：「《説文》曰：玓瓅，明珠光也。玓瓅與的皪音義同。」《説文》：「旳，明也。」段注：「旳者，白之明也。故俗字作的。」《周禮・春官・典瑞》：「王晋大圭，執鎮圭，繅藉五采五就，以朝日。」注：「繅有五采文，所以薦玉。……繅讀爲藻率之藻。五就，五匝也。一匝爲一就。」《左傳》桓公二年：「藻、率、鞞、鞛。」杜預注：「藻、率，以韋爲之，所以藉玉也。」

〔二〇〕祝融二句：祝融，見卷七《前苦寒行二首》(0341)注。朱鶴齡注：「《道教靈驗記》：陵州天師井有十二玉女，乃地下陰神。豈玉女即溪女耶？」仇注謂用《續齊諧記》青溪神女事。按，《太平廣記》卷二一四《八仙圖》（出《野人閑話》）：「曾於青城山丈人觀，繪畫五岳四瀆真形，並十二溪女數堵。」《赤松子章曆》卷三天旱章：「元名宮中小玄明君一人，官將百二十人，主攝河伯呂公子、三十六水帝、十二溪女、九江水帝、河平侯掾吏中部水神，興雲下雨。」《萬法歸宗》卷一《天書佐國序》：「凡世人行六甲天書，須得天游十二溪女、六丁玉女、那延天女，及火光、渾海、吼風三員大將，可以佐國治亂。其天游十二溪女，住在芙蓉城巫山之墟，去地三千六百里，有寶宮十二溪女，更有衆仙五百餘人爲群。」蓋道教諸仙之屬。

〔二一一〕瓊漿二句：《楚辭・招魂》：「華酌既陳，有瓊漿些。」《左傳》桓公六年：「吾牲牷肥腯，粢盛豐備。」杜預注：「黍稷曰粢，在器曰盛。」袁象《游仙詩》：「羽客宴瑶宮，旌蓋乍舒設。」《史記・絳侯周勃世家》：「介胄之士不拜。」

〔二一二〕爍聖祖二句：《舊唐書・玄宗紀》：「（天寶）二年春正月丙辰，追尊玄元皇帝爲大聖祖玄元皇帝。」「（八載閏月）册玄元皇帝尊號爲聖祖大道玄元皇帝。」司馬相如《封禪文》：「上帝垂恩儲祉，將以薦成。」《漢書》注：「師古曰：言垂恩於下，豫積祉福。」《爾雅・釋親》：「曾孫之子爲玄孫，玄孫之子爲來孫，來孫之子爲晜孫，晜孫之子爲仍孫，仍孫之子爲雲孫。」

〔二一三〕詔軒轅二句：《史記・五帝本紀》：「黄帝者，少典之子，姓公孫，名曰軒轅。……北逐葷粥，合符釜山。」索隱：「合諸侯符契圭瑞，朝之於釜山，猶禹會諸侯於塗山然也。」王喬，見卷一《橋陵詩三十韻因呈縣内諸官》（0037）注。

〔二一四〕積昭感二句：《梁書・武帝紀》：「仰虔蒼旻，昭感上靈。」《左傳》桓公六年季梁曰：「祝史正辭，信也。今民餒而君逞欲，祝史矯舉以祭，臣不知其可也。」朱鶴齡注：「篚本作匪，與棐通。《漢志》『賦入貢棐』可證。棐、匪古通用，棐訓輔也。此當從輔義。《書・大誥》：天棐忱辭。」按，《漢書・食貨志》師古注棐讀與匪同。《武五子傳》「毋作棐德」師古注棐，古匪字也，匪，非也。是棐與匪通，作非解。匪字無輔義。此當用《左傳》季梁語意，責正辭於祝史。

〔二五〕若肸蠁二句：司馬相如《上林賦》：「肸蠁布寫，晻薆咇茀。」《文選》李善注：「司馬彪曰：肸，過也。芬芳之過，若蠁之布寫也。」

〔二六〕揚流蘇二句：張衡《東京賦》：「駙承華之蒲梢，飛流蘇之騷殺。」《文選》李善注：「流蘇，五采毛雜之，以爲馬飾而垂之。《續漢書》曰：駙馬赤珥流蘇。摯虞《決疑要注》曰：凡下垂爲蘇。」揚雄《甘泉賦》：「炕浮柱之飛榱兮，神莫莫而扶傾。」《魯靈光殿賦》張載注：「浮柱，言無根而倚立也。」《抱朴子・至理》：「坐卧紫房，咀吸金英。」江總《雲堂賦》：「瑩以玉琇，飾以金英。」

〔二七〕擬雜珮二句：劉向《九歎・思古》：「結瓊枝以雜珮兮，立長庚以繼日。」《楚辭・九歌・少司命》：「孔蓋兮翠旍，登九天兮撫彗星。」王逸注：「言司命以孔雀之翅爲車蓋。」班固《西都賦》：「紅羅颯纚，綺組繽紛。」《文選》李善注：「薛綜《西京賦》注曰：颯纚，長袖貌也。」

〔二八〕中漎漎二句：揚雄《甘泉賦》：「風漎漎而扶轄兮，鸞鳳紛其銜蕤。」《文選》李善注：「漎漎，疾貌也。音竦。」

〔二九〕上穆然二句：《真誥》卷七：「夫學道者，當得專道注真，情無散念。」卷九：「仙真之道，以耳目爲主。……久爲之，徹視千里，羅映神靈，聽於絶響者也。此亦真仙之高道，不但明目開耳而已。」《三洞奉道科戒》卷一：「經曰：信敬天尊大道，注心歸仰者，生具足身。」《雲笈七籤》卷一〇《老君太上虛無自然本起經》：「夫作仙道者，當故持天耳目聽視，乃能有所見。假令不故持天耳目聽視，但獨見目前事。」

〔三〇〕陳僭號二句：仇注：「五代，謂宋、齊、梁、陳、隋。戰國，比南北朝侵伐。」《三國志・魏書・高堂隆傳》：「僭號稱帝，欲與中國爭衡。」

〔三一〕昔蒼生二句：曹操字孟德，司馬懿字仲達。《晉書・石勒載記》：「大丈夫行事當磊磊落落，如日月皎然，終不能如曹孟德、司馬仲達父子，欺他孤兒寡婦，狐媚以取天下也。」

〔三二〕鑿齒二句：揚雄《長楊賦》：「昔有强秦，封豕其土，窫窳其民，鑿齒之徒相與摩牙而爭之。」《文選》注：「應劭《淮南子》注云：堯之時，窫窳、封豕、鑿齒，皆爲人害。窫窳，類貙，虎爪，食人。服虔曰：鑿齒，齒長五尺，似鑿，亦食人。」

〔三三〕赤烏四句：《史記・周本紀》：「武王渡河……既渡，有火自上復於下，至於王屋，流爲烏，其色赤，其聲魄云。」《藝文類聚》卷九八引《瑞應圖》：「舜東巡狩，黄龍負圖，置舜前。」又引《龍魚河圖》：「天授元始，建帝號，黄龍負圖從河中出，付黄帝，帝令侍臣寫以示天下。」

〔三四〕伊神器二句：《老子》二十九章：「天下神器，不可爲。」臬兀，見卷一七《大曆三年春白帝城放船出瞿唐峽久居夔府將適江陵漂泊有詩凡四十韻》(1308)注。《莊子・駢拇》：「屈折禮樂，呴俞仁義。」釋文：「呴俞，本又作傴呴，謂呴喻顏色，爲仁義之貌。」《方言》：「忸愉，悦也。忸愉猶呴愉也。」王褒《聖主得賢臣頌》：「是以嘔喻受之。」《漢書》注：「應劭曰：嘔喻，和悦貌。」

〔三五〕曆紀二句：《漢書・律曆志》：「故自殷周，皆創業改制，咸正曆紀。」《史記・季布欒布列傳》：「於今創痍未瘳。」

〔三六〕尚攫拏二句：張衡《西京賦》：「熊虎升而拏攫，猿狖超而高援。」《文選》李善注：「拏攫，相搏持也。」《左傳》宣公十五年：「顆見老人結草以亢杜回，杜回躓而顛。」羯胡，見卷一《白水縣崔少府十九翁高齋三十韻》(0042)注。

〔三七〕縱羣雄二句：《易・大畜》：「上九，何天之衢，亨。」《象》：「何天之衢，道大行也。」王延壽《魯靈光殿賦》：「荷天衢以元亨，廓宇宙而作京。」

〔三八〕在拓跋二句：《魏書・序紀》：「昌意少子，受封北土，國有大鮮卑山，因以爲號。……黄帝以土德王，北俗謂土爲托，謂後爲跋，故以爲氏。」《周書・文帝紀》：「太祖文皇帝姓宇文氏，諱泰。……有葛烏菟者，雄武多筭略，鮮卑慕之，奉以爲主。遂總十二部落，世爲大人。其後曰普回。……其俗謂天曰宇，謂君曰文，因號宇文國，並以爲氏焉。」

〔三九〕比聰廆二句：《晋書・劉聰載記》：「劉聰，字玄明，一名載，元海第四子也。……元海爲北單于，立爲右賢王……以永嘉四年，僭即皇帝位。」《慕容廆載記》：「慕容廆，字弈洛瓌，昌黎棘城鮮卑人也。……父涉歸，以全柳城之功，進拜鮮卑單于，遷邑於遼東北。……涉歸死，其弟耐簒位，將謀殺廆，廆亡潛以避禍。後國人殺耐，迎廆立之。」《苻堅載記》：「苻堅，字永固……以升平元年，僭稱大秦天王。」《李特載記》：「李特，字玄休，巴西宕渠人，其先廩君之苗裔也。……太安元年，特自稱益州牧、都督梁益二州諸軍事、大將軍、大都督，改年建初。」司馬相如《子虛賦》：「生貔豹，搏豺狼。」

〔四〇〕且耕二句：《三國志・魏書・蔣濟傳》：「二賊未誅，宿兵邊陲，且耕且戰，怨曠積年。」《魏書・江文遥傳》：「鳩集荒餘，且耕且戰，百姓皆樂爲用。」木華《海賦》：「品物類生，何有何無。」

〔四一〕惟累聖二句：《書・舜典》：「慎徽五典，五典克從。」傳：「徽，美也。五典，五常之教。」《詩・大雅・抑》：「淑慎爾止，不愆於儀。」任昉《齊竟陵文宣王行狀》：「獻納樞機，絲綸允緝。」

〔四二〕茲火土二句：《漢書・律曆志》：「《易》曰：神農氏没，黄帝氏作。火生土，故爲土德。」《宋書・曆志》：「張蒼則以漢水勝周火，廢秦不班五德。賈誼則以漢土勝秦水，以秦爲一代。論秦漢雖殊，而周爲火一也。然則相勝之義，於事爲長。若同蒼黜秦，則漢水、魏土、晉木、宋金。若同賈誼取秦，則漢土、魏木、晉金、宋火也。」《後漢書・光武帝紀》：「宛人李通等以圖讖説光武云：劉氏復起，李氏爲輔。」《隋書・經籍志》：「漢末，郎中郗萌集圖讖雜占爲五十篇，謂之《春秋災異》。宋均、鄭玄並爲讖律之注。然其文辭淺俗，顛倒舛謬，不類聖人之旨。相傳疑世人造爲之後，或者又加點竄，非其實録。起王莽好符命，光武以圖讖興，遂盛行於世。漢時，又詔東平王蒼正五經章句，皆命從讖。俗儒趨時，益爲其學，篇卷第目，轉加增廣。……至宋大明中，始禁圖讖。梁天監已後，又重其制。及高祖受禪，禁之逾切。煬帝即位，乃發使四出，搜天下書籍與讖緯相涉者，皆焚之，爲吏所糾者至死。自是無復其學，秘府之内，亦多散亡。」按，唐自稱膺土德。《通典》卷五五《禮・歷代所尚》：「隋火德，以赤雀降祥之故，衣服、旗幟、犧牲尚赤，戎服以黄，七月帝始服黄。大唐土德，建寅月爲歲首。天寶九載制：應緣隊仗所用緋色幡等，並改爲赤黄色，天下皆然。納崔昌議，以土德承漢火行。」《新唐書·五行志》：「貞觀十七年八月，凉州昌松縣鴻池谷有石五，青質白文成字曰……，太宗遣使祭之。……昔魏以土德代漢，凉州石有文。石，金類，以五勝推之，故時人謂爲魏氏之妖，而晋室之瑞。唐亦土德王，石有文，事頗相類。然其文初不可曉，而後人因推己事以驗之。蓋武氏革命，自以爲金德王，其『佛菩薩者』，慈氏金輪之號也。『樂太國主』，則鎮國太平公主、安樂公主，皆以女亂國。其『五王六王七王』者，唐世十八之數。」是當時除稱土火相勝外，道符讖者亦未絶。

〔四三〕煬帝二句：《隋書·煬帝紀》：「（義寧）二年三月，右屯衛將軍宇文化及……等以驍果作亂，入犯宫闈。上崩於温室，時年五十。」《陳書·後主紀》：「後主諱叔寶……（禎明三年春正月）隋總管賀若弼自北道廣陵濟京口，總管韓擒虎趨横江，濟采石，自南道將會弼軍。……及夜，爲隋軍所執。」

〔四四〕編簡二句：《後漢書·蔡倫傳》：「自古書契多編以竹簡。」《舊唐書·經籍志》：「煬皇好學，喜聚逸書，而隋世簡編，最爲博洽。」《高祖紀》：「太宗奉觴上壽曰：『臣早蒙慈訓，教以文道，爰從義旗，平定京邑。』」《裴寂傳》：「二郎密纘兵馬，欲舉義旗。」唐人恒以「義旗初」指李淵起事。

〔四五〕既清二句：仇注：「國難，指建成、元吉之事。」按，亦指玄宗靖韋氏之亂。《舊唐書·讓皇帝憲傳》：「時將建儲貳，以成器嫡長，而玄宗有討平韋氏之功，意久不定。成器辭曰：『儲副者，天下之公器，時平則先嫡長，國難則歸有功。』」《史記·商君列傳》：「山無盜賊，家給人足。」

〔四六〕竊以爲二句：數子自誣，仇注謂指張蒼、公孫臣、賈誼、劉向父子等論漢五德之傳。按，時亦有崔昌上封事以唐土德承漢火行。《唐會要》卷二四《二王三恪》：「九載六月六日，處士崔昌上封事……詔下尚書省，集公卿議昌負獨見之明，群議不能屈。會集賢院學士衛包抗表，陳論議之夜，四星聚於尾宿，天象昭然，上心遂定。」

〔四七〕觀者二句：晤通悟。《説文》：「晤，明也。」段注：「晤者，啓之明也。心部之悟、㝱部之寤皆訓覺，覺亦明也。」

〔四八〕鱗介二句：《周禮・冬官考工記・梓人》：「梓人爲筍虡。天下之大獸五：脂者、膏者、贏者、羽者、鱗者。宗廟之事，脂者、膏者以爲牲，贏者、羽者、鱗者以爲筍虡。」注：「樂器所縣，横曰筍，植曰虡」，「鱗，龍蛇之屬。」羽者、鱗者謂筍虡所刻之獸。虡又作簴。又《春官・大司樂》：「凡六樂者，一變而致羽物及川澤之示，再變而致贏物及山林之示，三變而致鱗物及丘陵之示，四變而致毛物及墳衍之示，五變而致介物及土示，六變而致象物及天神。」注：「變猶更也。樂成則更奏也。此謂大蜡索鬼神而致百物。」朱鶴齡注引此謂：「此故云鳴簴振蟄也。」張協《七命》：「于時昆蚑感惠，無時不擾。」《文選》吕向注：「昆蚑，昆蟲也。」《禮記・月令》：「東風解凍，蟄蟲始振。」仇注：「自鄒衍倡始五德之説，厥後張蒼、賈誼、劉向諸子，各執五行同異以自誣。今一旦起而矯正之，如修大衍曆，定開元禮，而觀者喜見太平矣。且又製爲雅樂，象鱗介於鐘虡，效雷奮以振蟄，一時和氣所感，神光見象而異物頻生。」

〔四九〕感而二句：《易・繫辭上》：「《易》無思也，無爲也，寂然不動，感而遂通天下之故。」班固《東都賦》：「僸侏兜離，罔不具集。」

〔五〇〕佮神光二句：揚雄《甘泉賦》：「金人佮佮其承鐘虡兮，嵌岩岩其龍鱗。」《文選》李善注：「孔安國《尚書傳》曰：佮佮，壯勇之貌也。」《漢書·宣帝紀》：「齋戒之暮，神光顯著。薦鬯之夕，神光交錯。」司馬相如《上林賦》：「谽呀豁閜，阜陵別島。」《文選》李善注：「司馬彪曰：谽呀，大貌。豁閜，空虛也。」《正字通》卷一一：「閜，舊注閜同。引史《上林賦》谽呀豁問，《文選》谽呀豁閜。按賦本作豁閜，可者牙之譌。」張衡《西京賦》：「閈庭詭異，門千户萬。」《文選》李善注：「《説文》曰：詭，違也。」王延壽《魯靈光殿賦》：「芝栭攢羅以戢孴，枝撐杈枒而斜據。」《文選》李善注：「《蒼頡篇》云：戢孴，衆貌。」

〔五一〕地軸二句：地軸，見卷一《三川觀水漲二十韻》(0043)注。何晏《景福殿賦》：「綿蠻黮䨴，隨雲融泄。」《文選》李善注：「融泄，動貌。」洞宫，道教所言洞天。《真誥》卷一一：「句曲洞天，東通林屋，北通岱宗……元放周旋洞宫之内經年，宫室結構，方圓整肅。」《魯靈光殿賦》：「岑崟嵫巖，駢巃嵸兮。」《文選》李善注：「皆峻嶮之貌。」張衡《西京賦》：「疏龍首以抗殿，狀巍峨以岌嶪。」《文選》張銑注：「巍峨岌嶪，高壯貌。」

〔五二〕九天二句：《莊子·逍遥游》：「怒而飛，其翼若垂天之雲。」《苕溪漁隱叢話》前集卷九引《西清詩話》：「少陵文自古奥，如『九天之雲下垂，四海之水皆立』，『忽翳日而翻萬象，却浮空而留六龍』，其語磊落驚人。或言無韻者不可讀，是大不然。東坡《有美堂詩》云：『天外黑風吹海立，浙東飛雨過江來。』蓋出此也。」

〔五三〕鳳鳥二句：顔延之《秋胡詩》：「驅車出郊郭，行路正威遲。」《文選》李善注：「《毛詩》曰：四牡騑騑，周道倭遲。毛萇曰：倭遲，歷遠貌。《韓詩》曰：周道威夷。其義同。」揚雄《河東賦》：「千乘霆亂，萬騎屈橋。」注：「師古曰：屈橋，壯捷貌。」

〔五四〕掃太始二句：《列子・天瑞》：「太始者，形之始也。」張衡《靈憲》：「中州含靈，外制八輔。」《真誥》卷一四：「含靈萬世，乘景上旋。」

〔五五〕則有二句：班固《西都賦》：「神明鬱其特起，遂偃蹇而上躋。軼雲雨於太半，虹霓回帶於芬楣。」仇注：「此言神祖來格，有愾聞僾見之狀。蜺帶，駕蜺而來。自東，初春之令。」

〔五六〕揭莽蒼二句：《莊子・逍遥游》：「適莽蒼者，三飡而返，腹猶果然。」成玄英疏：「莽蒼，郊野之色，遥望之不甚分明也。」張衡《西京賦》：「豫章珍館，揭焉中峙。」《文選》李善注：「《説文》曰：揭，高舉也。」崆峒，見卷一《自京赴奉先縣詠懷五百字》(0041)注。

〔五七〕素髮二句：《莊子・知北游》：「今彼神明至精，與彼百化。」《真誥》卷五：「大洞之道，至精至妙。」《詩・小雅・蓼蕭》：「蓼彼蕭斯，零露濃濃。」

〔五八〕條弛張二句：《禮記・雜記下》：「一張一弛，文武之道也。」《晋書・武十三王傳》：「玄忝任在遠，是以披寫事實。」

〔五九〕蓋修竿二句：司馬相如《大人賦》：「建格澤之修竿兮，總光耀之采旄。」《漢書》注：「張揖曰：格澤之氣如炎火狀，黄白色。起地上至天，下大上鋭。修，長也，建此氣爲長竿也。」《漢書・陳湯傳》：「臣聞楚有子玉得臣，文公爲之仄席而坐。」仇注：「修竿，神乘氣。仄席，神依位。」

〔六〇〕裂手中二句：《酉陽雜俎》前集卷二《玉格》：「罪簿有黑、緑、白簿，赤丹編簡。」《雲笈七籤》卷五四魂神部：「厚於色欲則精華竭，精竭則名生黑簿鬼録，罪著死將至矣。」《太平廣記》卷一五《阮基》（出《神仙感遇傳》）：「階前小吏數十人，皆執簿書，或青或黑，有一吏執黑簿，謂基曰：『汝積罪深厚，應入地獄。』」仇注：「裂簿，思度人。睆鐘，將警世。」

〔六一〕得非二句：《漢書·王吉傳》上疏：「驅一世之民，濟之仁壽之域。」《淮南子·原道訓》：「已雕已琢，還反於樸。」孫綽《游天台山賦》：「追羲農之絶軌，躡二老之玄蹤。」

〔六二〕忽翳日二句：劉向《九歎·怨思》：「阜隘狹而幽險兮，石嵾嵯以翳日。」《易·乾·彖》：「時乘六龍以御天。」《九歎·思古》：「馳六龍於三危兮，朝西靈於九濱。」

〔六三〕咸讋跖二句：揚雄《河東賦》：「秦神下讋，跖魂負沴。」《漢書》注：「師古曰：跖，蹈也。言此神怖讋，下入水中，自蹈其魂，而負沴渚，蓋戚懼之甚也。」仇注：「讋跖、蒼黄，從官惕息。」

〔六四〕上猶二句：《老子》四十一章：「廣德若不足。」蔡邕《太傅胡廣碑》：「禮從謙厚，尊而彌恭。」

〔六五〕天師四句：《魏書·釋老傳》：「道家之原，出於老子。……及張陵受道於鵠鳴，因傳天宫章本千有二百，弟子相授，其事大行。齋祠跪拜，各成法道。」《道教義樞》卷二：「昔漢末，天師張道陵精思西蜀，太上親降，漢安元年五月一日授以三天正法，命爲天師。」《雲笈七籤》卷四五修真旨要：「存思太上道君，著九色雲霞之帔，戴九德之冠。左玄真人在左，右玄真人在右。」

〔六六〕今王三句：木華《海賦》：「昔在帝嬀，巨唐之代。」此稱李唐。仇注：「帝，指玄元皇帝。」坤指臣。《易·坤》注：「坤爲臣道，美盡於下。」《禮記·樂記》：「聖人作爲父子君臣，以爲紀綱。」

〔六七〕土配二句：《漢書·律曆志》：「黄鐘，黄者，中之色，君之服也。」《淮南子·天文訓》：「黄者，土德之色。」《禮記·樂記》：「宫爲君，商爲臣。」

〔六八〕起數二句：《漢書·律曆志》「統母」：「日法八十一，元始黄鐘，初九自乘，一龠之數，得日法。」注：「孟康曰：分一日爲八十一分，爲統之本母也。」又：「閏法十九，因爲章歲，合天地終數，得閏法。統法一千五百三十九，以閏法乘日法，得統法。」劉歆三統曆分一日爲八十一分，謂以黄鐘律管九寸自乘，得此數。以日法八十一乘閏法十九，得一統年數一千五百三十九。此以音律附會曆法。中央土，律爲黄鐘。《吕氏春秋·季夏紀》：「中央土，其日戊己，其帝黄帝，其神后土，其蟲倮，其音宫，律中黄鐘之宫，其數五。」

〔六九〕且大樂四句：懸指樂懸。《禮記·樂記》：「大樂與天地同和。」《周禮·春官·小胥》：「正樂縣之位。」注：「樂縣，謂鐘磬之屬縣於筍虡者。」《大司樂》：「以六律、六同、五聲、八音、六舞大合樂。」注：「六律，合陽聲者也。六同，合陰聲者也。此十二者以銅爲管，轉而相生。黄鐘爲首。」《大師》：「皆播之以八音：金、石、土、革、絲、木、匏、竹。」《禮記·月令》：「孟春之月……其帝大皞。……天子居青陽左个。」釋文：「皞亦作昊。」《隋書·天文志》：「(日)行東陸謂之春。」顔延之《三月三日曲水詩序》：「日躔月維，月軌青陸。」《文選》李善注：「《河圖帝鑒嬉》曰：立春春分，月從東青道。」

〔七〇〕曠哉二句：《禮記·月藻》：「大夫大帶四寸。」《書·顧命》：「王麻冕黼裳。」《禮記·王制》疏：「黼謂斧也，取其決斷之義。」《太平御覽》卷七九引《大戴禮》：「黄帝斧拂衣，大帶斧裳。」

今《五帝德》篇作「黼黻衣，大帶黼裳」。

〔七一〕故風后二句：《史記·五帝本紀》：「舉風后、力牧、常先、大鴻以治民。」集解：「鄭玄曰：風后，黄帝三公也。」《孝武本紀》：「黄帝時雖封泰山，然風后、封鉅、岐伯令黄帝封東泰山。」正義：「張揖云：岐伯，黄帝太醫。」《淮南子·覽冥訓》：「昔者黄帝治天下，而力牧、太山稽輔之。」《藝文類聚》卷一一引《抱朴子》：「黄帝……精推步則訪山稽、力牧，講占候則詢風后，著體診則受雷岐。」《左傳》昭公二十九年：「及有夏孔甲，擾於有帝。」《史記·封禪書》：「（禹）後十四世，至帝孔甲。」此文孔甲疑誤用。

〔七二〕信周武四句：指玄宗廢周、隋不合爲二王後，立周武王、漢高祖廟於京城。江淹《雜體詩·盧郎中諶感交》：「更以畏友朋，濫吹乖名實。」《文選》李善注引《韓非子》南郭處士請爲齊宣王吹竽，文王即位，一一聽之，乃知濫也。

〔七三〕初降四句：吕祖謙注引《郊特牲》素車之乘，尊其樸也，所以交於神明。又引《周頌》有客有客，亦白其馬，序謂微子來見祖廟之詩。朱鶴齡注：「按《秦本紀》：子嬰白馬素車，奉天子璽符降軹道旁。隋恭帝傳位於唐。故此用子嬰素車事。勤恤其後，漂淪不忘，諷以雖廢公號，猶當加恩也。」謂吕注非是。仇注：「初降素車，用子嬰降漢以比隋後。有客白馬，用微子入周以比周漢之後。如此方與上文改卜祠堂意相合。」《詩·周頌·有客》傳：「成王既黜殷命，殺武庚，命微子代殷後。既受命，來朝而見也。」箋：「有客，二王之後爲客也。」朱、仇注皆引《通鑑》天寶十二載復以魏、周、隋後爲三恪，然事在作此賦後。此處仍止言周之代殷與漢之代秦。《詩·

邶風·谷風》：「我躬不閱，遑恤我後。」

〔七四〕臣道陵二句：青簡，見卷九《故武衛將軍挽歌三首》（0481）注。《真誥》卷一八：「玉簡青籙，高閣刻石。」疑此借言。蕭統《文選序》：「詞人才子，則名溢於縹囊。」

〔七五〕列聖四句：《禮記·曾子問》孔子曰：「吾聞諸老聃曰：天子崩，國君薨，則祝取群廟之主而藏諸祖廟，禮也。卒哭成事，而後主各反其廟。君去其國，大宰取群廟之主以從，禮也。祫祭于祖，則祝迎四廟之主。主出廟入廟必蹕。老聃云。」《孔子家語·五帝》載季康子問於孔子何謂五帝及所當五德，與《大戴禮記·五帝德》載宰我問於孔子約略相同。《論語·先進》：「德行：顏淵、閔子騫、冉伯牛、仲弓。言語：宰我、子貢。」

〔七六〕取撥亂二句：《公羊傳》哀公十四年：「撥亂世，反諸正，莫近諸《春秋》。」

〔七七〕萬神六句：《抱朴子·地真》：「昔黄帝東到青丘，過風山，見紫府先生，受三皇内文，以劾召萬神。」八駿，見卷一《驄馬行》（0039）注。日月爲常。《巾車》：「建大常。」注：「大常，九旗之畫日月者。」七曜，謂日月五星。《周禮·春官·司常》：「司常掌九旗之物名，各有屬，以待國事。

〔七八〕能事二句：《漢書·晁錯傳》：「今執事之臣皆天下之選已，然莫能望陛下之清光，譬之猶五帝之佐也。」《淮南子·道應訓》：「吾與汗漫期於九垓之外。」注：「九垓，九天之外。」

〔七九〕況是三句：《莊子·盜跖》：「與天下更始。」

朝享太廟賦〔一〕

初高祖、太宗之櫛風沐雨，勞身焦思，用黄鉞白旗者五年①，而天下始一〔二〕。歷三朝而戮力，今庶績之大備〔三〕。上方采庬俗之謡，稽正統之類，蓋王者盛事〔四〕。臣聞之於里曰：昔武德已前，黔黎蕭條，無復生意。遭鯨鯢之蕩汩，荒歲月而沸渭〔五〕。衮服紛紛，朝廷多門者②，仍亘乎晋魏〔六〕。臣竊以自赤精之衰歇，曠千載而無真人〔七〕。及黄圖之經綸，息五行而歸厚地③〔八〕。則知至數不可以久缺，凡材不可以長寄〔九〕。故高下相形，而尊卑各異④。惟神斷繫之於是，本先帝取之以義〔一〇〕。壬辰既格于道祖，乘輿即以是日致齋于九室〔一一〕。所以昭達孝之誠，所以明繼天之質〔一二〕。具禮有素，六官咸秩〔一三〕。大輅每出，或黎元不知；豐年則多⑤，而筐筥甚實〔一四〕。既而太尉參乘，司僕扈蹕〔一五〕。望重闈以肅恭，順法駕之徐疾〔一六〕。公卿淳古，士卒精一。默宗廟之愈深⑥，抵職司之所密〔一七〕。宿翠華於外户，曙黄屋於通術〔一八〕。氣凄凄於前旒，光靡靡於嘉栗⑦〔一九〕。階有賓阼，帳有甲乙〔二〇〕。升降之際，見玉柱生芝；擊拊之初，覺鈞天合律〔二一〕。筍簴仡以碣磍，干戚宛而婆娑〔二二〕。鞉鼓塤篪爲之主，鐘磬竽瑟以之和〔二三〕。《雲門》、《咸池》取之至，空桑孤竹貴之多〔二四〕。八音修通⑧，既比乎旭日昇而氛埃滅；萬舞陵亂，又似乎春風壯而江海波〔二五〕。鳥不敢飛，而玄甲𡸣嵺以岳峙；象不敢去，而鳴珮剡爚以星羅〔二六〕。已而上乾豆以登歌，美休成之既饗〔二七〕。璧玉儲精以稠疊，門欄洞豁而森爽⑨〔二八〕。黑帝歸寒而激昂，蒼靈戒曉而來往〔二九〕。熙事莽而充塞，羣心麌以振蕩〔三〇〕。桐花未吐，孫枝之鸞鳳相鮮；雲氣何多，宮井之蛟龍亂上〔三一〕。若夫生弘佐命之道，死配貴神之列，則殷、劉、房、魏之勳，是可以中摩伊呂，上冠夔咼〔三二〕。代天之工，爲人之傑〔三三〕。丹青滿地，松竹高節〔三四〕。自唐興已來，若此時哲，皆朝有數四，名垂卓絶。向不遇反正撥亂之主⑩，君臣父子之別⑪，奕葉文武之雄，注意生靈之切，雖前輩之温良寬大，豪俊果決，曾何以措其筋力與韜鈐，載其刀筆與喉舌〔三五〕？使祭則與，食則血，若斯之盛而已〔三六〕。爾乃直于主，索于祊〔三七〕。警幽全之物，散純道之精⑫〔三八〕。蓋我后常用，惟時克貞〔三九〕。欝以蕭合，酌以茅明〔四〇〕。嘏以慈告，祝以孝成〔四一〕。故天意張皇，不敢殄其瑞⑬；神姦妥帖，不敢秘其精，而撫絶軌、享鴻名者矣⑭〔四二〕。于以奏永安，于以奏王夏〔四三〕。福穰穰於絳闕，芳霏霏於玉斝。舜祠宗廟以玉斝也〔四四〕。沛枯骨而破聾盲，施殀胎而逮鰥寡〔四五〕。園陵動色，躍在藻之泉魚；弓劍皆鳴，汗鑄金之風馬〔四六〕。霜露堪吸，禎祥可把⑮〔四七〕。曾宫歔欷，陰事儼雅〔四八〕。薄清輝於鼎湖之山⑯，静餘響於蒼梧之野⑰〔四九〕。上窅然漠漠⑱，惕然兢兢〔五〇〕。紛益所慕，若不自勝。瞰牙旗而獨立，吟翠駮而未乘〔五一〕。五老侍祠而精駭⑲，千官遜聽而思凝〔五二〕。於是二丞相進曰：陛下應道而作，惟天與能。澆訛散，淳樸登〔五三〕。尚猶日慎業業，孝思蒸蒸〔五四〕。恐一物之失所，懼先王之咎徵〔五五〕。如此之勤恤匪懈，是百姓何以報夫元首，在臣等何以充其股肱〔五六〕？且如周宣之教親不暇，孝武之淫祀相仍〔五七〕。諸侯敢於迫脅，方士奮其威稜〔五八〕。一則以微言勸内⑳，一則以輕舉虚憑㉑〔五九〕。又非陛下恢廓緒業㉒，其瑣細亦曷足稱？丞相退，上蹋天蹐地，授綏登車〔六〇〕。伊鴻洞槍纍㉓，先出爲儲胥㉔〔六一〕。本枝根株乎萬代，睿想經緯乎六虚〔六二〕。甲午方有事於采壇紺席㉕，宿夫行所如初〔六三〕。（1458）

【校】

①旗，《文苑英華》、《唐文粹》作「旌」。《文苑英華》本篇注：「凡一作皆集本。」

②門，錢箋、《文苑英華》、《唐文粹》作「閏」。

③行，《文苑英華》作「刑」。

④各，錢箋校：「一作必。」《文苑英華》作「心」，校：「一作各。又作必。」

⑤則，《文苑英華》作「即」，校：「一作即。」

⑥默，《文苑英華》校：「一作默。」

⑦於，《文苑英華》作「而」。

⑧修，錢箋校：「一作循。」《文苑英華》、《唐文粹》作「循」，《文苑英華》校：「一作修。」

⑨洞豁，《文苑英華》校：「一作洞壑。」

⑩反正撥亂，《文苑英華》作「撥亂返正」。

⑪別，《文苑英華》注：「音別分之別。」

⑫精，《文苑英華》作「情」，校：「一作精。」

⑬殄，《文苑英華》作「殘」，校：「一作殄。」

⑭撫，《文苑英華》作「無」，校：「一作撫。」　矣，《文苑英華》無「矣」字，校：「一有矣字。」

⑮祺，錢箋、《文苑英華》、《唐文粹》作「禎」。

⑯山，錢箋、《唐文粹》校：「一作上。」

⑰野，錢箋、《唐文粹》校：「一作下。」
⑱上，錢箋校：「一本無。」
⑲精，《文苑英華》作「情」，校：「一作精。」
⑳言勸内，《文苑英華》、《唐文粹》作「弱内侮」，《文苑英華》校：「三字一作言勸内。」
㉑虚，《文苑英華》校：「一作飛。」
㉒陛下，《文苑英華》此下有「之」字，校：「一無此字。」
㉓鴻，《文苑英華》、《唐文粹》作「澒」，《文苑英華》校：「一作鴻。」
㉔先，《文苑英華》作「皆」，校：「一作先。」
㉕方，《文苑英華》無「方」字，校：「一有方字。」　采，《唐文粹》作「綵」。《文苑英華》校：「一作綵。」

【注】

〔一〕朝享太廟：《舊唐書·禮儀志》：「（天寶八載）十一月，制：承前宗廟，皆稱告享。自今已後……親告享宗廟改爲朝享，有司行事爲薦享。」

〔二〕初高祖四句：《莊子·天下》：「沐甚雨，櫛疾風。」《書·牧誓》：「王左杖黄鉞，右秉白旄以麾。」李淵以義寧元年舉兵，至武德四年秦王擒竇建德，王世充降，此所謂五年。《貞觀政要·災祥》：「朕年十八便爲經綸王業，北剪劉武周，西平薛舉，東擒竇建德、王世充，二十四而天下定，二十九而居大位，四夷降伏，海内乂安。」

〔三〕歷三朝二句：仇注：「三朝，指高宗、中宗、睿宗。」《書・湯誥》：「聿求元聖，與之戮力。」《堯典》：「允釐百工，庶績咸熙。」傳：「績，功。」

〔四〕上方三句：《左傳》成公十六年：「民生敦厖。」杜預注：「厖，大也。」《隋書・地理志》：「其人君子尚禮，庸庶敦厖，故風俗澄清。」《易・繫辭下》：「於稽其類。」王弼注：「稽，猶考也。」疏：「類，謂事類。」王褒《聖主得賢臣頌》：「共惟《春秋》法五始之要，在乎審己正統而已。」

〔五〕遭鯨鯢二句：蕩汩，見卷一《三川觀水漲二十韻》(0043)注。揚雄《長楊賦》：「汾沄沸渭，雲合電發。」《文選》李善注：「汾沄沸渭，衆盛貌也。」

〔六〕衮服三句：《詩・小雅・采菽》：「又何予之，玄衮及黼。」箋：「玄衮，玄衣而畫以卷龍也。黼，黼黻，謂絺衣也。諸公之服自衮冕而下，侯伯自鷩冕而下，子男自毳冕而下。」《晋書・職官志》：「其相國、丞相，皆衮冕，緑盭綬，所以殊於常公也。」陸機《答賈謐詩》：「魯公戾止，衮服委蛇。」《左傳》成公十六年：「晋政多門，不可從也。」

〔七〕臣竊以二句：《漢書・哀帝紀》：「待詔夏賀良等言赤精子之讖，漢家曆運中衰，當再受命，宜改元易號。」《李尋傳》：「初，成帝時，齊人甘忠可詐造《天官曆》、《包元太平經》十二卷，以言漢家逢天地之大終，當更受命於天，天帝使真人赤精子，下教我此道。」《後漢書・光武帝紀》：「及王莽篡位，忌惡劉氏，以錢文有金刀，故改爲貨泉。或以貨泉文字爲白水真人。……及始起兵還舂陵，遠望舍南，火光赫然屬天，有頃不見。初道士西門君惠、李守等亦云劉秀當爲天子。其王者受命，信有符乎？」《劉玄傳》：「今皆云劉氏真人，當更受命，欲共定大功，何如？」

按，《三國志·魏書·武帝紀》：「初，桓帝時有黄星見於楚、宋之分，遼東殷馗善天文，言後五十歲當有真人起於梁、沛間，其鋒不可當。至是凡五十年，而公破紹，天下莫敵矣。」《晋書·元帝紀》：「元帝之渡江也，乃五百二十六年，真人之應在於此矣。」《黄泓傳》：「慕容廆法政修明，虚懷引納，且讖言真人出東北，儻或是乎？」《慕容儁載記》：「初，石季龍使人探策於華山，得玉版，文曰：歲在申酉，不絶如綫。歲在壬子，真人乃見。及此，燕人咸以爲儁之應也。」《宋書·顔竣傳》：「沙門釋僧含粗有學義，謂竣曰：『貧道粗見讖記，當有真人應符，名稱次第，屬在殿下。』」《梁書·韋睿傳》：「睿曰：『……天下真人，殆興於吾州矣。』乃遣其二子，自結於高祖。」《隋書·王劭傳》劭上書：「凡此《易》緯所言，皆是大隋符命。……五月貧之從東北來立者，貧之當爲真人，字之誤也。言周宣帝以五月崩，真人革命，當在此時。」《藝術傳·蕭吉》：「今山陵氣應，上又臨喪，兆益見矣。且太子得政，隋其亡乎！當有真人出治之矣。」此魏晋以降歷代讖言真人之説。時唐自言承周、漢，故賦謂千載無真人。

〔八〕及黄圖二句：黄圖，見卷一三《寄董卿嘉榮十韻》(0870)注。仇注：「息，生息也。唐以土德王，故云歸厚地。」按，句謂止息五行之金木水火，而歸於土德。

〔九〕則知二句：至數，謂根本道理。《後漢書·趙咨傳》遺書：「夫含氣之倫，有生有終，蓋天地之常期，自然之至數。」陸機《辨亡論》：「故先王達經國之長規，審存亡之至數。」凡材，普通人。《朝野僉載》卷四：「既無雅量，終是凡材。」《雲笈七籤》卷一〇九《神仙傳·淮南王》：「安以凡材，少好道德，羈鎖世業。」長寄，猶言長存。

〔一〇〕惟神斷二句：神斷，謂天意。張九齡《開元紀功德頌》：「神斷自天，虜平不日。」

〔一一〕壬辰二句：《書·堯典》：「格于上下。」傳：「格，至也。」道祖，謂玄元皇帝。張説《請八月五日爲千秋節表》：「孟夏有佛生之供，仲春修道祖之籙。」《太平廣記》卷三七〇《王屋薪者》（出《瀟湘録》）：「道士曰：『老君降生於天，爲此劫之道祖，始出於周。』」九室，太廟之九室。《舊唐書·玄宗紀》：「（開元十一年）秋八月戊申，尊八代祖宣皇帝廟號獻祖，光皇帝廟號懿祖，始祔於太廟之九廟。」《唐會要》卷一三《禘祫》：「開元十七年四月十日，禘享太廟九室，命有司攝行禮。」按，周制天子七廟，王莽起九廟而見譏。玄宗開元時加置九廟，禘祫之儀頗有争議。詳《唐會要》卷一三。朝享前齋戒。《舊唐書·禮儀志》：「（開元六年）時有司撰儀注，以祔祭之日車駕發宫中，玄宗謂宋璟、蘇頲曰：『祭必先齋，所以齊心也。據儀注，祭之日發大明宫……又朕不宿齋宫，即安正殿，情所不敢。宜於廟所設齋宫，五日赴行宫宿齋，六日質明行事，庶合於禮。』……六日，玄宗自齋宫步詣太廟，入自東門，就立位。」

〔一二〕所以二句：《禮記·中庸》：「武王、周公，其達孝矣乎！」《穀梁傳》宣公十五年：「爲天下主者天也，繼天者君也。」

〔一三〕具禮二句：《書·洛誥》：「祀於新邑，咸秩無文。」傳：「以禮典祀於新邑，皆次秩不在禮文者而祀之。」

〔一四〕大輅四句：《禮記·樂記》：「所謂大輅者，天子之車也。」《隋書·禮儀志》：「玉輅，禋祀所用，飾以玉。《白虎通》云：玉輅，大輅也。」《詩·召南·采蘋》：「于以盛之，維筐及筥。……于以奠之，宗室牖下。」傳：「宗室，大宗之廟也。大夫士祭於宗廟，奠於牖下。」

〔一五〕既而二句：《舊唐書·禮儀志》：「（天寶）十載正月，有事於南郊，於壇所大赦。制：自今已後，報祭南郊，薦獻太清宫，薦享太廟，其太尉行事前一日，於致齋所具羽儀鹵簿，公服引入，親授祝版，乃赴清齋所。」《唐六典》卷一七太僕寺：「光宅元年改爲司僕寺，神龍元年復故。」「太僕卿之職，掌邦國厩牧、車輿之政令……凡國有大禮、在行幸，則供其五輅屬車之屬。」《禮記·曾子問》：「主出廟入廟必蹕。」注：「蹕，止行也。」上官儀《奉和過舊宅應制》：「偃伯歌玄化，扈蹕頌王游。」

〔一六〕望重闉二句：楊炯《渾天賦》：「列長垣之百堵，啓閶闔之重闉。」《詩·鄭風·出其東門》：「出其闉闍，有女如荼。」傳：「闉，曲城也。」《史記·吕太后本紀》：「乃奉天子法駕。」集解：「蔡邕曰：天子有大駕、小駕、法駕。法駕，上所乘，曰金根車，駕六馬，有五時副車，皆駕四馬。」

〔一七〕黕宗廟二句：潘岳《藉田賦》：「青壇蔚其岳立兮，翠幕黕以雲布。」《文選》李善注：「黕，黑貌也。」

〔一八〕宿翠華二句：翠華，見卷二《北征》(0052)注。黄屋，見卷二《晦日尋崔戢李封》(0075)注。王融《浄住子頌》：「豈無通術，跋此榛荒。」《説文》：「術，邑中道也。」

〔一九〕氣凄凄二句：《禮記·禮器》：「天子之冕，朱緑藻十有二旒。」東方朔《答客難》：「冕而前旒，所以蔽明。」《左傳》桓公六年：「奉酒醴以告曰：嘉栗旨酒。謂其上下皆有嘉德而無違心也。」杜預注：「嘉，善也。栗，謹敬也。」

〔二一〇〕階有二句：《書·顧命》：「大輅在賓階面，綴輅在阼階面。」《漢書·西域傳》：「立神明通天之臺，興造甲乙之帳。」注：「師古曰：其數非一，以甲乙次第名之也。」

〔二一一〕升降四句：《舊唐書·玄宗紀》：「（天寶七載）三月乙酉，大同殿柱産玉芝，有神光照殿。」「（八載）六月，大同殿又産玉芝一莖。」《書·舜典》：「予擊石拊石，百獸率舞。」傳：「拊亦擊也。」《史記·趙世家》：「簡子寤，語大夫曰：『我之帝所甚樂，與百神游於鈞天，廣樂奏萬舞，不類三代之樂，其聲動人心。』」

〔二一二〕筍簴二句：揚雄《長楊賦》：「鳴鞀磬之和，建碣磍之虡。」《漢書》注：「孟康曰：碣磍之虡，刻猛獸爲之。故其形碣磍而盛怒也。」《禮記·樂記》：「比音而樂之，及干戚羽旄，謂之樂。」注：「干，盾也。戚，斧也。武舞所執也。」《詩·陳風·東門之枌》：「東門之枌，宛丘之栩。子仲之子，婆娑其下。」毛傳：「婆娑，舞也。」

〔二一三〕鞉鼓二句：《周禮·春官·小師》：「小師掌教鼓、鼗、柷、敔、塤、簫、管、絃、歌。」注：「出音曰鼓。鼗如鼓而小，持其柄摇之，旁耳還自擊。塤，燒土爲之，大如雁卵。」「鄭司農云：……塤，六孔。管，如篪，六孔。」《禮記·樂記》：「禮以道其志，樂以和其聲。」「樂者，天地之和也。」

〔二一四〕雲門二句：《周禮·春官·大司樂》：「乃奏黄鐘，歌大吕，舞《雲門》，以祀天神。乃奏大簇，歌應鐘，舞《咸池》，以祭地示。」注：「此周所存六代之樂。黄帝曰《雲門》、《大卷》。……《大咸》、《咸池》，堯樂也。」又：「孤竹之管，雲和之琴瑟，《雲門》之舞，冬日至，於地上之圜丘奏之。……孫竹之管，空桑之琴瑟，《咸池》之舞，夏日至，於澤中之方丘奏之。」注：「孤竹，竹特生者。孫竹，竹枝根之末生者。……雲和、空桑、龍門皆山名。」

〔二一五〕八音四句：《詩・邶風・簡兮》：「簡兮簡兮，方將萬舞。」傳：「以干羽爲萬舞，用之宗廟山川。」箋：「簡，擇。將，且。擇兮擇兮者，爲且祭祀當萬舞也。萬舞，干舞也。」

〔二一六〕鳥不敢四句：揚雄《羽獵賦》：「鳥不及飛，獸不得過。」班固《封燕然山銘》：「玄甲耀日，朱旗絳天。」何遜《渡連圻》：「⿰石孝磟上争險，岝崿下相崩。」《集韻》：「⿰石孝磟，山勢。」《正字通》：「⿰石孝，⿱宀孝字之訛。⿰石孝磟，山勢。本作⿱宀孝寥。」引潘岳《登虎牢賦》：「幽谷豁以⿱宀孝寥。」仇注：「⿰山孝嵺當即⿰石孝磟。」潘岳《許由頌》：「川停岳峙，澹泊無營。」《楚辭・離騷》：「皇剡剡其揚靈兮，告余以吉故。」王逸注：「剡剡，光貌。」班固《西都賦》：「震震爚爚，雷奔電激。」《文選》李善注：「爚，電光也。」仇注：「剡爚，光耀貌。」《西都賦》：「列卒周匝，星羅雲布。」

〔二一七〕已而二句：《禮記・王制》：「天子諸侯無事，則歲三田，一爲乾豆，二爲賓客，三爲充君之庖。」注：「乾豆，謂臘之以爲祭祀豆實也。」疏：「豆實非脯，而云乾者，謂作醢及臡，先乾其肉，故云乾豆，是上殺者也。」《周禮・春官・大師》：「帥瞽登歌。」注：「鄭司農云：登歌，歌者在堂也。」《漢書・禮樂志》：「高祖時，叔孫通因秦樂人制宗廟樂。……乾豆上，奏登歌，獨上歌。……登歌再終，下奏休成之樂，美神明既饗也。」注：「服虔曰：叔孫通所奏作也。」

〔二一八〕璧玉二句：《漢書・禮樂志》郊祀歌《五神》：「璧玉精，垂華光。」

〔二一九〕黑帝二句：《史記・天官書》：「黑帝行德，天關爲之動。」正義：「黑帝，北方協光紀之帝也。冬萬物閉藏，爲之動，爲之開閉也。」顔延之《三月三日曲水詩序》：「春官聯事，蒼靈奉塗。」《文選》李善注：「蒼靈，青帝也。《尚書帝命驗》曰：帝者承天立五府，蒼曰靈府。鄭玄曰：蒼帝靈威仰之府。」戒曉，戒旦。《晉書・趙至傳》：「雞鳴戒旦，則飄爾晨征。」

〔三〇〕熙事二句：《漢書・禮樂志》安世房中歌：「忽乘青玄，熙事備成。」《說文》：「噳，麇鹿群口相聚貌。」段注：「《大雅》：麀鹿噳噳。毛曰噳噳然，衆也。《小雅》：麀鹿麌麌。毛曰麌麌，衆多貌。毛意麌麌即噳噳之假借也。《說文》無麌字。」

〔三一〕桐花四句：嵇康《琴賦》：「玄雲蔭其上，翔鸞集其巔。乃斫孫枝，准量所任。至人攄思，製爲雅琴。」《太平御覽》卷九五六引《風俗通》：「梧桐生於嶧山陽岩石之上，采東南孫枝爲琴，聲甚清雅。」《藝文類聚》卷九引《魏略》：「明帝出次摩陂，有龍見於井中。」《藝文類聚》卷六二引戴延之《西征記》：「太極殿上有金井闌、金博山、金轆轤，蛟龍負山於井上。」郭璞《井賦》：「長綆委蛇以曾縈，瑤甕龍騰而灑激。」

〔三二〕若夫五句：《後漢書・馮異傳》：「建武元功二十八將，佐命虎臣。」郭璞《巫咸山賦》：「生爲上公，死爲貴神。」《舊唐書・禮儀志》：「舊儀，高祖之廟，則開府儀同三司淮南王神通、禮部尚書河間王孝恭、陝東道大行臺右僕射鄖國公殷開山、吏部尚書渝國公劉政會配饗。太宗之廟，則司空梁國公房玄齡、尚書右僕射萊國公杜如晦、尚書左僕射申國公高士廉配饗。……天寶六載正月詔：……太廟配饗功臣，高祖室加裴寂、劉文靜，太宗室加長孫無忌、李靖、杜如晦。」《唐會要》卷一八《配享功臣》：「太宗廟七人……至永徽四年二月，房玄齡以子遺愛反，停配享。贈太尉、鄭文貞公魏徵，神龍三年閏二月十五日敕。」卨，契之本字。《漢書・司馬相如傳》：「禹不能名，卨不能計。」夔，見卷一〇《紫宸殿退朝口號》(0516)注。

〔三三〕代天二句：《書・皋陶謨》：「皋陶曰：『……無曠庶官，天工，人其代之。』」人傑，見卷九《贈比部蕭郎中十兄》(0476)注。

〔三四〕丹青二句：丹青地，見卷六《石硯詩》(0270)注。仇注謂指凌烟圖畫，非是。《晉書・張天錫傳》：「睹松竹，則思貞操之賢。」袁宏《三國名臣頌贊》：「競收杞梓，争采松竹。」

〔三五〕君臣七句：曹植《王仲宣誄》：「伊君顯考，奕葉佐時。」張説《將赴朔方軍應制》：「禮樂逢明主，韜鈐用老臣。」《柏梁詩》：「刀筆之吏臣執之。」謝靈運《北亭與吏民别》：「刀筆愧張杜，弃繻慚終軍。」喉舌，見卷九《上韋左相二十韻》(0413)注。

〔三六〕使祭三句：《論語・八佾》：「子曰：『吾不與祭，如不祭。』」《晉書・華恒傳》：「尋拜太常，議立郊祀。……尋以疾求解，詔曰：『太常職主宗廟烝嘗敬重，而華恒所疾，不堪親奉職事。夫子稱吾不與祭，如不祭。况宗伯之任職所司邪！今轉恒爲廷尉。』」《左傳》莊公六年：「若不從三臣，抑社稷實不血食，而君焉取余？」《史記・封禪書》：「立后稷之祠，至今血食天下。」正義：「顏師古云：祭有牲牢，故言血食遍於天下。」

〔三七〕爾乃二句：《禮記・郊特牲》：「直祭祝于主，索祭祝于祊。」注：「謂薦孰時也。如特牲少牢饋食之爲也。直，正也。祭以孰爲正，則血腥之屬盡敬心耳」；「索，求神也。廟門曰祊，謂之祊者，以於繹祭名也。」疏：「此既正祭日於廟門内求神，應總稱云廟，而謂之祊者，以祊是廟門，明日繹祭稱祊，雖今日之正祭假以明日繹祭祊名，同稱之曰祊也。」

〔三八〕警幽全二句：《禮記・郊特牲》：「毛、血，告幽全之物也。告幽全之物者，貴純之道也。」注：「幽，謂血也」；「純，謂中外皆善。」疏：「此謂祝初薦血毛於室時也。血是告幽之物，毛是告全之物。告幽者，言牲體肉裏美善。告全者，牲體外色完具。所以備此告幽全之物者，貴其牲之純善之道也。」

〔三九〕蓋我后二句：《書・洪範》：「七稽疑。擇建立卜筮人，乃命卜筮。……曰克，曰貞，曰悔，凡七。」傳：「（克）兆相交錯」；「内卦曰貞，外卦曰悔。」

〔四〇〕膋以二句：《禮記・郊特牲》：「取膟膋燔燎，升首，報陽也。」注：「膟膋，腸間脂也。與蕭合燒之，亦有黍稷也。」疏：「此謂朝踐時，祝取膟膋燎於爐炭，入以告神於室，出以綏於主前，又升首於室。至薦孰之時，祝更取膟膋及蕭，以黍稷合燒之，是自陽達於牆屋也。」又：「縮酌用茅，明酌也。」注：「謂泲醴齊以明酌也。……泲之以茅，縮去滓也。」

〔四一〕嘏以二句：《禮記・禮運》：「祝以孝告，嘏以慈告，是謂大祥。」疏：「此論祭祀祝嘏之辭。案《少牢》：祝曰孝孫某敢用柔毛剛鬣，嘉薦普淖，用薦歲事于皇祖伯某，以某妃配某氏，尚饗。是祝以孝告。《少牢》又云：主人獻尸，祝嘏主人云皇尸命工祝，承致多福多疆于女孝孫。來女孝孫，使女受禄于天，宜稼于田，眉壽萬年，勿替引之。是嘏以慈告。言祝嘏於時以神之恩慈而告主人。」《儀禮・少牢》注：「嘏，大也。予主人以大福。」

〔四二〕故天意五句：《書・康王之誥》：「張皇六師。」傳：「言當張大六師之衆。」《左傳》宣公三年：「昔夏之方有德也，遠方圖物，貢金九牧，鑄鼎象物，百物爲之備，使民知神姦。」邊讓《章華臺賦》：「繼高陽之絶軌，崇成莊之洪基。」司馬相如《封禪文》：「前聖所以永保鴻名，而常爲稱首者用此。」

〔四三〕于以二句：《漢書·禮樂志》：「皇帝就酒東廂，坐定，奏《永安》之樂，美禮已成也。」《周禮·春官·大司樂》：「凡樂事，大祭祀，宿縣，遂以聲展之。王出入，則令奏《王夏》。尸出入，則令奏《肆夏》。牲出入，則令奏《昭夏》。」注：「三夏，皆樂章名。」

〔四四〕福穰穰二句：《詩·周頌·執競》：「磬筦將將，降福穰穰。」傳：「穰穰，衆也。」顔延之《赭白馬賦》：「簡偉塞門，獻狀絳闕。」《文選》李善注引傅玄《北都賦》：「巍巍絳闕。」《楚辭·離騷》：「佩繽紛其繁飾兮，芳菲菲其彌章。」王逸注：「菲菲猶勃勃。」《禮記·明堂位》：「爵，夏后氏以琖，殷以斝，周以爵。」注：「斝，畫禾稼也。《詩》曰：洗爵奠斝。」《郊特牲》：「舉斝角，詔妥尸。古者尸無事則立，有事而後坐也。」注：「妥，安坐也。尸始入，舉奠斝若奠角。將祭之，祝則詔主人拜，妥尸，使之坐。尸即至尊之坐。或時不自安，則以拜妥之也。天子奠斝，諸侯奠角，古謂夏時也。」朱鶴齡注：「元注未詳所本。」竇苹《酒譜》飲器：「《漢書》云：舜祀宗廟用玉斝。其飲器歟？」

〔四五〕沛枯骨二句：《吕氏春秋·異用》：「周文王使人扣地，得死人之骸。吏以聞於文王，文王曰：『更葬之。』吏曰：『此無主矣。』文王曰：『有天下者，天下之主也；有一國者，一國之主也。今我非其主也？』遂令吏以衣棺更葬之。天下聞之曰：『文王賢矣。澤及髊骨，又況於人乎！』」《禮記·王制》：「天子諸侯，無事，則歲三田。……不麛，不卵，不殺胎，不殀夭，不覆巢。」注：

「殀，斷殺。少長曰夭。」《詩・小雅・鴻雁》：「爰及矜人，哀此鰥寡。」

〔四六〕園陵四句：《詩・小雅・魚藻》：「魚在在藻，有頒其首。」箋：「藻，水草也。魚之依水草，猶人之依明王也。」《禮記・喪大記》：「飾棺：君龍帷，三池……魚躍拂池。」注：「池，以竹爲之，如小車笭，衣以青布，柳象宮室，縣池於荒之爪端，若承霤然云。君、大夫以銅爲魚，縣於池下。」疏：「凡池必有魚，故車池縣絞翣，又縣銅魚於池下。若車行則魚跳躍上拂池也。」魚躍疑指此。《殷芸小説》卷二：「王子喬墓在京茂陵，戰國時有人盜發之，覩之無所見，惟有一劍，懸在空中。欲取之，劍便作龍鳴虎吼，遂不敢進，俄而徑飛上天。《神仙傳》云：真人去世，多以劍代其形，五百年後，劍亦能靈化。此其驗也。」《後漢書・馬援傳》：「孝武皇帝時，善相馬者東門京鑄作銅馬法獻之，有詔立馬於魯班門外，則更名魯班門曰金馬門。」汗馬，參卷九《行次昭陵》(0410)引《日知録》説。

〔四七〕霜露二句：《莊子・逍遥游》：「不食五穀，吸風飲露。」《楚辭・九章・悲回風》：「吸湛露之浮源兮，漱凝霜之雰雰。」《爾雅・釋言》：「祺，祥也。」張衡《東巡誥》：「吉事有祥，惟漢之祺。」

〔四八〕曾宮二句：司馬相如《哀秦二世賦》：「登陂陁之長坂兮，坌入曾宮之嵯峨。」《周禮・天官・内小臣》：「掌王之陰事、陰令。」注：「陰事，群妃御見之事。」仇注：「此賦則以祭事爲陰事也。」按，此言後宮事。仇注非是。唐帝陵有宮女守陵，參卷一《橋陵詩三十韻因呈縣内諸官》(0037)注。王延壽《魯靈光殿賦》：「胡人遥集於上楹，儼雅跽而相對。」《文選》張載注：「皆胡夷之畫形也。……儼雅而相對，言敬恭也。」

〔四九〕薄清輝二句：鼎湖，見卷九《行次昭陵》(0410)注。蒼梧，見卷一《同諸公登慈恩寺塔》(0023)注。

〔五〇〕上窅然二句：《莊子·逍遥游》：「堯治天下之民，平海内之政，往見四子藐姑射之山，汾水之陽，窅然喪其天下焉。」釋文：「李云：窅然猶悵然。」蔡邕《處士圈典碑》：「聞道睹異，惕然若驚。」《詩·小雅·小旻》：「戰戰兢兢，如臨深淵，如履薄冰。」

〔五一〕瞰牙旗二句：張衡《東京賦》：「戈矛若林，牙旗繽紛。」《文選》薛綜注：「《兵書》曰：牙旗者，將軍之旌。謂古者天子出，建大牙旗，竿上以象牙飾之。」參卷一三《寄董卿嘉榮十韻》(0870)注。翠駮，見卷一《夜聽許十誦詩愛而有作》(0036)注。

〔五二〕五老二句：《宋書·符瑞志》：「歸功於舜，將以天下禪之，乃潔修壇場於河洛。擇良日，率舜等升首山，遵河渚，有五老游焉，蓋五星之精也。」《藝文類聚》卷一引《論語讖》：「仲尼曰：吾聞堯率舜等游首山，觀河渚，有五老飛爲流星，上入昴。」司馬相如《封禪文》：「率邇者踵武，逖聽者風聲。」《漢書》注：「文穎曰：逖，遠也。」

〔五三〕於是五句：《舊唐書·玄宗紀》：「(天寶元年二月)改侍中爲左相，中書令爲右相，左右丞相依舊爲僕射。」《易·繫辭下》：「天地設位，聖人成能。人謀鬼謀，百姓與能。」《後漢書·黨錮傳》：「叔末澆訛，王道陵缺。」

〔五四〕尚猶二句：《書·皋陶謨》：「兢兢業業，一日二日萬幾。」傳：「業業，危懼。」《孔子家語·六本》：「瞽瞍不犯不父之罪，而舜不失烝烝之孝。」

〔五五〕恐一物二句：《易・困・彖》：「險以説，因而不失其所。」《荀子・正論》：「一物失稱，亂之端也。」《後漢書・孝質帝紀》：「昔之爲政，一物不得其所，若己爲之，況我元元，嬰此困毒。」《書・洪範》：「八庶徵。……曰咎徵。」傳：「叙惡行之驗。」

〔五六〕如此三句：《書・召誥》：「上下勤恤。」《詩・大雅・烝民》：「夙夜匪解，以事一人。」《書・益稷》：「（皋陶）乃賡載歌曰：元首明哉，股肱良哉，庶事康哉。」

〔五七〕且如二句：《詩・小雅・黄鳥》序：「刺宣王也。」箋：「刺其以陰禮教親而不至，聯兄弟之不固。」《禮記・曲禮下》：「非其所祭而祭之，名曰淫祀。」《漢書・郊祀志》：「諸所興，如薄忌泰一及三一、冥羊、馬行、赤星，五床寬舒之祠，官以歲時致禮。凡六祠，皆大祝領之。至如八神，諸明年、凡山它名祠，行過則祠，去則已。方士所興祠，各自主，其人終則已，祠官不主。它祠皆如故。甘泉泰一、汾陰后土，三年親郊祠，而泰山五年一修封。武帝凡五修封。」

〔五八〕諸侯二句：《禮記・郊特牲》：「故天子微，諸侯僭。大夫强，諸侯脅。」《史記・封禪書》：「騶衍以陰陽主運顯於諸侯，而燕齊海上之方士傳其術不能通，然則怪迂阿諛苟合之徒自此興，不可勝數也。」《漢書・李廣傳》：「名聲暴於夷貉，威稜憺乎鄰國。」

〔五九〕一則二句：《漢書・李尋傳》：「熒惑厥弛，佞巧依勢，微言毀譽，進類蔽善。」仇注：「勸納，謂勸之納貢，如遣使求金之類。」按，謂勸納其術。《漢書・郊祀志》：「遥興輕舉，登遐倒景。」張衡《西京賦》：「有憑虚公子者。」袁昂《書評》：「張伯英書，如漢武帝愛道，憑虚欲仙。」

〔六〇〕丞相退三句：《詩・小雅・正月》：「謂天蓋高，不敢不局。謂地蓋厚，不敢不蹐。」《禮記・曲禮上》：「君出就車，則僕并轡授綏。」釋文：「綏音雖，執以登車者。」

〔六一〕伊鴻洞二句：《淮南子·精神訓》：「澒濛鴻洞，莫知其門。」注：「皆無形之象。」揚雄《長楊賦》：「木擁槍纍，以爲儲胥。」《文選》李善注：「顔師古曰：胥，須也。言有儲畜以待所須也。蘇林曰：木擁栅其外，又以竹槍纍爲外儲胥也。韋昭曰：儲胥，蕃落之類也。」

〔六二〕本枝二句：《左傳》莊公六年：「不知其本，不謀。知本之不枝，弗强。《詩》云：本枝百世。」王融《贈族叔衛軍儉》：「聖機共軫，睿想同謨。」《易·繫辭下》：「周流六虚。」注：「六虚，六位也。」

〔六三〕甲午二句：《禮記·雜記》：「孟獻子曰：正月日至，可以有事于上帝。」《祭法》：「天下有王，分地建國，置都立邑，設廟祧壇墠而祭之。」注：「封土曰壇，除地曰墠。」《漢書·郊祀志》匡衡言：「甘泉泰畤紫壇，八觚宣通象八方。五帝壇周環其下。又有群神之壇。以《尚書》禋六宗、望山川、遍群神之義，紫壇有文章、采鏤、黼黻之飾及玉、女樂……不能得其象於古。」《初學記》卷一三「彩壇」引《東觀漢記》：「桓帝立黄老祠，北宫濯龍中爲壇，彩色炫曜。」《藝文類聚》卷三八引《漢舊儀》：「皇帝祭天，紫壇帷幄，高皇帝配天，後堂下西鄉，紺席也。」《漢書·郊祀志》：「宣帝即位……尊孝武廟爲世宗，行所巡狩郡國皆立廟。」《書·舜典》：「八月西巡守，至於西岳，如初。」

有事于南郊賦〔一〕

蓋主上兆於南郊，聿懷多福者舊矣〔二〕。今兹練時日、就陽位之美，又所以厚祖考、通神明而已〔三〕。職在宗伯，首崇禋祀〔四〕。先是春官條頌祇之書①，獻祭天之紀〔五〕。令泰龜而不昧，俟萬事之將履〔六〕。掌次閱氈邸之則②，封人考壝宮之旨〔七〕。司門轉致乎牲牢之繫，小胥專達乎懸位之使〔八〕。二之日，朝廟之禮既畢，天子蒼然視於無形，澹然若有所聽〔九〕。又齋心於宿設，將旰食而匪寧〔一〇〕。旌門坡陀以前騖，轂騎反覆以相經〔一一〕。頓曾城之軋軋③，軼萬户之熒熒④〔一二〕。馳道端而如砥，浴日上而如萍〔一三〕。掣翠旄於華蓋之角⑤，彗黄屋於鉤陳之星〔一四〕。神仙戍削以落羽，魍魎幽憂以固扃⑥〔一五〕。戰岐慄華，擺渭掉涇〔一六〕。地回回而風淅淅，天泱泱而氣青青⑦〔一七〕。甲胄乘陵，轉迅雷於荆門巫峽；玉帛清迴⑧，霽夕雨於瀟湘洞庭〔一八〕。於是乘輿霈然乃作，翳夫鸞鳳將至⑨〔一九〕。以沖融寥廓，不可乎彌度⑩〔二〇〕。聲明通乎純粹，溟涬爲之垠堮〔二一〕。駟蒼螭而蜿蜒，若無骨以柔順；奔烏攫而黝鏐⑪，徒有勢於殺縛〔二二〕。朱輪竟野而杳冥，金鍐成陰以結絡⑫〔二三〕。吹堪輿以軒輊⑬，搶寒暑以前却〔二四〕。中營密擁乎太陽，宸眷眇臨乎長薄〔二五〕。熊羆弭耳以相舐⑭，虎豹高跳以虚攫〔二六〕。上方將降帷宮之綝縭，屏玉軑以蠼略⑮〔二七〕。人門行馬，以拱乎合沓之場⑯；皮弁大裘，始進於穹崇之幕〔二八〕。衝牙鏗鏘以將集⑰，周衛轇轕而咸若〔二九〕。月窟黑而扶桑寒，田燭稠而曉星落⑱〔三〇〕。肅定位以告潔⑲，藹嚴上而清超〔三一〕。雲菡萏以張蓋，春葳蕤以建杓〔三二〕。簪裾斐斐，樽俎蕭蕭〔三三〕。方面曲折，周旋寂寥〔三四〕。必本於天，王宫與夜明相射⑳；動而之地，山林與川谷俱摽㉑〔三五〕。於是乎官有御，事有職。所以敬鬼神㉒，所以勸稼穡〔三六〕。所以報本反始，所以度長立極〔三七〕。玄酒明水之上，越席疏布之則㉓，必取先於稻秫麴蘖之勤，必取著於紛純文繡之飾〔三八〕。雖三牲八簋，豐備以相沿；而蒼璧黄琮，實歸乎正色〔三九〕。先王之丕業繼起㉔，信可以永其昭配〔四〇〕。羣望之遍祭在斯，示有以明其翼戴〔四一〕。由是播其聲音以陳列，從乎節奏以進退㉕〔四二〕。韶夏濩武㉖，采之於訓謨；鐘石陶匏，具之於梗概〔四三〕。變方形於動植㉗，聽宫徵於砰磕〔四四〕。英華發外，非因乎筍簴之高；和順積中，不在乎雷鼓之大㉘〔四五〕。既而膟膋挂罥㉙，柴燎窟塊〔四六〕。騞砉擘赫㉚，葩斜晦潰〔四七〕。電纏風升㉛，雪颯星碎。拂勿侹濴㉜，眇溟蓯淬㉝〔四八〕。聖慮岑寂㉞，玄黄增霈〔四九〕。蒼生顒昂，毛髮清籟〔五〇〕。雷公河伯，或駋駃以修聳㉟；霜女江妃，乍紛綸而晻曖〔五一〕。執紱秉翟，朱干玉戚〔五二〕。鼓瑟吹笙，金支翠旌〔五三〕。神光倏歛，祀事虛明〔五四〕。於是湝湤乎渙汗，紆餘乎經營〔五五〕。浸朱崖而灑朔漠，洶暘谷而濡若英㊱〔五六〕。耆艾涕而童子僊，叢棘坼而狴牢傾〔五七〕。是率土之濱，覃醻醵以涵泳；非奉郊之縣㊲，獨宴慰以縱橫〔五八〕。玄澤淡泞乎無極，殷薦絪繆乎至精〔五九〕。稽古之時，屢應符而合契；聖人有作，不逆寡而雄成㊳〔六〇〕。爾乃孤卿侯伯，雜羣儒三老㊴〔六一〕，儼而絕皮軒，趨帳殿，稽首曰〔六二〕：臣聞燧人氏已往〔六三〕，法度難知㊵，文質未變。太昊氏繼天而王，根啓閉於厥初；以木傳子，攄終始而可見㊶〔六四〕。洎虞夏殷周，茲焕炳而葱蒨〔六五〕。秦失之於狼貪蠶食，漢綴之以蛇斷龍戰〔六六〕。中莽茫夫何從㊷，聖蓄縮曾不下眷〔六七〕。伏惟道祖，視生靈之磔裂，醜害馬之蹄齧〔六八〕。呵五精之息肩，考正氣之無轍〔六九〕。協夫貽孫以降，使之造命更挈㊸〔七〇〕。累聖昭洗，中祚觸蹶〔七一〕。氣慘黷乎脂夜之妖，勢回薄乎龍蛇之孽〔七二〕。伏惟陛下勃然憤激之際，天闕不敢旅拒㊹，鬼神爲之嗚咽㊺〔七三〕。高衢騰塵，長劍吼血。尊卑配，宇縣刷〔七四〕。插紫極之將頹，拾清芬於已缺〔七五〕。鑪之以仁義㊻，鍛以之賢哲㊼。聯祖宗之耿光，卷夷狄之彯撇〔七六〕。蓋九五之後，人人自以遭唐虞；四十年來，家家自以爲稷卨〔七七〕。王綱近古而不軌，天聽貞觀以高揭[48]〔七八〕。蠢爾差僭，粲然優劣〔七九〕。宜其課密於空積忽微，刊定於興廢繼絶〔八〇〕。而後覩數統從首，八音六律而惟新；日起算外，一字千金而不滅〔八一〕。上曰：吁！昊天有成命[49]，惟五聖以受〔八二〕。我其夙夜匪遑，寔用素樸以守[50]〔八三〕。于嗟乎麟鳳，胡爲乎郊藪〔八四〕？豈上帝之降鑒及兹，玄元之垂裕于後[51]〔八五〕。夫聖以百年爲鶵鷇[52]，道以萬物爲芻狗〔八六〕。今何以茫茫臨乎八極，眇眇託乎羣后〔八七〕？端策拂龜於周漢之餘，緩步闊視於魏晉之首〔八八〕。斯上古成法，蓋其人已朽，不足道也。於是天子默然而徐思，終將固之又固之。意不在抑殊方之貢，亦不必廣無用之祠。金馬碧鷄，非理人之術；珊瑚翡翠，此一物何疑〔八九〕？奉郊廟以爲寶，增怵惕以孜孜[53]〔九〇〕。況大庭氏之時，六龍飛御之歸[54]〔九一〕。（1459）

【校】

① 條，《文苑英華》、《唐文粹》作「修」，《文苑英華》校：「一作條。」本篇注：「凡一作皆集本。」

② 閲，《文苑英華》作「鋭」，校：「一作閲。」

③ 頓，《文苑英華》作「頡」，校：「一作頓。」

④户，《文苑英華》作「方」，校：「一作户。」

⑤掣，《文苑英華》作「制」，校：「一作掣。」　角，《文苑英華》作「用」。

⑥魍魎，《文苑英華》作「魑魅」，校：「一作魍魎。」　以，《唐文粹》校：「一作於。」

⑦青青，《文苑英華》作「清清」，校：「一作青青。」

⑧迴，宋本作「迴」，據錢箋改。

⑨翳，《文苑英華》無「翳」字，校：「一有翳字。」

⑩乎，錢箋作「以」。

⑪烏攫，《文苑英華》、《唐文粹》作「烏獲」。

⑫鍐，錢箋校：「一作騣。」《文苑英華》、《唐文粹》作「鍐」，《文苑英華》注：「萬范切。見《西京賦》。」《唐文粹》注：「萬范切。」

⑬輊，錢箋校：「一作轞。」

⑭弭，《文苑英華》作「彌」，注：「《周禮・小祝》彌岳用此彌字。」

⑮軼，錢箋校：「一作軼。」　蠼略，《文苑英華》注：「二字見《甘泉賦》。」

⑯埸，《文苑英華》作「壇」，校：「一作埸。」

⑰集，《文苑英華》作「暮」，校：「一作集。」

⑱星，《文苑英華》作「河」，校：「一作星。」

⑲潔，錢箋校：「一作絜。」《文苑英華》、《唐文粹》作「絜」。

⑳夜明，《文苑英華》注：「祭法：王宫祭日，夜明祭月。」

㉑摽，錢箋、《文苑英華》、《唐文粹》作「標」。

㉒敬，宋本校：「一作儐。」

㉓則，錢箋、《唐文粹》作「側」，校：「一作列。」

㉔起，《文苑英華》作「紀」，校：「一作起。」

㉕以陳，《文苑英華》無「以」字，校：「一有以字。」　列從，《文苑英華》無二字，校：「一有列從二字。」

㉖濩，宋本作「護」，據錢箋、《文苑英華》改。

㉗方，《文苑英華》作「萬」。

㉘鼓，錢箋校：「一作霆。」

㉙膟，錢箋校：「一作齽。」《文苑英華》、《唐文粹》作「齽」。

㉚砉擘，《文苑英華》作「壁砉」，校：「一作砉擘。」《唐文粹》作「擘砉」。

㉛雹，《文苑英華》作「雷」，校：「一作雹。」

㉜侹潑，《文苑英華》作「涏潑」，校：「一作縱濼。」

㉝蔙，宋本校：「一作芊。」　蔙滐，《文苑英華》作「芊萍」，校：「一作蔙滐。」

㉞聖，宋本無，據《文苑英華》補。

㉟或，錢箋、《唐文粹》作「咸」。

㊱洶，《文苑英華》作「洶」，校：「一作汹。」

㊲非，《文苑英華》作「豈」，校：「一作非。」

㊳而雄，《文苑英華》作「以雄」，校：「二字一作而推。」

㊴雜，《文苑英華》、《唐文粹》無「雜」字。

㊵知，錢箋校：「一作和。」

㊶攄，《文苑英華》校：「一作據。」

㊷茫，錢箋校：「一作茫茫。」《文苑英華》校：「一疊茫字。」《唐文粹》作「茫茫」。　何，《文苑英華》作「何以」，「以」校：「一無此字。」

㊸挈，《文苑英華》校：「一作絜。」

㊹闕，《文苑英華》、《唐文粹》作「關」，《文苑英華》校：「一作闕。」

㊺爲，《文苑英華》作「以」，校：「一作爲。」

㊻之以，錢箋、《唐文粹》作「以之」，錢箋校：「一作之以。」

㊼以之，錢箋校：「一作之以。」《文苑英華》作「之以」。

㊽貞，宋本作「正」，據錢箋、《文苑英華》、《唐文粹》改。

㊾命，錢箋校：「一作帝。」

㊿寔，《文苑英華》其上有「定」字，校：「一無此字。」

51 于，《文苑英華》作「乎」。

52 鷇，《文苑英華》注：「口豆切。」

53 以，《文苑英華》作「而」，校：「一作以。」

54 之，《文苑英華》作「而」，校：「一作之。」

【注】

〔一〕有事于南郊：《禮記·祭法》：「周人禘嚳而郊稷，祖文王而宗武王。」鄭玄注：「此禘，謂祭昊天於圜丘也。祭上帝於南郊，曰郊。」《通典》卷四三《禮·郊天》：「永徽二年七月，太尉長孫無忌等奏議曰：『據祠令及新禮，並用鄭玄六天之義，圜丘祀昊天上帝，南郊祀太微感帝，明堂祭太微五天帝。臣等謹按鄭玄此義，唯據緯書，所説六天皆爲星象，而昊天上帝不屬穹蒼。……』詔從無忌等議，存祀太微五帝於南郊，廢鄭玄六天之義。」「乾封初，高宗詔依舊祀感帝。以有司議，又下詔依鄭玄義祭五天帝。」《舊唐書·禮儀志》：顯慶二年，許敬宗等議《孝經》惟云郊祀后稷，無別祀圜丘之文，王肅等以爲郊即圜丘，圜丘即郊。今從鄭説，分爲兩祭，圜丘之外別有南郊，違弃正經。且檢吏部式，惟有南郊陪位，更不別載圜丘，式文既遵王肅，祠令仍行鄭義，令、式相乖，理宜改革。詔並可之。「及則天革命，天册萬歲元年……親享南郊，合祭天地。……其後長安年又親享南郊，合祭天地及諸郊丘。」睿宗太極元年，將有事南郊，有司議惟祭昊天上帝而不設皇地祇位，諫議大夫賈曾上表曰詳據典禮，謂宜天地合祭。時又將親享北郊，竟寢曾之表。《漢書·郊祀志》載王莽頗改祭禮，奏言有「天地合祭」之文。至武則天，始合祭天地。查《大唐開元禮》，並無天地合祭之文。此蓋天寶所行故事，亦非一般郊祭祀天之禮。《舊唐書・玄宗紀》：「(天寶元年二月)辛卯，親享玄元皇帝於新廟。甲午，親享太廟。丙申，合祭天地於南郊。」「(十載春正月)壬辰，朝獻太清宮。癸巳，朝享太廟。甲午，有事於南郊，合祭天地，禮畢，大赦天下。」《通典》卷四三：「天寶五載，詔曰：……自今以後，每載四時孟月，先擇吉日，祭昊天上帝，其皇地祇合祭，以次日祭九宮壇。」《新唐書・禮樂志》謂：「其後遂以爲故事，終唐之世，莫能改也。爲禮可不慎哉！」宋初仍行天地合祭，至元豐年始議罷之。

〔二〕蓋主上二句：《禮記・郊特牲》：「大報天而主日也。兆於南郊，就陽位也。」《周禮・春官・小宗伯》：「兆五帝於四郊。」注：「兆，爲壇之營域。」《詩・大雅・大明》：「昭事上帝，聿懷多福。」

〔三〕今兹二句：《漢書・禮樂志》郊祀歌《練時日》：「練時日，候有望。」《禮樂志》：「故象天地而制禮樂，所以通神明，立人倫，正情性，節萬事者也。」

〔四〕職在二句：《周禮・春官・大宗伯》：「大宗伯之職，掌建邦之天神、人鬼、地示之禮，以佐王建保邦國。以吉禮事邦國之鬼神示，以禋祀祀昊天上帝。」《唐六典》卷四禮部尚書：「後周依《周官》，置春官府大宗伯卿一人。隋更爲禮部尚書，皇朝因之。……禮部尚書、侍郎之職，掌天下禮儀、祠祭、燕饗、貢舉之政令。」

〔五〕先是二句：條，條奏。《漢書・律曆志》：「使羲和劉歆等典領條奏，言之最詳。」揚雄《甘泉賦》：「集乎禮神之囿，登乎頌祇之堂。」《文選》李善注：「爲歌頌以祭地祇。」《公羊傳》僖公三十一年：「天子祭天，諸侯祭土。」

〔六〕令泰龜二句：《禮記・曲禮上》：「假爾泰龜有常，假爾泰筮有常。」注：「命龜筮辭。」疏：「泰，大中之大也。欲褒美此龜筮，故謂爲泰龜泰筮也。」《禮記・表記》：「處其位而不履其事，則亂也。」

〔七〕掌次二句：《周禮・天官・掌次》：「掌次掌王次之法，以待張事。王大旅上帝，則張氈案，設皇邸。」注：「大旅上帝，祭天於圜丘。國有故而祭亦曰旅。此以旅見祀也。張氈案，以氈爲牀於幄中。鄭司農云：皇羽覆上。邸，後版也。玄謂後版屏風與？染羽象鳳皇羽色以爲之。」《地官・封人》：「封人掌詔王之社壝。爲畿，封而樹之。凡封國，設其社稷之壝，封其四疆。」注：「壝謂壇及堳埒也。」疏：「謂王之三社三稷之壇，及壇外四邊之壝，皆設置之。直言壝，不云壇，舉外以見內，內有壇可知也。」

〔八〕司門二句：《周禮・地官・司門》：「司門掌授管鍵，以啓閉國門。……祭祀之牛羊繫焉，監門養之。」注：「監門，門徒。」疏：「牧人六牲，至祭前三月，則使充人繫而養之。若天地宗廟，則繫於牢，芻之三月。」《春官・小胥》：「小胥掌學士之徵令而比之。……正樂縣之位。」注：「樂縣，謂鐘磬之屬縣於筍虡者。」

〔九〕二之日三句：仇注：「二之日，借用《豳風》語。」此指第二日。《莊子・知北游》：「視之无形，聽之无聲。」《禮記・曲禮上》：「聽於無聲，視於無形。」《易・説卦》：「聖人南面而聽天下。」

〔一〇〕又齋心二句：《莊子・人間世》：「顏回曰：『回之家貧，唯不飲酒不茹葷者數月矣，如此，則可以爲齋乎？』曰：『是祭祀之齋，非心齋也。』回曰：『敢問心齋。』仲尼曰：『若一志，无聽之以耳聽之以心，无聽之以心而聽之以氣。』」左思《魏都賦》：「置酒文昌，高張宿設。」陸倕《釋奠應令教》：「庭陳宿設，階列周張。」仇注：「謂齋宿之處設供也。」按，郊廟歌辭、享廟歌辭等常用「宿設」字，指壇設樂懸等。《左傳》昭公二十年：「楚君大夫其旰食乎。」杜預注：「將有吴憂，不得早食。」

〔一一〕旌門二句：《周禮・天官・掌舍》：「掌舍掌王之會同之舍。……爲壇壝宫棘門，爲帷宫，設旌門。」注：「謂王行晝止，有所展肆若食息，張帷爲宫，則樹旌以表門。」《史記・張釋之馮唐列傳》：「彀騎萬三千。」索隱：「如淳云：彀音構。彀騎，張弓之騎也。」

〔一二〕頓曾城二句：《史記・律書》：「乙者，言萬物生軋軋也。」陸機《文賦》：「理翳翳而愈伏，思軋軋其若抽。」《文選》吕延濟注：「軋軋，難進也。」《古詩十九首》：「纖纖擢素手，札札弄機杼。」札札一作軋軋。又以形容槳櫓或車聲。此蓋形容車騎。宋玉《高唐賦》：「煌煌熒熒，奪人目精。」《文選》李善注：「草木花光也。」秦嘉《贈婦詩》：「飄飄帷帳，熒熒華燭。」

〔一三〕馳道二句：《史記・秦始皇本紀》：「治馳道。」集解：「應劭曰：馳道，天子道也，道若今之中道然。」《詩・小雅・大東》：「周道如砥，其直如矢。」《淮南子・天文訓》：「日出於暘谷，浴於咸池，拂於扶桑。」《説苑・辨物》：「楚王渡江，得萍實，大如拳，赤如日。」

〔一四〕掣翠旄二句：《晋書・天文志》：「大帝上九星曰華蓋，所以覆蔽大帝之坐也。」「北極五星，鈎陳六星，皆在紫宫中。……鈎陳，後宫也，大帝之正妃也，大帝之常居也。」《漢書・禮樂志》安世房中歌：「金支秀華，庶旄翠旌。」崔駰《東巡賦》：「升九龍之華旗，巡翠霓之旄旌。」木華《海賦》：「鷸如驚鳧之失侣，倏如六龍之所掣。」《文選》李善注：「《説文》曰：掣，引而縱也。」班固

《封燕然山銘》：「四校横徂，星流彗掃。」《後漢書・光武帝紀》贊：「長轂雷野，高旗彗雲。」

〔一五〕神仙二句：司馬相如《子虚賦》：「衯衯裶裶，揚袘戍削。」《文選》注：「張揖曰：揚，舉也。袘，衣袖也。戍削，裁制貌也。」《莊子・讓王》：「我適有幽憂之病。」《胠篋》：「攝緘縢，固扃鐍。」

〔一六〕戰岐二句：班固《西都賦》：「東清河華，西涉岐雍。」《韓非子・初見秦》：「戰戰栗栗，日慎一日。」《爾雅・釋詁》：「戰、慄、震、驚、戁、竦、恐、慴，懼也。」擺、掉，摇也，義同。韓愈《寄崔二十六立之》：「猶能争明月，擺掉出渺瀰。」

〔一七〕地回回二句：回回，盤繞狀。束晳《補亡詩・崇丘》：「漫漫方輿，回回洪覆。」謝惠連《七月七日詠牛女》：「團團滿葉露，淅淅振條風。」《詩・小雅・瞻彼洛矣》：「瞻彼洛矣，維水泱泱。」傳：「泱泱，深廣貌。」潘岳《射雉賦》：「天泱泱以垂雲，泉涓涓而吐溜。」

〔一八〕甲胄四句：《漢書・天文志》：「迅雷風祅，怪雲變氣。」《周禮・春官・肆師》：「立大祀，用玉帛、牲牷。」

〔一九〕於是二句：《孟子・梁惠王下》：「天油然作雲，沛然下雨。」《魏書・慕容白曜傳》：「仰惟聖明，霈然昭覽。」《楚辭・離騷》：「百神翳其備降兮，九疑繽其並迎。」王逸注：「翳，蔽也。」

〔二〇〕以沖融二句：沖融，見卷一《渼陂行》(0031)注。揚雄《甘泉賦》：「直嶢嶢以造天兮，厥高慶而不可乎彌度。」《文選》李善注：「《爾雅》曰：彌，終也。言高不可終竟而度量也。」

〔二一〕聲明二句：《左傳》桓公二年：「文物以紀之，聲明以發之。」《淮南子・本經訓》：「江淮通流，四海溟涬。」參卷一《夜聽許十誦詩愛而有作》(0036)注。垠堮，見卷三《萬丈潭》(0138)注。

〔一一二〕駟蒼螭四句：宋玉《高唐賦》：「王乃乘玉輿，駟倉螭。」揚雄《甘泉賦》：「駟蒼螭兮六素虯，蠖略蕤綏，漓虖襂纚。」潘岳《西征賦》：「入屈節於廉公，若四體之無骨。」朱鶴齡注：「烏攫字雖見《漢書》，然此處用之不倫。當以《文粹》本爲正，蓋獲、攫字相近而訛耳。黝蟉，應作蚴蟉。」《史記・秦本紀》：「武王有力好戲，力士任鄙、烏獲、孟説皆至大官。」張衡《西京賦》：「烏獲扛鼎，都盧尋橦。」按，烏獲與蚴蟉亦不相應。疑此因「龍蠖」語而致誤，蓋指龍。劉峻《廣絶交論》：「龍驤蠖屈，從道汙隆。」司馬相如《上林賦》：「青龍蚴蟉於東葙，象輿婉僤於西清。」《文選》郭璞注：「蚴蟉，龍行貌也。」《史記・酷吏列傳》：「吏之治以斬殺縛束爲務。」

〔一一三〕朱輪二句：張衡《東京賦》：「龍輈華轙，金鍐鏤錫。」《後漢書・輿服志》：「(乘輿)駕六馬，象鑣，鏤錫金鍐，方釳，插翟尾。」注：「《獨斷》曰：金鍐者，馬冠也。高廣各五寸，上如三玉華形，在馬髦前方。」《説文》：「㚇，嫋蓋也。」段注：「司馬彪《輿服志》乘輿金鍐……蓋其字本作金㚇，或加金旁耳。馬融《廣成頌》揚金㚇而拖玉瓌，字正作㚇，可證。《西京賦》弁玉纓。薛曰：弁馬冠叉髦也。徐廣説金鍐云：金爲馬叉髦。然則弁也、叉髦也、㚇也，一也。㚇或誤作叟，鍐或誤作鑁。《玉篇》又誤作金騣。皆音子公反，非也。」

〔一一四〕吹堪輿二句：揚雄《甘泉賦》：「屬堪輿以壁壘兮，捎夔魖而抶獝狂。」《文選》李善注：「張晏曰：堪輿，天地總名也。」《詩・小雅・六月》：「戎車既安，如輊如軒。」傅毅《舞賦》：「良駿逸足，蹌捍凌越。」蹌或作搶。《文選》李善注：「《爾雅》曰：蹌，動也。蹌捍，馬走疾之貌。」前却，前行、前進。郭璞《江賦》：「碧沙遺沲而往來，巨石硉矹以前却。」

〔二五〕中營二句：揚雄《甘泉賦》：「敦萬騎於中營兮，方玉車之千乘。」《文選》吕延濟注：「中營，天子營也。」任昉《九日侍宴樂游苑》：「物色動宸眷，民豫降皇情。」《楚辭·招魂》：「路貫廬江兮左長薄。」王逸注：「長薄，地名也。」陸厥《京兆歌》：「上幹入翠微，下趾連長薄。」

〔二六〕熊羆二句：《淮南子·精神訓》：「禹南省方，濟於江，黄龍負舟……視龍猶蝘蜓，顔色不變，龍乃弭耳掉尾而逃。」虞世南《獅子賦》：「弭耳宛足，伺閑借勢。」錢箋引《文苑英華辨證》，謂與《周禮·小祝》彌災兵之彌同。按，本卷《天狗賦》：「各弭耳低徊，閉目而去。」皆縮耳義，用同《淮南子》。庾信《和宇文京兆游田》：「熊飢自舐掌，雁驚獨銜枚。」張衡《西京賦》：「熊虎升而拏攫，猿狖超而高援。」

〔二七〕上方二句：《周禮·天官·掌舍》：「爲帷宫，設旌門。」張衡《思玄賦》：「冠咢咢其映蓋兮，珮綝纚以煇煌。」《文選》舊注：「綝纚，盛貌。」《楚辭·離騷》：「屯余車其千乘兮，齊玉軑而並馳。」王逸注：「軑，錮也。」《甘泉賦》：「陳衆車於東阬兮，肆玉軑而下馳。」《文選》注：「晋灼曰：軑，車轄也。」《後漢書·王霸傳》：「子符嗣，徙封軑侯。」訛作軚。《甘泉賦》：「駟蒼螭兮六素虬，蠖略蕤綏，漓虖襂纚。」《文選》李善注：「蠖略蕤綏，龍行之貌也。」錢箋引《文苑英華辨證》，謂作蠼略非。

〔二八〕人門四句：《周禮·天官·掌舍》：「設梐枑再重。……爲帷宫，設旌門。無宫，則供人門。」注：「杜子春讀爲梐枑，梐枑謂行馬」；「謂王行有所逢遇，若住游觀，陳列周衛，則立長大之人以表門。」《晋書·魏舒傳》：「於是賜安車駟馬，門施行馬。」程大昌《演繁露》卷一：「晋魏以後，官至貴品，其門得施行馬。行馬者，一木橫中，兩木互穿，以成四角。施之於門，以爲約禁也。《周禮》謂之陛枑。今官府前叉子是也。」王褒《洞簫賦》：「薄索合沓，罔象相求。」《文選》李善注：「合沓，重沓也。」《禮記·郊特牲》：「祭之日，王皮弁以聽祭報，示民嚴上也。」《周禮·天官·司裘》：「司裘掌爲大裘，以共王祀天之服。」注：「鄭司農云：大裘，黑羔裘，服以祀天，示質。」《掌舍》：「凡祭祀，張其旅幕，張尸次。」《長門賦》：「正殿塊以造天兮，鬱並起而穹崇。」《文選》李善注：「穹崇，高貌。」

〔二九〕衡牙二句：《禮記·玉藻》：「佩玉有衝牙。」注：「居中央以前後觸也。」疏：「凡佩玉必上繫於衡，下垂三道，穿以蠙珠，下端前後以縣於璜，中央下端縣以衝牙，動則衝牙前後觸璜而爲聲。所觸之玉，其形似牙，故曰衝牙。」司馬遷《報任安書》：「使得奏薄伎，出入周衛之中。」班固《西都賦》：「周以鉤陳之位，衛以嚴更之署。」張衡《東京賦》：「雲罕九斿，闟戟轇轕。」《文選》薛綜注：「轇轕，雜亂貌。」《書·伊訓》：「暨鳥獸魚鱉咸若。」傳：「雖微物皆順之。」

〔三〇〕月窟二句：月窟，見卷二《送韋十六評事充同谷郡防禦判官》（0088）注。扶桑，見卷六《壯游》（0295）注。《禮記·郊特牲》：「祭之日……喪者不哭，不敢凶服，汜埽反道，鄉爲田燭。」注：「田燭，田首爲燭也。」

〔三一〕肅定位二句：《禮記·禮運》：「祭帝於郊，所以定天位也。」《儀禮·特牲饋食禮》：「宗人舉獸尾，告備。舉鼎鼏，告絜。」《禮記·郊特牲》：「祭之日，王皮弁以聽祭報，示民嚴上也。」

〔三二〕雲菡萏二句：《爾雅·釋草》：「荷，芙蕖，其莖茄，其葉蕸，其本蔤，其華菡萏，其實蓮，其根藕。」曹植《芙蓉賦》：「芙蕖騫翔，菡萏星屬。」此用作形容詞。葳蕤，見卷一〇《佐還山後寄三首》（0606）注。此形容草木叢生。《史記·天官書》：「用昏建者杓。」索隱：「用昏建中者杓。《說文》云：杓，斗柄。」《漢書·律曆志》：「玉衡杓建，天之綱也。」注：「孟康曰：斗在天中，周制四方。」

〔三三〕欝裾二句：欝裾，見卷五《謁文公上方》（0209）注。斐斐同菲菲。司馬相如《上林賦》：「欝欝斐斐，衆香發越。」或作菲菲。《淮南子·泰族訓》：「陳簠簋，列樽俎，設籩豆者，祝也。」

〔三四〕方面二句：《禮記·祭法》：「四坎壇，祭四方也。」《左傳》襄公三十一年：「進退可度，周旋可則。」

〔三五〕必本四句：《禮記·禮運》：「夫禮，必本於天，動而之地，列而之事，變而從時。」《禮記·祭法》：「王宮，祭日也。夜明，祭月也。」注：「王，君也。日稱君。宮、壇，營域也。夜明，亦謂月壇也。」又：「山林、川谷、丘陵，能出雲，爲風雨，見怪物，皆曰神。有天下者，祭百神。」

〔三六〕於是四句：《禮記·禮運》：「故先王秉蓍龜，列祭祀，瘞繒，宣祝嘏辭説，設制度，故國有禮，官有御，事有職，禮有序。」《周禮·天官·小宰》：「以官府之六職辨邦治：……三曰禮職，以和邦國，以諧萬民，以事鬼神。」《書·無逸》：「厥父母勤勞稼穡。」

〔三七〕所以二句：《禮記·郊特牲》：「唯社，丘乘共粢盛，所以報本反始也。」疏：「皇氏云：國人畢作，是報本，而丘乘共粢盛，是反始。言粢盛是社所生，故云反始也。熊氏云：祭社稷之神爲報本，祭所配之人爲反始。未知孰是。」《禮記·月令》：「制有小大，度有長短。」《周禮·天官》：「設官分職，以爲民極，乃立天官冢宰。」注：「極，中也。令天下之人各得其中，不失其所。」顔延之《三月三日曲水詩序》：「然其宅天衷，立民極，莫不崇尚其道，神明其位。」仇注引《天文志》測冬至法，似非此處所言。

〔三八〕玄酒四句：《禮記・郊特牲》：「酒醴之美，玄酒明水之尚，貴五味之本。黼黻文繡之美，疏布之尚，反女功之始也。莞簟之安，而蒲越稿鞂之尚，明之也。」注：「明水，司烜以陰鑒所取於月之水也。」疏：「玄酒，謂水也。」《禮運》：「與其越席，疏布以冪。」注：「越席，翦蒲席也。」

〔三九〕雖三牲四句：《禮記・祭統》：「三牲之俎，八簋之實，美物備矣。」《周禮・春官・大宗伯》：「以蒼璧禮天，以黄琮禮地。」注：「禮神者必象其類。璧圜，象天。琮八方，象地。」疏：「《易》云：天玄而地黄。今地用黄琮，依地色。而天用玄者，蒼、玄皆是天色，故用蒼也。」

〔四〇〕先王二句：司馬相如《封禪文》：「天下之壯觀，王者之丕業。」《漢書・律曆志》：「陛下躬聖發憤，昭配天地。」

〔四一〕羣望二句：《左傳》昭公十三年：「乃遍以璧見於群望。」杜預注：「群望，星辰山川。」昭公九年：「翼戴天子而加之以共。」

〔四二〕由是二句：《周禮・春官・大司樂》：「凡六樂者，文之以五聲，播之以八音。」《禮記・禮運》：「陳其犧牲，備其鼎俎，列其琴瑟管磬鐘鼓，修其祝嘏。」《禮記・樂記》：「行其綴兆，要其節奏，行列得正焉，進退得齊焉。」

〔四三〕韶夏四句：《周禮・春官・大司樂》：「以樂舞教國子，舞雲門、大卷、大咸、大磬、大夏、大濩、大武。」注：「大磬，舜樂也。言其德能紹堯之道也。大夏，禹樂也。禹治水傅土，言其德能大中國也。大濩，湯樂也。湯以寬治民，而除其邪，言其德能使天下得其所也。大武，武王樂也。武王伐紂以除其害，言其德能成武功。」磬又作韶。《書·胤征》：「聖有謨訓。」《周禮·春官·大師》：「皆播之以八音，金、石、土、革、絲、木、匏、竹。」注：「金，鐘也。石，磬也。……匏，笙也。」《禮記·郊特牲》：「器用陶、匏，以象天地之性也。」陶謂瓦器，匏以盛酒。此蓋混言。杜篤《論都賦》：「故略其梗概，不敢具陳。」

〔四四〕變方二句：《宋書·符瑞志》：「使動植之類，莫不各得其所。」《周禮·春官·大師》：「皆文之以五聲，宫、商、角、徵、羽。」潘岳《籍田賦》：「簫管嘲哳以啾嘈兮，鼓鞞硡隱以砰磕。」《文選》李善注：「《字書》曰：砰，大聲也。《字指》曰：磕，大聲也。」

〔四五〕英華四句：《禮記·樂記》：「和順積中而英華發外，唯樂不可以爲僞。」《周禮·地官·鼓人》：「以雷鼓鼓神祀。」注：「雷鼓，八面鼓也。」

〔四六〕既而二句：《禮記·郊特牲》：「取膟膋燔燎，升首，報陽也。」注：「膟膋，腸間脂也。」挂罥，見卷五《茅屋爲秋風所破歌》(0235)注。《周禮·春官·大宗伯》：「以實柴祀日月星辰，以槱燎祀司中、司命、飌師、雨師。」注：「三祀皆積柴實牲體焉。」「鄭司農云：……實柴，實牛柴上也。」仇注：「此言祭時薦牲之禮。胜罥，謂納膟膋於牲腹而罥結之也。柴燎以達氣，窟塊以埋牲。」按，當是挂膟膋於火上而燔燎之。《宋高僧傳》卷一九《唐嵩岳閑居寺元珪傳》：「吾觀身無物，觀無常法窟塊，然更有何欲。」《外臺秘要》卷三一：「窟塊如雞子大者佳。」窟塊蓋指柴堆之狀。

〔四七〕騞砉二句：《莊子・逍遥游》：「砉然嚮然，奏刀騞然。」閻伯璵《河橋賦》：「竹筈其維，不虞於奔濤擘赫。」擘赫蓋擘裂義。此形容柴火燔燎之聲。木華《海賦》：「葩華踧沑，澒濘濞㵾。」《文選》李善注：「葩華，分散也。」葩斜義近之。晦潰，謂晦之潰之。柳公綽《太醫箴》：「謂天高矣，氛蒙晦之；謂地厚矣，横流潰之。」此形容烟霧升騰之狀。

〔四八〕電纏四句：拂勿，疑當作拂汨。《甘泉賦》：「帷弸彋其拂汨兮，稍暗暗而靚深。」《文選》李善注：「拂汨，鼓動之貌。」侹濙，當作涏濙。《玉篇》：「汫涏，小水貌也，漂流也。」《甘泉賦》：「梁弱水之濎濙兮，躡不周之逶蛇。」《文選》李善注：「濎濙，小水貌也。《字林》曰：濙，絶小水也。」涏濙同濎濙。朱鶴齡注：「蓯淬未詳，疑當作漎萃。」揚雄《羽獵賦》：「萃傱沇溶，淋離廓落。」《文選》李善注：「傱，走貌也。」左思《吴都賦》：「紵衣絺服，雜沓傱萃。」六臣注作「漎」。李善注同《羽獵賦》。劉良注：「漎，上；萃，集也。」四句形容其氣隨風上升，飄散四落。

〔四九〕聖慮二句：鮑照《舞鶴賦》：「去帝鄉之岑寂，歸人寰之喧卑。」《文選》李善注：「岑寂，猶高静也。」《易・坤・文言》：「夫玄黄者，天地之雜也，天玄而地黄。」

〔五〇〕蒼生二句：《詩・大雅・卷阿》：「顒顒卬卬，如圭如璋。」傳：「顒顒，温貌。卬卬，盛貌。」殷仲文《南州桓公九井作》：「爽籟驚幽律，哀壑叩虚牝。」仇注：「言風颯然而吹髮也。」

〔五一〕雷公四句：雷公，見卷四《喜雨》(0182)注。《莊子・秋水》：「秋水時至，百川灌河……於是焉河伯欣然自喜。」《太平御覽》卷一四引《聖賢記》：「馮夷，弘農潼鄉堤首里人，服八石得道，爲水仙河伯。又一説，華陰人，八月上庚日渡河溺死，天帝署爲河伯。」張衡《西京賦》：「衆鳥翩翻，群獸駓騃。」《文選》李善注：「薛君《韓詩章句》曰：趨曰駓，行曰騃。」《淮南子・天文訓》：「青女乃出，以降霜雪。」江妃，見卷四《桃竹杖引》（0202）注。張衡《南都賦》：「晻曖蓊蔚，含芬吐芳。」晻同暗。《文選》李善注：「言草木闇暝而茂盛也。」

〔五二〕執紱二句：《詩・邶風・簡兮》：「左手執籥，右手秉翟。」傳：「籥，六孔。翟，翟羽也。」朱鶴齡注改執籥。仇注謂紱或當作帗。《周禮・地官・舞師》：「帥而舞社稷之祭祀，教帗舞。」《禮記・明堂位》：「升歌清廟，下管象，朱干玉戚，冕而舞大武。」《隋書・音樂志》：「文舞六十四人……十六人執帗，十六人執旄。」「武舞六十四人……左執朱干，右執大戚，依朱干玉戚之文。」

〔五三〕鼓瑟二句：《詩・小雅・鹿鳴》：「我有嘉賓，鼓瑟吹笙。」《漢書・禮樂志》安世房中歌：「金支秀華，庶旄翠旌。」

〔五四〕神光二句：仇注：「神光忽斂，反歸太虚也。」《詩・小雅・楚茨》：「祝祭於祊，祀事孔明。」任昉《王文憲集序》：「斯固通人之所包，非虚明之絶境，不可窮者，其唯神用者乎？」

〔五五〕於是二句：木華《海賦》：「長波涾㴸，迤涎八裔。」《文選》李善注：「涾㴸，相重之貌。」《易・涣》：「九五，涣汗其大號。」注：「處尊履正，居巽之中，散汗大號，以盪險阸者也。」疏：「人遇險阸，驚怖而勞，則汗從體出，故以汗喻險阸也。」司馬相如《上林賦》：「酆鎬潦潏，紆餘委蛇，經營乎其内。」

〔五六〕浸朱崖二句：木華《海賦》：「南瀹朱崖，北灑天墟。」《後漢書·郡國志》合浦郡：「朱崖。」《水經注》温水：「王氏《交廣春秋》曰：朱崖、儋耳二郡，與交州俱開，皆漢武帝所置，大海中，南極之外，對合浦徐聞縣，清朗無風之日，逕望朱崖州，如囷廩大。從徐聞對渡，北風舉帆，一日一夜而至。周回二千餘里，徑度八百里。人民可十萬餘家，皆殊種異類，被髮雕身。」《淮南子·天文訓》：「日出於暘谷，浴於咸池，拂於扶桑。」謝莊《月賦》：「擅扶光於東沼，嗣若英於西冥。」《文選》李善注：「若英，若木之英也。《山海經》曰：灰野之山，有赤樹青葉，名曰若木，日之所入處。」

〔五七〕耆艾二句：《詩·魯頌·閟宫》：「俾爾昌而大，俾爾耆而艾。」《史記·樂書》：「樂之末節也，故童者舞之。」《易·坎·象》：「寘於叢棘。」疏：「寘於叢棘，謂囚執之處，以棘叢而禁之也。」揚雄《法言·吾子》：「狴犴使人多禮乎？」注：「獄也。」

〔五八〕是率土四句：《詩·小雅·北山》：「率土之濱，莫非王臣。」《史記·孝文本紀》：「酺五日。」索隱：「《説文》云：酺，王者布德大飲酒也。出錢爲醵，出食爲酺。」左思《吴都賦》：「涵泳乎其中。」《漢書·成帝紀》：「赦奉郊縣長安、長陵及中都官耐罪徒。」鮑照《玩月城西門廨中》：「休澣自公日，宴慰及私辰。」

〔五九〕玄澤二句：應貞《晉武帝華林園集詩》：「玄澤滂流，仁風潛扇。」《文選》李善注：「玄澤，聖恩也。」木華《海賦》：「泱漭澹泞，騰波赴勢。」《文選》李善注：「澹泞，澄深也。」《易·豫·象》：「先王以作樂崇德，殷薦之上帝，以配祖考。」疏：「用此殷盛之樂，薦祭上帝也。」

〔六〇〕稽古四句：《荀子·君道》：「雖在小民，不待合符節、別契券而信。」《後漢書·蘇竟傳》：「皆大運蕩除之祥，聖帝應符之兆也。」《謝夷吾傳》：「占天和地，與神合契。」《易·乾·文言》：「聖人作而萬物睹。」《莊子·大宗師》：「古之真人，不逆寡，不雄成，不謩士。」

〔六一〕爾乃二句：《書·周官》：「少師、少傅、少保曰三孤。」「六卿分職，各率其屬。」《漢書·百官公卿表》：「鄉有三老，有秩，嗇夫、游徼。三老掌教化。」

〔六二〕儼而二句：司馬相如《上林賦》：「前皮軒，後道游。」《文選》注：「文穎曰：皮軒，以虎皮飾車。」

〔六三〕燧人氏：見卷七《寫懷二首》（0327）注。

〔六四〕太昊四句：太昊氏，見《朝獻太清宮賦》（1457）注。《左傳》昭公十七年：「大皞氏以龍紀，故爲龍師而龍名。我高祖少皞摯之立也，鳳鳥適至，故紀於鳥，爲鳥師而鳥名。……青鳥氏，司啓者也。丹鳥氏，司閉者也。」《漢書·律曆志》：「太昊帝，《易》曰：炮犧氏之王天下也。言炮犧繼天而王，爲百王先，首德始於木，故爲帝太昊。」

〔六五〕洎虞夏二句：《論衡·佚文》：「漢興以來，傳文未遠，以所聞見，伍唐虞而什殷周，煥炳鬱鬱，莫盛於斯。」謝朓《和伏武昌登孫權故城》：「文物共葳蕤，聲明且葱蒨。」

〔六六〕秦失二句：《淮南子·要略》：「秦國之俗，貪狼强力，寡義而趨利。」《韓非子·存韓》：「諸侯可蠶食而盡。」《史記·秦始皇本紀》：「自繆公以來，稍蠶食諸侯，竟成始皇。」《高祖本紀》：「行前者還報曰：『前有大蛇當徑，願還。』高祖醉，曰：『壯士行，何畏？』乃前，拔劍擊斬蛇。

蛇遂分爲兩，徑開。……嫗曰：『吾子，白帝子也。化爲蛇，當道，今爲赤帝子斬之，故哭。』」《易·坤》：「龍戰於野，其血玄黄。」

〔六七〕中莽茫二句：《楚辭·九章·悲回風》：「穆眇眇之無垠兮，莽芒芒之無儀。」王逸注：「草木彌望，容貌盛也。」《漢書·息夫躬傳》：「方今丞相王嘉健而蓄縮，不可用。」注：「師古曰：蓄縮，謂忝於事也。」《書·太甲》：「皇天眷佑有商。」

〔六八〕伏惟三句：揚雄《長楊賦》：「分勢單于，磔裂屬國。」《莊子·徐无鬼》：「夫爲天下者，亦奚以異乎牧馬者哉！亦去其害馬者而已矣。」《周禮·夏官·庾人》：「以阜馬、佚特、教駣、攻駒及祭馬祖。」注：「攻駒，制其蹄齧者。」仇注：「磔裂，指六朝之亂。害馬，指殃民之主。」

〔六九〕呵五精二句：張衡《東京賦》：「辨方位而正則，五精帥而來摧。」《文選》薛綜注：「五精，五方星也。」李善注：「《孝經鈎命決》曰：宗祀文王於明堂，以配上帝五精之神。」《左傳》襄公二年：「子駟請息肩於晋。」杜預注：「欲辟楚役，以負擔喻。」《淮南子·詮言訓》：「君子行正氣，小人行邪氣。」《老子》二十七章：「善行，無轍跡。」

〔七〇〕協夫二句：《書·五子之歌》：「有典有則，貽厥子孫。」造命，此指祝禱之辭，亦指國之典儀。《周禮·春官·大祝》：「掌六祈以同鬼神示：一曰類，二曰造……作六辭以通上下親疏遠近：一曰祠，二曰命……」《宋書·禮志》：「豈獨大宋造命，必咸仍於晋舊哉。」司馬相如《封禪文》：「挈三神之歡，缺王道之儀。」《漢書》注：「應劭曰：挈，絶也。」桂馥《説文解字義證》：「忦，忽也，從心，介聲。《孟子》曰：孝子之心，不若是忦。……或借挈字。《封禪文》：挈三神之歡。又借契字。」

〔七一〕累聖二句：江淹《齊太祖高皇帝誄》：「昭政往藹，洗鑠前軌。」唐人指洗冤。宋之問《早發大庾嶺》：「皇明頗昭洗，廷議日紛惑。」仇注引謝朓詩「輕生幸昭灑」，謂洗通灑。似迂。班固《東都賦》：「往者王莽作逆，漢祚中缺。」《西都賦》：「窮虎奔突，狂兕觸蹶。」朱鶴齡注：「謂則天武后革唐爲周。」仇注：「造命，指高祖、太宗。累聖，指高宗、中、睿。觸蹶，指武、韋兩后。」按，累聖指唐諸帝。

〔七二〕氣慘黷二句：慘黷，見卷一《三川觀水漲二十韻》（0043）注。賈誼《鵩鳥賦》：「萬物回薄兮，振蕩相轉。」《漢書·五行志》：「傳曰：思心之不睿，是謂不聖。厥咎霿，厥罰恒風，厥極凶短折。時則有脂夜之妖，時則有華孽……一曰有脂物而夜爲妖，若脂水夜污人衣，淫之象也。一曰夜妖者，雲風並起而杳冥，故與常風同象也。」又：「傳曰：皇之不極，是謂不建，厥咎眊，厥罰恒陰，厥極弱。時則有射妖，時則有龍蛇之孽……陰氣動，故有龍蛇之孽。」仇注：「脂夜、龍蛇，皆女妖也。」

〔七三〕伏惟三句：《東觀漢記·馬援傳》：「黠羌欲旅拒。」徐陵《爲護軍長史王質移文》：「且氐羌旅拒，已跨伊瀍。」《白虎通義》卷三：「十二月律謂之大吕何？大，太也。吕者，拒也。言陽氣欲出，陰不許也。吕之爲言拒者，旅抑拒難之也。」

〔七四〕尊卑二句：顔延之《赭白馬賦》：「旦刷幽燕，晝秣荆越。」《文選》李善注：「《説文》曰：刷，刮也。」

〔七五〕插紫極二句：潘岳《西征賦》：「厭紫極之閑敞，甘微行以游盤。」《文選》李善注：「紫極，星名，王者爲宫以象之。」插，猶言樹立。　蕭撝《上蓮山》：「挂流遥似鶴，插石近如龍。」陸機《文賦》：「詠世德之駿烈，誦先人之清芬。」

〔七六〕聯祖宗二句：《書·立政》：「以覲文王之耿光。」王褒《洞簫賦》：「聯綿漂撇，生微風兮。」《文選》李善注：「漂撇，餘響少騰相擊之貌。」

〔七七〕蓋九五四句：《易·乾》：「九五，飛龍在天，利見大人。」《三國志·蜀書·先主傳》：「《易》乾九五飛龍在天，大王當龍升，登帝位也。」揚雄《解嘲》：「家家自以爲稷契，人人自以爲咎繇。」

〔七八〕王綱二句：《漢書·刑法志》：「此皆法令稍近古而便民者也。」《易·繫辭下》：「天地之道，貞觀者也。」注：「明夫天地萬物，莫不保其貞，以全其用也。」疏：「謂天覆地載之道，以貞正得一，故其功可爲物之所觀也。」

〔七九〕蠢爾二句：《詩·小雅·采芑》：「蠢爾蠻荆，大邦爲讎。」《漢書·王吉傳》：「上下僭差。」《荀子·非相》：「欲觀聖王之跡，則於其粲然者矣，後王是也。」

〔八〇〕宜其二句：《漢書·律曆志》：「課諸曆疏密，凡十一家。」「非黄鐘而他律，雖當其月自宫者，則其和應之律有空積忽微，不得其正。」注：「孟康曰：十二月之氣，各以其月之律爲宫，非五音之正，則聲有高下差降也。空積，若鄭氏分一寸爲數千。」班固《兩都賦序》：「至於武宣之世，乃崇禮官，考文章，内設金馬石渠之署，外興樂府協律之事，以興廢繼絶，潤色鴻業。」朱鶴齡注引《新唐書·王勃傳》勃作《唐家千歲曆》，謂王者乘土王，世五十，數盡千年，自黄帝至漢，五運適周，土復歸唐，唐應繼周漢。此云「刊定於興廢繼絶」，蓋主子安之説。按，此言修造曆法，王勃蓋專據五德爲説。

〔八一〕而後四句：《漢書·律曆志》統術：「推日月元統，置太極上元以來，外所求年，盈元法除之。餘不盈統者，則天統甲子以來年數也。盈統，除之，餘則地統甲辰以來年數也。又盈統，除之，餘則人統甲申以來年數也。各以其統首日爲紀。……推正月朔，以月法乘積月，盈日法得一，名曰積日，不盈者名曰小餘。小餘三十八以上，其月大。積日盈六十，除之，不盈者名曰大餘。數從統首日起算，算外，則朔日也。」王先謙《補注》引錢大昕曰：「一月二十九日，又八十一分日之四十三。以月法乘積月者，每日通爲八十一分加小餘四十三也。盈日法得一者，以每月所積之餘分，收爲整日。其有不盈者，則月前所積之小餘，即合朔所命時刻也。小餘三十八，加月小餘四十三，則滿八十一而成日。故其月大也。大餘者六十甲子之餘，小餘者日法之餘。大餘以命日，算外爲日，如甲子統内第一章，積日六千九百三十九，滿六十去之，大餘三十九。自甲子至壬寅，盡三十九日。知次章首癸卯朔也。」又董祐誠《三統術衍補》：「於入統至所求前一年之積日數内，盈六十日則干支一周，除去之。除去之餘，不盈六十謂之大餘者，餘分謂之小餘，故餘日謂之大餘也。大餘第一日，與入統第一日之干支同。若入天統，天統第一日甲子，則大餘第一日亦甲子也。若入地統，地統第一日甲辰，則大餘第一日亦甲辰也。如入人統，人統第一日甲申，則大餘第一日亦甲申也。數盡大餘之日，其外一日即所求年正月朔之干支也。」三統曆以十九年七置閏爲一章，八十一章爲一統，天、地、人三統爲一元。據統術推某年天正朔日，用六十（干支一周數）除積日，餘數（大餘）首日干支與統首日干支同。算外是指此餘數外一日，纔是朔日干支。《史記・呂不韋列傳》：「呂不韋乃使其客著所聞……號曰《呂氏春秋》。布咸陽市門，懸千金其上，延諸侯游士賓客有增損一字者予千金。」《舊唐書・曆志》：「開元中，僧一行精諸家曆法，言《麟德曆》行用既久，晷緯漸差。宰相張説言之，玄宗召見，令造新曆。遂與星官梁令瓚先造《黄道游儀圖》，考校七曜行度，准《周易》大衍之數，别成一法，行用垂五十年。……近代精數者，皆以淳風、一行之法，歷千古而無差。」朱鶴齡注：「課密以下，蓋指此而言也。」

〔八二〕昊天二句：《詩・周頌・昊天有成命》序：「昊天有成命，郊祀天地也。」五聖，見卷九《冬日洛城北謁玄元皇帝廟》(0409)注。

〔八三〕我其二句：《詩・大雅・烝民》：「夙夜匪解，以事一人。」《莊子・馬蹄》：「同乎無欲，是謂素樸。素樸而民性得矣。」

〔八四〕于嗟乎二句：《詩・周南・麟之趾》：「麟之趾，振振公子，于嗟麟兮。」《禮記・禮運》：「鳳皇麒麟皆在郊棷，龜龍在宫沼。」《漢書・武帝紀》詔：「麟鳳在郊藪，河洛出圖書。」

〔八五〕豈上帝二句：《書・微子》：「降監殷民。」班固《東都賦》：「上帝懷而降監，乃致命於聖皇。」《漢書》作「降鑒」。《書・仲虺之誥》：「垂裕後昆。」

〔八六〕夫聖以二句：《莊子・天地》：「夫聖人鶉居而鷇食，鳥行而無彰。」郭象注：「鶉居謂無常處也。」「鷇食者言仰物而足也。」《老子》五章：「天地不仁，以萬物爲芻狗。聖人不仁，以百姓爲芻狗。」

〔八七〕今何以二句：八極，見卷三《鳳凰臺》(0151)注。《書·顧命》：「眇眇予末小子。」《舜典》：「覲四岳群牧，班瑞於群后。」

〔八八〕端策二句：《楚辭·卜居》：「詹尹乃端策拂龜，曰君將何以教之。」《淮南子·説林訓》：「卜者操龜，筮者端策。」《列子·黄帝》：「縞衣乘軒，緩步闊視。」

〔八九〕金馬四句：《漢書·郊祀志》：「或言益州有金馬碧雞之神，可醮祭而致，於是譴諫大夫王褒使持節而求之。」《晋書·輿服志》：「及過江，服章多闕，而冕飾以翡翠珊瑚雜珠。」

〔九〇〕奉郊廟二句：《書·冏命》：「怵惕惟厲，中夜以興。」《益稷》：「予思日孜孜。」傳：「言己思日孜孜不怠，奉承臣功而已。」

〔九一〕況大庭二句：大庭氏，見卷六《同元使君春陵行》(0276)注。《易·乾·彖》：「時乘六龍以御天。」

進封西岳賦表

臣甫言：臣本杜陵諸生，年過四十，經術淺陋。進無補於明時，常困於衣食①，蓋長安一匹夫耳。頃歲國家有事於郊廟，幸得奏賦，待制於集賢，委學官試文章。再降恩澤，乃猥以臣名實相副②，送隸有司，參列選序。然臣之本分，甘弃置永休，望不及此③。豈意頭白之後，竟以短篇隻字，遂曾聞徹宸極，一動人主。是臣無負於少小多病④，貧窮好學者已⑤。在臣光榮，雖死萬足。至於仕進，非敢望也⑥。日夜憂迫，伏未知何以上答聖慈⑦，明臣子之効。況臣常有肺氣之疾，忽恐復先草露⑧，塗糞土，而所懷冥寞，孤負皇恩⑨。敢攄竭憤懣，願略不則⑩〔一〕，作《封西岳賦》一首以勸，所覬明主覽而留意焉。先是御製岳碑文之卒章曰：「待余安人治國⑪，然後徐思其事。」〔二〕此蓋陛下之至謙也。今茲人安是已⑫，今茲國富是已，況符瑞翕習⑬，福應交至，何翠華之脈脈乎！維岳固陛下本命，以永嗣業⑭〔三〕。維岳授陛下元弼，克生司空〔四〕。斯又不可寢已⑮，伏惟天子霈然留意焉。春將披圖視典，冬乃展采錯事〔五〕。日尚浩闊，人匪勞止，庶可試哉。微臣不任區區懇到之極⑯，謹詣延恩匭獻納，奉表進賦以聞。臣甫誠惶誠恐，頓首頓首。謹言。（1460）

【校】

①常，錢箋作「退常」。

②乃，《文苑英華》作「仍」。

③望，《文苑英華》作「始望」。
④少小，《文苑英華》作「文少」，校：「集作少小。」
⑤已，《文苑英華》作「也」，校：「集作已。」
⑥敢，《文苑英華》作「所」，校：「集作敢。」
⑦伏，錢箋、《文苑英華》作「復」。
⑧忽恐，錢箋、《文苑英華》作「恐忽」。
⑨孤負，《文苑英華》作「實孤負」。
⑩願，宋本校：「一作領。」錢箋、《文苑英華》作「領」。
⑪余，《文苑英華》作「予」。　治，《文苑英華》作「富」。
⑫已，《文苑英華》作「也」，校：「集作已。」下句同。
⑬習，錢箋作「集」。
⑭永，《文苑英華》校：「一作承。」
⑮已，《文苑英華》作「也」，校：「集作已。」
⑯到，《文苑英華》作「禱」。

【注】

黄鶴《年譜辨疑》：天寶十三載（七五四）甲午，按《舊史》是年二月戊寅楊國忠守司空，餘如故。而

《進封西岳賦表》云「維岳授陛下元弼，克生司空」，又云「頃歲有事於郊廟，幸得奏賦，待制於集賢……送隸有司，參列選序」，則進《封西岳賦》當在是年。蓋未授河西尉也。魯《譜》云此賦當在未封西岳前，而《紀》封華岳在九載，又當考也。魯蓋不考九載廟災及旱，詔停封。

〔一〕敢攄二句：《書·康誥》：「勿用非謀非彝蔽時忱，丕則敏德。」傳：「斷行是誠道，大法敏德。」

〔二〕先是三句：玄宗《西岳太華山碑序》：「十有一載，孟冬之月，步自京邑，幸於洛師，停鑾廟下，清眺仙掌。……久勤報德之願，未暇封崇之禮。」

〔三〕維岳二句：《舊唐書·禮儀志》：「玄宗乙酉歲生，以華岳當本命，先天二年七月正位，八月癸丑，封華岳神爲金天王。開元十年，因幸東都，又於華岳祠前立碑，高五十餘尺。又於岳上置道士觀，修功德。至天寶九載，又將封禪於華岳，命御史大夫王鉷開鑿險路以設壇場，會祠堂災而止。」玄宗《西岳太華山碑序》：「予小子之生也，歲景戌，月仲秋，膺少昊之盛德，協太華之本命。故常寤寐靈岳，肸蠁神交。」

〔四〕維岳二句：《舊唐書·玄宗紀》：「（天寶十三載二月）戊寅，右相兼文部尚書楊國忠守司空，餘如故。甲申，司空楊國忠受册。」

〔五〕春將二句：司馬相如《封禪文》：「而後因雜搢紳先生之略術，使獲燿日月之末光，以展寀錯事。」《文選》李善注：「《漢書音義》曰：寀，官也。使諸儒記功著業，得睹日月末光殊絶之明，以展其官職，設錯事業也。」《漢書》作「展采」。

封西岳賦并序

上既封太山之後①，三十年間，車轍馬跡至于太原，還于長安〔一〕。時或謁太廟，祭南郊，每歲孟冬巡幸温泉而已。聖主以爲王者之體，告厥成功，止於岱宗可矣〔二〕。故不肯到崆峒，訪具茨，驅八駿於崑崙，親射蛟於江水，始爲天子之能事壯觀焉爾〔三〕。況行在供給，蕭然煩費，或至作歌有慚於從官，誅求坐殺於長吏，甚非主上執玄祖醇濃之道②，端拱御蒼生之意〔四〕。大哉聖哲，垂萬代則，蓋上古之君皆用此也。然臣甫愚，竊以古者疆場有常處，贊見有常儀。則備乎玉帛，而財不匱乏矣；動乎車輿，而人不愁痛矣。雖東岱五岳之長，足以勒崇垂鴻，與山石無極〔五〕。伊太華最爲難上，至於封禪之事，獨軒轅氏得之。七十二君③，罕能兼之矣〔六〕。其餘或蹶踣風雲，碑版祠廟，終么麽不足追數〔七〕。今聖主功格軒轅氏，業纂七十君。風雨所及，日月所照，莫不砥礪。華，近甸也，其可恧乎〔八〕？比歲鴻生巨儒之徒，誦古史，引時義云④：國家土德與黄帝合，主上本命與金天合。而守闕者亦百數。天子寢不報，蓋謙如也。頃或詔厥郡國，掃除曾巔。雖翠蓋可薄乎蒼穹，而銀字未藏於金氣〔九〕。臣甫誠薄劣，不勝區區吟咏之極，故作《封西岳賦》以勸。賦之義預述上將展禮焚柴者，實覬聖意因有感動焉。爲其詞曰：

惟時孟冬，百工乃休〔一〇〕。上將陟西岳，覽八荒〔一一〕。御白帝之都，見金天之王〔一二〕。既刊石乎岱宗，又合符乎軒皇〔一三〕。兹事體大，越不可載已〔一四〕。先是禮官草具其儀，各有典司。俯叶吉日，欽若神祇〔一五〕。而千乘萬騎，已蠖略佁儗。屈矯陸離，唯君所之〔一六〕。然後拭翠鳳之駕，開日月之旗〔一七〕。撞鴻鐘，發雷輜〔一八〕。辨格澤之修竿，決河漢之淋漓〔一九〕。彍天狼之威弧，墜魍魎之霏霏〔二〇〕。赤松前驅，彭祖後馳〔二一〕。方明夾轂，昌寓侍衣〔二二〕。山靈秉鉞而踉蹡，海若護蹕而參差〔二三〕。風馭冉以縱⿰山雙，雲螭縒而遲蚭〔二四〕。地軸軋軋，殷以下折；原隰草木，儼而東飛〔二五〕。岐梁閃倏，涇渭反覆〔二六〕。而天府載萬侯之玉，尚方具左纛黄屋，已焜煌於山足矣〔二七〕。乘輿尚鳴鑾輿⑤，儲精澹慮〔二八〕。華蓋之大角低回，北斗之七星皆去〔二九〕。届蒼山而信宿〔三〇〕，屯絶壁之清曙。既臻夫陰宮，犀象硉兀，戈鋋悉窣。飄飄蕭蕭，洶洶如也〔三一〕。於是太一抱式，玄冥司直〔三二〕。天子乃宿祓齋，就登陟。騂素虬，超崱屴〔三三〕。天語秘而不可知，代欲聞而不可得〔三四〕。柴燎上達，神光充塞〔三五〕。泥金乎菡萏之南，刻石乎青冥之北〔三六〕。上意由是茫然，延降天老，與之相識〔三七〕。問太微之所居，稽上帝之遺則〔三八〕。颯弭節以徘徊，撫八紘而黝黑〔三九〕。忽風翻而景倒，澹殊狀而異色〔四〇〕。冏若褰袪開帷⑥，下辨宸極者久之〔四一〕。雲氣蓊以回複，山呼業而未息〔四二〕。祀事孔明，有嚴有翼。神保是格，時萬時億〔四三〕。爾乃駐飛龍之秋秋，詔王屬以中休〔四四〕。覲羣后於高掌之下，張大樂於洪河之洲〔四五〕。芬樹羽林，莽不可收〔四六〕。千人舞，萬人謳。騏驎踆踆而在郊，鳳皇蔚跋而來游〔四七〕。雷公伐鼓而揮汗，地祇被震而悲愁〔四八〕。樂師拊石而具發，激越乎遐陬〔四九〕。羣山爲之相嵊〔五〇〕，萬穴爲之倒流，又不可得載已。久而景移樂闋，上悠然垂思〔五一〕，曰：嗟乎！余昔歲封太山，禪梁父。以爲王者成功，已纂終古〔五二〕。嘗覽前史，至於周穆漢武。豫游寥闊，亦所不取。惟此西岳，作鎮三輔，非無意乎〔五三〕？頃者猶恐百姓不足，人所疾苦。未暇瘞斯玉帛，考乃鍾鼓〔五四〕。是以視岳於諸侯，錫神以茅土〔五五〕。豈雄壯設險於甸服⑦，報西成之農扈。亦所以感一念之精靈，答應時之風雨者矣〔五六〕。今茲冢宰庶尹，醇儒碩生〔五七〕，僉曰黄帝顓頊，乘龍游乎四海，發軔匝乎六合，竹帛有云〔五八〕。得非古之聖君，而泰華最爲難上，故封禪之事，鬱没罕聞〔五九〕？以余在位，發祥隤祉者，焉可勝紀，而不得已〔六〇〕。遂建翠華之旗，用塞雲臺之議〔六一〕。矧乎殊方奔走，萬國皆至；玄元從助，清廟歔欷也〔六二〕。臣甫董乎蹈之曰⑧：大哉爍乎！真天子之表，奉天爲子者已〔六三〕。不然，何數千萬載，獨繼軒轅氏之美；彼七十二君，又疇能臻此〔六四〕。蓋知明主聖罔不克正，功罔不克成〔六五〕。放百靈，歸華清〔六六〕。（1461）

【校】

①太，錢箋作「泰」。下文同。

②濃，錢箋作「醲」。

③七十二，錢箋其上有「夫」字。

④時，錢箋校：「吕作詩。」

⑤輿，錢箋作「和」。

⑥開，宋本作「間」，據錢箋改。

⑦雄，錢箋作「唯」。

⑧董乎蹈之，錢箋作「舞手蹈足」。

【注】

〔一〕上既封四句：《舊唐書・玄宗紀》：「（開元十三年）十一月丙戌，至兖州岱宗頓。……庚寅，祀昊天上帝於上壇，有司祀五帝百神於下壇。……辛卯，祀皇地祇於社首。」「（十一年正月）己巳，北都巡狩。……上親製《起義堂頌》及書，刻石紀功於太原府之南街。戊申，次晋州。……壬子，祠后土於汾陰之脽上。」「（二十年十月）辛丑，至北都。……十一月庚午，祀后土於脽上。」

〔二〕聖主三句：《書・禹貢》：「禹錫玄圭，告厥成功。」《史記・封禪書》：「自古受命帝王，曷嘗不封禪？蓋有無其應而用事者矣，未有睹符瑞見而不臻乎泰山者也。」

〔三〕故不肯五句：《莊子・在宥》：「黄帝立爲天子十九年，令行天下，聞廣成子在於空同之山，故往見之。」參卷二《洗兵馬》（0090）注。具茨，見卷一五《夔府書懷四十韻》（1056）注。八駿，見卷一《驄馬行》（0039）注。《漢書・武帝紀》：「自尋陽浮江，親射蛟江中，獲之。」

〔四〕況行在六句：《舊唐書・禮儀志》：「貞觀六年，平突厥，年穀屢登，群臣上言請封泰山。太宗曰：『……昔秦始皇自謂德洽天心，自稱皇帝，登封岱宗，奢侈自矜。漢文帝竟不登封，而躬行儉約，刑措不用。今皆稱始皇爲暴虐之主，漢文爲有德之君。以此而言，無假封禪。』……秘書監魏徵曰：『隋末大亂，黎民遇陛下，始有生望。養之則至仁，勞之則未可。升中之禮，須備千乘萬騎，供帳之費，動役數州。户口蕭條，何以能給？』太宗深嘉徵言，而中外章表不已。」

〔五〕雖東岱三句：揚雄《河東賦》：「因兹以勒崇垂鴻，發祥隤祉。」《漢書》注：「師古曰：勒崇名而垂鴻業也。」

〔六〕伊太華四句：司馬相如《封禪文》：「續昭夏，崇號謚，略可道者七十有二君。……軒轅之前，遐哉邈乎，其詳不可得聞也。」《史記·封禪書》：「管仲曰：古者封泰山禪梁父者七十二家，而夷吾所記者十有二焉。……黄帝封泰山，禪亭亭。」軒轅氏謂黄帝。

〔七〕其餘三句：班彪《王命論》：「又況麽麽不及數子，而欲闇奸天位者虖。」《漢書》注：「師古曰：麽麽，皆微小之稱也。」

〔八〕其可恧乎：《漢書·鄭崇傳》哀帝詔：「惟念德報未殊，朕甚恧焉。」《方言》：「山之東西，自愧曰恧。」

〔九〕雖翠蓋二句：《白虎通義·封禪》：「或曰封者，金泥銀繩。或曰石泥金繩，封以印璽。」《舊唐書·禮儀志》：「（開元十三年）祀昊天上帝於山上封臺之前壇……山上作圓臺四階，謂之封壇。臺上有方石再纍，謂之石䃭。玉牒玉策，刻玉填金爲字，各盛以玉匱，束以金繩，封以金泥，皇帝以受命寶印之。納二玉匱於䃭中，金泥䃭際，以天下同文之印封之。」

〔一〇〕惟時二句：《禮記·月令》：「季秋之月……霜始降，則百工休」；「孟冬之月……臘先祖五祀，勞農以休息之。」

〔一一〕上將二句：揚雄《河東賦》：「上乃……登歷觀，陟西岳以望八荒。」

〔一二〕御白帝二句：《史記·封禪書》：「秦襄公既侯，居西垂，自以爲主少皞之神，作西畤，祠白帝。」

《天中記》卷八引《洞天記》：「華山名太極總仙之天，即少昊爲白帝，治西岳。上應井鬼之精，下鎮秦地之分野。」《舊唐書·禮儀志》：「玄宗乙酉歲生，以華岳當本命，先天二年七月正位，八月癸丑，封華岳神爲金天王。」

〔一三〕既刊石二句：《漢書·郊祀志》：「然風后、封巨、岐伯令黄帝封東泰山，禪凡山，合符，然後不死。」

〔一四〕兹事二句：司馬相如《難蜀父老》：「然斯事體大，固非觀者之所覯也。」《河東賦》：「盛哉鑠乎，越不可載已。」《漢書》注：「師古曰：越，曰也。」

〔一五〕俯叶二句：《書·堯典》：「欽若昊天。」

〔一六〕而千乘四句：蠖略，見《有事于南郊賦》(1459)注。司馬相如《大人賦》：「沛艾赳螑仡以佁儗兮，放散畔岸驤以孱顔。」《漢書》注：「張揖曰：佁儗，不前也。」屈矯，見《朝獻太清宫賦》(1457)注。揚雄《甘泉賦》：「聲駍隱以陸離兮，輕先疾雷而馺遺風。」《文選》李善注：「《廣雅》曰：陸離，參差也。」

〔一七〕然後二句：《河東賦》：「乃撫翠鳳之駕，六先景之乘。」《周禮·春官·巾車》：「建大常。」注：「大常，九旗之畫日月者。」

〔一八〕撞鴻鐘二句：《河東賦》：「奮電鞭，驂雷輜，鳴洪鐘，建五旗。」《漢書》注：「師古曰：輜，衣車也。《淮南子》云：電以爲鞭策，雷以爲車輪。故雄用此言也。」

〔一九〕辨格澤二句：《大人賦》：「建格澤之修竿兮，總光燿之采旄。」《漢書》注：「張揖曰：格澤之氣如炎火狀，黄白色，起地，上至天，下大上鋭。」

〔二〇〕彍天狼二句：《河東賦》：「掉奔星之流旃，彏天狼之威弧。」《漢書》注：「晋灼曰：有狼弧之星也。師古曰：彏，急張也。音钁。」彍當作彏。威弧，見卷二《送樊二十三侍御赴漢中判官》（0086）注。

〔二一〕赤松二句：《列仙傳》卷上：「赤松子者，神農時雨師也。服水玉以教神農，能入火不燒。」又：「彭祖者，殷大夫也。姓籛名鏗，帝顓頊之孫，陸終氏之中子。歷夏至殷末八百餘歲，常食桂芝，善導引行氣。歷陽有彭祖仙室，前世禱請風雨，莫不輒應。常有兩虎在祠左右，祠訖，地即有虎跡云。後升仙而去。」

〔二二〕方明二句：《莊子·徐无鬼》：「黄帝將見大隗乎具茨之山，方明爲御，昌寓驂乘。」曹植《洛神賦》：「鯨鯢涌而夾轂，水禽翔而爲衛。」

〔二三〕山靈二句：班固《東都賦》：「山靈護野，屬御方神。」《詩·商頌·長發》：「武王載旆，有虔秉鉞。」潘岳《射雉賦》：「褰微罟以長眺，已踉蹌而徐來。」《文選》李善注：「踉蹌，乍行乍止，不迅疾之貌也。」踉蹌又作踉蹡。張衡《西京賦》：「海若游於玄渚，鯨魚失流而蹉跎。」《文選》薛綜注：「海若，海神。」揚雄《甘泉賦》：「八神奔而警蹕兮，振殷轔而軍裝。」護蹕同扈蹕。參卷六《壯游》（0295）「警蹕」注。

〔二四〕風馭二句：《甘泉賦》：「凌高衍之嵱嵷兮，超紆序之清澄。」《文選》注：「李奇曰：嵱音踴，嵷音竦。如淳曰：嵱嵷，上下衆多貌。」《古今韻會舉要》：「嵷，嵱嵷，山峰貌。或作嵸。」引《甘泉賦》及杜賦。《正字通》：「嵏，息勇切，音涑。山峰貌。嵏與嵸音義通。舊本誤分爲二。」郭璞《游仙詩》：「雖欲騰丹谿，雲螭非我駕。」《玉篇》：「縒，且各切，參縒也。亦作錯。」王延壽《魯靈光殿賦》：「虬龍騰驤以蜿蟺，貪若動而躨跜。」《文選》李善注：「躨跜，動貌。」此作遲跜，未詳。

〔二五〕地軸四句：地軸，見卷一《三川觀水漲二十韻》(0043)注。軋軋，見《有事于南郊賦》(1459)注。班固《西都賦》：「溝塍刻鏤，原隰龍鱗。」仇注：「地軸下折，狀車騎之多。草木東飛，言順風相向。」

〔二六〕岐梁二句：《漢書·郊祀志》：「郂梁豐鎬之間，周舊居也。」注：「師古曰：梁山在岐山之東，九嵕之西，非夏陽之梁山也。郂，古岐字。」

〔二七〕而天府三句：《周禮·地官·鄉大夫》：「登於天府。」注：「天府，掌祖廟之寶藏者。」《左傳》哀公七年：「禹合諸侯於塗山，執玉帛者萬國。」尚方，見卷一五《七月一日題終明府水樓二首》(1028)注。《唐六典》卷二二少府監：「光宅元年改爲尚方監，神龍元年復舊。」《史記·項羽本紀》：「紀信乘黄屋車，傅左纛。」正義：「李斐云：天子車以黄繒爲蓋裹。」集解：「李斐曰：纛，毛羽幢也。在乘輿車衡左方上注之。蔡邕曰：以犛牛尾爲之，如斗，或在騑頭，或在衡上也。」

〔二八〕乘輿二句：鑾輿，見卷一〇《得家書》(0499)注。《甘泉賦》：「澄心清魂，儲精垂恩。」《淮南子·原道訓》：「大丈夫恬然無思，澹然無慮。」謝靈運《石壁精舍還湖中作》：「慮澹物自輕，意愜理無違。」

〔二九〕華蓋二句：華蓋，見《有事于南郊賦》(1459)注。仇注：「蓋低回，言御蓋尚留。星皆去，謂旌旗屏去也。」

〔三〇〕信宿：見卷一五《秋興八首》(1100)注。

〔三一〕既臻五句：《河東賦》：「遂臻陰宫，穆穆肅肅，蹲蹲如也。」《漢書》注：「師古曰：陰宫，汾陰之宫也。」《史記・封禪書》：「縱遠方奇獸蜚禽及白雉諸物，頗以加禮。兕牛犀象之屬不用。」硉兀，見卷二《瘦馬行》(0073)注。戈鋋，見卷九《喜聞官軍已臨賊寇二十韻》(0495)注。悉窣，同窸窣。見卷一《自京赴奉先縣詠懷五百字》(0041)注。揚雄《羽獵賦》：「洶洶旭旭，天動地岋。」《文選》李善注：「洶洶旭旭，鼓動之聲也。」

〔三二〕於是二句：太一，見《朝獻太清宫賦》(1457)注。《周禮・春官・大史》：「大師，抱天時，與大師同車。」注：「鄭司農云：大出師，則大史主抱式，以知天時，處吉凶。」疏：「云抱式者，據當時占文謂之式，以其見時候有法式，故謂載天文者爲式。」玄冥，見卷六《又上後園山脚》(0300)注。《詩・鄭風・羔裘》：「彼其之子，邦之司直。」

〔三三〕天子四句：《史記・周本紀》：「周公乃祓齋。」正義：「祓謂除不祥求福也。」《甘泉賦》：「駟蒼螭兮六素虬。」王延壽《魯靈光殿賦》：「崱屴嵫釐，岑崟崰嶷。」《文選》李善注：「皆峻嶮之貌。」

〔三四〕天語二句：《漢書・郊祀志》：「封泰山下東方，如郊祠泰一之禮。封廣丈二尺，高九尺，其下皆有玉牒書，書秘。禮畢，天子獨與侍中奉車子侯上泰山，亦有封。其事皆禁。」

〔三五〕柴燎二句：柴燎，見《有事于南郊賦》(1459)注。神光，見《朝獻太清宮賦》(1457)注。

〔三六〕泥金二句：泥金，見前注。朱鶴齡注：「菡萏，謂華山有蓮花峰。」《史記・封禪書》：「歷泰山，至會稽，皆禮祠之，而刻勒始皇所立石書旁，以章始皇之功德。」

〔三七〕上意三句：《韓詩外傳》卷八：「黃帝即位……乃召天老而問之，曰：『鳳象何如？』」《列子・黃帝》：「黃帝既寤，怡然自得，召天老、力牧、太山稽。」

〔三八〕問太微二句：《史記・天官書》：「衡，太微，三光之廷。」索隱：「宋均曰：太微，天帝南宮也。」

〔三九〕颯弭節二句：《楚辭・離騷》：「吾令羲和弭節兮，望崦嵫而勿迫。」王逸注：「弭，按也。按節，徐步也。」《淮南子・墬形訓》：「八紘之外，乃有八極。」《玉篇》：「黕，釜底黑也。」

〔四〇〕忽風二句：《抱朴子・微旨》：「控飛龍而駕慶雲，凌流電而造倒景。」

〔四一〕冏若二句：支遁《五月長齋詩》：「浩若驚飆散，冏若揮夜光。」冏同炯。《西都賦》：「建華旗，袪黼帷。」《文選》注：「高誘《淮南子注》曰：袪，舉也。」《説文》：「袪，衣袂也。從衣，去聲。一曰袪褏也。褏者褎也。袪，尺二寸。」段注：「袪得訓抱，故或曰藏去，或曰弆，或曰袪，皆其義也。」按，衣袂不當言褰，杜用《西都賦》語蓋有混淆。

〔四二〕雲氣二句：潘岳《西征賦》：「吐清風之飂戾，納歸雲之鬱蓊。」《文選》吕向注：「鬱蓊，雲貌。」《史記・封禪書》：「禮登中岳太室。從官在山下聞若有言萬歲云。問上，上不言；問下，下不言。」《册府元龜》卷三六《帝王部・封禪》：「乾封元年正月戊辰朔，有事於泰山。……丙戌，發自泰山，改號封祀壇爲舞鶴臺，介丘壇爲萬歲臺，降神壇爲景雲臺，以祀日各有靈鶴及山呼萬歲之瑞故也。」《舊唐書·玄宗紀》：「燎發，群臣稱萬歲，傳呼自山頂至岳下，震動山谷。」司馬相如《上林賦》：「嵯峨嶕嶫，刻削崢嶸。」《文選》李周翰注：「嵯峨嶕嶫，高貌。」《廣韻》：「嶫，岌嶫，山貌。」

〔四三〕祀事四句：《詩·小雅·楚茨》：「祝祭于祊，祀事孔明。先祖是皇，神保是饗。」傳：「保，安也。」箋：「先祖以孝子祀禮甚明之故，精氣歸旺之，其鬼神又安而享其祭祀。」《小雅·六月》：「有嚴有翼，共武之服。」傳：「嚴，威嚴也。翼，敬也。」《楚茨》：「永錫爾極，時萬時億。」箋：「是萬是億，言多無數。」

〔四四〕爾乃二句：《荀子·解蔽》：「《詩》曰：鳳凰秋秋，其翼若干。」楊倞注：「秋秋，猶蹌蹌。」《羽獵賦》：「啾啾蹌蹌。」《文選》李善注：「郭璞《三蒼解詁》曰：啾啾，衆聲也。啾或爲秋。《楚辭》曰：鳴玉鸞之啾啾。」《穆天子傳》卷一：「天子以寒之故，命王屬休。」張衡《思玄賦》：「速燭龍令執炬兮，過鍾山而中休。」

〔四五〕覲羣后二句：張衡《西京賦》：「桃林之塞，綴以二華。巨靈贔屓，高掌遠蹠。」《文選》薛綜注：「華，山名也。……古語云：此本一山，當河水過而曲行，河之神以手擘開其上，足蹋離其下，中分爲二，以通河流。手足之跡，於今尚在。」王涯《太華山仙掌辯》：「西岳太華，華之首峰，有五崖比甃破岩而列，自下遠望，偶爲掌形。舊俗土記之傳者皆曰：昔河自積石出而東流，既越龍門，遂南馳者千數百里，折波左旋，將走東溟，連山壅不得去，有巨靈於此，力擘而剖其中，蹠而北者爲首陽，絶而南者爲太華，河自此泄，茫洋下馳。故其掌跡猶存，巨靈之跡也。」班固《西都賦》：「右界褒斜隴首之險，帶以洪河涇渭之川。」
〔四六〕芬樹二句：《漢書·禮樂志》安世房中歌：「芬樹羽林，雲景杳冥。」注：「師古曰：言所樹羽葆，其盛若林，芬然衆多。」
〔四七〕騏驎二句：踆踆，見卷一《奉贈韋左丞丈二十二韻》(0001)注。《禮記·禮運》：「鳳凰麒麟皆在郊棷。」朱鶴齡注：「踆，疑作跂。《舞劍行序》：壯其蔚跂。」
〔四八〕雷公二句：雷公，見卷四《喜雨》(0182)注。司馬相如《封禪文》：「修禮地祇，謁款天神。」
〔四九〕樂師二句：《書·舜典》：「予擊石拊石，百獸率舞。」傳：「拊亦擊也。」《西都賦》：「鼓吹震，聲激越。」左思《吴都賦》：「其荒陬譎詭，則有龍穴内蒸。」《文選》劉逵注：「陬，四隅，謂邊遠也。」
〔五〇〕羣山句：《增修禮部韻略》：「崍，山相摩貌。」
〔五一〕久而二句：潘岳《笙賦》：「酒酣徒擾，樂闋日移。」
〔五二〕余昔歲四句：《史記·封禪書》：「古者封泰山禪梁父者七十二家。」正義：「《括地志》云：梁父在兖州泗水縣北八十里。」
〔五三〕惟此三句：《周禮·夏官·職方氏》：「河南曰豫州，其山鎮曰華山。」張衡《西京賦》：「澶漫靡迤，作鎮於近。」三輔，見卷一五《覽物》(1037)注。
〔五四〕未暇二句：《禮記·祭法》：「瘞埋於泰折，祭地也。」《禮運》：「列祭祀，瘞繒。」《詩·唐風·山有樞》：「子有鐘鼓，弗鼓弗考。」傳：「考，擊也。」
〔五五〕是以二句：《禮記·王制》：「五岳視三公，四瀆視諸侯。」《宋書·樂志》：「神錫懋祉，四緯昭明。」《書・禹貢》：「厥貢惟土五色。」傳：「王者封五色土爲社，建諸侯則各割其方色土與之，使立社。燾以黄土，苴以白茅，茅取其潔，黄取王者覆四方。」《白虎通義・社稷》：「《春秋傳》曰：天子有太社焉，東方青色，南方赤色，西方白色，北方黑色，上冒以黄土。故將封東方諸侯，青土，苴以白茅。謹敬潔清也。」

〔五六〕豈雄壯四句：《書・禹貢》：「五百里甸服。」傳：「規方千里之内謂之甸服。爲天子服治田，去王城面五百里。」《堯典》：「寅餞納日，平秩西成。」傳：「秋，西方，萬物成。平序其政，助成物。」《左傳》昭公十七年：「九扈爲九農正，扈民無淫者也。」杜預注：「扈有九種也。春扈鳻鶞，夏扈竊玄，秋扈竊藍，冬扈竊黄，棘扈竊丹，行扈唶唶，宵扈嘖嘖，桑扈竊脂，老扈鷃鷃。以九扈爲九農之號，各隨其宜以教民事。」《淮南子・泰族訓》：「故精誠感於内，形氣動於天，則景星見，黄龍下。」《漢書・匡衡傳》上疏：「臣聞天人之際，精祲有以相蕩，善惡有以相推，事作乎下者象動乎上，陰陽之理各應其感。」《春秋繁露・王道》：「王正，則元氣和順，風雨時，景星見，黄龍下。」《後漢書・王昌傳》：「休氣薰蒸，應時獲雨。」

〔五七〕今兹二句：《周禮・天官》：「乃立天官冢宰。」注：「《爾雅》曰：冢，大也。冢宰，大宰也。」《書・益稷》：「庶尹允諧。」傳：「尹，正也，衆正官之長。」《漢書・賈山傳》：「所言涉獵書記，不能爲醇儒。」注：「師古曰：醇者不雜也。」《後漢書・方術傳》：「通儒碩生，忿其奸妄不經。」

〔五八〕僉曰四句：《史記・五帝本紀》：「黄帝崩，葬橋山。其孫昌意之子高陽立，是爲帝顓頊也。」

《大戴禮記·五帝德》：「顓頊，黄帝之孫，昌意之子也，曰高陽。洪淵以有謀，疏通而知事。……乘龍而至四海，北至於幽陵，南至於交趾，西濟於流沙，東至於蟠木。」《淮南子·俶真訓》：「下揆三泉，上尋九天，横廓六合，揲貫萬物，此聖人之游也。」《楚辭·離騷》：「朝發軔於蒼梧兮，夕余至乎縣圃。」王逸注：「軔，搘輪木也。」

〔五九〕得非四句：《舊唐書·禮儀志》：「高宗既封泰山之後，又欲遍封五岳。至永淳元年，於洛州嵩山之南，置崇陽縣。」武則天號嵩山爲神岳，行登封之禮，禪於少室山。

〔六〇〕以余四句：《河東賦》：「因兹以勒崇垂鴻，發祥隤祉。」《漢書》注：「師古曰：隤，降也。祉，福也。」

〔六一〕遂建二句：雲臺議，見卷一一《建都十二韻》（0647）注。

〔六二〕矧乎四句：仇注：「玄元，指太清之獻。清廟，指太廟之享。」

〔六三〕大哉三句：《河東賦》：「盛哉鑠乎！」《書·泰誓》：「惟天惠民，惟辟奉天。」《漢書·匡衡傳》：「天子奉天。」

〔六四〕不然四句：《書·堯典》：「疇咨若時。」傳：「疇，誰。」

〔六五〕蓋知二句：《書·康誥》：「汝亦罔不克敬典。」《君牙》：「爾身克正，罔敢弗正。」《武成》：「我文考文王克成厥勳。」

〔六六〕放百靈二句：班固《東都賦》：「禮神祇，懷百靈。」仇注：「歸華清，帝將游幸驪山湯池矣。」參卷一《奉同郭給事湯東靈湫作》（0035）注。

進雕賦表①

臣甫言：臣之近代陵夷，公侯之貴磨滅，鼎銘之勳不復照曜於明時〔一〕。自先君恕、預以降，奉儒守官，未墜素業矣〔二〕。亡祖故尚書膳部員外郎先臣審言，修文於中宗之朝，高視於藏書之府〔三〕。故天下學士，到于今而師之。臣幸賴先臣緒業，自七歲所綴詩筆〔四〕，向四十載矣，約千有餘篇。今賈馬之徒，得排金門、上玉堂者甚衆矣〔五〕。唯臣衣不蓋體，常寄食於人，奔走不暇，只恐轉死溝壑，安敢望仕進乎？伏惟天子哀憐之②，明主儻使執先祖之故事③，拔泥塗之久辱，則臣之述作，雖不足以鼓吹六經，先鳴數子，至於沉鬱頓挫，隨時敏捷，而揚雄、枚皋之流，庶可跂及也〔六〕。有臣如此④，陛下其舍諸？伏惟明主哀憐之，無令役役便至於衰老也。臣甫誠惶誠恐，頓首頓首⑤，死罪死罪。臣以爲雕者，鷙鳥之殊特〔七〕。搏擊而不可當，豈但壯觀於旌門，發狂於原隰。引以爲類，是大臣正色立朝之義也。臣竊重其有英雄之姿，故作此賦，實望以此達於聖聰矣⑥。不揆蕪淺，謹投延

恩匭進表獻賦以聞⑦。謹言。（1462）

【校】

① 進雕賦表，錢箋題下注：「天寶三載。」

② 天子，《文苑英華》作「明主」，校：「一作天子。」本篇及下篇賦校：「凡一作皆《文粹》及集本。」

③ 明主，《文苑英華》無二字，校：「一有明主二字。」

④ 臣，《文苑英華》作「人」。

⑤ 頓首頓首，《文苑英華》、《唐文粹》作「稽首頓首」。

⑥ 矣，《文苑英華》、《唐文粹》作「耳」。

⑦ 獻賦，《文苑英華》作「獻上」。

【注】

黄鶴《年譜辨疑》：天寶九載（七五〇）庚寅，《進雕賦表》云「自七歲所綴詩筆，向四十載矣」，與《進三賦表》云「行四十載矣」，語意相同。故知進《雕賦》在是年進三賦之先。仇注：應是天寶十三載（七五四）所作。蓋謂年過四十所作。按，據文意，進《鵰賦》似在上三大禮賦前，「向四十載」亦謂年近四十，不必疑爲自七歲以後續計之。

〔一〕臣之三句：《禮記・祭統》：「夫鼎有銘，銘者，自名也。自名，以稱揚其先祖之美，而明著之後世者也。」

〔二〕自先君三句：《三國志·魏書·杜畿傳》：「子恕嗣。恕字務伯，太和中爲散騎黄門侍郎。……出爲弘農太守，數歲轉趙相，以疾去官。起家爲河東太守，歲餘，遷淮北都督護軍，復以疾去。」復出爲幽州刺史，加建威將軍。被劾，免爲庶人。《晋書·杜預傳》：「字元凱，京兆杜陵人也。祖畿，魏尚書僕射。父恕，幽州刺史。」拜鎮南大將軍，都督荆州諸軍事。卒贈征南大將軍。

〔三〕亡祖三句：《舊唐書·文苑傳》杜審言：「進士舉，初爲隰城尉。雅善五言詩，工書翰，有能名。然恃才謇傲，甚爲時輩所嫉。……累轉洛陽丞，坐事貶授吉州司户參軍。……後則天召見審言，將加擢用，問曰：『卿歡喜否？』審言蹈舞謝恩。因令作《歡喜詩》，甚見嘉賞。拜著作佐郎，俄遷膳部員外郎。神龍初，坐與張易之兄弟交往，配流嶺外。尋召授國子監主簿，加修文館直學士。年六十餘卒。」

〔四〕詩筆：見卷四《贈蜀僧閭丘師兄》(0175)注。

〔五〕今賈馬二句：揚雄《解嘲》：「今子幸得遭明盛之世，處不諱之朝，與群賢同行，歷金門、上玉堂有日矣。」注：「應劭曰：金門，金馬門也。晋灼曰：《黄圖》有大玉堂、小玉堂殿也。」

〔六〕雖不足六句：《世説新語·文學》：「孫興公云：『《三都》、《二京》，五經鼓吹。』」《左傳》襄公二十一年：「平陰之役，先二子鳴。」杜預注：「自比於雞，鬭勝而先鳴。」劉歆《與揚雄書》：「非子雲澹雅之才，沈鬱之思，不能經年鋭積，以成此書。」陸機《思歸賦》：「伊我思之沈鬱，愴感物而增深。」又《遂志賦》序：「(馮)衍抑揚頓挫，怨之徒也。」《文賦》：「銘博約而温潤，箴頓挫而清壯。」《漢書・嚴延年傳》：「爲人短小精悍，敏捷於事。」《三國志・吴書・薛綜傳》：「其樞機敏捷，皆此類也。」《漢書・嚴助傳》：「其尤親幸者，東方朔、枚皋、嚴助、吾丘壽王、司馬相如。相如常稱疾避事。朔、皋不根持論，上頗俳優畜之。」《藝文志》：「枚皋賦百二十篇。」《文心雕龍・詮賦》：「陸賈扣其端，賈誼振其緒，枚馬播其風，王揚騁其勢，皋朔已下，品物畢圖。」

〔七〕臣以爲二句：《史記・李將軍列傳》：「是必射雕者也。」索隱：「服虔云：雕，大鷲鳥也。一名鷲，黑色多子，可以其毛作矢羽。韋昭云：雕，一名鶚也。」

鵰賦

當九秋之凄清，見一鶚之直上〔一〕。以雄材爲己任，横殺氣而獨往〔二〕。梢梢勁翮，肅肅遺響〔三〕。杳不可追，俊無留賞。彼何鄉之性命，碎今日之指掌〔四〕？伊鷙鳥之累百，敢同年而争長〔五〕。此鵰之大略也。若乃虞人之所得也，必以氣稟玄冥①，陰乘甲子〔六〕。河海蕩潏，風雲亂起〔七〕。雪冱山陰，冰纏樹死〔八〕。迷向背於八極，絶飛走於萬里〔九〕。朝無以充腸②，夕違其所止。頗愁呼而蹭蹬，信求食而依倚〔一〇〕。用此時而椓杙，待尤者而綱紀③〔一一〕。表狎羽而潛窺，順雄姿之所擬〔一二〕。欻捷來於森木，固先繫於利觜④〔一三〕。解騰攫而竦神，開網羅而有喜〔一四〕。獻令之課⑤，數備而已〔一五〕。及乎閩隸受之也，則擇其清質，列在周垣〔一六〕。揮拘攣之掣曳，挫豪梗之飛翻〔一七〕。識畋游之所使，登馬上而孤騫〔一八〕。然後綴以珠飾⑥，呈於至尊。搏風槍纍，用壯旌門〔一九〕。乘輿或幸別館，獵平原〔二〇〕。寒蕪空闊，霜仗喧繁〔二一〕。觀其夾翠華而上下，卷毛血之崩奔〔二二〕。隨意氣而電落，引塵沙而晝昏〔二三〕。豁堵墻之榮觀，弃功効而不論〔二四〕。斯亦足重也。至如千年孽狐，三窟狡兔〔二五〕。恃古塚之荆棘，飽荒城之霜露〔二六〕。回惑我往來，趑趄我場圃〔二七〕。雖有青骹戴角⑦，白鼻如瓠〔二八〕。蹙奔蹄而俯臨，飛迅翼而遐寓⑧〔二九〕。而料全於果，見迫寧遽〔三〇〕。屢攬之而穎脱，便有若於神助〔三一〕。是以曉哮其音，颯爽其慮〔三二〕。續下韝而繚繞，尚投跡而容與〔三三〕。奮威逐北，施巧無據〔三四〕。方蹉跎而就擒，亦造次而難去〔三五〕。一奇卒獲，百勝昭著〔三六〕。夙昔多端⑨，蕭條何處？斯又足稱也。爾其鶬鴰鴇鶂之倫，莫益於物，空生此身〔三七〕。聯拳拾穗，長大如人。肉多奚有，味乃不珍⑩〔三八〕。輕鷹隼而自若，託鴻鴟而爲鄰。彼壯夫之慷慨，假强敵而逡巡〔三九〕。拉先鳴之異者，及將起而復臻⑪〔四〇〕。忽隔天路⑫，終辭水濱。寧掩羣而盡取，且快意而驚新〔四一〕。此又一時之俊也。夫其降精於金，立骨如鐵。目通於腦，筋入於節〔四二〕。架軒楹之上，純漆光芒；掣梁棟之間，寒風凜冽〔四三〕。雖趾蹻千變，林嶺萬穴。擊叢薄之不開，突杈枒而皆折。又有觸邪之義也⑬〔四四〕。久而服勤，是可吁畏〔四五〕。必使烏攫之黨，罷鈔盜而潛飛；梟怪之羣，想英靈而虛墜〔四六〕。豈非虛陳其力⑭，叨竊其位？等摩天而自安，與搶榆而無事者矣〔四七〕。故不見其用也，則晨飛絶壑，暮起長汀〔四八〕。來雖自負，去若無形。置巢巀嵲，養子青冥〔四九〕。倏爾年歲，茫然闕廷。莫試鈎爪，空回斗星〔五〇〕。衆鶵儻割鮮於金殿，此鳥已將老於岩扃⑮〔五一〕。（1463）

【校】

① 稟，《文苑英華》作「凜」，校：「一作稟。」

② 以，《文苑英華》校：「一作所。」

③ 尤，《文苑英華》、《唐文粹》作「弋」。

④ 繫，錢箋作「擊」。

⑤ 令，《文苑英華》校：「一作全。又作禽。」《唐文粹》作「禽」。

⑥珠，《文苑英華》作「殊」，校：「一作珠。」

⑦有，《文苑英華》校：「一作此字。」

⑧而，《文苑英華》作「以」，校：「一作而。」

⑨昔，《文苑英華》校：「一作夕。」

⑩乃不，《文苑英華》校：「二字一作不足。」

⑪復，《唐文粹》作「遄」，校：「一作復。」

⑫隔，《文苑英華》作「翮」。

⑬又，《文苑英華》、《唐文粹》作「此又」。

⑭非，《文苑英華》作「比乎」，校：「二字一作非。」

⑮已，《文苑英華》作「以」，校：「一作已。」

【注】

〔一〕當九秋二句：《初學記》卷三引梁元帝《纂要》：「秋曰白藏……亦曰三秋、九秋、素秋。」《史記・李將軍列傳》索隱：「韋昭云：雕，一名鶚也。」

〔二〕以雄材二句：《漢書・叙傳》：「横雖雄材，伏於海隝。」

〔三〕梢梢二句：謝朓《酬王晋安》：「梢梢枝早勁，塗塗露晚晞。」《文選》李善注：「《爾雅》曰：梢，梢棹也。郭璞曰：謂木無枝柯，梢棹長而殺也。」陳琳《爲曹洪與魏文帝書》：「揮勁翮，陵厲清浮。」劉楨《雜詩》：「安得肅肅羽，從爾浮波瀾。」《文選》李善注：「《毛詩》曰：鴻雁于飛，肅肅其羽。」

〔四〕彼何鄉二句：曹植《七啓》：「批熊碎掌，拉虎摧斑。」此謂碎於其掌。

〔五〕伊鷙鳥二句：鄒陽《上書吴王》：「臣聞鷙鳥累百，不如一鶚。」賈誼《過秦論》：「比權量力，則不可同年而語矣。」《左傳》隱公十一年：「滕侯、薛侯來朝，争長。」

〔六〕若乃三句：張華《游獵篇》：「歲暮凝霜結，堅冰沍幽泉。……鷹隼始擊鷙，虞人獻時鮮。」玄冥，見卷六《又上後園山脚》（0300）注。甲子，蓋指曆術。《史記·曆書》「曆術甲子篇」索隱：「以十一月朔旦冬至得甲子，甲子是陽氣支干之首，故以甲子命曆術爲篇首，非謂此年歲在甲子也。」《漢書·律曆志》：「乃以前曆上元泰初四千六百一十七歲，至於元封七年，復得閼逢攝提格之歲，中冬十一月甲子朔旦冬至……以造漢《太初曆》。」此稱天元之始。《史記·律書》：「陽氣冬則宛藏於虚，日冬至則一陰下藏，一陽上舒，故曰虚。」陰乘甲子，蓋謂冬至前。

〔七〕河海二句：司馬相如《上林賦》：「潏潏淈淈，湁潗鼎沸。」《文選》李善注：「《説文》曰：潏，水涌出也。」張融《海賦》：「東西蕩潏，如滿於天。」

〔八〕雪沍二句：《左傳》昭公四年：「深山窮谷，固陰沍寒。」杜預注：「沍，閉也。」

〔九〕迷向背二句：《宋書·袁淑傳》上議：「迷乎向背之次，謬於合散之宜。」八極，見卷三《鳳凰臺》（0151）注。

〔一〇〕頗愁呼二句：蹭蹬，見卷一《奉贈韋左丞丈二十二韻》（0001）注。《漢書·宣帝紀》：「曾孫因依倚廣漢兄弟。」
〔一一〕用此時二句：《詩·周南·兔罝》：「肅肅兔罝，椓之丁丁。」傳：「丁丁，椓杙聲也。」仇注：「椓杙以繫網。」「尤者，雄姿，指鵰鳥。」《詩·大雅·棫樸》：「勉勉我王，綱紀四方。」箋：「以罔罟喻爲政，張之爲綱，理之爲紀。」此言設網捕之。
〔一二〕表狎羽二句：魏澹《鷹賦》：「近之令狎，静之使安。」《晉書·吕光載記》：「要結六戎，潛窺雁鼎。」傅玄《鷹賦》：「雄姿邈世，逸氣横生。」
〔一三〕欻捷二句：左思《蜀都賦》：「鼻貙氓於葽草，彈言鳥於森木。」傅玄《鷹賦》：「觜利吴戟，目類明星。」
〔一四〕解騰攫二句：《禮記·儒行》：「鷙蟲攫搏，不程勇者。」陳琳《檄吴將校部曲文》：「夫鷙鳥之擊先高攫，鷙之勢也。」《文選》吕延濟注：「攫，執也。言鷙鳥擊物必先高飛者，取其勢也。」仇注：「騰攫，騰躍而攫搏也。」潘岳《射雉賦》：「暾出苗以入場，愈情駭而神悚。」
〔一五〕獻令二句：《周禮·天官·庖人》：「凡令禽獻，以法授之。其出入，亦如之。凡用禽獻，春行羔豚，膳膏香。夏行腒鱐，膳膏臊。秋行犢麛，膳膏腥。冬行鮮羽，膳膏羶。」《淮南子·俶真訓》：「有之可以備數，無之未有害於用也。」
〔一六〕及乎三句：《周禮·秋官·閩隸》：「閩隸掌役畜養鳥而阜蕃教擾之，掌子則取隸焉。」注：「閩，南蠻之别。」《漢書·董賢傳》：「外爲徼道，周垣數里。」
〔一七〕揮拘攣二句：拘攣，見卷二《畫鶻行》(0072)注。木華《海賦》：「或掣掣洩洩於裸人之國，或泛泛悠悠於黑齒之邦。」《文選》李善注：「掣掣曳曳，任風之貌。」仇注：「掣曳，調習之。挫梗，馴服之也。」按，掣曳與飛翻義近同。飛翻，見卷七《别李義》(0358)注。

〔一八〕識畋游二句：《書・伊訓》：「敢有殉於貨色，恒於游畋，時謂淫風。」孤騫，見卷九《贈比部蕭郎中十兄》(0476)注。

〔一九〕搏風二句：槍纍，見《朝享太廟賦》(1458)注。旌門，見《有事於南郊賦》(1459)注。

〔二〇〕乘輿二句：司馬相如《上林賦》：「於是乎離宮别館，彌山跨谷。」又：「貤丘陵，下平原。」班固《西都賦》：「繚以周墻，四百餘里，離宮别館，三十六所。」又：「平原赤，勇士厲。」

〔二一〕寒蕪二句：駱賓王《久戍邊城有懷京邑》：「層陰籠古木，窮色變寒蕪。」張説《宿直温泉宮羽林獻詩》：「寒木羅霜仗，空山響夜更。」

〔二二〕觀其二句：翠華，見卷二《北征》(0052)注。崩奔，見卷八《追酬故高蜀州人日見寄》(0384)注。此言毛血飛濺。

〔二三〕隨意氣二句：《漢書・中山勝王傳》：「雲蒸列布，杳冥晝昏。」

〔二四〕豁堵墻二句：《禮記・射義》：「蓋觀者如堵牆。」

〔二五〕至如二句：《太平御覽》卷八八八引《抱朴子内篇》：「千歲之狐，預知將來。」《太平廣記》卷四四七《説狐》(出《玄中記》)：「狐五十歲，能變化爲婦人。百歲爲美女，爲神巫，或爲丈夫與女人交接，能知千里外事，善蠱魅，使人迷惑失智。千歲即與天通，爲天狐。」《戰國策・齊策》：「馮諼曰：『狡兔有三窟，僅得免其死耳。今君有一窟，未得高枕而卧也。請爲君復鑿二窟。』」

〔二六〕恃古塚二句：《太平廣記》卷四五一《王老》（出《廣異記》）：「唐睢陽郡宋王塚旁有老狐，每至衙日，邑中之狗，悉往朝之。狐坐塚上，狗列其下。東都王老有雙犬能咋媚，前後殺媚甚多。宋人相率以財雇犬咋狐，王老牽犬往，犬乃逕詣諸犬之下，伏而不動。大失宋人所望。」卷四四七《狐神》（出《朝野僉載》）：「唐初已來，百姓多事狐神，房中祭祀以乞恩，食飲與人同之，事者非一主。當時有諺曰：無狐媚，不成村。」

〔二七〕回惑二句：謝惠連《秋胡行》：「念彼奔波，意眠回惑。」張載《劍閣銘》：「一人荷戟，萬夫趑趄。」《文選》李善注：「《廣雅》曰：趑趄，難行也。」《詩·豳風·七月》：「九月築場圃。」

〔二八〕雖有二句：張衡《西京賦》：「青骹摯於韝下，韓盧噬於緤末。」《文選》薛綜注：「青骹，鷹青脛者。」戴角，參卷四《姜楚公畫角鷹歌》（0246）注。《史記·張丞相列傳》：「身長大，肥白如瓠。」

〔二九〕蹙奔二句：張協《七命》：「蹙封豨，僨馮豕。」徐陵《與齊尚書僕射楊遵彦書》：「所以奔蹄勁角，專恣憑陵。」謝偃《塵賦》：「逐奔蹄而起亂，隨驚輪而飛斜。」潘尼《贈司空掾安仁》：「迅翼争赴，游鱗競奔。」左思《吴都賦》：「翔集遐宇。」

〔三〇〕而料二句：《吴都賦》：「下料物土。」《文選》劉逵注：「料，度也。」仲長統《昌言·損益》：「安寧忽懈墮，有事不迫遽。」

〔三一〕屢攪二句：穎脱，見卷七《八哀詩·王公思禮》（0330）注。《論衡·命禄》：「故夫富貴若有神助。」

〔三二〕是以二句：《説文》：「嘵，懼聲也。」「虖，哮虖也。」嘵哮疑當作虖哮。颯爽，見卷二《畫鶻行》

(0072)注。

〔三三〕續下鞲二句：《太平御覽》卷二五三引《東觀漢記》：「善吏如良鷹，下鞲即中。」揚雄《解嘲》：「欲行者擬足而投跡。」《文選》李善注：「欲行者擬足不前，待彼行而投其跡也。」司馬相如《子虛賦》：「翱翔容與。」《文選》郭璞注：「翱翔容與，言自得也。」

〔三四〕奮威二句：李陵《答蘇武書》：「追奔逐北。」《文選》李善注：「《商君書》：戰勝逐北。服虔《漢書注》曰：師敗曰北。」司馬相如《上書諫獵》：「輿不及還轅，人不暇施巧。」

〔三五〕方蹉跎二句：造次，見卷一《驄馬行》(0039)注。

〔三六〕一奇二句：《史記·樗里子甘茂列傳》：「甘羅年少，然出一奇計，聲稱後世。」揚雄《解嘲》：「曾不能畫一奇，出一策。」《詩·魯頌·泮水》：「式固爾猶，淮夷卒獲。」箋：「淮夷盡可獲服也。」

〔三七〕爾其三句：班固《西都賦》：「鶬鴰鴇鶂。」《文選》李善注：「《爾雅》曰：鶬，麋鴰也。鴰，音括。郭璞曰：即鶬鴰也。郭璞《上林賦注》曰：鴇似雁，無後趾。鴇音保。杜預《左氏傳注》曰：鶂，水鳥也。」參卷八《湘江宴餞裴二端公赴道州》(0401)、卷九《奉留贈集賢院崔于二學士》(0480)注。《後漢書》鴇作鳵。

〔三八〕聯拳四句：聯拳，見卷一四《漫成一絶》(0955)注。《列子·天瑞》：「行歌拾穗。」《孟子·告子》：「奚有於是。」

〔三九〕彼壯夫二句：逡巡，見卷一《麗人行》(0029)注。仇注：「鶬鴰之輕鷹隼、託鴻鵠，本以長大自命，然望鵰却步，如對强敵而逡巡矣。」按，左思《魏都賦》：「飾華離以矜然，假倔彊而攘臂。」此假字用法同，借也。

〔四〇〕拉先鳴二句：左思《吴都賦》：「拉捭摧藏。」《文選》李善注：「拉，頓折也。」仇注：「斯時鵰鳥見其先鳴，將欲起而拉之，彼遂遠去以避其鋒。」所解亦勉强。魏澹《鷹賦》：「雙骹長者則起遲，六翮短者則飛急。」起謂起飛。

〔四一〕寧掩二句：《禮記·曲禮下》：「大夫不掩群，士不取麛卵。」疏：「群謂禽獸共聚也。群聚則多，不可掩取之。」李斯《諫逐客書》：「快意當前，適觀而已矣。」

〔四二〕夫其四句：傅玄《鷹賦》：「含炎離之猛氣兮，受金剛之純精。」孫楚《鷹賦》：「有金剛之俊鳥，生井陘之岩阻。」魏澹《鷹賦》：「資金方之猛氣，擅火德之炎精。」又：「身重若金，爪剛如鐵。」「筋粗脛短，翅厚羽勁。」

〔四三〕架軒四句：曹丕《又與鍾繇書》：「黑譬純漆。」

〔四四〕雖趾蹻五句：《漢書·高帝紀》：「亡可蹻足待也。」注：「文穎曰：蹻猶翹也。晋灼曰：許慎云：蹻，舉足小高也。音僑。」《集韻》：「蹺、趬、蹻、嶠，丘祆切。舉趾謂之蹺，或作趬、蹻、嶠。」《楚辭·招隱士》：「叢薄深林兮，人上栗嶔。」王延壽《魯靈光殿賦》：「芝栭欑羅以戢舂，枝樘杈枒而斜據。」《文選》李善注：「杈枒，參差之貌。」《晋書·輿服志》：「獬豸神羊，能觸邪佞。」

〔四五〕久而二句：《禮記·檀弓上》：「服勤至死，致喪三年。」注：「勤，勞辱之事也。」《魯靈光殿賦》：「吁可畏乎，其駭人也。」

〔四六〕必使四句：《漢書·黄霸傳》：「嘗欲有所司察，擇長年廉吏遣行，屬令周密。吏出，不敢舍郵亭，食於道旁，烏攫其肉。民有欲詣府口言事者適見之，霸與語，道此。後日吏還謁霸，霸見迎勞之，曰：『甚苦！食於道旁乃爲烏所盜肉。』吏大驚，以霸具知其起居，所問豪氂不敢有所隱。」《太平御覽》卷四九六引桓譚《新論·見徵》：「余前爲典樂大夫，有梟鳴於庭樹上，而府中門下皆爲憂懼。後余與典樂謝侯爭鬬，俱坐免去。」曹植《貪惡鳥論》：「昔荆之梟，將巢於吴，鳩遇之曰：『何去荆而巢吴乎？』梟曰：『荆人惡予之聲。』鳩曰：『子如不能革子之音，則吴楚之民，不易情也。爲子計者，莫若宛頸戢翼，終身勿復鳴也。』昔會朝議者，有人問曰：『寧有聞梟食其母乎？』有答之者曰：『嘗聞烏反哺，未聞梟食其母也。』問者慚悵不善也。」

〔四七〕等摩天二句：《相和歌辭·烏生》：「黄鵠摩天極高飛，後宫尚復得烹煮之。」《莊子·逍遥游》：「蜩與學鳩笑之曰：『我決起而飛，搶榆枋，時則不至而控於地而已矣。』」注：「支遁云：搶，突也。榆，徐音踰，木名也。」

〔四八〕故不見三句：桓麟《七説》：「超絶壑，逾懸阜。」謝靈運《白石岩下徑行田》：「千頃帶遠堤，萬里瀉長汀。」

〔四九〕置巢二句：司馬相如《上林賦》：「九嵕巀嶭，南山峨峨。」《文選》郭璞注：「巀嶭，高峻貌也。」《集韻》：「嵲、嶭、峴、嶭，嵽嵲，山高。或作嶭峴。」巀嵲同巀嶭。

〔五〇〕莫試二句：《藝文類聚》卷九一引《春秋緯》：「瑶光星散爲鷹。」

〔五一〕梟鷂二句：司馬相如《子虚賦》：「鶩於鹽浦，割鮮染輪。」

天狗賦并序

天寶中，上冬幸華清宮。甫因至獸坊，怪天狗院列在諸獸院之上①〔一〕。胡人云：此其獸猛捷②，無與比者③。甫壯而賦之④，尚恨其與凡獸相近⑤。

澹華清之莘莘漠漠，而山殿戌削⑥〔二〕。縹與天風⑦，崛乎回薄〔三〕。上揚雲旓兮⑧，下列猛獸〔四〕。夫何天狗嶙峋兮，氣獨神秀〔五〕。色似狻猊，小如猿狖〔六〕。忽不樂，雖萬夫不敢前兮，非胡人焉能知其去就。向若鐵柱欹而金鎖斷兮，事未可救〔七〕。瞥流沙而歸月窟兮，斯豈踰晝〔八〕。日食君之鮮肥兮⑨，性剛簡而清瘦。敏於一擲，威解兩鬬〔九〕。終無自私，必不虛透〔一〇〕。嘗觀乎副君暇豫，奉命于畋〔一一〕。則蚩尤之倫，已脚渭戟涇，提挈丘陵，與南山周旋〔一二〕。而慢圍者戮，實禽有所穿〔一三〕。伊鷹隼之不制兮，呵犬豹以相纏〔一四〕。蹷乾坤之翕習兮，望麋鹿而飄然〔一五〕。由是天狗捷來，發自於左〔一六〕。頓六軍之蒼黄兮，劈萬馬以超過⑩〔一七〕。材官未及唱，野虞未及和〔一八〕。冏髆矢與流星兮⑪，圍要害而俱破〔一九〕。

汩千蹄之迸集兮⑫，始拗怒以相賀〔二〇〕。真雄姿之自異兮，已歷塊而高卧〔二一〕。垂小不愛力以許人兮，能絶甘以爲大音馱⑬〔二二〕。既而羣有嗷咋，勢争割據〔二三〕。似爪牙亡而大傷兮，翻投跡以來預〔二四〕。劃雷殷而有聲兮，紛膽破而何遽〔二五〕。每歲天子騎白日，御東之便禿兮，無魂魄以自助。各弭耳低回〔二六〕，閉目而去。每歲天子騎白日，御東山〔二七〕。百獸踧踖以皆從兮，四猛仡銛鋭乎其間⑭〔二八〕。夫靈物固不合多兮，胡役役隨此輩而往還〔二九〕？惟昔西域之遠致兮，聖人爲之豁迎風，虚露寒，體蒼螭⑮，軋金盤〔三〇〕。初一顧而雄材稱是兮，召羣公與之俱觀。宜其立閶闔而吼紫微兮⑯，却妖孽而不得上干〔三一〕。時駐君之玉輦兮，近奉君之渥歡。使旲處而誰何兮⑰，備周垣而辛酸〔三二〕。彼用事之意然兮，匪至尊之賞闌〔三三〕。仰千門之崚嶒兮，覺行路之艱難〔三四〕。懼精爽之衰落兮，驚歲月之忽殫〔三五〕。顧同儕之甚少兮⑱，混非類以摧殘〔三六〕。偶快意於校獵兮，尤見疑於蹻捷〔三七〕。此乃獨步受之於天兮，孰知羣材之所不接。且置身之暴露兮，遭縱觀之稠疊〔三八〕。俗眼空多，生涯未愜。吾君儻憶耳尖之有長毛兮，寧久被斯人終日馴狎已⑲〔三九〕。（1464）

【校】

①院，《文苑英華》無此字，校：「一有院字。」

②獸，《文苑英華》無此字，校：「一有獸字。」

③比，《文苑英華》作「並」，校：「一作比。」

④甫，《文苑英華》作「因」，校：「一作甫。」

⑤相近，《文苑英華》此下有「其詞曰」三字。

⑥山，《文苑英華》作「出」，校：「一作山。」

⑦與，《文苑英華》作「焉」，校：「一作與。」

⑧旓，宋本校：「一作髾。」

⑨鮮肥，《文苑英華》作「肥鮮」，校：「一作鮮肥。」

⑩以，《文苑英華》作「而」，校：「一作以。」

⑪䯧，《文苑英華》作「髇」，注：「許交切。箭也。」

⑫迸，《文苑英華》作「並」，校：「一作逆。」

⑬甘，《文苑英華》作「等」。

⑭四，《文苑英華》作「肆」，校：「一作四。」

⑮體，《文苑英華》此上有「膇」字，校：「一無此字。」

⑯立，宋本校：「一作位。」

⑰使，《文苑英華》作「欲使」。臭處，宋本校：「一作臭處。」錢箋作「臭處」。《文苑英華》作「奥處」。
⑱儕，《文苑英華》作「脩」。
⑲狎，宋本校：「一作服。」《文苑英華》此下有「者」字，校：「一無此字。」

【注】

仇注：序言天寶中，其年次先後不可考矣。

〔一〕甫因至二句：《唐會要》卷七八《五坊宫苑使》：「五坊，謂雕、鶻、鷹、鷂、狗，共爲五坊，宫苑舊以一使掌之。」「大曆十四年五月詔：鷹、隼、豹、貀、獵犬皆放之。」據文意，五坊諸院似從幸華清宫。郭璞《山海經圖贊·天狗》：「乾麻不長，天狗不大。厥質雖小，攘災除害。氣之相王，在乎食帶。」此蓋借用其名。未見唐人另有稱天狗者。

〔二〕澮華清二句：《長門賦》：「澮偃蹇而待曙兮，荒亭亭而復明。」《文選》注：「《説文》曰：澮，搖也。李奇曰：澮，猶動也。」仇注：「起句突用澮字，本此。」班固《東都賦》：「獻酬交錯，俎豆莘莘。」《文選》李善注：「毛萇《詩傳》曰：莘莘，衆多也。」《詩·大雅·桑柔》：「瞻彼中林，甡甡其鹿。」傳：「甡甡，衆多也。」《説文》段注：「其字或作詵詵，或作駪駪，或作莘莘，皆假借也。」按，字疑當作芊芊。謝朓《游東田》：「遠樹曖仟仟，生烟紛漠漠。」《文選》李善注：「《廣雅》曰：芊芊，盛也。仟與芊同。」戍削，見《有事于南郊賦》(1459)注。

〔三〕縹與二句：縹，當作飄或漂。《詩·檜風·匪風》：「匪風飄兮，匪車嘌兮。」傳：「回風爲飄。」

揚雄《荆州箴》：「風飄以悍，氣鋭以剛。」《長門賦》：「廓獨潛而專精兮，天漂漂而疾風。」回薄，見《有事于南郊賦》(1459)注。

〔四〕上揚二句：揚雄《甘泉賦》：「建光耀之長旓兮，昭華覆之威威。」《文選》李善注：「《埤蒼》曰：旓，旌旗斿也。」

〔五〕夫何二句：《甘泉賦》：「嶺巆嶙峋，洞無厓兮。」《文選》李善注：「嶺巆嶙峋，深無厓之貌也。」

〔六〕色似二句：《爾雅·釋獸》：「狻麑，如虦貓，食虎豹。」郭璞注：「即師子也。出西域。漢順帝時疏勒王來獻犎牛及師子。《穆天子傳》曰：狻猊日走五百里。」《楚辭·九章·涉江》：「深林杳以冥冥兮，乃猿狖之所居。」狖，見卷三《兩當縣吴十侍御江上宅》(0139)注。

〔七〕向若二句：賈岱宗《大狗賦》：「聞林獸之群争，欻斷鎖而齕石。」

〔八〕瞥流沙二句：傅玄《走狗賦》：「既乃濟盧泉，涉流沙。」月窟，見卷二《送韋十六評事充同谷郡防禦判官》(0088)注。朱鶴齡注：「天狗來自西域，即西域貢獒之類也。故以流沙、月窟言之。」

〔九〕敏於二句：《大狗賦》：「時頻伸而振迅，若應龍之騰擲。」《戰國策·秦策四》：「此猶兩虎相鬭，而駑犬受其弊。」

〔一〇〕終無二句：謝靈運《山居賦》：「飛泳騁透，胡可根源。」注：「走者騁，騰者透。」

〔一一〕嘗觀二句：庾肩吾《侍宴應令》：「副君時暇豫，曾城聊近游。」《國語·晉語》：「我教兹暇豫事君。」《書·無逸》：「于游于田。」仇注：「副君，謂東宮。」引《漢書》「太子國儲副君」。按，李亨開元二十六年立爲太子。初，太子瑛得罪，玄宗召李林甫議立儲貳，時壽王瑁母武惠妃方承恩寵，林甫希旨，以瑁對。及立亨爲太子，林甫懼不利己，乃起韋堅、柳勣之獄，太子幾危者數四。此賦作於天寶中，不應觸時忌言儲君事。此承上文，仍就天狗言，謂其副奉君命，從獵於畋。

〔一二〕則蚩尤四句：蚩尤，見《朝獻太清宮賦》(1457)注。《子虛賦》：「射麋脚麟。」《文選》注：「韋昭曰：脚，謂持其脚也。」此脚字仿之。左思《蜀都賦》：「戟食鐵之獸，射噬毒之鹿。」脚、戟皆謂畋獵。張華《鷦鷯賦》：「提挈萬里，飄颻逼畏。」

〔一三〕而慢圍二句：《周禮・夏官・大司馬》：「鼓，遂圍禁，火弊，獻禽以祭社。」注：「既誓，令鼓而圍之，遂蒐田。」揚雄《羽獵賦》：「營合圍會，然後先置乎白楊之南，昆明靈沼之東。」《史記・韓長孺列傳》：「且彊弩之極，矢不能穿魯縞。」

〔一四〕伊鷹隼二句：傅玄《走狗賦》：「舒節急筋，豹耳龍形。」《唐六典》卷四禮部郎中「大瑞」：「大瑞謂……豹犬、露犬……皆爲大瑞。」《白氏六帖事類集》卷二六：「(瑞應)匈奴獻豹犬，錐口赤身。」仇注：「犬豹，犬之似豹者。」

〔一五〕鏖乾坤二句：張華《鷦鷯賦》：「飛不飄颺，翔不翕習。」《文選》李善注：「翕習，盛貌。」揚雄《長楊賦》：「盛狖玃之收，多麋鹿之獲哉。」

〔一六〕由是二句：《禮記・曲禮上》：「效犬者左牽之。」注：「犬齛噬人，右手當禁備之。」

〔一七〕頓六軍二句：《周禮・夏官・司馬》：「王六軍。」蒼黃，見卷二《新婚別》(0063)注。《大狗賦》：「天梁析，地柱劈。」

〔一八〕材官二句：材官，見卷一五《諸將五首》(1156)注。《禮記·月令》：「命野虞無伐桑柘。」注：「野虞，謂主田及山林之官。」

〔一九〕冏髇矢二句：木華《海賦》：「望濤遠決，冏然鳥逝。」《文選》李善注：「《蒼頡篇》曰：冏，光也。」《集韻》：「髇、骹、髇，鳴鏑也。或作骹、髇，通作嚆、髐。」李白《行行游且獵篇》：「弓彎滿月不虛發，雙鶬迸落連飛髇。」王粲《羽獵賦》：「拊流星，屬繁弱。」《古文苑》注：「矢名。」賈誼《過秦論》：「良將勁弩，守要害之處。」

〔二〇〕洎千蹄二句：左思《魏都賦》：「山阜猥積而崎嶇，泉流迸集而映咽。」《文選》李善注：「《字書》曰：迸，散走也。」班固《西都賦》：「蹂躪其十二三，乃拗怒而少息。」《文選》李善注：「拗，猶抑也。」

〔二一〕歷塊：見卷二《瘦馬行》(0073)注。

〔二二〕不愛力二句：司馬遷《報任安書》：「以爲李陵素與士大夫絶甘分少。」《漢書》注：「師古曰：自絶旨甘而與衆人分之。」大音馱，讀去聲過韻。參卷一《送高三十五書記》(0002)注。

〔二三〕既而二句：《說文》：「啖，噍啖也。從口，炎聲。一曰噉。徒敢切。」玄應《一切經音義》卷三：「齚齧，古文齰，又作咋。同士白反。《通俗文》：齩啖曰咋。」東方朔《答客難》：「譬猶鼱鼩之襲狗，孤豚之咋虎。」

〔二四〕投跡：見《鵬賦》(1463)注。

〔二五〕劃雷殷二句：《詩·召南·殷其雷》：「殷其雷，在南山之陽。」《漢書·谷永傳》：「臣永所以破膽寒心。」

〔二六〕弭耳：見《有事于南郊賦》(1459)注。

〔二七〕東山：見卷一《奉同郭給事湯東靈湫作》(0035)注。

〔二八〕百獸二句：《羽獵賦》：「啾啾蹌蹌。」《文選》李善注：「郭璞《三蒼解詁》曰：啾啾，衆聲也。啾或爲秋。蹌蹌，行貌。」《書·牧誓》：「如虎如貔，如熊如羆。」傳：「四獸皆猛健。」四猛謂此。仇注從《英華》作「肆」，以「猛佐」爲詞，非是。佐，見《朝獻太清宮賦》(1457)注。《荀子·賦》：「長其尾而鋭其剽者邪，頭銛達而尾趙繚者邪。」

〔二九〕夫靈物二句：《後漢書·光武紀》：「今天下清寧，靈物仍降。」庾信《出自薊北門行》：「薊門還北望，役役盡傷情。」

〔三〇〕惟昔六句：迎風殿、露寒殿，見卷五《入奏行》(0236)注。蒼螭，見《有事于南郊賦》(1459)注。承露金莖盤，見卷六《贈李十五丈别》(0302)注。

〔三一〕宜其二句：閶闔，見卷一《樂游園歌》(0030)注。紫微，見卷八《詠懷二首》(0387)注。

〔三二〕使昊處二句：《説文》：「昊，犬視貌。」賈誼《過秦論》：「信臣精卒陳利兵而誰何。」《史記》集解：「如淳曰：何猶問也。」索隱：「崔浩云：何或爲呵。《漢舊儀》：宿衛郎官分五夜誰呵，呵夜行者誰也。」周垣，見《鵰賦》(1463)注。

〔三三〕彼用事二句：仇注：「賞闌，猶酒闌之闌，意興盡也。」

〔三四〕仰千門二句：沈約《鍾山應西陽王教》：「鬱律構丹巘，崚嶒起青嶂。」《魯靈光殿賦》：「駢𦆿綾而龍鱗。」《文選》李善注：「繒綾，不平貌。」崚嶒同綾繒。
〔三五〕懼精爽二句：《左傳》昭公二十五年：「心之精爽，是謂魂魄。」東方朔《七諫・沈江》：「專精爽以自明兮，晦冥冥而壅蔽。」《禮記・祭義》：「歲既殫矣。」劉楨《贈五官中郎將》：「四節相推斥，歲月忽欲殫。」
〔三六〕顧同儕二句：張華《答何劭》：「悟物增隆思，結戀慕同儕。」曹冏《六代論》：「才能之人，恥與非類爲伍。」
〔三七〕偶快意二句：張衡《西京賦》：「輕鋭僄狡趫捷之徒。」
〔三八〕且置身二句：《史記・高祖本紀》：「高祖常繇咸陽，縱觀。」正義：「恣意，故縱觀。」
〔三九〕吾君二句：《大狗賦》：「象貌如刻畫，毛翰紫艷光。」《走狗賦》：「豐顱促耳，長叉緩口。」

唐興縣客館記〔一〕

中興之四年，王潛爲唐興宰〔二〕。修厥政事，始自鰥寡惸獨，而和其封内，非侮循循〔三〕。不畏險膚，而行而一〔四〕。咨于官屬，于羣吏，于衆庶曰：邑中之政，庶幾繕完矣。惟賓館上漏下濕，吾人猶不堪其居，以容四方賓，賓其謂我何？改之重勞，我其謂人何？咸曰：誕事至，濟厥載，則達觀于大壯〔五〕。作之閈閎，作之堂構，以永圖〔六〕。崇高廣大，踰越傳舍〔七〕。通梁直走，嵬將墜壓。素柱上承，安若太山①〔八〕。兩旁序開，發洩霜露，潛靚深矣〔九〕。步櫚復霤，萬瓦在後〔一〇〕。匪丹雘爲，實疏達爲〔一一〕。回廊南注，又爲覆廊，以容介行人〔一二〕。亦如正館，制度小劣。直左階而東，封殖修竹茂樹。挾右階于南，環廊又注，亦可以行步風雨。不易謀而集事，邑無妨工，亦無匱財〔一三〕。人不待子來，定不待方中矣〔一四〕。宿息井樹，或相爲賓，或與之毛〔一五〕。天子之使至，則曰邑有人焉，某無以栗階〔一六〕。州長之使至，則曰某非敢賓也，子無所用俎〔一七〕。四方之使至，則曰子貺某多矣，敢辭贄〔一八〕。或曰明府君之侈也，何以爲人？皆曰我公之爲人也，何以侈？子徒見賓館之近夫厚，不知其私室之甚薄。器物未備，力取諸私室。人民不知賦斂，乃至於館之醯醢闕，出於私厨〔一九〕；使之乘駟闕，辦於私廄。君豈爲亭長乎，是躬親也〔二〇〕。若館宇不修，而觀臺榭是好，賓至無所納其車，我浩蕩無所措手足，獲高枕乎？其誰不病吾人矣〔二一〕。玼瑕忽生，何以爲之〔二二〕？是道也，施舍不幾乎先覺矣〔二三〕。杖之友朋，嘆曰〔二四〕：美哉是館也成，人不知，人不怒。廨署之福也，府君之德也〔二五〕。府君曰：古有之也，非吾有也，余何能爲是？亦前州

府君崔公之命也，余何能爲是？ 自辛丑歲秋分大餘二，小餘二千一百八十八，杜氏之老記已②〔二六〕。（1465）

【校】

① 太，錢箋作「泰」。

② 廨署六十六字，宋本校：「一本云：廨署之福也，府君之德也。府君之德也，廨署之福也。府君曰：古有之也，非吾有也，余何能爲是。亦前州府君崔公之命也，余何能爲是。潛曰辛丑歲秋分大餘二，小餘二千一百八十八。杜氏之老記。」

【注】

黃鶴注：公上元二年（七六一）爲邑宰王潛作《唐興縣客館記》。

〔一〕唐興縣：即蜀州唐安縣。見卷一一《逢唐興劉主簿弟》（0643）注。

〔二〕王潛：黃鶴注謂即卷一一《敬簡王明府》（0645）其人。

〔三〕修厥四句：《書・康誥》：「不敢侮鰥寡。」《尹文子・大道》：「治世非爲矜窮獨貧賤而治，是治之一事也。亂世亦非侮窮獨貧賤而亂，亦是亂之一事也。」此謂非敢侮於鰥寡，而循循誘導之。

〔四〕不畏二句：《書・盤庚》：「今汝聒聒，起信險膚，予弗知乃所訟。」傳：「起信險僞膚受之言，我不知汝所訟言何謂。」《禮記・中庸》：「知仁勇，三者天下之達德也，所以行之者一也。……或安而行之，或利而行之，或勉强而行之，及其成功，一也。」仇注：「此謂不避險陂膚淺之言，而行之專一也。」

〔五〕咸曰四句：《書·湯誥》：「誕告萬方。」傳：「誕，大也。」《盤庚》：「爾惟自鞠自苦，若乘舟，汝弗濟，臭厥載。」傳：「言不徙之害，如舟在水中流不渡，臭敗其所載物。」《召誥》：「周公朝至于洛，則達觀于新邑營。」《易·大壯·象》：「大壯，大者壯也。剛以動，故壯。」

〔六〕作之三句：《左傳》襄公三十一年：「高其閈閎，厚其牆垣。」釋文：「閈，户旦反。《説文》云：閭也。汝南平輿縣里站曰閈。沈云：閉也。閎，獲耕反。杜云：門也。《爾雅》云衡門謂之閎是也。」《書·大誥》：「厥子乃弗肯堂，矧肯構。」傳：「子乃不肯爲堂基，況肯構立屋乎？」《太甲上》：「愼乃儉德，惟懷永圖。」傳：「言當以儉爲德，思長世之謀。」

〔七〕崇高二句：《史記·外戚世家》：「姊去我西時，與我決於傳舍中。」索隱：「傳音轉。傳舍謂郵亭傳置之舍。」

〔八〕素柱二句：張衡《西京賦》：「跱游極於浮柱，結重欒以相承。」

〔九〕兩旁三句：《爾雅·釋宫》：「東西牆謂之序。」注：「所以序别内外。」揚雄《甘泉賦》：「惟弸彋其拂汩兮，稍暗暗而靚深。」《文選》李善注：「靚，即静字耳。」

〔一〇〕步櫩二句：《楚辭·招魂》：「南房小壇，觀絶霤只。曲屋步壛，宜擾畜只。」王逸注：「霤，屋宇也。」「步壛，長砌也。」《上林賦》作「步櫩」。

〔一一〕匪丹雘二句：《書·梓材》：「既勤樸斫，惟其塗丹雘。」傳：「已勞力樸治斫削，惟其當塗以漆、丹以朱而後成。」《淮南子・原道訓》：「疏達而不悖。」

〔一二〕回廊三句：沈約《法王寺碑》：「回廊敞匝，複殿重起。」

〔一三〕不易謀三句：《老子》六十四章：「其安易持，其未兆易謀。」《左傳》桓公五年：「既而萃於王卒，可以集事。」杜預注：「集，成也。」《禮記・月令》：「四方來集，遠鄉皆至，則財不匱。」

〔一四〕人不待二句：《詩・大雅・靈臺》：「經始勿亟，庶民子來。」《鄘風・定之方中》：「定之方中，作于楚宮。」傳：「定，營室也。方中，昏正四方。」箋：「定星昏中而正，於是可以營製宮室，故謂之營室。」

〔一五〕宿息三句：《周禮・秋官・野廬氏》：「野廬氏掌達國道路，至於四畿。比國郊及野之道路、宿息井樹。若有賓客，則令守塗地之人聚柝之，有相翔者誅之。」注：「宿息，廬之屬，賓客所宿及晝止者也。井共飲食，樹爲蕃蔽。」《司儀》：「王燕，則諸侯毛。」注：「謂以鬚髮坐也。鄭司農云：謂老者在上也。老者二毛，故曰毛。」又：「凡諸公相爲賓。」注：「謂相朝也。」

〔一六〕天子三句：《儀禮・燕禮》：「凡公所辭，皆栗階。凡栗階，不過二等。」注：「栗，蹷也。謂越等急趨君命也。其始升，猶聚足連步。越二等，左右足各一發而升堂。」

〔一七〕州長三句：《周禮・地官・州長》：「州長各掌其州之教治政令之法。」《儀禮・少牢饋食禮》：「賓長羞牢肝，用俎。」謂俎豆之設。

〔一八〕四方三句：《周禮・秋官・小行人》：「小行人掌邦國賓客之禮籍，以待四方之使者。」《儀禮・燕禮》：「君貺寡君多矣，又辱賜於使臣，臣敢拜賜命。」《士相見禮》：「聞吾子稱摯，敢辭摯。」

摯同贄。

〔一九〕人民三句：《周禮·秋官·掌客》：「凡諸侯之禮……醯醢百有二十甕。」

〔二〇〕君豈爲二句：《史記·高祖本紀》：「爲泗水亭長。」正義：「秦法，十里一亭，十亭一鄉。亭長，主亭之吏。……亭長，蓋今之里長也。」

〔二一〕若館宇六句：《左傳》襄公三十一年：「僑聞文公之爲盟主也，宫室卑庳，無觀臺榭，以崇大諸侯之館。……今銅鞮之宫數里，而諸侯舍於隸人。門不容車，而不可踰越。」《楚辭·離騷》：「怨靈修之浩蕩兮，終不察夫民心。」王逸注：「浩猶浩浩，蕩猶蕩蕩，無思慮貌也。」《鹽鐵論·非鞅》：「百姓齋栗，不知所措手足也。」

〔二二〕玼瑕二句：《左傳》僖公七年：「予取予求，不女疵瑕也。」又作玼瑕。傅縡《明道論》：「掎摭同異，發擿玼瑕。」

〔二三〕是道二句：《周禮·地官·鄉師》：「辨其可任者與其施舍者。」注：「施舍，謂應復免，不給繇役。」《孟子·萬章上》：「天之生此民也，使先知覺後知，使先覺覺後覺也。」

〔二四〕杖之二句：仇注：「張溍曰：蓋指老友之扶杖者。今按下有杜氏之老，作杜友亦是。」楊倫曰：「杖，想謂友朋之老者扶杖而觀。朱本作杜，亦未妥。」

〔二五〕廨署二句：《唐六典》卷七工部郎中皇城：「其中左宗廟，右社稷，百僚廨署列乎其間。」亦指州縣官署。

〔二六〕自辛丑歲三句：《漢書·律曆志》：「推冬至，以算（策）餘乘入統歲數，盈弦法得一，名曰大餘，不盈者名曰小餘。除數如法，則所求冬至日也。求八節，加大餘四十五，小餘千一十。求二十四氣，三其小餘，加大餘十五，小餘千一十。」此漢《三統曆》年長(回歸年)爲$365\frac{385}{1539}$日，弃去可爲60除盡的360整日，餘數爲$\frac{8080}{1539}$日。以入統以來歲數乘之，所得稱積策餘日，其整數部分(日數)滿60即去整求餘，稱爲大餘，不足一日的餘數爲小餘。據此求得該年天正冬至的干支及時刻，再依次推出八節的大餘、小餘。然《三統曆》統法(日分數)爲1539，故小餘應<1539。杜甫此文給出的上元二年辛丑歲秋分小餘爲「二千一百八十八」，所據显非《三統曆》，而是唐《大衍曆》。朱鶴齡校「二千」一作「三千」，非是。仇注校「二千」或作「一千」，亦不可據。一行《開元大衍曆經》「大衍步中朔第一」給出上元以來至開元十二年(七二四)積算爲96961740年(此據《新唐書·曆志》，《舊唐書·曆志》數有誤)，則上元至肅宗上元二年(七六一)積算爲96961777年。《大衍曆》所定通法(相當於《三統曆》之統法)爲3040(日分)，一回歸年所含日分爲1110343分，稱策實。以策實乘積算爲中積分，上元至上元二年之中積分爲$96961777\times1110343=107660830359511$；除以通法3040，得積日35414746828.78651。積日滿60(《大衍曆》稱爻數)即除去，在此例中，積日/60的整數部分爲590245780，故此年天正冬至大、小餘爲$35414746828.78651-590245780\times60=28.78651$，即大餘28，爲壬辰日；小餘爲$0.78651\times3040=2390.9904$。再據《大衍曆》三元之策(三元之策：一十五；餘，六百六十四；秒，七)，即一個節氣所含日數爲$15\frac{664\frac{7}{24}}{3040}$日。自冬至至秋分共18個節氣，以冬至小餘加

18個節氣整日之外餘數：2390.99＋$664\frac{24}{7}$×18＝14348.21。滿3040則除去（滿通法從大餘）：14348－3040×4＝2188，即此年秋分小餘。以冬至大餘加18個節氣整日數再加小餘滿通法4日：28＋15×18＋4＝302；滿60（爻數）去之，302－60×5＝2，得大餘2，爲丙寅日。此文所給之是年秋分大餘、小餘，皆與據《大衍曆》推算相合。

説旱

初，中丞嚴公節制劍南日，奉此説。

《周禮》司巫，若國大旱，則率巫而舞雩〔一〕。《傳》曰：龍見而雩。謂建巳之月，蒼龍宿之體昏見東方，萬物待雨盛大，故祭天，遠爲百穀祈膏雨也〔二〕。今蜀自十月不雨，抵建卯①，非雩之時，奈久旱何〔三〕？得非獄吏只知禁繫，不知疏決，怨氣積，冤氣盛，亦能致旱〔四〕？是何川澤之乾也，塵霧之塞也，行路皆菜色也，田家其愁痛也。自中丞下車之初，軍郡之政，罷弊之俗，已下手開濟矣〔五〕。百事冗長者，又以革削矣。獨獄囚未聞處分，豈次第未到，爲獄無濫繫者乎？穀者百姓之本，百役是出。況冬麥黃枯，春種不入，公誠能暫輟諸務，親問囚徒，除合死者之外，下筆盡放，使囹圄一空，必甘雨大降，但怨氣消則和氣應矣〔六〕。躬自疏決，請以兩縣及府繫爲始，管内東西兩川各遣一使，兼委刺史、縣令對巡，使同疏決，如兩縣及府等囚例處分，衆人之望也，隨時之義也〔七〕。昔貞觀中②，歲大旱，文皇帝親臨長安、萬年二赤縣決獄，膏雨滂足〔八〕。即岳鎮方面歲荒札，皆連帥大臣之務也，不可忽〔九〕。凡今徵求無名數，又耆老合侍者，兩川侍丁得異常丁乎〔一〇〕？不殊常丁賦斂，是老男老女，死日短促也。國有養老，公遽遣吏存問其疾苦，亦和氣合應之義也，時雨可降之徵也〔一一〕。愚以爲至仁之人，常以正道應物，天道去人不遠③〔一二〕。（1466）

【校】

① 抵，錢箋作「月旅」。

② 貞，宋本作「正」，據錢箋改。

③ 天道，錢箋下有「遠」字。

【注】

黃鶴注：寶應元年（七六二）作《説旱》，是年嚴武至成都。

〔一〕周禮三句：《周禮·春官·司巫》：「司巫掌群巫之政令。若國大旱，則帥巫而舞雩。」注：「司巫，群巫之長」；「雩，旱祭也。」

〔二〕傳曰八句：《左傳》桓公五年：「凡祀，啓蟄而郊，龍見而雩，始殺而嘗，閉蟄而烝。」杜預注：「龍見，建巳之月。蒼龍，宿之體，昏見東方。萬物始盛，待雨而大，故祭天，遠爲百姓祈膏雨。」

〔三〕今蜀四句：肅宗上元二年九月，去上元之號，但稱元年。以十一月爲歲首，月以斗所建辰爲名。至建巳月改元寶應，復以正月爲歲首，建巳月爲四月。是月崩，代宗即位。建卯月即二月。

〔四〕得非五句：《説苑·貴德》：「吏捕孝婦，孝婦辭不殺姑，吏欲毒治，孝婦自誣服，具獄以上府。于公以爲養姑十年之孝聞，此不殺姑也。太守不聽。數争不能得，於是于公辭疾去吏。太守竟殺孝婦。郡中枯旱三年。後太守至，卜求其故，于公曰：『孝婦不當死，前太守强殺之，咎當在此。』於是殺牛祭孝婦塚，太守以下自至焉，天立大雨，歲豐熟。」《後漢書·光武紀》詔：「久旱傷麥，秋種未下，朕甚憂之。將殘吏未勝，獄多冤結，元元愁恨，感動天氣乎？」

〔五〕自中丞四句：中丞，嚴武。見卷五《遭田父泥飲美嚴中丞》（0232）、卷七《八哀詩·嚴公武》（0332）注。

〔六〕使囹圄三句：《漢書·刑法志》：「今郡國被刑而死者歲以萬數，天下獄二千餘所，其冤死者多少相覆，獄不減一人，此和氣所以未洽者也。」

〔七〕請以六句：兩縣，指成都府管下成都、華陽二縣。如例處分，准例處分，公文格式語。《舊唐書·肅宗紀》：「今後醫卜入仕者，同明法例處分。」

〔八〕昔貞觀四句：《舊唐書·太宗紀》：「(貞觀十四年)二月丁丑，幸國子學，親釋奠，釋大理、萬年繫囚。」《新唐書·太宗紀》：「(貞觀十七年三月)甲子，以旱遣使覆囚決獄。」

〔九〕即岳鎮三句：《周禮·天官·膳夫》：「大荒則不舉，大札則不舉。」注：「大荒，凶年。大札，疫癘也。」連帥，見卷八《舟中苦熱遣懷奉呈陽中丞通簡臺省諸公》(0407)注。

〔一〇〕凡今三句：侍丁，留侍養老之男。《舊唐書·食貨志》：「天寶元年正月一日赦文：如聞百姓之内，有户高丁多，苟爲規避，父母見在，乃别籍異居。宜令州縣勘會，其一家之中，有十丁已上者，放兩丁征行賦役。五丁已上，放一丁。即令同籍共居，以敦風教。其侍丁孝假，免差科。」

〔一一〕國有四句：《禮記·鄉飲酒》：「民知尊長養老，而後乃能入孝弟。民入孝弟，出尊長養老，而後成教，成教而後國可安也。」

〔一二〕愚以爲三句：《左傳》昭公十八年：「子産曰：『天道遠，人道邇，非所及也。』」《老子》四十七章：「不出户，知天道；不窺牖，見天道。其出彌遠，其知彌近。」《莊子·在宥》：「天道之與人道也，相去遠矣，不可不察也。」《管子·形勢解》：「行天道，出公理，則遠者自親。」

畫馬贊

韓幹畫馬〔一〕，毫端有神。驊騮老大，腰褭清新〔二〕。魚目瘦腦，龍文長身〔三〕。

雪垂白肉，風蹙蘭筋〔四〕。逸態蕭疏，高驤縱恣〔五〕。四蹄雷雹，一日天地〔六〕。御者閑敏①，去何難易②〔七〕。愚夫乘騎，動必顛躓。瞻彼駿骨，實惟龍媒〔八〕。漢歌燕市，已矣茫哉〔九〕。但見駑駘，紛然往來。良工惆悵〔一〇〕，落筆雄才。《穆天子傳》：飛兔、騕褭，日馳三百里③。（1467）

【校】

①閑，《文苑英華》作「開」，校：「集作閑。」

②去，《文苑英華》校：「集作云。」

③三百，錢箋作「三萬」。

【注】

仇注：此必天寶、乾元間作。

〔一〕韓幹：見卷四《丹青引》（0201）注。

〔二〕驊騮二句：驊騮、騕褭，見卷一《天育驃騎歌》（0013）注。

〔三〕魚目二句：《漢書·西域傳》：「聞天馬、蒲陶，則通大宛、安息。自是之後，明珠、文甲、通犀、翠羽之珍，盈於後宮。蒲梢、龍文、魚目、汗血之馬，充於黄門。」注：「孟康曰：四駿馬名也。」

《齊民要術・養牛馬驢騾》：「相馬從頭始，頭欲得高峻，如削成。頭欲重，宜少肉，如剥兔頭。」

〔四〕雪垂二句：《文選》陳琳《爲曹洪與魏文帝書》李善注：「《相馬經》云：一筋從玄中出，謂之蘭筋。玄中者，目上陷如井字。蘭筋豎者千里。」

〔五〕逸態二句：張載《七命》：「天驥之駿，逸態超越。」傅玄《乘輿馬賦》：「延首高驤，擢足軒跱。」

〔六〕四蹄二句：顔延之《赭白馬賦》：「經玄蹄而雹散，歷素支而冰裂。」

〔七〕御者二句：《列子・湯問》：「造父之師曰泰豆氏。造父之始從習御也，執禮甚卑……泰豆歎曰：『子何其敏也？得之捷乎？凡所御者，亦如此也。』」嵇康《琴賦》：「心閑手敏。」

〔八〕龍媒：見卷一《沙苑行》(0038)注。

〔九〕漢歌二句：漢歌，指《漢書》天馬歌。燕市，見卷六《昔游》(0288)「市駿」注。

〔一〇〕惆悵：見《丹青引》注。

雜述

杜子曰：凡今之代，用力爲賢乎？進賢爲賢乎〔一〕？進賢賢乎，則魯之張叔卿、孔巢父二才士者〔二〕，聰明深察，博辯閎大，固必能伸於知己，令聞不已，任重致遠，速於風飆也〔三〕。是何面目黧黑，常不得飽飯喫①〔四〕？曾未如富家奴，茲敢望縞衣乘軒乎？豈東之諸侯深拒於汝乎？豈新令尹之人未汝之知也〔五〕？由天乎？有命乎〔六〕？雖岑子、薛子〔七〕，引知名之士，月數十百，填爾逆旅，請誦詩，浮名耳。勉之哉！勉之哉！夫古之君子，知天下之不可蓋也，故下之；知衆人之不可先也，故後之〔八〕。嗟乎叔卿！遺辭工於猛健，放蕩似不能安排者〔九〕。以我爲聞人而已，以我爲益友而已，叔卿静而思之。嗟乎巢父！執雌守常，吾無所贈若矣〔一〇〕。太山冥冥崒以高②，泗水瀰瀰瀰以清〔一一〕。悠悠友生，復何時會于王鎬之京〔一二〕？載飲我濁酒，載呼我爲兄。（1468）

【校】

①飽飯喫，錢箋作「飯飽喫」，校：「一作飽飯喫。」

②太，錢箋作「泰」。

【注】

天寶年間在長安作。

〔一〕凡今三句：《説苑·臣述》：「子貢問孔子曰：『今之人臣孰爲賢？』孔子曰：『吾未識也。往者齊有鮑叔，鄭有子皮，賢者也。』子貢曰：『然則齊無管仲，鄭無子産乎？』子曰：『賜，汝徒知其一，不知其二。汝聞進賢爲賢邪？用力爲賢邪？』子貢曰：『進賢爲賢。』子曰：『然。吾聞鮑叔之進管仲也，聞子皮之進子産也，未聞管仲、子産有所進也。』」

〔二〕張叔卿孔巢父：見卷一《送孔巢父謝病歸游江東兼呈李白》（0026）注。張叔卿又參見卷一一《得廣州張判官叔卿書使還以詩代意》（0706）注。

〔三〕聰明六句：《晏子春秋·内篇雜上》：「士者詘乎不知己，而申乎知己。」《論語·泰伯》：「士不可以不弘毅，任重而道遠。」

〔四〕是何二句：《韓非子·外儲説上》：「手足胼胝，面目黧黑，勞有功者也，而君後之。」

〔五〕豈東之二句：《左傳》成公十三年：「征東之諸侯。」《説苑·至公》：「楚令尹虞丘子，復於莊王曰：『……臣爲令尹十年矣，國不加治，獄訟不息，處士不升，淫禍不討，久踐高位，妨群賢路，尸禄素餐，貪欲無厭，臣之罪當稽於理。臣竊選國俊下里之士曰孫叔敖……而士民可使附。』」鮑照《擬古》：「既荷主人恩，又蒙令尹顧。」《文選》李善注：「臣瓚《漢書注》曰：諸侯之卿，唯楚稱令尹，其餘國稱相也。」

〔六〕由天二句：《論語·顔淵》：「死生有命，富貴在天。」

〔七〕岑子薛子：朱鶴齡注：「岑參、薛據。」見卷一《同諸公登慈恩寺塔》（0023）、《九日寄岑參》（0025）注。

〔八〕夫古之五句：《説苑·敬慎》：「孔子之周，觀於太廟，右陛之前，有金人焉，三緘其口，而銘其背曰：……君子知天下之不可蓋也，故後之、下之，使人慕之，執雌持下，莫能與之争者。人皆趨彼，我獨守此。衆人惑惑，我獨不徙。内藏我知，不與人論技。我雖尊高，人莫我害。」《孔子家語・觀周》作：「君子知天下之不可上也，故下之；知衆人之不可先也，故後之。」

〔九〕遺辭二句：《佛本行集經》卷二六：「譬如大力最猛健將。」《漢書・東方朔傳》：「其言專商鞅、韓非之語也，指意放蕩，頗復詼諧。」《晋書・嵇康傳》：「康、安等言論放蕩。」蕭綱《誡當陽公大心書》：「立身先須謹重，文章且須放蕩。」

〔一〇〕執雌二句：《老子》二十八章：「知其雄，守其雌。」《淮南子・詮言訓》：「有以欲治而亂者，未有以守常而失者也。」

〔一一〕太山二句：泗水，見卷一〇《寄李十二白二十韻》(0613)注。郭璞《江賦》：「泓汯洞澋，涒鄰淵潾。」《文選》李善注：「皆水勢回旋之貌。」《詩・邶風・新臺》：「新臺有泚，河水瀰瀰。」《廣韻》：「瀰，水流貌。」「瀰，《詩》曰：河水瀰瀰。水盛貌也。」《集韻》二字通。

〔一二〕悠悠二句：《詩・小雅・魚藻》：「王在在鎬，豈樂飲酒。」序：「王居鎬京。」《大雅・文王有聲》：「宅是鎬京，武王成之。」此指長安。

秋述

秋，杜子卧病長安旅次，多雨生魚，青苔及榻〔一〕。常時車馬之客，舊雨來，今雨不來。昔襄陽龐德公，至老不入州府〔二〕。而揚子雲草《玄》寂寞，多爲後輩所褻〔三〕。近似之矣。嗚呼！冠冕之窟，名利卒卒。雖朱門之塗泥，士子不見其泥，矧抱疾窮巷之多泥乎〔四〕？子魏子獨踽踽然來，汗漫其僕夫〔五〕。夫又不假蓋，不見我病色，適與我神會〔六〕。我，弃物也，四十無位〔七〕。子不以官遇我，知我處順故也〔八〕。子，挺生者也，無矜色，無邪氣〔九〕。必見用則風后、力牧是已，於文章則子游、子夏是已〔一〇〕。無邪氣故也，得正始故也。噫！所不至於道者，時或賦詩如曹、劉，談話及衛、霍。豈少年壯志未息，俊邁之機乎〔一一〕？子魏子今年以進士調選，名隸東天官〔一二〕。告余將行，既縫裳，既聚糧〔一三〕。東人怵惕，筆札無敵〔一四〕。謙謙君子，若不得已〔一五〕。知禄仕此始，吾黨惡乎無述而止？（1469）

【注】

黃鶴注：《秋述》云「我弃物也，四十無位」，正當天寶十一載（七五二）。朱鶴齡注繫於天寶十載（七五一）。按，魏璀天寶十載進士，調選不當在是年。當作於天寶十三載（七五四）。

〔一〕多雨二句：卷九《對雨書懷走邀許十一簿公》(0439)黃鶴注：「河魚乃水面之塵所結成者，如釜生魚也。公《秋述》云卧病旅次長安，多雨生魚，此義也。」

〔二〕昔襄陽二句：見卷三《遣興五首》(0109)注。

〔三〕而揚子雲二句：見卷九《奉寄河南韋尹丈人》(0426)注。

〔四〕雖朱門三句：《後漢書·樊興傳》：「興每從出入，常操持小蓋，障翳風雨，躬履塗泥，率先期門。」

〔五〕子魏子二句：《文苑英華》卷一八四有魏璀《湘靈鼓瑟》詩，爲天寶十載進士試題。《登科記考》列魏璀本年進士。陳冠明謂即此魏子。《詩·唐風·杕杜》：「獨行踽踽，豈無他人。」傳：「踽踽，無所親也。」《淮南子·道應訓》：「吾與汗漫期於九垓之外。」注：「汗漫，不可知之也。」此變化其義。

〔六〕夫又三句：嵇康《與山巨源絶交書》：「仲尼不假蓋於子夏，護其短也。」《説苑·雜言》：「孔子將行，無蓋。弟子曰：『子夏有蓋，可以行。』孔子曰：『商之爲人也，甚短於財。吾聞與人交者推其長者，違其短者，故能久長矣。』」僧肇《物不遷論》：「可以神會，難以事求。」

〔七〕我弃物二句：《韓非子·外儲説左上》：「齊有居士田仲者，宋人屈穀見之，曰：『穀聞先生之義，不恃仰人而食。今穀有樹瓠之道，堅如石，厚而無竅，獻之。』仲曰：『夫瓠所貴者，謂其可以盛也。今厚而無竅，則不可以剖以盛物。而任重如堅石，則不可以剖而以斟。吾無以瓠爲也。』曰：『然，穀將弃之。』今田仲不恃仰人而食，亦無益人之國，亦堅瓠之類也。」《文選》張載《七命》李善注引有「然其弃物乎」一句。《論語·里仁》：「不患無位，患所以立。」

〔八〕子不二句：《莊子·養生主》：「適來，夫子時也；適去，夫子順也。安時而處順，哀樂不能入也。」

〔九〕子挺生三句：蔡邕《處士圈典碑》：「民之齊敏，卓時挺生。」《三國志・魏書・張邈傳》：「袁紹既爲盟主，有驕矜色。」

〔一〇〕必見用二句：風后、力牧，見《朝獻太清宮賦》(1457)注。《論語・先進》：「文學：子游、子夏。」

〔一一〕豈少年二句：《晉書・陸雲傳》：「挺珪璋於秀實，馳英華於早年，風鑒澄爽，神情俊邁。」

〔一二〕子魏子二句：天官，吏部。隸東天官，謂應東都選。《唐會要》卷七五《東都選》：「開耀元年十月，崇文館直學士崔融議選事曰：『關外諸州，道里迢遞，洛河之邑，天地之中。伏望詔東西二曹，兩京都分簡留放，既畢同赴京師。』」

〔一三〕告余三句：《詩・魏風・葛屨》：「摻摻女手，可以縫裳。」《莊子・逍遥游》：「適千里者，三月聚糧。」

〔一四〕東人二句：《左傳》文公十三年：「請東人之能與夫二三有司言者，吾與之先。」《書・冏命》：「怵惕惟厲。」陸機《與吴王表》：「臣本以筆札見知。」陸厥《奉答内兄希叔》：「相如恧温麗，子雲慚筆札。」

〔一五〕謙謙二句：《易・謙・象》：「謙謙君子，卑以自牧也。」《孟子・梁惠王下》：「國君進賢，如不得已，將使卑逾尊，疏逾戚，可不慎與？」

杜工部集卷第二十

策問文狀表碑志十四首

乾元元年華州試進士策問五首〔一〕

問：山林藪澤之地①，各以肥磽多少爲差〔二〕。故供甲兵士徒之役，府庫賜與之用，給郊廟宗社之祀②，奉養禄食之出，辨乎名物，存乎有司〔三〕。是謂公賦知歸，地著不撓者已〔四〕。今聖朝紹宣王中興之洪業于上，庶尹備山甫補衮之能事于下，而東寇猶小梗，率土未甚闢〔五〕。總彼賦税之獲，盡贍軍旅之用，是官御之舊典闕矣③，人神之攸序乖矣〔六〕。欲使軍旅足食，則賦税未能充備矣。欲將誅求不時，則黎元轉罹于疾苦矣。子等以待問之實，知新之明，觀志氣之所存，於應對乎

何有〔七〕？佇渴救敝之通術，願聞强學之所措意。道在此矣，得游説乎〔八〕？（1470）

【校】

① 山林，《文苑英華》此上有「古之」二字，校：「集無此二字。」

② 郊廟宗社，《文苑英華》作「郊社宗廟」。

③ 是，《文苑英華》此上有「建」字，校：「集作逮。」

【注】

黄鶴《年譜辨疑》乾元元年（七五八）戊戌：六月，出爲華州司功。七月，有《爲華州郭使君進滅殘寇形勢圖狀》，有《策進士文》。

〔一〕華州試進士策問：《唐六典》卷四禮部尚書：「凡舉試之制，每歲仲冬，率與計偕。其科有六：一曰秀才，二曰明經，三曰進士，四曰明法，五曰書，六曰算。」卷二吏部考功員外郎：「凡諸州每歲貢人，其類有六……其進士帖一小經及《老子》，試雜文兩首，策時務五條，文須洞識文律，策須義理愜當者爲通。」《封氏聞見記》卷一：「玄宗時，兩京國學有明經、進士，州縣之學絶無舉人，於是敕停鄉貢，一切令補學生，然後得舉。無何，中原有事，乃復爲鄉貢。州縣博士、學士，惟二奠行禮而已。今上登極，思宏教本。吏部尚書顔真卿奏請，改諸州博士爲文學，品秩在參軍之上。其中下州學一事以上，並同上州。每令與司功參軍同試貢舉，並四季同巡縣，點檢學生，課其事業。博士之爲文學，自此始也。」《唐摭言》卷一《鄉貢》：「有唐貞元已前，兩監之外，亦頗重郡府學生，然其時亦由鄉里所升，直補監生而已。爾後膏粱之族，率以學校爲鄙事。若鄉貢，蓋假名就貢而已。……爾來鄉貢漸廣，率多寄應者，故不甄別，置於榜中，信本同而末異也明矣。大曆中，楊綰疏請復舊章，貴全乎實，尋亦寢於公族，垂空言而已。」又卷二《争解元》：「同、華解最推利市，與京兆無異。若首送，無不捷者。」鄉貢考試在秋季。杜甫以司功參軍與其事。

〔二〕山林二句：《漢書·食貨志》：「若山林藪澤、原陵淳鹵之地，各以肥磽多少爲差，有賦有稅。」注：「師古曰：磽，确也。謂瘠薄之田也。」

〔三〕故供六句：《周禮·地官·大司徒》：「辨其山林川澤、丘陵墳衍原隰之名物。」

〔四〕是謂二句：《鹽鐵論·未通》：「是以百姓勸業而樂公賦。」《漢書·食貨志》：「理民之道，地著爲本。」注：「師古曰：地著，謂安土也。」

〔五〕今聖朝四句：宣王，見卷二《北征》(0052)注。《書·益稷》：「庶尹允諧。」《詩·大雅·烝民》：「袞職有闕，維仲山甫補之。」東寇，朱鶴齡注：「謂安慶緒末年。」

〔六〕總彼四句：《國語·周語上》：「命農大夫咸戒農用。先時五日，瞽告有協風至，王即齋宫，百官御事，各即其齋三日。」《書·洪範》：「我不知其彝倫攸叙。」傳：「言我不知天所以定民之常道理次叙。」徵引亦作「攸序」。

〔七〕子等四句：《禮記·儒行》：「儒有席上之珍以待聘，夙夜强學以待問。」《中庸》：「温故而知新，敦厚以崇禮。」

〔八〕道在二句：《史記・田敬仲完世家》：「宣王喜文學游説之士。」

問：國有軺車，廬有飲食〔一〕。古之按風俗，遣使臣，在王官之一守，得馳傳而分命〔二〕。蓋地有要害，郊有遠近。供給之比，省費相懸。今兹華惟襟帶，關逼輦轂〔三〕。行人受辭於朝夕，使者相望於道路。屬年歲無蓄積之虞①，職司有愁痛之歎②〔四〕。況軍書未絶，王命急宣。插羽先翥於騰鷹，敝帷不供於埋馬〔五〕。豈芻粟之勤獨爾，實驂騑之價闕如〔六〕。人主之軫念，屢及於兹；邦伯之分憂，何嘗敢怠〔七〕。乞恩難再，近日已降水衡之錢；積骨頗多，無暇更入燕王之市〔八〕。欲使輶軒有喜，主客合宜〔九〕。間閻罷杼軸之嗟，官吏得從容之計〔一〇〕。側佇新語③，當聞濟時④。（1471）

【校】

① 虞，《文苑英華》作「餘」。

② 歎，《文苑英華》作「色」，校：「集作歎。」

③ 新語，《文苑英華》作「嘉論」，校：「集作新語。」

④濟，《文苑英華》作「適」，校：「集作齊。」

【注】

〔一〕國有二句：《晉書・輿服志》：「軺車，古之時軍車也。一馬曰軺車，二馬曰軺傳。漢世貴輜輧而賤軺車，魏晉重軺車而賤輜輧。三品將軍以上、尚書令軺車黑耳有後户，僕射但有後户無耳，並皂輪。尚書及四品將軍則無後户，漆轂輪。」《唐六典》卷一七車府署：「凡王公已下車輅：一曰象輅，二曰革輅，三曰木輅，四曰軺車。……軺車，曲壁、青通幰、碧裏也。」《周禮・地官・遺人》：「凡國野之道，十里有廬，廬有飲食。」

〔二〕古之四句：《漢書・高祖紀》：「横懼，乘傳詣洛陽。」注：「如淳曰：律，四馬高足爲置傳，四馬中足爲馳傳，四馬下足爲乘傳，一馬二馬爲軺傳。」

〔三〕今茲二句：朱鶴齡注：「潼關，在華州。」《元和郡縣圖志》卷二華州：「東至潼關一百二十里」，「華陰縣……潼關，在縣東北三十九里。」司馬遷《報任安書》：「得待罪輦轂下。」

〔四〕行人四句：柳宗元《館驛使壁記》：「自萬年至於渭南，其驛六，其蔽曰華州，其關曰潼關。……華人夷人往復而授館者，旁午而至。傳吏奉符而閲其數，縣吏執牘而書其物。告至告去之役，不絶於道。寓望迎勞之禮，無曠於日。」《舊唐書・盧徵傳》：「故事，同、華以近地人貧，每正至、端午、降誕，所獻甚薄。徵遂竭其財賦，每有所進獻，輒加常數，人不堪命。」

〔五〕插羽二句：《史記・韓信盧綰列傳》：「吾以羽檄徵天下兵。」集解：「魏武帝《奏事》曰：今邊有小警，輒露檄插羽。飛羽檄之意也。騆案，推其言，則以鳥羽插檄書，謂之羽檄，取其急速若飛鳥也。」鮑照《舞鶴賦》：「逸翮後塵，翱翥先路。」《禮記·檀弓下》：「敝帷不弃，爲埋馬也。」

〔六〕豈芻粟二句：《史記·平津侯主父列傳》：「又使天下蜚芻輓粟。」集解：「文穎曰：轉芻穀就戰是也。」曹植《應詔詩》：「騑驂倦路，再寢再興。」

〔七〕人主四句：沈約《郊居賦》：「思幽人而軫念，望東皐而長想。」《書·盤庚下》：「邦伯師長百執事之人。」

〔八〕乞恩四句：水衡之錢，見卷一〇《寄岳州賈司馬六丈巴州嚴八使君兩閣老五十韻》(0611)注。燕市，見卷六《昔游》(0288)注。

〔九〕欲使二句：揚雄《答劉歆書》：「嘗聞先代輶軒之使。」左思《吴都賦》：「輶軒蓼擾，彀騎煒煌。」《文選》劉逵注：「輶，輕也。《詩》云：輶車鑾鑣。」

〔一〇〕閭閻二句：杼軸，見卷八《歲晏行》(0376)注。

問：通道陂澤，隨山濬川〔一〕。經啓之理①，疏奠之術②，抑有可觀，其來尚矣〔二〕。初聖人盡力溝洫，有國作爲堤防。洎後代控引淮海，漕通涇渭，因舟楫之利，達倉庾之儲，又賴此而殷，亦行之自久〔三〕。近者有司相土，決彼支渠〔四〕。既潰渭而亂河，竟功多而事寢〔五〕。人實勞止，岸乃善崩。遂使委輸之勤，中道而弃。

今軍用蓋寡，國儲未贍。雖遠方之粟大來，而助挽之車不給。是以國朝仗彼天使，徵茲水工，議下淇園之竹，更鑿商顏之井〔六〕。又恐煩費居多，績用莫立。空荷成雲之鍤，復擁填淤之泥③〔七〕。若然，則舟車之用，大小相妨矣；軍國之食，轉致或闕矣。矧夫人烟尚稀，牛力不足者矣④。子等飽隨時之要，挺賓王之資〔八〕。副乎求賢，敷厥讜議⑤。（1472）

【校】

① 經啓，《文苑英華》校：「名賢策問作啓闢。」

② 奠，《文苑英華》校：「名賢策問作鑿。」 術，《文苑英華》校：「一作跡。」

③ 填，《文苑英華》作「闐」，校：「名賢策問作墳。」

④ 矣，錢箋、《文苑英華》作「已」。

⑤ 議，《文苑英華》作「論」。

【注】

〔一〕通道二句：《書·禹貢》：「九澤既陂，四海會同。」傳：「九州之澤已陂障無決溢矣。」《舜典》：「封十有二山，濬川。」傳：「有流川則深之，使通利。」

〔二〕經啓四句：《左傳》襄公四年虞人之箴：「畫爲九州，經啓九道。」《書·禹貢》：「奠高山大川。」傳：「奠，定也。」崔瑗《河堤謁者箴》：「有夏作空，爰奠山川。導河積石，鑿於龍門。疏爲砥柱，卒彼河滸。」

〔三〕洎後代六句：《元和郡縣圖志》卷二華州華陰縣：「永豐倉，在縣東北三十五里渭河口，隋置。義寧元年，因倉又置監。天寶二年，左常侍兼陝州刺史韋堅開漕河，自苑西引渭水，因古渠至華陰入渭，運永豐倉及三門倉米，以給京師，名曰廣運潭，以堅爲天下轉運使。灞、滻二水會於漕渠，每夏大雨輒皆漲。大曆之後，漸不通舟。天寶中，每歲水陸運米二百五十萬石入關。大曆後，每歲水陸運米四十萬石入關。」

〔四〕近者二句：《淮南子·修務訓》：「相土地宜，燥濕肥墝高下。」

〔五〕既潰二句：《詩·大雅·生民》：「涉渭爲亂，取厲取鍛。」傳：「正絶流曰亂。」庾信《周兖州刺史廣饒公宇文公神道碑》：「浮潛逾沔，入渭亂河。」

〔六〕是以四句：《漢書·董仲舒傳》對策：「天使陽出布施於上而主歲功。」《史記·河渠書》：「乃使水工鄭國間説秦。」集解：「韋昭曰：鄭國能治水，故曰水工。」《詩·衛風·淇奥》：「瞻彼淇奥，緑竹猗猗。」《漢書·溝洫志》：「於是爲發卒萬人穿渠，自徵引洛水至商顔下，岸善崩，乃鑿井，深者四十餘丈。往往爲井，井下相通行水，水潰以絶商顔。」注：「應劭曰：商顔，山名也。師古曰：商顔，商山之顔也。」劉奉世謂乃别一山。

〔七〕空荷二句：《鄭白渠歌》：「舉臿如雲，決渠爲雨。」班固《西都賦》：「決渠降雨，荷插成雲。」填淤，見卷五《溪漲》（0239）注。

〔八〕子等二句：《易·觀》：「觀國之光，利用賓于王。」

問：足食足兵，先哲雅誥〔一〕。蓋有兵無食①，是謂弃之〔二〕。致能掉鞅靡旌，斯可用矣〔三〕。況寇猶作梗，兵不可去。日聞將軍之令，親覩司馬之法〔四〕。關中之卒未息，灞上之營何遠〔五〕。近者鄭南訓練，城下屯集〔六〕。瞻彼三千之徒，有異什一而税〔七〕。竊見明發教以戰鬭②，亭午放其庸保〔八〕。課乃菽麥③，以爲尋常。夫悦以使人，是能用古〔九〕；伊歲則云暮，實慮休止④。未卜及瓜之還，交比翳桑之餓〔一〇〕。羣有司自救不暇，二三子謂之何哉？（1473）

【校】

①有兵，《文苑英華》此下有「而」字，校：「集無而字。」

②以，《文苑英華》作「之」，校：「集作以。」

③麥，《文苑英華》作「粟」，校：「集作麥。」

④止，《文苑英華》作「工」，校：「文粹作土。」

【注】

〔一〕足食二句：《論語·顏淵》：「子貢問政。子曰：『足食，足兵，民信之矣。』子貢曰：『必不得已而去，於斯三者何先？』曰：『去兵。』」

〔二〕蓋有兵二句：《論語·子路》：「子曰：『以不教民戰，是謂弃之。』」

〔三〕致能二句：《左傳》宣公十二年：「許伯曰：『吾聞致師者，御靡旌摩壘而還。』樂伯曰：『吾聞致師者，左射以菆，代御執轡，御下兩馬，掉鞅而還。』」

〔四〕日聞二句：《史記·絳侯周勃世家》：「軍門都尉曰：『將軍令曰：軍中聞將軍令，不聞天子之詔。』」《平津侯主父列傳》：「《司馬法》曰：國雖大，好戰必亡；天下雖平，忘戰必危。」

〔五〕關中二句：《史記·蕭相國世家》：「漢王數失軍遁去，何常興關中卒，輒補缺。」《絳侯周勃世家》：「上自勞軍，至霸上及棘門軍，直馳入。」正義：「《廟記》云：霸陵即霸上。按，霸陵城在雍州萬年縣東北二十五里。」

〔六〕近者二句：鄭南，指華州。參卷一五《憶鄭南玭》(1038)注。《元和郡縣圖志》卷二華州：「鄭縣，望，郭下。本秦舊縣，漢屬京兆。……古鄭城在縣理西北三里。」

〔七〕瞻彼二句：《左傳》僖公二十四年：「秦伯送衛於晋三千人，實紀綱之僕。」《穀梁傳》莊公二十八年：「古者稅什一。」

〔八〕竊見二句：《詩·小雅·明發》：「明發不寐，有懷二人。」傳：「明發，發夕至明。」《史記·刺客列傳》：「高漸離變名姓爲人庸保。」索隱：「《欒布傳》曰：賣庸於齊，爲酒家人。《漢書》作酒家保。案，謂庸作於酒家，言可保信，故云庸保。」

〔九〕夫悦以二句：《易·兑·彖》：「説以先民，民忘其勞。」《書·旅獒》傳：「以悦使民，民忘其勞。」

〔一〇〕未卜二句：《左傳》莊公八年：「瓜時而往，曰：及瓜而代。」宣公二年：「初，宣子田於首山，舍于翳桑，見靈輒餓，問其病，曰：『不食三日矣。』」

問：昔唐堯之爲君也①，則天之大，敬授人時，十六升自唐侯者已〔一〕。昔帝舜之爲臣也，舉禹之功，克平水土，三十登爲天子者已〔二〕。本之以文思聰明，加之以勞身焦思〔三〕。既睦九族，叶和萬邦②。黜去四凶，舉十六相〔四〕。故五帝之後，傳載唐虞之美，無得而稱焉〔五〕。《易》曰：「君子終日乾乾。」《詩》曰：「文王小心翼翼。」〔六〕竊觀古人之聖哲，未有不以君唱于上③，臣和于下。致乎人和年豐，成乎無爲而理者也〔七〕。主上躬純孝之聖，樹非常之功〔八〕。内則拳拳然事親如有闕④，外則悸悸然求賢如不及。伊百姓不知帝力，庶官但恭己而已〔九〕。寇孽未平，砮徵之至數也；倉廩未實，物理之固然也〔一〇〕。今大軍虎步⑤，列國鶴立〔一一〕。山東之諸將雲合，淇上之捷書日至〔一二〕。二三子議論弘正⑥，詞氣高雅，則遺祲盪滌之後，聖朝砥礪之辰〔一三〕。雖遭明主，必致之於堯舜；降及元輔⑦，必要之於稷禼⑧〔一四〕。驅蒼生於仁壽之域，反淳樸於羲皇之上〔一五〕。自古哲王立極，大臣爲體〔一六〕。眇然坦途，利往何順⑨。子有說否？庶復見子之志，豈徒瑣瑣射策，趨競一第哉！頃之問孝廉⑩，取備尋常之對，多忽經濟之體。考諸詞學，自有文章在；束以徵事⑪，曷成凡例焉〔一七〕？今愚之粗徵，貴切時務而已。夫時患錢輕，以至於量資幣，權子母，代復改鑄。或行乎前榆莢，後契刀〔一八〕。當此之際，百姓蒙利厚薄，何人所制輕重？又穀者所以阜俗康時，聚人守位者也。下至十室之邑，必有千鍾之藏〔一九〕。苟凶穰以之，貴賤失度，雖封丞相而猶困，侯大農而謂何〔二〇〕？是以繼絶表微⑫，無或區分踰越。蒙實不敏，仁遠乎哉？（1474）

【校】

①唐，《文苑英華》作「帝」。

②叶，錢箋、《文苑英華》作「協」。

③君，《文苑英華》此上有「此」字，校：「集無此字。」

④闕，宋本、《文苑英華》校：「一作待。」

⑤虎，《文苑英華》作「武」。

⑥弘，宋本作「引」，據錢箋、《文苑英華》改。
⑦降及，《文苑英華》作「雖降」，校：「一作降及。」
⑧稷卨，《文苑英華》作「夔皋」，校：「集作稷卨。」
⑨利往何順，《文苑英華》作「何往不順」，校：「集作利往何順。」
⑩廉，《文苑英華》作「秀」，校：「集作廉。」
⑪東，《文苑英華》作「策」。
⑫以，《文苑英華》作「亦」，校：「一作以。」

【注】

〔一〕昔唐堯四句：《書·堯典》：「乃命羲和，欽若昊天，曆象日月星辰，敬授人時。」又傳：「堯年十六以唐侯升爲天子，在位七十年。」《左傳》昭公二十五年：「則天之明，因地之性。」

〔二〕昔帝舜四句：《書·舜典》：「帝曰：『俞，咨！禹，汝平水土，惟時懋哉。』」「舜生三十徵庸，三十在位。」傳：「歷試二年，攝位二十八年。」

〔三〕本之二句：《書·堯典》：「昔在帝堯，聰明文思。」《史記·夏本紀》：「禹傷先人父鯀功之不成受誅，乃勞身焦思，居外十三年，過家門不敢入。」

〔四〕既睦四句：《書·堯典》：「克明俊德，以親九族。九族既睦，平章百姓。百姓昭明，協和萬邦。」《左傳》文公十八年：「舜臣堯，賓於四門，流四凶族渾敦、窮奇、檮杌、饕餮，投諸四裔，以御魑魅。是以堯崩而天下如一，同心戴舜以爲天子，以其舉十六相，去四凶也。」

〔五〕故五帝三句：《史記・五帝本紀》：「太史公曰：學者多稱五帝，尚矣。然《尚書》獨載堯以來，而百家言黃帝，其文不雅馴，薦紳先生難言之。」

〔六〕易曰二句：《易・乾》：「君子終日乾乾。」疏：「終日乾乾，言每恒終竟此日，健健自强，勉力不有止息。」《詩・大雅・大明》：「維此文王，小心翼翼。」

〔七〕致乎二句：《論語・衛靈公》：「子曰：『無爲而治者，其舜也與？夫何爲哉？恭己正南面而已矣。』」

〔八〕主上二句：《左傳》隱公元年：「潁考叔，純孝也。」司馬相如《難蜀父老》：「蓋世必有非常之人，然後有非常之事。有非常之事，然後有非常之功。」

〔九〕伊百姓二句：《太平御覽》卷一八九引《帝王世紀》：「堯時老人擊壤於路而歌曰：鑿井而飲，耕田而食，帝力于我何有哉？」

〔一〇〕寇孽四句：《書・洪範》：「曰咎徵。」傳：「惡行之驗。」《管子・牧民》：「倉廩實則知禮節，衣食足則知榮辱。」

〔一一〕今大軍二句：《後漢書・何進傳》：「今將軍總皇威，握兵要，龍驤虎步，高下在心。」曹植《求通親親表》：「實懷鶴立企佇之心。」

〔一二〕山東二句：見卷二《洗兵馬》(0090)注。

〔一三〕二三子四句：《漢書・匡衡傳》上疏：「臣聞天人之際，精祲有以相蕩，善惡有以相推。」《荀子·王制》：「今將來致之，並閱之，砥礪之於朝廷。」

〔一四〕降及二句：卨，契之本字。見卷一《自京赴奉先縣詠懷五百字》(0041)注。

〔一五〕驅蒼生二句：《漢書·王吉傳》上疏：「驅一世之民，濟之仁壽之域。」《淮南子·原道訓》：「已雕已琢，還反於樸。」朱穆《崇厚論》：「禮法興而淳樸散。」

〔一六〕自古二句：魏澹《魏史義例》：「臣聞天子者，繼天立極，終始絶名。」《大戴禮記·千乘》：「國有四輔，輔，卿也。卿設如四體。」

〔一七〕束以二句：《宋書·翟法賜傳》：「逼以王憲，束以嚴科。」

〔一八〕夫時六句：《漢書·食貨志》：「周景王時患錢輕，將更鑄大錢，單穆公曰：『不可。古者天降災戾，於是乎量資幣，權輕重，以救民。民患輕，則爲之作重幣以行之，於是有母權子而行，民皆得焉。若不堪重，則多作輕而行之，亦不廢重，於是乎有子權母而行，小大利之。」注：「應劭曰：母，重也。其大倍，故爲母也。子，輕也。其輕少半，故爲子也。民患幣之輕而物貴，爲重幣以平之，權時而行，以廢其輕。故曰母權子，猶言重權輕也。」又：「漢興，以爲秦錢重難用，更令民鑄莢錢。」注：「如淳曰：如榆莢也。」又：「王莽居攝，變漢制，以周錢有子母相權，於是更造大錢。……又造契刀、錯刀。契刀，其環如大錢，身形如刀，長二寸，文曰契刀五百。」

〔一九〕下至二句：《管子·國蓄》：「使千室之都，必有千鍾之藏。」《漢書·食貨志》：「千室之邑，必有千鍾之藏。」

〔二〇〕苟凶穰四句：《史記·平準書》：「桑弘羊爲治粟都尉，領大農……乃請置大農部丞數十人，分部主郡國，各往往縣置均輸鹽鐵官。……大農之諸官盡籠天下之貨物，貴即賣之，賤則買之。」

前殿中侍御史柳公紫微仙閣畫太一天尊圖文①〔一〕

石鼈老放神乎始清之天，游目乎浩劫之家〔二〕。泠泠然馭乎風，熙熙然登乎臺〔三〕。進而俯乎寒林，退而極乎延閣〔四〕。見龍虎日月之君，亘于疏梁，塞于高壁〔五〕。骨者鬣者，皙者黝者，視遇之間，若寇嚴敵者已〔六〕。伊四司五帝天之徒，青節祟然，緑輿駢然〔七〕。仙官洎鬼官，無央數衆，陽者近，陰者遠，俱浮空不定，目所向如一〔八〕。蓋知北闕帝君之尊，端拱侍衛之内，於天上最貴矣〔九〕。已而左玄之屬吏，三洞弟子某進曰〔一〇〕：「經始纘事，前柱下史河東柳涉，職是樹善〔一一〕。損于而家，憂于而國。剥私室之匱，渴蒸人之安，志所至也。請梗概帝君救護之慈，朝拜之功曰：若人存思，我主籙，生之根，死之門〔一二〕。我則制伏妖之興，毒之騰。凡今之人，反側未濟〔一三〕。柳氏，柱史也。立乎老君之後，獲隱嘿乎？忍塗炭乎〔一四〕？先生與道而游，與學而游，可上以昭太一之威神于下，下以昭柱史之告訴于上〔一五〕。玉京之用事也，率土之發祥也，惡乎寢而？庸詎仰而〔一六〕？」

先生藐然若往，頹然而止曰：「噫！　夫鳥亂於雲，魚亂於河，獸亂於山。是罼弋釣罟削格之智生，是機變邀退攫拾之智極②〔一七〕。故自黄帝已下，干戈崢嶸。流血不乾，骨蔽平原。乖氣横放，淳風不返。雖《書》載蠻夷率服，《詩》稱徐方大來，許其慕中夏〔一八〕。與夫容成中央氏、尊盧氏輩，結繩而已，百姓至死不相往來，兹茂德困矣〔一九〕。矧賢主趣之而不及，庸主聞之而不曉。浩穰崩蹙，數千古哉〔二〇〕！　至使世之仁者，蒿目而憂世之患〔二一〕。有是夫！　今聖主誅干紀，康大業，物尚疵癘，戰争未息〔二二〕。必揆當世之變，日慎一日〔二三〕。衆之所惡與之惡，衆之所善與之善〔二四〕。敕有司寬政去禁，問疾薄斂。修其土田，險其走集〔二五〕。以此馭賊臣惡子，自然百祥攻百異有漸〔二六〕。天下洶洶，何其撓哉已〔二七〕！　登乎種種之民，舍夫啍啍之意〔二八〕。是巍巍乎北闕帝君者，肯不乘道腴，卷黑簿，詔北斗削死，南斗注生〔二九〕。與夫圓首方足，施及乎蠢蠕之蟲，肖翹之物，盡驅之更始〔三〇〕。何病乎不得如昔在太宗之時哉？」石鼈老畢辭，三洞弟子某又某，静如得，動如失。久而却走，不敢貳問。（1475）

【校】

①前殿中侍御史柳公紫微仙閣畫太一天尊圖文，「柳」宋本作「仰」，據錢箋改。

②邀退，錢箋作「徼射」。

【注】

仇注：石鼈先生，杜公蓋設名以自寓也。玩篇中干紀戰争諸語，當是乾元初回京後所作者。

〔一〕柳公：柳涉。事迹不詳。紫微仙閣：《長安志》卷一一萬年縣：「羅漢寺，在縣南六十里終南山石鰲谷。有羅漢石洞三。太平興國寺，在府東街。舊《圖經》曰：本唐紫微宫，天祐初爲寺。」太一天尊：見卷一九《朝獻太清宫賦》(1457)注。

〔二〕石鼈老二句：《雲笈七籤》卷三《道教三洞宗元》：「其三清境者，玉清、上清、太清是也，亦名三天。其三天者，清微天、禹餘天、大赤天是也。天寶君治在玉清境，即清微天也。其氣始青。」浩劫，見卷一三《玉臺觀》(0855)注。

〔三〕泠泠二句：《楚辭·七諫》：「上葳蕤而防露兮，下泠泠而來風。」《老子》二十章：「衆人熙熙，如享太牢，如春登臺。」

〔四〕進而二句：左思《蜀都賦》：「結陽城之延閣，飛觀榭乎雲中。」《文選》李善注：「《淮南子》曰：延閣棧道。」

〔五〕見龍虎三句：《三洞奉道科戒》卷二：「凡天尊道君老君，左右皆有真人玉童玉女，侍香侍經，香官使者，左右龍虎君，左右官使者……」卷一：「夫三清上境及十洲五岳諸名山，或洞天並太空中，皆有聖人治處，或結氣爲樓閣堂殿，或聚雲成臺榭宮房，或處星辰日月之門。」

〔六〕骨者四句：《太平廣記》卷六《周隱逸》（出《仙傳拾遺》）：「髮鬒而黑，髭粗而直，若獸鬣也。」《爾雅·釋器》：「黑謂之黝。」注：「黝，黑貌。」王粲《爲劉荆州諫袁譚書》：「摧嚴敵於鄴都，揚休烈於朔土。」

〔七〕伊四司三句：《三洞奉道科戒》卷六：「太上無極大道三十六部尊經、玄中大法師、上師上宰、四司五帝、三界官屬、一切真靈。」《雲笈七籤》卷八《三十九章經》：「四司者，天帝之禁宮也。」卷一〇五《清靈真人裴君傳》：「仗青旄之節，以周流九宮。」卷五三《太上隱書八景飛經八法》：「足躡九色之履，手執招靈之章，乘玄景緑輿，五色雲車。」

〔八〕仙官六句：《真誥》卷一：「諸仙人俱是九宮之官僚耳。至於真人，乃九宮之公卿大夫，仙官有上下，各有次秩。」卷一三：「鬼官別有北斗君，以司生殺爾。」「鬼官之太帝者，北帝君也。」《酉陽雜俎》卷二《玉格》：「鬼官有七十五品。仙位有九太帝，二十七天君，一千二百仙官，二萬四千靈司，三十二司命，三品、九品、七城，九階二十七位，七十二萬之次第也。」

〔九〕蓋知三句：太一爲北極貴神。又《道教義樞》卷二：「北方洞陰朔單鬱絶五靈玄老帝君，名叶光紀。」《雲笈七籤》卷二五《北極七元紫庭秘訣》：「北方之上真，太玄之尊君，出入上虛，與紫精道君爲友也。其備門黑帝，或號爲黑靈之公，或號黑神，或號爲黑精，或號爲黑帝君，並受事於中央太玄黑真上皇君。」

〔一〇〕已而二句：左玄，見卷一九《朝獻太清宮賦》(1457)注。《道教義樞》卷二：「三洞者，八會之靈音，三景之玄教。」「釋曰：一者洞真，二者洞玄，三者洞神。」

〔一一〕經始三句：《論語・八佾》：「子曰：『繪事後素。』」集解：「鄭曰：繪，畫文也。」《唐六典》卷一三侍御史：「《周官》宗伯屬官御史……以其在殿柱之間，亦謂之柱下史。秦改爲侍御史。」

〔一二〕若人四句：《真誥》卷一〇：「凡人常存思識己之形，極使仿佛對在我前，使面上恒有日月之光，洞照一形。」《雲笈七籤》卷一六《靈寶洞玄自然九天生神章經》：「太一執符，帝君品命，主籙勒籍，司命定算，五帝監生。」卷四五《修真旨要》：「籙者，戒録情性，止塞愆非，制斷惡根，發生道業，從凡入聖，自始及終，先從戒籙，然後登真。」卷三〇《帝一混合三五立成法》：「故《大洞真經》中篇曰：二老在左右方，帝魂不可不分，三九變其上下，太一立其中根，五神奉我生籍，司命塞我死門。」

〔一三〕凡今二句：《周禮・夏官・匡人》：「使無敢反側，以聽王命。」注：「反側猶背違法度也。《書》曰：無反無側，王道正直。」

〔一四〕柳氏五句：朱鶴齡注：「謂老君嘗爲周柱下史，柳氏今繼其後。」《易・繫辭上》：「君子之道，或出或處，或默或語。」徐勉《鵲賦》：「生無隱嘿，質有玄素。」《書・仲虺之誥》：「有夏昏德，民墜塗炭。」

〔一五〕先生四句：《莊子・山木》：「吾願去君之累，除君之憂，而獨與道游於大莫之國。」《淮南子・人間訓》：「知人而不知天，則無以與道游。」

〔一六〕玉京四句：《雲笈七籤》卷三《道教三洞宗元》：「自玄都玉京已下，合有三十六天。」《詩・商頌・長發》：「濬哲維商，長發其祥。」箋：「深知乎維商家之德也，久發見其禎祥矣。」揚雄《河東賦》：「發祥隤祉。」

〔一七〕夫鳥亂五句：《莊子・胠篋》：「夫弓弩畢弋機變之知多，則鳥亂於上矣。鉤餌罔罟罾笱之知多，則魚亂於水矣。削格羅落罝罘之知多，則獸亂於澤矣。」注：「李云：削格，所以施羅網也。」

〔一八〕雖書三句：《書・舜典》：「蠻夷率服。」《詩・大雅・常武》：「王猶允塞，徐方既來。」

〔一九〕與夫四句：《莊子・胠篋》：「昔者容成氏、大庭氏、伯皇氏、中央氏、栗陸氏、驪畜氏、軒轅氏、赫胥氏、尊盧氏、祝融氏、伏犧氏、神農氏，當是時也，民結繩而用之，甘其食，美其服，樂其俗，安其居，鄰國相望，雞狗之音相聞，民至老死而不相往來。」

〔二〇〕浩穰二句：《漢書・張敞傳》：「京兆典京師，長安中浩穰，於三輔尤爲劇。」注：「師古曰：浩，大也；穰，盛也。言人衆多。」

〔二一〕至使二句：《莊子・駢拇》：「今世之仁人，蒿目而憂世之患。」注：「司馬云：蒿，亂也。李云：蒿目，決性之貌。」

〔二二〕今聖主四句：潘勖《册魏公九錫文》：「犯闕干紀，莫不誅殛。」《莊子・逍遥游》：「其神凝，使物不疵癘而年穀熟。」釋文：「疵，病也。司馬云：毁也。癘，惡病也。」

〔二三〕必揆二句：《説苑・辨物》：「考天文，揆時變。」《韓非子・初見秦》：「戰戰慄栗，日慎一日。」

〔二四〕衆之二句：《禮記・大學》：「民之所好好之，民之所惡惡之。此之謂民之父母。」《荀子・强國》：「桀紂者，善爲人所惡也；而湯武者，善爲人所好也。」

〔二五〕修其二句：《左傳》昭公二十三年：「夫正其疆埸，修其土田，險其走集，親其民人，明其伍候。」杜預注：「走集，邊竟之壘辟。」

〔二六〕以此二句：《書・伊訓》：「作善降之百祥，作不善降之百殃。」劉向《條災異封事》：「使是非炳然可知，則百異消滅，而衆祥並至。」《淮南子・説山訓》：「針成幕，蔂成城。事之成敗，必由小生。言有漸也。」

〔二七〕天下二句：《三國志・魏書・曹爽傳》：「天下洶洶，人懷危懼。」《莊子・駢拇》：「自虞氏招仁義以撓天下也，天下莫不奔命於仁義。」

〔二八〕登乎二句：《莊子・胠篋》：「甚矣夫好知之亂天下也。自三代以下者是已。舍夫種種之民而悦夫役役之佞，釋夫恬淡無爲而悦夫啍啍之意，啍啍已亂天下矣。」注：「種種，李云：謹慤貌。一云淳厚也。」「啍啍，司馬云：少智貌。一云啍啍，壯健之貌。」

〔二九〕是巍巍五句：桓譚《答揚雄書》：「子雲勤味道腴。」黑簿，見卷一九《朝獻太清宫賦》(1457)注。《雲笈七籤》卷二一《三界寶籙》：「今依《度人經》説，東斗主算，西斗記名，北斗落死，南斗上生，中斗大魁，總監衆靈。」《搜神記》卷三：「南坐者曰：『借文書看之。』見超壽止可十九歲，乃取筆挑上，語曰：『救汝至九十年活。』顔拜而回。管語顔曰：『大助子，且喜得增壽。北邊坐人是北斗，南邊坐人是南斗。南斗注生，北斗注死。凡人受胎，皆從南斗過北斗。所有祈求皆向北斗。』」

〔三〇〕與夫四句：《道教義樞》卷七：「人道義者，圓首法天，足方象地，心懷仁愛，謂之爲人。」何承天《重答顔光禄》：「夫陰陽陶氣，剛柔賦性，圓首方足，容貌匪殊。」《莊子·胠篋》：「惴耎之蟲，肖翹之物，莫不失其性。」注：「崔云：肖翹，植物也。李云：翾飛之屬。」《抱朴子·論仙》：「仙法欲令愛逮蠢蠕，不害含氣。」孫綽《喻道論》：「蠢蠕之生，浸毓靈液。」《莊子·盜跖》：「與天下更始。」

祭故相國清河房公文〔一〕

維唐廣德元年，歲次癸卯，九月辛丑朔，二十二日壬戌，京兆杜甫敬以醴酒茶藕蓴鯽之奠①，奉祭故相國清河房公之靈曰：嗚呼！純樸既散，聖人又殁。苟非大賢，孰奉天秩〔二〕？唐始受命，羣公間出。君臣和同，德教充溢。魏、杜行之〔三〕，夫何畫一。婁、宋繼之〔四〕，不墜故實。百餘年間，見有輔弼。及公入相，紀綱已失。將帥干紀，烟塵犯闕。王風寖頓，神器圮裂〔五〕。關輔蕭條，乘輿播越。太子即位，揖讓蒼卒②。小臣用權，尊貴倏忽〔六〕。公實匡救，忘餐奮發。累抗直詞，空聞泣血。時遭祲沴，國有征伐。車駕還京，朝廷就列。盜本乘弊，誅終不滅〔七〕。高義沉埋，赤心蕩折③〔八〕。貶官厭路，讒口到骨④〔九〕。致君之誠，在困彌切。天道闊遠，元精茫昧〔一〇〕。偶生賢達，不必濟會〔一一〕。明明我公，可去時代⑤〔一二〕。賈誼慟哭，雖多顛沛；仲尼旅人，自有遺愛〔一三〕。二聖崩日，長號荒外〔一四〕。後事所委，不在卧内。因循寢疾，憔悴無悔。死矢泉塗⑥，激揚風槩〔一五〕。天柱既折，安仰翊戴？地維則絶⑦，安放夾載⑧〔一六〕？豈無羣彦，我心忉忉〔一七〕。不見君子，逝水滔滔〔一八〕。泄涕寒谷，吞聲賊壕。有車爰送，有紼爰操〔一九〕。撫墳日落，脱劍秋高⑨〔二〇〕。我公戒子，無作爾勞。斂以素帛，付諸蓬蒿。身瘞萬里⑩，家無一毫。數子哀過，他人鬱陶〔二一〕。水漿不入，日月其慆〔二二〕。州府救喪，一二而已。自古所歎，罕聞知己。曩者書札，望公再起。今來禮數⑪，爲態至此⑫。先帝松柏，故鄉枌梓〔二三〕。靈之忠孝，氣則依倚。拾遺補闕，視君所履。公初罷印⑬，人實切齒。甫也備位此官，蓋薄劣耳。見時危急，敢愛生死。君何不聞，刑欲加矣。伏奏無成，終身愧恥〔二四〕。乾坤慘慘，豺虎紛紛。蒼生破碎，諸將功勳。城邑自守，鼙鼓相聞。山東雖定，灞上多軍〔二五〕。憂恨展轉，傷痛氤氳⑭。玄豈正色⑮，白亦不分⑯〔二六〕。培塿滿地〔二七〕，崑崙無羣。致祭者酒，陳情者文。何當旅櫬，得出江雲？嗚呼哀哉！尚饗。（1476）

【校】

①敬，《文苑英華》作「謹」，校：「集作敬。」

②蒼，錢箋、《文苑英華》作「倉」。

③折，《文苑英華》作「拆」。

④口，《文苑英華》校：「一作言。」

⑤去，《文苑英華》校：「一作云。」

⑥死夭，《文苑英華》作「夭閼」，校：「蜀本作死夭。」

⑦則，《文苑英華》校：「一作既。」

⑧夾，《文苑英華》作「挾」，校：「集作夾。」

⑨脱，《文苑英華》作「挂」，校：「集作脱。」

⑩瘞，《文苑英華》作「没」，校：「集作瘞。」

⑪今，《文苑英華》作「往」，校：「集作今。」

⑫態，《文苑英華》作「能」，校：「集作態。」

⑬初，《文苑英華》作「之」，校：「集作初。」

⑭ 氤，《文苑英華》作「氛」，校：「集作氤。」

⑮ 豈，宋本校：「一作堂。」《文苑英華》校：「集作堂。非。」

⑯ 亦，宋本校：「一作黑。」《文苑英華》校：「集作黑。非。」

【注】

黄鶴《年譜辨疑》廣德元年（七六三）癸卯：九月壬戌，是爲二十二日，在閬州祭房琯。參卷一三《別房太尉墓》（0864）等詩注。

〔一〕清河房公：《新唐書·宰相世系表一下》：「河南房氏，晉初有房乾，本出清河。」《全唐文補遺》第六輯房濟《唐故洪州武寧縣令房府君墓志記》：「洪州武寧縣令房從會，清河人也。源流系序，譜諜具詳。曾祖融，皇正諫大夫，鸞臺鳳閣平章事。祖璩，皇兵部郎中。」璩兄即琯。

〔二〕苟非二句：《書·皋陶謨》：「天秩有禮，自我五禮有庸哉。」傳：「天次秩有禮，當用我公侯伯子男五等之禮以接之，使有常。」

〔三〕魏杜：仇注：「魏徵、杜如晦。」

〔四〕婁宋：仇注：「婁師德、宋璟。」

〔五〕王風二句：皇甫謐《三都賦序》：「王道陵遲，風雅寢頓。」《文選》張銑注：「頓，壞也。」《老子》二十九章：「天下神器，不可爲。」《漢書·敘傳》：「不知神器有命，不可以智力求也。」桓温《薦譙元彦表》：「神州丘墟，三方圮裂。」《文選》呂延濟注：「圮，毀；裂，分也。」

〔六〕小臣二句：朱鶴齡注：「趙次公曰：小臣二語，蓋謂李輔國也。」

〔七〕盜本二句：《鹽鐵論・錯幣》：「湯文繼秦，漢興乘弊。」《北史・王紘傳》：「若復出頓江淮，恐北狄西寇乘弊而來。」

〔八〕高義二句：《書・盤庚》：「今我民用蕩析離居。」疏：「播蕩分析，離其居宅。」

〔九〕貶官二句：朱鶴齡注：「讒口，謂肅宗入賀蘭進明之譖，惡琯貶之。」

〔一〇〕天道二句：《論衡・超奇》：「天稟元氣，人受元精。」

〔一一〕偶生二句：《論衡・治期》：「無道之君，偶生於當亂之時。」

〔一二〕明明二句：可，豈可。仇注：「言朝廷不當去之。」《南齊書・武帝紀》：「理務無庸，隨時代黜。」

〔一三〕仲尼二句：《左傳》昭公二十年：「及子産卒，仲尼聞之，出涕曰：『古之遺愛也。』」唐玄宗《追謚孔子十哲並升曾子四科詔》：「俾夫大聖，才列陪臣，栖遲旅人。」

〔一四〕二聖二句：寶應元年四月，玄宗、肅宗相繼崩。

〔一五〕死矢二句：《詩・鄘風・柏舟》：「之死矢靡它。」傳：「矢，誓。」泉塗，猶言泉路。謝莊《孝武帝宣貴妃誄》：「皇帝痛掖殿之既闃，悼泉塗之已空。」袁宏《三國名臣序贊》：「始救生人，終明風概。」

〔一六〕天柱四句：《禮記・檀弓上》：「孔子蚤作，負手曳杖，消摇於門，歌曰：『泰山其頽乎，梁木其壞乎，哲人其萎乎。』既歌而入，當户而坐。子貢聞之曰：『泰山其頽，則吾將安仰？梁木其壞，哲人其萎，則吾將安放？ 夫子殆將病也。』」《左傳》成公十六年：「欒、范以其族夾公行，陷於淖。 欒書將載晋侯。」夾載疑用此。

〔一七〕豈無二句：《詩·齊風·甫田》：「無思遠人，勞心忉忉。」毛傳：「忉忉，憂勞也。」

〔一八〕不見二句：《詩·齊風·載驅》：「汶水滔滔，行人儦儦。」傳：「滔滔，流貌。」

〔一九〕有車二句：《禮記·曲禮上》：「助葬必執紼。」注：「紼，引車索。」

〔二〇〕脱劍：見卷一三《别房太尉墓》(0864)注。

〔二一〕數子二句：《舊唐書·房琯傳》：「孺復，琯之孽子也。」「其長兄宗偃先貶官嶺下而卒。」《宰相世系表一下》琯子：「宗偃，御史中丞。 乘，秘書郎。 孺復，容州刺史。」韓愈《清河郡公房公墓碣銘》：「公諱啓，字某，河南人。 其大王父融，王父琯，仍父子爲宰相。」「父乘，仕至秘書少監。」

〔二二〕水漿二句：《詩·唐風·蟋蟀》：「今我不樂，日月其慆。」傳：「慆，過也。」

〔二三〕先帝二句：謝靈運《述祖德詩》：「隨山疏浚潭，傍岩蓺枌梓。」

〔二四〕甫也八句：仇注：「此段自述感恩疏救之意。」

〔二五〕灞上：見《乾元元年華州試進士策問五首》(1473)注。

〔二六〕玄豈二句：豈，豈非。《禮記·玉藻》：「衣正色，裳間色。」注：「謂冕服，玄上纁下。」疏：「玄是天色，故爲正。」二句意即黑白不分。《漢書·劉向傳》：「白黑不分，邪正雜糅，忠讒並進。」《論衡·定賢》：「無善心者，白黑不分，善惡同倫。」

〔二七〕培塿：見卷七《可歎》（0328）注。

爲遺補薦岑參狀①〔一〕

宣議郎、試大理評事、攝監察御史、賜緋魚袋岑參

右臣等竊見岑參識度清遠，議論雅正，佳名早立，時輩所仰。今諫諍之路大開，獻替之官未備。恭惟近侍實藉茂才，臣等謹詣閤門，奉狀陳薦以聞。伏聽進止。（1477）

至德二載六月十二日左拾遺内供奉臣裴薦等狀〔二〕

右拾遺内供奉臣孟昌浩　右拾遺内供奉臣魏齊聃〔三〕

左拾遺内供奉臣杜甫　左補闕臣韋少游〔四〕

【校】

① 爲遺補薦岑參狀，「遺補」錢箋作「補遺」。

【注】

黄鶴《年譜辨疑》至德二年（七五七）丁酉：六月十二日，又有《同遺補薦岑參諫官狀》。

〔一〕岑參：岑參至德元載領伊西北庭支度副使，歲晚東歸。至德二載至鳳翔行在。參聞一多《岑嘉州繫年考證》。

〔二〕裴薦：賈至有《授裴薦攝主客員外郎制》。《新唐書·宰相世系表一上》洗馬裴氏：裔子，「茂，襄陽節度使。薦，主客員外郎。」見《唐尚書省郎官石柱題名考》主客員外郎。

〔三〕孟昌浩、魏齊聃：事迹不詳。

〔四〕韋少游：賈至《授韋少游祠部員外郎等制》：「勅：左補闕、直弘文館韋少游，修詞懿文，終温且惠。……少游可檢校祠部員外郎。」《新唐書·宰相世系表四上》東眷韋氏南皮公房：考功郎中鏗子，「少游，吏部郎中」。見《唐尚書省郎官石柱題名考》吏部郎中。

奉謝口勅放三司推問狀〔一〕

右臣甫智識淺昧，向所論事，涉近激訐，違忤聖旨。既下有司，具已舉劾，甘從自弃，就戮爲幸。今日巳時，中書侍郎平章事張鎬奉宣口勅，宜放推問〔二〕，知臣愚戇①，舍臣萬死。曲成恩造，再賜骸骨。臣甫誠頑誠蔽，死罪死罪。臣以陷身賊庭②，憤惋成疾。實從間道，獲謁龍顏③。猾逆未除，愁痛難遏④。猥廁衮職，願少裨補。竊見房琯，以宰相子，少自樹立，晚爲醇儒，有大臣體。時論許琯，必位至公輔，康濟元元。陛下果委以樞密，衆望甚允。觀琯之深念主憂⑤，義形於色。況畫一保大⑥，素所蓄積者已⑦〔三〕。而琯性失於簡，酷嗜鼓琴。董庭蘭，今之琴工，游琯門下有日。貧病之老，依倚爲非。琯之愛惜人情，一至於玷污⑧〔四〕。臣不自度量，歎其功名未垂，而志氣挫衄，覬望陛下弃細録大，所以冒死稱述。何思慮始⑨，竟闕於再三。陛下貸以仁慈，憐其懇到。不書狂狷之過⑩，復解網羅之急，是古之深容直臣，勸勉來者之意。天下幸甚，天下幸甚。豈小臣獨蒙全軀，就列待罪而已。無任先懼後喜之至。謹詣閤門，進狀奉謝以聞〔五〕。謹進。

至德二載六月一日宣議郎行左拾遺臣杜甫狀奏(1478)

【校】

① 贖，《文苑英華》作「惷」，校：「集作贖。」
② 以，《文苑英華》作「比」，校：「集作以。」
③ 謁，《文苑英華》作「面」，校：「集作謁。」
④ 遏，宋本作「過」，據錢箋改。

⑤深，《文苑英華》作「伏」，校：「集作深。」
⑥大，錢箋作「太」。
⑦素所，《文苑英華》此上有「其」字。
⑧於，《文苑英華》無此字，校：「集有於字。」
⑨始，《文苑英華》作「未」，校：「集作始。」
⑩過，《文苑英華》作「罪」，校：「集作過。」

【注】

黄鶴《年譜辨疑》至德二年（七五八）丁酉：六月一日，有《奉謝口勅放三司推問狀》。

〔一〕口勅放三司推問：《新唐書·杜甫傳》：「與房琯爲布衣交，琯時敗陳濤斜，又以客董廷蘭，罷宰相。甫上疏言罪細，不宜免大臣。帝怒，詔三司親問。宰相張鎬曰：『甫若抵罪，絶言者路。』帝乃解。甫謝。」《舊唐書·韋陟傳》：「拜御史大夫。拾遺杜甫上表論房琯有大臣度，真宰相器，聖朝不容。辭旨迂誕，肅宗令崔光遠與陟及憲部尚書顏真卿同訊之。陟因入奏曰：『杜甫所論房琯事，雖被貶黜，不失諫臣大體。』上由此疏之。」三司，謂門下省、中書省、御史臺。《唐六典》卷八給事中：「凡國之大獄，三司詳決，若刑名不當，輕重或失，則援法例退而裁之。」卷九中書舍人：「凡察天下冤滯，與給事中及御史三司鞫其事。」卷一三御史臺：「凡天下之人有稱冤而無告者，與三司詰之。三司：御史大夫，中書，門下。」然其時崔光遠爲禮部尚書，顏真卿爲刑部尚書，所謂三司蓋循舊例而失其實。

〔二〕張鎬奉宣口勑：《舊唐書·肅宗紀》：「(至德二載五月)丁巳，房琯爲太子少師，罷知政事。以諫議大夫張鎬爲中書侍郎、同中書門下平章事。」參卷二《洗兵馬》(0090)注。

〔三〕況畫一二句：《史記·曹相國世家》：「百姓歌之曰：蕭何爲法，顜若畫一。曹參代之，守而勿失。」《左傳》宣公十二年：「夫武，禁暴、戢兵、保大、定功、安民、和衆、豐財者也。」

〔四〕董庭蘭：《舊唐書·房琯傳》：「此時琯爲宰相，略無匪懈之意，但與庶子劉秩、諫議李揖、何忌等高談虛論，説釋氏因果、老氏虛無而已。此外則聽董庭蘭彈琴，大招集琴客筵宴。朝官往往因庭蘭以見琯，自是亦大招納貨賄，奸贓頗甚。顔真卿時爲大夫，彈何忌不孝，琯既黨何忌，遽託以酒醉入朝，貶爲西平郡司馬。憲司又奏彈董庭蘭招納貨賄，琯入朝自訴，上叱出之，因歸私第，不敢預人事。」朱長文《琴史》卷四：「董庭蘭，隴西人，在開元天寶間工於琴者也。天后時，鳳州參軍陳懷古善沈、祝二家聲調，以胡笳擅名。懷古傳於庭蘭，爲之譜，有贊善大夫李翶序焉。然《唐史》謂其爲房琯所昵，數通賄謝，爲有司劾治，而房公由此罷去。杜子美亦嘗云庭蘭游琯門下，有曰貧病之老，依倚爲非，琯之愛惜人情，一至於玷污。而薛易簡稱庭蘭不事王侯，散髮林壑者六十載，貌古心遠，意閒體和，撫絃韻聲可以感鬼神矣。天寶中，給事中房琯，好古君子也。庭蘭聞義而來，不遠千里。余因此説，亦可以觀房琯之過，而知其仁矣。當房公爲給事中也，庭蘭已出其門。後爲相，豈能遽弃哉？又賄謝之事，吾疑譖琯者爲之，而庭蘭朽耄，豈能辨釋？遂被惡名耳。房公貶廣漢，庭蘭詣之，公無愠色。唐人有詩云：七條絃上五音寒，此樂求知自古難。唯有開元房太尉，始終留得董庭蘭。」錢箋：「按薛易簡以琴待詔翰林，在天寶中，子美同時人也。其言必信。伯原《琴史》，千載而下爲庭蘭雪此惡名，白其厚誣，不獨正唐史之謬，兼可補子美之闕矣。」此後人回護之辭，以己之好惡，斷《唐書》記事爲非，豈可憑信？

〔五〕謹詣二句：《雍録》卷三西内兩閤：「按《六典》載東内大明宫甚詳，故宣政之左有東上閤，宣政之右有西上閤。二閤在殿左右，而入閤者由之以入也。至其記西内太極宫則略矣。故兩儀殿左右有東西閤門，而兩廊下亦有日華、月華門也。其曰閤者，即内殿也，非真有閤也。則凡唐世命爲入閤者，仗與朝臣雖自兩閤門分入，入竟是内殿。」《舊唐書·肅宗紀》：「（乾元元年）五月壬申朔，回紇、黑衣大食各遣使朝貢，至閤門争長，詔其使各從左右門入。」

爲華州郭使君進滅殘寇形勢圖狀〔一〕

右臣竊以逆賊束身檻中，奔走無路，尚假餘息，蟻聚苟活之日久。陛下猶覬其匍匐相率，降款盡至。廣務寬大之本，用明惡殺之德。故大軍雲合，蔚然未進。上以稽王師有征無戰之義，下以成古先聖哲之用心。兹事玄遠，非愚臣所測。臣聞《易》載隨時，不俟終日〔二〕。先王之用刑也，抑亦小者肆諸市朝，大者陳諸原野〔三〕。今殘孽雖窮蹙日甚，自救不暇，尚慮其逆帥望秋高馬肥之便，蓄突圍拒轍之謀。大軍不可空勤轉輸之粟，諸將宜窮掎角之進。頃者河北初收數州，思明降表繼至。實爲平盧兵馬在賊左脅，賊動静乏利，制不由己，則降附可知〔四〕。今大軍盡離河北，逆黨意必寬縱。若萬一軼略河縣，草竊秋成，臣伏請平盧兵馬及許叔翼等軍，鄆州西北渡河，先衝收魏，或近《軍志》避實擊虚之義也〔五〕。伏惟陛下圖之。遣李銑、殷仲卿、孫青漢等軍，邐迤渡河佐之，收其貝、博〔六〕。賊之精鋭，撮在相、魏、衛之州，賊用仰魏而給〔七〕。賊若抽其鋭卒，渡河救魏博，臣則請朔方、伊西、北庭等軍渡沁水，收相、衛〔八〕。賊若回戈，距我兩軍，臣又請郭口、祁縣等軍驀嵐馳，屯據林慮縣界，候其形勢漸進〔九〕。又遣季廣琛、魯炅等軍進渡河①，收黎陽、臨河等縣，相與出入犄角，逐便撲滅，則慶緒之首可翹足待之而已〔一〇〕。是亦恭行天罰，豈在王師必無戰哉！愚臣聞見淺狹，承乏待罪。未精慎固之守，輕議擒縱之術。抑臣之夢寐，貴有裨補。謹進前件圖如狀，伏聽進止。乾元元年七月日某官臣狀進。（1479）

【校】

①季，宋本作「李」，錢箋同。校改。

【注】

黃鶴《年譜辨疑》乾元元年（七五八）戊戌：七月，有《爲華州郭使君進滅殘寇形勢圖狀》。

〔一〕郭使君：名不詳。

〔二〕臣聞二句：《易·隨·彖》：「天下隨時，隨時之義大矣哉。」《繫辭下》：「君子見幾而作，不俟終日。」

〔三〕先王三句：《禮記·檀弓下》：「齊莊公襲莒於奪，杞梁死焉。其妻迎其柩於路而哭之哀。莊公使人弔之，對曰：『君之臣不免於罪，則將肆諸市朝，而妻妾執。君之臣免於罪，則有先人之敝廬在。君無所辱命。』」注：「肆，陳屍也。大夫以上於朝，士以下於市。」《書·舜典》：「五刑有服，五服三就。」傳：「行刑當就三處，大罪於原野，大夫於朝，士於市。」《史記·五帝本紀》集解引馬融曰：「謂大罪陳諸原野，次罪於市朝，同族適甸師氏。」

〔四〕頃者六句：《舊唐書·肅宗紀》：「（乾元元年）二月癸卯朔，賊將僞淄青節度能元皓以其地請降，用爲河北招討使，并其子昱並授官爵。」《安慶緒傳》：「（至德二年）十月，賊將尹子奇攻陷睢陽郡，殺張巡、姚摐等。王師乘勝至陝郡，賊懼，令嚴莊傾其驍勇而來拒。廣平王遣副元帥郭子儀等與賊戰於陝西曲沃，大破之於新店，逐北二十里，斬首十餘萬，伏屍三十里。嚴莊奔至東京，告慶緒，慶緒率其餘衆奔河北，保鄴郡。嚴莊至河內，南來歸順。賊將阿史那承慶等麾下三萬餘人悉奔恒、趙、范陽，從慶緒者唯疲卒一千三百而已。僞中書令張通儒秉政，改相州爲成安府，署置百官。旬日之內，賊將各以衆至者六萬餘，凶威復振。僞青齊節度能元皓獨率衆歸順。明年，改乾元元年。僞德州刺史王暕、貝州刺史宇文寬等皆歸順，河北諸軍各以城守累月，賊使蔡希德、安太清急擊，復陷於賊，虜之以歸，臠食其肉。其下潛謀歸順者衆矣，賊皆易置之，以縱屠戮，人心始離。」《史思明傳》：「安慶緒爲王師所敗，投鄴郡，其下蕃漢兵三萬人，初不知所從，思明擊殺三千人，然後降之。慶緒使阿史那承慶、安守忠徵兵於思明，且欲圖之。……思明遂以承慶、守忠入内廳，飲樂之，别令諸將於其所分收其甲仗。其諸郡兵皆給糧，恣歸之，欲留者分隸諸營。遂拘承慶，斬守忠、李立節之首。李光弼使衙官敬俛招之。遂令衙官竇子昂奉表，以所管兵衆八萬人，及以僞河東節度高秀岩來降。」此至德二載十二月事。然乾元元年四月，肅宗使烏承恩圖思明，思明殺之，修表請誅光弼，殺判官耿仁智等。即此數月間事。此狀上於七月，時思明將復叛。

〔五〕臣伏請四句：乾元元年九月，九節度之師討安慶緒於相州，有滑濮節度使許叔冀、平盧兵馬使董秦。《舊唐書·侯希逸傳》：「天寶末，安禄山反，署其腹心徐歸道爲平盧節度。希逸時爲平盧裨將，率兵與安東都護王玄志襲殺歸道，使以聞，詔以玄志爲平盧節度使。乾元元年冬，玄志病卒，軍人共推立希逸爲平盧軍使，朝廷因授節度使。既數爲賊所迫，希逸率勵將士……又爲奚虜所侵，希逸拔其軍二萬餘人，且行且戰，遂達於青州。會田神功、能元皓於兖州，青州遂陷於希逸，詔就加希逸爲平盧、淄青節度使。自是，淄青節度皆帶平盧之名也。」董秦即李忠臣，時屬王玄志。《李忠臣傳》：「事幽州節度薛楚玉、張守珪、安禄山等，頻委征討，積勞至折衝郎將、將軍同正、平盧軍先鋒使。及禄山反，與其倫輩密議，殺僞節度呂知誨，立劉正臣爲節度，以忠臣爲兵馬使。……正臣卒，又與衆議以安東都護王玄志爲節度使。至德二載正月，玄志令忠臣以步卒三千自雍奴爲葦筏過海。……復與大將田神功率兵討平原、樂安郡，下之，擒僞刺史臧瑜等。防河招討使李銑承制以忠臣爲德州刺史。屬史思明歸順，河南節度張鎬令忠臣以兵赴鄆州，與諸軍使收河南州縣。又與裨將陽惠元大破賊將王福德於舒舍口。」平盧兵馬蓋指董、田之軍，時在鄆州。

〔六〕遣李銑三句：李銑，時爲防河招討使。據令狐峘《光禄大夫太子太師上柱國魯郡開國公顏真卿墓志銘》、殷亮《顏魯公行狀》等，先爲武邑尉，後署爲河北招討判官。至德二年二月，在廣陵與李成式合兵討永王璘。據《資治通鑑》，上元元年十一月，以御史中丞領淮西節度副使，貪暴不法，節度使王仲升奏銑罪而誅之。《舊唐書·肅宗紀》：「（上元元年十月壬申）青州刺史殷仲卿爲淄州刺史、淄沂滄德棣等州節度使。」與尚衡相攻兗、鄆間，懼田神功威名，歸朝。《新唐書·代宗紀》：「（大曆）三年二月癸巳，商州兵馬使劉洽殺其刺史殷仲卿。」孫青漢，别無見。

〔七〕賊之四句：據《舊唐書·肅宗紀》等，乾元元年十一月，郭子儀收魏州，得僞署刺史蕭華，詔復以華爲刺史。十二月，史思明復陷魏州。

〔八〕賊若四句：朔方軍，指郭子儀軍。見卷二《洗兵馬》（0090）注。《唐會要》卷七八《節度使》：「安西四鎮節度使，開元六年三月，楊嘉惠除四鎮節度經略使，自此始有節度之號。十二年以後，或稱磧西節度，或稱四鎮節度。至二十一年十二月，王斛斯除安西四鎮節度，遂爲定額。又先天元年十一月，史獻除伊西節度兼瀚海軍使，自後不改。於開元十五年三月，又分伊西、北庭爲兩節度。至二十九年十月二十九日，移隸伊西、北庭都督四鎮節度使。至天寶十二載三月，始以安西四鎮節度封常清兼伊西、北庭節度，瀚海軍使。」是伊西與北庭節度或分或合。肅宗《收復兩京大赦文》：「開府儀同三司兼右金吾衛大將軍同正，仍充四鎮伊西、北庭行軍兵馬使李嗣業」，「開府儀同三司御史大夫兼工部尚書，持節充招討西京並定武、威武、興平等軍兼關内節度，河西、隴右、伊西四郡行營兵馬使王思禮」。是李嗣業、王思禮皆遥領伊西軍使銜。《舊唐書·德宗紀》：「（建中二年）自河隴陷虜，伊西、北庭爲蕃戎所隔，間者李嗣業、荔非元禮、孫志直、馬璘輩皆遥領其節度使名。」

〔九〕賊若五句：郭口，朱鶴齡謂當作嶂口，然謂嶂口在代州嶂縣，則誤。《資治通鑑》至德元載二月李萼説顔真卿：「聞朝廷遣程千里將精兵十萬，出嶂口討賊，賊據險拒之，不得前。今當引兵先擊魏郡……分兵開嶂口，出千里之師。」胡三省注：「嶂口在洺州邯鄲西，蓋即壺關之險也。」又按《舊唐書》，嶂口在相州西山。」《舊唐書·回紇傳》：「懷恩自相州西出嶂口路而西。」此即太行八陘之第四陘滏口陘，隘道西口爲黎城縣古壺關，隘道東口爲嶂口，亦即卷一七《秋日荆南送石首薛明府辭滿告别奉寄薛尚書頌德叙懷斐然之作三十韻》（1339）「滏口師仍會，函關憤已擄」之滏口。《元和郡縣圖志》卷一六相州：「林慮縣，上。東至州一百一十里。……林慮山，在縣西二十里。山多鐵，縣有鐵官。南接太行，北連恒岳。」卷一五潞州：「東取穴陘嶺路至相州三百五十里。」此亦太行陘道，嚴耕望疑即潞州壺關縣東南之羊腸坂道，出此道經林慮縣至相州。參《唐代交通圖考》第五卷篇肆拾太行白陘道與穴陘道、篇肆壹太行滏口壺關道。

蕎嵐馳，朱鶴齡校：「一作蕎山風馳，或云蕎嵐風馳。」注引河東道嵐州。嵐州有岢嵐軍，然遠在太原以西。祁縣屬太原府。此節所述蓋自太行陘道東出，進逼相州。時李光弼爲河東節度使，王思禮爲關内潞州節度使，其後皆與圍安慶緒於相州。然「蕎嵐馳」字有誤，不詳所謂。「祁縣」疑字亦有誤。

〔一〇〕又遣五句：《舊唐書·肅宗紀》：「（乾元元年五月庚寅）以荆州長史季廣琛赴河南行營會計討賊於河北。」「八月壬寅，以青徐等五州節度使季廣琛兼許州刺史。」九月以鄭蔡節度使與圍相州。《魯炅傳》：「乾元元年，兼鄭州刺史，充鄭陳潁亳等州節度使。」亦與九節度之師，領淮西、襄陽行營步卒萬人、馬軍三百。《元和郡縣圖志》卷一六衛州：「黎陽縣，上。西南至州一百二十里。……白馬故關，在縣東一里五步。……後更名黎陽津。」相州：「臨河縣，上。西北至州一百二十里。……黄河，南去縣五里。」此蓋自南渡黄河進圍相州。此狀上於乾元元年七月，時安慶緒保相州，史思明在欲叛未叛之間，河北歸順諸軍尚以城守，受敵急擊。唐軍漸成合圍之勢，狀中所言各軍大部即九月圍相州之師。

爲夔府柏都督謝上表①〔一〕

臣某言：伏奉月日制②，授臣某官。祇拜休命③，内顧殞越〔二〕。策駑馬之力，冒累踐之寵。自數勳力，萬無一稱。再三怵惕，流汗至踵。謹以某月日到任上訖。臣某誠戰誠懼，頓首頓首，死罪死罪。伏以陛下君父任使之久④，掩臣子不逮之過，就其小効，復分深憂〔三〕。察臣劍南區區〔四〕，恐失臣節如彼；加臣頻煩階級，鎮守要衝如此。勉勵疲鈍，伏揚陛下之聖德，愛惜陛下之百姓。先之以簡易，間之以樂業。均之以賦斂，終之以敦勸。然後畢禁將士之暴，弘洽主客之宜〔五〕。示以刑典難犯之科，寬以困窮計無所出。哀今之人，庶古之道。内救惸獨，外攘師寇。上報君父，曲盡庸拙之分；下循臣子，勤補失墜之目⑤〔六〕。灰粉骸骨，以備守官。伏惟恩慈，胡忍容易？愚臣之願也，明主之望也。限以所領，未遑謁對⑥，無任兢灼之極。謹遣某官奉表陳謝以聞⑦〔七〕。臣誠喜誠懼，死罪死罪。（1480）

【校】

① 爲夔府柏都督謝上表，「府」《文苑英華》作「州」，校：「集作府。」
② 月日，《文苑英華》作「今月某日」。
③ 祇拜，《文苑英華》此上有「臣」字。
④ 以，《文苑英華》作「惟」。　久，《文苑英華》作「義」。
⑤ 目，《文苑英華》作「日」。

⑥ 謁,《文苑英華》作「言」,校:「集作謁。」
⑦ 陳,《文苑英華》作「馳」,校:「集作陳。」

【注】

黄鶴《年譜辨疑》大曆元年(七六六)丙午:有《爲夔州柏都督謝上表》。

〔一〕柏都督:柏貞節。見卷七《覽柏中允兼子侄數人除官制詞因述父子兄弟四美載歌絲綸》(0308)注。

〔二〕祗拜二句:《左傳》僖公九年:「恐隕越於下,以遺天子羞。」杜預注:「隕越,顛墜也。」任昉《到大司馬記室箋》:「雖則殞越,且知非報。」

〔三〕伏以四句:分憂,出守。唐高宗《令百官各舉所知詔》:「將欲分憂俊乂,共逸岩廊。」

〔四〕劍南區區:當指柏貞節爲邛州刺史、討崔旰等事。

〔五〕主客:疑指主客户。《舊唐書·楊炎傳》:「乃請作兩税法,以一其名,曰:凡百役之費,一錢之斂,先度其數而賦於人,量出以制入。户無主客,以見居爲簿。」

〔六〕上報四句:《左傳》文公十八年:「行父奉以周旋,弗敢失隊。」

〔七〕謹遣句:《唐會要》卷二六《箋表例》:「天寶十載十一月五日敕:『比來牧守初上,准式附表申謝,或因便使,或有差官,事頗勞煩,亦資取置。自今已後,諸郡太守等謝上表,宜並附驛遞進,務從省便。』」然唐人謝上表,仍每有專遣某官語。

唐故德儀贈淑妃皇甫氏神道碑

后妃之制古矣，而軒轅氏、帝嚳氏次妃之跡，最有可稱，存乎舊史〔一〕。然則其義隱，其文略。《周禮》王者内職大備而陰教宣，詩人《關雎》風化之始，樂得淑女，蓋所以教本古訓，發皇婦道〔二〕。居具燕寢之儀，動有環珮之節〔三〕。進賢才以輔佐君子，不淫色以取媚閨房〔四〕。雖彤管之地，功過必紀；而金屋之寵，流宕一揆〔五〕。稽女史之華實，嗣嬪則之清高，亦時有其人，偉夫精選〔六〕。淑妃諱字①，姓皇甫氏。其先安定人也。惟咼封商，於赫有光。伊玄祖樹德，于今不忘。必宋之子，莫之與比〔七〕。伊清風繼代，惠此餘美。天其係緒蕃衍②，紱冕所興，列爲公侯，古有皇父充石，則其宗可知也〔八〕。夫其體元消息，經術之美，刊正帝圖，中有玄晏先生，則其家可知矣〔九〕。嗟乎！我有弈葉，承權輿矣〔一〇〕。我有徽猷，展肅雍矣〔一一〕。積羣玉之氣，自對白虹之天；生五色之毛，不離丹鳳之穴〔一二〕。曾祖烜，皇朝宋州刺史。祖粹，皇朝越州刺史，都督諸軍事。父日休，皇朝左監門衛副率。妃則副率府君之元女也。粤在襁褓，體如冰雪。氣象受於天和，詩禮傳乎胎教。故列我開元神武之嬪御者，豈易其容止法度哉〔一三〕！今上昔在春宫之日，詔詰良家女，擇視可否，充備淑哲〔一四〕。太妃以内秉純一，外資沈静〔一五〕。明珠在蚌，水月鮮白。美玉處石，崖岸津潤〔一六〕。結襦而金印相輝③，同輦而翠旗交影〔一七〕。由是恩加婉順，品列德儀〔一八〕。雖掖庭三千，爵秩十四，掩六宫以取俊，超羣女以見賢〔一九〕。豈渥澤之不流，曾是不敢以露才揚己，卑以自牧而已〔二〇〕。夫如是，言足以厚人倫，化風俗，彌縫坤載之失，夾輔元亨之求〔二一〕。嗚呼！彼蒼也常與善，何有初也不久好奈何〔二二〕？况妃亦既遘疾，怙如慮往〔二三〕。上以之服事最舊，佳人難得，送藥必經於御手，見寢始回於天步。月氏使者，空説返魂之香；漢帝夫人，終痛歸來之像〔二四〕。以開元二十三年歲次乙亥，十月癸未朔，薨于東京某宫院，春秋四十有二。嗚呼哀哉！望景向夕，澄華微陰。風驚碧樹，霧重青岑。天子悼履綦之蕪絶，惜脂粉之凝冷〔二五〕。下麟鳳之銀床，到梧桐之金井〔二六〕。嗚呼哀哉！厥初權殯于崇政里之公宅，後詔以其月二十七日己酉，卜葬于河南縣龍門之西北原，禮也〔二七〕。制曰：故德儀皇甫氏，贊道中壼，肅事後庭〔二八〕。孰云疾疢，奄見凋落。永言懿範，用愴于懷。宜登四妃之列，式旌六行之美。可册贈淑妃〔二九〕。喪事所須，並宜官供，河南尹李適之充使監護〔三〇〕。非夫清門華胄，積行累功，序于王者之有始有卒，介于嬪御之不僭不濫，是何存榮殁哀，視有遇之多也。有子曰鄂王，諱瑶，兼太子太保，使持節幽州大都督事。有故在疚而卒〔三一〕。豈無樂國，今也則亡。匪降自天，云何吁矣〔三二〕。有女曰臨晋公主，出降代國長公主子滎陽潛曜。官曰光禄卿，爵曰駙馬都尉〔三三〕。昔王儉以公主恩，尚帝女爲榮。何晏兼關内侯，是亦晋朝歸美〔三四〕。公主禮承於訓，孝自於心。霜露之感〔三五〕，形于顔色。享祀之數，缺於洒埽。嘗戚然謂左右曰：「自我之西，歲陽載紀〔三六〕。彼都之外，道里遐絶④。聖慈有蓬萊之深，異縣有松檟之阻〔三七〕。思欲輕舉，安得黄鵠？未議巡豫，徒瞻白雲〔三八〕。望闕塞之風烟，尋常涕泗；懷伊川之陵谷，恐懼遷移〔三九〕。」於是下教邑司，爰度碑版。甫忝鄭莊之賓客，游竇主之園林〔四〇〕。以白頭之嵇、阮，豈獨步於崔、蔡〔四一〕。而野老何知，斯文見託。公子泛愛，壯心未已。不論官閥，游、夏入文學之科；兼叙哀傷，顔、謝有后妃之誄〔四二〕。銘曰：

積氣之清，積陰之靈〔四三〕。漢曲回月，高堂麗星〔四四〕。驚濤洶洶，過雨冥冥。洗滌蒼翠，誕生娉婷。其一

婉彼柔惠，迥然開爽。綢繆之故，昔在明兩〔四五〕。恩渥未渝，康哉大往。展如之媛，孰與爭長〔四六〕？其二

珩珮是加，翬褕克備〔四七〕。先德後色，累功居位〔四八〕。壼儀孔修，宮教咸遂〔四九〕。王于獎飾，禮亦尊異。其三

小苑春深，離宮夜逼。池畔臨風⑤，花間度月。同輦未歸，焚香不息。嗚呼變化，惠好終極。其四

馮相視祲，太史書氛〔五〇〕。藏舟晦色，逝水寒文〔五一〕。翠幄成彩，金爐罷燻。燕趙一馬，瀟湘片雲〔五二〕。其五

恍惚餘跡，蒼茫具美。王子國除，匪他之恥〔五三〕。公主愁思，永懷于彼。日居月諸，丘隴荆杞〔五四〕。其六

岩岩禹鑿，瀰瀰伊川〔五五〕。列樹拱矣，豐碑缺然。爰謀述作，欻就雕鐫。金石照地，蛟龍下天。其七

少室東立，繚垣西走〔五六〕。佛寺在前，宮橋在後〔五七〕。維山有麓，與碑不朽。維水有源，與祠永久。其八(1481)

【校】

①字，錢箋校：「一作某。」

②天，錢箋作「夫」。

③襦，錢箋作「褵」。

④里，宋本作「理」，據錢箋改。

⑤池畔臨風，宋本此四字在「同輦未歸」下，據錢箋改。

【注】

黄鶴《年譜辨疑》天寶四載(七四五)乙酉：爲開元皇帝皇甫淑妃作墓碑云：公主戚然謂左右云「自我之西，歲陽載紀」云云。案《爾雅》自甲至癸，爲歲之陽。妃以開元二十三年乙亥薨，故至今年乙酉爲歲陽載紀矣。按，「歲陽載紀」當自開元二十四年起至天寶五載，詳注。黄伯思《東觀餘論》法帖刊誤卷下謂立碑在葬後六年，亦非是。

〔一〕后妃四句：《史記・五帝本紀》：「黄帝居軒轅之丘，而娶於西陵之女，是爲嫘祖。嫘祖爲黄帝正妃，生二子。」《殷本紀》：「殷契，母曰簡狄，有娀氏之女，爲帝嚳次妃。」《太平御覽》卷一三五引《帝王世紀》：「黃帝四妃，生二十五子。元妃西陵氏累祖，次妃方雷氏曰女節，次曰彤魚氏，次曰嫫母。」亦見《漢書・古今人表》。

〔二〕周禮五句：《周禮・天官・内宰》：「内宰掌書版圖之法，以治王内之政令。均其稍食，分其人民以居之。以陰禮教六宮，以陰禮教九嬪，以婦職之法教九御。」《毛詩序》：「《關雎》，后妃之德也，風之始也，所以風天下而正夫婦也。」

〔三〕居具二句：《周禮・天官・女御》：「女御掌御叙于王之燕寢。」《禮記・經解》：「天子者……燕處則聽雅頌之音，行步則有環佩之聲。」《後漢書・皇后紀論》：「居有保阿之訓，動有環珮之響。」

〔四〕進賢才二句：《毛詩序》：「是以《關雎》樂得淑女以配君子，憂在進賢，不淫其色。」又《周南・卷耳》序：「《卷耳》，后妃之志也。又當輔佐君子，求賢審官，知臣下之勤勞。内有進賢之志，而無險詖私謁之心。」

〔五〕雖彤管四句：《詩・邶風・静女》傳：「古者后夫人必有女史彤管之法，史不記過，其罪殺之。后妃群妾以禮御於君所，女史書其日月，授其以環，以進退之。」《漢武故事》：「數歲，長公主嫖抱置膝上，問曰：『兒欲得婦不？』膠東王曰：『欲得婦。』長主指左右長御百餘人，皆云不用。末指其女問曰：『阿嬌好不？』於是乃笑對曰：『好。若得阿嬌作婦，當作金屋貯之也。』」皇甫謐《三都賦序》：「流宕忘反，非一時也。」沈約《奏彈王源》：「若乃交二族之和，辨伉合之義，升降窳隆，誠非一揆。」《文選》李善注：「《孟子》曰：先聖後聖，其揆一也。」

〔六〕稽女史四句：《周禮·天官·女史》：「女史掌王后之禮職。掌内治之貳，以詔后治内政。」謝朓《齊敬皇后哀策文》：「思媚諸姑，貽我嬪則。」

〔七〕淑妃九句：《元和姓纂》卷五皇甫氏：「子姓，宋戴公之子充石字皇父，子孫以王父字爲氏。漢興，改父爲甫。後漢安定都尉皇甫携生稜，始居安定。」《史記·殷本紀》：「契長而佐禹治水有功。帝舜乃命契……封于商，賜姓子氏。」《左傳》文公十八年釋文：「契，息列反。依字當作契，古文作卨。」

〔八〕古有二句：《左傳》文公十一年：「司徒皇父帥師禦之，耏班御皇父充石。」杜預注：「皇父，戴公子。充石，皇父名。」

〔九〕夫其五句：班固《西都賦》：「體元立制，繼天而作。」《左傳》隱公元年杜預注：「凡人君即位，欲其體元以居正，故不言一年一月也。」《晉書·皇甫謐傳》：「皇甫謐，字士安。……以著述爲務，自號玄晏先生。」朱鶴齡注：「謐撰《帝王世紀》十卷，《年曆》六卷，故曰刊正帝圖也。」

〔一〇〕我有二句：《詩·秦風·權輿》：「於嗟乎，不承權輿。」傳：「權輿，始也。」

〔一一〕我有二句：《詩·小雅·角弓》：「君子有徽猷，小人與屬。」傳：「徽，美也。」箋：「猷，道也。」

〔一二〕積羣玉四句：《禮記·聘義》：「夫昔者，君子比德於玉焉。……氣如白虹，天也。」鳳五色，見《召南·何彼襛矣》：「曷不肅雝，王姬之車。」傳：「肅，敬。雝，和。」

卷八《送重表侄王砅評事使南海》(0386)注。

〔一三〕氣象四句：《列女傳》卷一周室三母：「及其有娠，目不視惡色，耳不聽淫聲，口不出敖言，能以胎教。」《舊唐書・玄宗紀》：「（先天二年十一月）戊子，上加尊號爲開元神武皇帝。」

〔一四〕今上四句：《後漢書・皇后紀論》：「漢法常因八月算民，遣中大夫與掖庭丞及相工，於洛陽鄉中閲視良家童女年十三以上，二十以下，姿色端麗合法相者，載還後宫，擇視可否，乃用登御。所以明慎聘納，詳求淑哲。」《舊唐書・玄宗諸子傳》：「瑛母趙麗妃，本妓人，有才貌，善歌舞，玄宗在潞州得幸。……及武惠妃寵幸，麗妃恩乃漸弛。時鄂王瑶母皇甫德儀、光王琚母劉才人，皆玄宗在臨淄邸以容色見顧，出子朗秀而母加愛焉。及惠妃承恩，鄂、光之母亦漸疏薄。」

〔一五〕太妃二句：親王母爲太妃。《舊唐書・德宗紀》：「（貞元六年七月）癸酉，復呼親王母曰太妃，公主母曰太儀。」《唐會要》卷三《内職雜録》：「貞元六年七月九日，太常卿崔縱奏：謹按《司封令》及《六典》，王母爲太妃。高祖宇文昭儀生韓王元嘉，後爲韓國太妃。太宗燕妃生越王貞，後爲越國太妃。今諸王母未有封號，請遵典故。」《傅子》：「外同乎俗，内秉純絜。」

〔一六〕明珠四句：明珠，見卷一一《戲作寄上漢中王二首》(0767)注。《淮南子・説林訓》：「故玉在山而草木潤，淵生珠而岸不枯。」

〔一七〕結襦二句：襦當作褵。《詩・豳風・東山》：「親結其縭，九十其儀。」傳：「縭，婦人之褘也。母戒女施衿結帨。」褵通縭。

〔一八〕由是二句：《孟子・滕文公下》：「以順爲正者，妾婦之道也。」趙岐注：「男子之道當以義匡君，女子則當婉順從人耳。」《唐六典》卷一二内官：「六儀六人，正二品。……一淑儀，二德儀。」皇甫氏封德儀。

〔一九〕雖掖庭四句：《史記·吕后本紀》索隱：「永巷，别宫名，有長巷，故名之也。後改爲掖庭。按韋昭云：以爲在掖庭門内，故謂之掖庭也。」《後漢書·皇后紀》：「自武元之後，世增淫費，乃至掖庭三千，增級十四。」《唐六典》卷一二内官：「殷人因九嬪增以三九二十七，列二十七世婦之位。其制增損，累代不恒。前漢十四等。」

〔二〇〕豈渥澤三句：班固《離騷序》：「今若屈原，露才揚己。」《易·謙·象》：「謙謙君子，卑以自牧也。」

〔二一〕夫如是五句：《毛詩序》：「先王以是經夫婦，成孝敬，厚人倫，美教化，移風俗。」《左傳》桓公五年：「先偏後伍，伍承彌縫。」《易·坤·象》：「坤厚載物，德合無疆。」《左傳》僖公四年：「夾輔周室。」《易·坤》：「坤，元亨。利牝馬之貞。」

〔二二〕彼蒼二句：《老子》七十九章：「天道無親，常與善人。」《易·序卦》：「夫婦之道不可以不久也，故受以《恒》。恒者，久也。物不可以久居其所，故受之以《遯》。」朱鶴齡注：「此處疑有脱誤。」

〔二三〕況妃二句：慧琳《一切經音義》卷七四：「怗然，《字詁》：今作惵，同他頰反。《廣雅》：怗，静也。謂安静也。亦帖服也。」仇注：「猶言甘心逝世也。」

〔二四〕月氏四句：《海内十洲記》聚窟洲：「山多大樹，與楓木相類，而花葉香聞數百里，名爲反魂樹。扣其樹，亦能自作聲，聲如群牛吼，聞之者皆心震神駭。伐其木根心，於玉釜中煮，取汁，更微火煎，如黑餳狀，令可丸之。名曰驚精香，或名之爲震靈丸，或名之爲反生香，或名之爲震檀香，或名之爲人鳥精，或名之爲却死香。一種六名，斯靈物也。香氣聞數百里，死者在地，聞香氣乃却活，不復亡也。以香薰死人，更加神驗。征和三年，武帝幸安定，西胡月支國王遣使獻香四兩。大如雀卵，黑如桑椹。帝以香非中國所有，以付外庫。……後元元年，長安城内病者數百，亡者太半。帝試取月支神香，燒之於城内。其死未三月者皆活，芳氣經三月不歇。於是信知其神物也。」《漢書·外戚傳》：「初，李夫人病篤，上自臨候之，夫人蒙被謝曰：『妾久寢病，形貌毁壞，不可以見帝，願以王及兄弟爲託。』……上思念李夫人不已，方士齊人少翁言能致其神。乃夜張燈燭，陳酒肉，而令上居他帳，遥望見好女如李夫人之貌，還幄坐而步。又不得就視。」

〔二五〕天子二句：《禮記·内則》：「屨，著綦。」鄭注：「綦，屨繫也。」班婕妤《自悼賦》：「俯視兮丹墀，思君兮履綦。」《詩·衛風·碩人》：「手如柔荑，膚如凝脂。」

〔二六〕下麟鳳二句：庾肩吾《九日侍宴樂游苑應令》：「玉醴吹岩菊，銀床落井桐。」銀床原指井床。此蓋混言。

〔二七〕厥初三句：《唐兩京城坊考》卷五東京定鼎門街東第三街：「次北崇政坊。」龍門，見卷一《游龍門奉先寺》(0004)注。

〔二八〕故德儀三句：《爾雅·釋宫》：「宫中衖謂之壼。」睿宗《良娣楊氏可爲貴妃詔》：「咸擬職上臺，分榮中壼。」

〔二九〕宜登三句：《唐六典》卷一二内官：「皇朝上法古制，而立四妃，其位貴妃也，淑妃也，德妃也，賢妃也。今上以爲后妃四星，其一后也。既有后位，復立四妃，則失其所法象之意。因省嬪婦、女御之數，改定三妃、六儀、美人、才人四等，共二十人，以備内官。」《周禮·地官·大司徒》：「以鄉三物教萬民而賓興之……二曰六行：孝、友、睦、姻、任、恤。」傅玄《明德馬皇后贊》：「光崇六行，動遵禮度。」

〔三〇〕河南尹李適之：《舊唐書·李適之傳》：「開元中，累遷通州刺史。……擢拜秦州都督。俄轉陝州刺史，入爲河南尹。……歲餘，拜御史大夫。開元二十七年，兼幽州大都督府長史。」

〔三一〕有子五句：《舊唐書·玄宗諸子傳》：「皇甫德儀生鄂王瑶。……鄂王瑶，玄宗第五子也，初名嗣初。開元二年五月，封爲鄂王。十二年，改名涓，遥領幽州都督、河北道節度大使。二十一年四月，加太子太保，兼幽州都督，餘如故。二十三年，改名瑶。二十五年，得罪廢。寶應元年五月追復。」「惠妃之子壽王瑁，鍾愛非諸子所比。瑛於内第與鄂、光王等自謂母氏失職，嘗有怨望。惠妃女咸宜公主出降於楊洄，洄希惠妃之旨，規利於己，日求其短，譖於惠妃。惠妃泣訴於玄宗，以太子結黨，將害於妾母子，亦指斥至尊。玄宗感其言，震怒，謀於宰相，意將廢黜。」《李林甫傳》：「尋又以太子瑛、鄂王瑶、光王琚皆以母失愛而有怨言，駙馬都尉楊洄白惠妃。玄宗怒，謀於宰臣，將罪之。……玄宗終用林甫之言，廢太子瑛、鄂王瑶、光王琚爲庶人。」

〔三二〕匪降二句：《詩·小雅·十月之交》：「下民之孽，匪降自天。」《周南·卷耳》：「我僕痡矣，云何吁矣。」

〔三三〕有女四句：鄭潛曜，見卷九《鄭駙馬宅宴洞中》(0419)注。

〔三四〕昔王儉四句：《南齊書・王儉傳》：「尚陽羨公主，拜駙馬都尉。帝以儉嫡母武康公主同太初巫蠱事，不可以爲婦姑，欲開塚離葬，儉因人自陳，密以死請，故事不行。」《三國志・魏書・曹爽傳》：「晏，何進孫也。母尹氏，爲太祖夫人。晏長於宫省，又尚公主，少以才秀知名，好老莊言。」注引《魏略》：「晏尚主，又好色，故黄初時無所事任。及明帝立，頗爲冗官。至正始初，曲合於曹爽，亦以才能，故爽用爲散騎侍郎，遷侍中尚書。晏前以尚主，得賜爵爲列侯。」引《魏氏春秋》：「初，夏侯玄、何晏等名盛於時，司馬景王亦預焉。……初，宣王使晏與治爽等獄。晏窮治黨與，冀以獲宥。宣王曰：『凡有八族。』晏疏丁、鄧等七姓。宣王曰：『未也。』晏窮急，乃曰：『豈謂晏乎？』宣王曰：『是也。』乃收晏。」此言「晉朝歸美」，疑與史實有忤，或混淆魏晉。

〔三五〕霜露之感：見卷八《别董頲》(0381)注。

〔三六〕自我二句：《爾雅・釋天》：「大歲在甲曰閼逢……在癸曰昭陽。歲陽。」疏：「此别太歲在日、在辰之名也。甲至癸爲十日，日爲陽。寅至丑爲十二辰，辰爲陰。」《史記・曆書》索隱：「《爾雅・釋天》云歲陽者，甲、乙、丙、丁、戊、己、庚、辛、壬、癸十干是也。」載紀謂歲周一紀。按，皇甫氏卒於東都。其女臨晋公主稱「自我之西」，蓋自東都返長安。《舊唐書・玄宗紀》：「(開元二十四年)冬十月戊申，車駕發東都，還西京。」則歲陽載紀當自開元二十四年丙子起算，至天寶五載丙戌。聞一多《會箋》亦辨碑撰於天寶五載，然謂歲陽載紀乃約略言之。

〔三七〕聖慈二句：白居易《長恨歌》：「忽聞海上有仙山，山在虚無縹緲間。樓閣玲瓏五雲起，其中綽約多仙子。」此亦以「蓬萊之深」言妃之仙逝。《左傳》哀公十一年：「將死，曰：『樹吾墓檟，檟可材也，吴其亡乎。』」任昉《爲范始興作求立太宰碑表》：「人之云亡，忽移歲序。鵾鴞東徙，松檟成行。」

〔三八〕思欲四句：《相和歌辭·淮南王》：「我欲渡河河無梁，願化雙黄鵠還故鄉。」《莊子·天地》：「千歲厭世，去而上遷；乘彼白雲，至於帝鄉。」

〔三九〕望闕塞四句：《太平御覽》卷四二引《洛陽記》：「闕塞山在河南縣。《左氏傳》：晋趙鞅納王，使女寬守闕塞。伏虔謂：南山伊闕是也。」

〔四〇〕甫忝二句：鄭莊，見卷一七《暮春陪李尚書李中丞過鄭監湖亭泛舟》(1319)注。《漢書·東方朔傳》：「初，帝姑館陶公主號竇太主，堂邑侯陳午尚之。午死，主寡居，年五十餘矣，近幸董偃。……安陵爰叔者，爰盎兄子也，與偃善，謂偃曰：『足下私侍漢主，挾不測之罪，將欲安處乎？』偃懼曰：『憂之久矣，不知所以。』爰叔曰：『顧城廟遠無宿宫，又有萩竹籍田，足下何不白主獻長門園？此上所欲也。』……入言之主，主立奏書獻之，上大説。……主辭謝曰：『……願陛下……枉路臨妾山林，得獻觴上壽。』」注：「應劭曰：公主園中有山，謙不敢稱第，故託山林也。」

〔四一〕以白頭二句：嵇阮，嵇康、阮籍。《文心雕龍·頌讚》：「又崔瑗文學，蔡邕《樊渠》，並至美於序，而簡約乎篇。」又《銘箴》：「蔡邕銘思，獨冠古今。」「崔駰品物，贊多戒少。」《雜文》：「崔駰《達旨》，吐典言之式。張衡《應間》，密而兼雅。崔寔《客譏》，整而微質。蔡邕《釋誨》，體奧而文炳。」《時序》：「自安和以下，迄至順桓，則有班傅三崔，王馬張蔡。」蓋崔可兼指三崔。朱鶴齡注：「邕集多碑誄，傳於世。」

〔四二〕不論四句：《論語・先進》：「文學：子游、子夏。」《文選》收顏延之《宋文皇帝元皇后哀策文》、謝朓《齊敬皇后哀策文》。

〔四三〕積氣二句：揚雄《元后誄》：「沙麓之靈，太陰之精。」

〔四四〕漢曲二句：《史記・五帝本紀》正義：「帝顓頊高陽氏，黄帝之孫，昌意之子，母曰昌僕，亦謂之女樞。《河圖》云：瑶光如蜺貫月，正白，感女樞於幽房之宫，生顓頊。」《漢書・元后傳》：「初，李親任政君在身，夢月入其懷。及壯大，婉順得婦人道。」元帝爲太子時爲王妃，生成帝。仇注：「先言漢曲驚濤，後言瀟湘片雲，妃蓋楚産耶？」按，漢曲者指漢言唐，瀟湘用湘君典。妃玄宗爲臨淄郡王時所納，時在東都，妃父爲左監門衛副率，與楚地無關。

〔四五〕綢繆二句：《詩・唐風・綢繆》：「綢繆束薪，三星在天。」傳：「綢繆，猶纏綿也。……男女待禮而成，若薪芻待人事而後束也。三星在天，可以嫁娶矣。」《易・离・象》：「明兩作，离。大人以繼明照於四方。」疏：「离爲日，日爲明。今有上下二體，故云明兩作，离也。……必取兩明前後相續，乃得作离卦之美，故云大人以繼明照於四方。」謝瞻《張子房》：「明兩燭河陰，慶霄薄汾陽。」《文選》李善注：「明兩、慶霄，皆喻宋高祖。……鄭玄曰：明兩者，取君明。上下以明德相承，其於天下之事，無不見也。」仇注：「其二，言自東宫入侍。」「儲君繼體，故云明兩。」

〔四六〕展如二句：《詩・鄘風・君子偕老》：「展如之人兮，邦之媛也。」

〔四七〕珩珮二句：《詩・鄭風・女曰雞鳴》：「知子之來之，雜佩以贈之。」傳：「雜佩者，珩、璜、琚、瑀、衝牙之類。」釋文：「珩音衡，佩上玉也。」《周禮・天官・内司服》：「内司服掌王后之六服，褘衣，揄狄，闕狄。」注：「鄭司農云：揄狄，闕狄，畫羽飾。」「玄謂狄當爲翟。翟，雉名。伊洛而南，素質五色皆備成章曰翬。江淮而南，青質五色皆備成章曰摇。王后之服，刻繒爲之形而采畫之，綴於衣以爲文章。褘衣畫翬者，揄翟畫摇者，闕翟刻而不畫，此三者皆祭服。從王祭先王則服褘衣，祭先公則服揄翟，祭群小祀則服闕翟。」《詩・君子偕老》釋文：「揄音遥，字又作褕。」顔延之《宋文皇帝元皇后哀策文》：「悲黼筵之移御，痛翬褕之重晦。」

〔四八〕先德二句：《周禮・天官・九嬪》：「九嬪掌婦學之法，以教九御婦德、婦言、婦容、婦功。」

〔四九〕壼儀二句：《後漢書・皇后紀論》：「明帝聿遵先旨，宫教頗修。」仇注：「其三言承恩眷而生鄂王。」

〔五〇〕馮相二句：《周禮・春官・馮相氏》：「馮相氏掌十有二歲、十有二月、十有二辰、十日、二十有八星之位，辨其叙事，以會天位。」注：「馮，乘也。相，視也。世登高臺，以視天文之次序。天文屬大史。」又《春官・眡祲》：「眡祲掌十煇之法，以觀妖祥，辨吉凶。一曰祲，二曰象……」注：「祲，陰陽氣相侵，漸成祥者。」張衡《東京賦》：「馮相觀祲，祈褫禳災。」《左傳》襄公二十七年：「伯夙謂趙孟曰：『楚氛甚惡，懼難。』」杜預注：「氛，氣也。」僖公五年：「凡分、至、啓、閉，必書雲物，爲備故也。」

〔五一〕藏舟二句：《莊子・大宗師》：「夫藏舟于壑，藏山于澤，謂之固矣。然而夜半有力者負之而走，昧者不知也。」郭象注：「方言生死變化之不可逃，故先舉固逃之極，然後明之以必變之符。」王巾《頭陀寺碑文》：「高軌難追，藏舟易遠。」

〔五二〕燕趙二句：《莊子・齊物論》：「天地一指也，萬物一馬也。」郭象注：「至人知天地一指也，萬物一馬也，故浩然大寧，而天下萬物，各當其分，同於自得，而無是無非也。」孫放《詠莊子》：「巨細同一馬，物化無常歸。」高適《宋中十首》：「古來同一馬，今我亦忘筌。」仇注：「其五傷身卒而神游也。」

〔五三〕王子二句：《詩・小雅・頍弁》：「豈伊異人，兄弟匪他。」箋：「此言王當所與宴者，豈有異人疏遠者乎？皆兄弟。與王無他，言至親。又刺其弗爲也。」曹植《求通親親表》：「遠慕《鹿鳴》思君之宴，中詠《棠棣》匪他之誡，下思《伐木》友生之義，終懷《蓼莪》罔極之哀。」按，此謂鄂王瑶罪廢。玩「匪他」之語，似有怨刺。

〔五四〕日居二句：《詩・邶風・柏舟》：「日居月諸，胡迭而微。」

〔五五〕岩岩二句：《史記・秦始皇本紀》：「禹鑿龍門，通大夏。」謂黄河龍門。《周本紀》正義：「伊闕塞也……今謂之龍門，禹鑿以通水也。」蓋後人附會。

〔五六〕少室二句：《元和郡縣圖志》卷五河南府告成縣：「嵩高山，在縣北八里。亦名外方山。又云東曰太室，西曰少室，嵩高總名，即中岳也。」少室山在伊闕以東。張衡《西京賦》：「繚垣綿聯，四百餘里。」

〔五七〕佛寺二句：龍門十寺著名者有奉先寺，見卷一《游龍門奉先寺》（0004）注。又有香山寺。法藏

《華嚴經傳記》卷一：「中天竺國三藏法師婆訶羅，唐言日照，婆羅門種。……以垂拱三年十二月二十七日……無疾而卒於神都魏國東寺。……香花輦輿，瘞於龍門山之陽，伊水之左，門人修理靈龕，加飾重閣，因起精廬其側，灑掃供養焉。後因梁王所奏請，置伽藍，敕内注名爲香山寺。危樓切漢，飛閣凌雲，石像七龕，浮圖八角，駕親游幸，具題詩贊云爾。」《大唐傳載》：「洛東龍門香山寺上方，則天時名望春宫，則天常御石樓坐朝，文武百執事，班於外而趨焉。」宫橋疑指望春宫。

唐故萬年縣君京兆杜氏墓志

甫以世之録行跡示將來者多矣，大抵家人賄賂，詞客阿諛，真僞百端，波瀾一揆。夫載筆光芒於金石，作程通達於神明，立德不孤，揚名歸實，可以發皇内則，標格女史，竊見於萬年縣君得之矣〔一〕。其先系統於伊祁，分姓於唐杜，吾祖也，我知之〔二〕。遠自周室，迄于聖代，傳之以仁義禮知信①，列之以公侯伯子男。《春秋傳》云：穆叔謂之世禄。其在兹乎？曾祖某，隋河内郡司功、獲嘉縣令。王父某，皇監察御史、洛州鞏縣令〔三〕。前朝咸以士林取貴，宰邑成名。考某，修文館學士、尚書膳部員外郎。天下之人，謂之才子〔四〕。兄升，國史有傳，搢紳之士，誄爲孝童〔五〕。故美玉多出於崑山，明珠必傳於江海。蓋縣君受中和之氣，成肅雍之德，其來尚矣。作配君子，寔惟好仇。河東裴君，諱榮期。見任濟王府録事參軍〔六〕。入在清通，同行領袖。素髮相敬，朱紱有光。縣君既早習于家風，以陰教爲己任。執婦道而純一，與禮法而始終，可得聞也。昔舅歿姑老，承順顔色。侍歷年之寢疾，力不暇於須臾。苟便於人，皆在於手。淚積而形骸奪氣，憂深而巾櫛生塵。尊卑之道然，固出自於天性。孝養哀送，名流稱仰。允所謂能循法度，則可以承先祖，供給祭祀矣。維其矜莊門户，節制差服。功成則運，有若四時。物或猶乖，匪逾終日。黼畫組就之事，割烹煎和之宜〔七〕。規矩數及於親姻，脱落頗盈於歲序〔八〕。若其先人後己，上下敦睦。懸磬知歸，揖讓惟久〔九〕。在嫂叔則有謝氏光小郎之才，於娣姒則有鍾琰洽介婦之德〔一〇〕。周給不礙於親疏，泛愛無擇於良賤〔一一〕。至如星霜伏臘，軒騎歸寧，慈母每謂於飛來，幼童亦生乎感悦〔一二〕。加以詩書潤業，導誘爲心〔一三〕。遏悔吝於未萌，驗是非於往事〔一四〕。内則致諸子於無過之地，外則使他人見賢而思齊〔一五〕。爰自十載已還，默契一乘之理〔一六〕②。絶葷血於禪味，混出處於度門〔一七〕。喻筏之文字不遺，開卷而音義皆達〔一八〕。母儀用事，家相遵行矣〔一九〕。至於膳食滑甘之美，紲結縫線之難。展轉忽微，欲參謀而縣解；指麾補合，猶取則於垂成〔二〇〕。其積行累功，不爲薰修所住著，有如此者〔二一〕。靈山鎮地，長吐烟雲。德水連天，自浮星象〔二二〕。則其看心定惠③，豈近於揚榷者哉〔二三〕？越天寶元年某月八日，終堂于東京仁風里，春秋若干，示諸生滅相〔二四〕。越六月二十九日，遷殯于河南縣平樂鄉之原，禮也〔二五〕。嗚呼哀哉！琴瑟罷聲，蘋蘩晦色〔二六〕。骨肉號兮天地感，中外痛兮鬼神惻。有長子曰朝列。次朝英，北海郡壽光尉。次朝牧。女長曰獨孤氏④，次閻氏。皆稟自胎教，成於妙年。厥初寢疾也，惟長子長女在側。英、牧或以游以官，莫獲同曾氏之元、申〔二七〕。號而不哭，傷斷鄰里〔二八〕。悠哉少女，未始聞哀，又足酸鼻。嗚呼！縣君有語曰：「可以褐衣斂吾，起塔而葬。」〔二九〕裴公自以從大夫之後，成縣君之榮〔三〇〕。愛禮寔深，遺意蓋闕。但褐衣在斂，而幽隧爰封。其所厥飾，咸遵儉素〔三一〕。眷兹邑號，未降天書。各有司存，成之不日。嗚呼哀哉！有兄子曰甫，制服於斯，紀德於斯，刻石於斯。或曰豈孝童之猶子歟〔三二〕？奚孝義之勤若此？甫泣而對曰：「非敢當是也，亦爲報也。」甫昔卧病於我諸姑，姑之子又病。問女巫至，曰處楹之東南隅者吉〔三三〕。姑遂易子之地以安我，我是用存，而姑之子卒。後乃知之於走使。甫嘗有説於人，客將出涕，感者久之，相與定謚曰義。君子以爲魯義姑者，遇暴客於郊，抱其所携，弃其所抱，以割私愛。縣君有焉〔三四〕。是以舉兹一隅，昭彼百行。銘而不韻，蓋情至無文。其詞曰：嗚呼！有唐義姑京兆杜氏之墓。（1482）

【校】

①知，錢箋作「智」。

②契，宋本無此字，據錢箋等補。

③看，錢箋作「著」。

④曰，錢箋作「適」。

【注】

黄鶴《年譜辨疑》天寶元年（七四二）壬午：是年先生在河南，爲萬年縣君京兆杜氏作志。

〔一〕夫載筆七句：《史記·張丞相列傳》：「若百工，天下作程品。」集解：「如淳曰：若，順也。百工爲器物皆有尺寸斤兩，皆使得宜，此之謂順。」《易・坤・文言》：「君子敬以直内，義以方外，敬義立而德不孤。」《禮記・内則》疏：「按鄭《目録》云：名曰内則者，以其記男女居室事父母舅姑之法。此於《别録》屬子法。以閨門之内，軌儀可則，故曰内則。」《周禮・天官・女史》：「女史掌王后之禮職，掌内治之貳，以詔后治内政，逆内宫，書内令。」

〔二〕其先四句：《初學記》卷九引《帝王世紀》：「堯，伊祁姓也。母曰慶都，孕十四月而生堯於丹陵，名曰放勛。……或從母姓伊祁氏，年十五而佐帝摯，受封於唐。」《左傳》襄公二十四年：「穆叔如晉，范宣子逆之，問焉，曰：『古人有言曰死而不朽，何謂也？』穆叔未對，宣子曰：『昔匄之祖，自虞以上，爲陶唐氏，在夏爲御龍氏，在商爲豕韋氏，在周爲唐杜氏，晉主夏盟爲范氏，其是之謂乎？』穆叔曰：『以豹所聞，此之謂世禄，非不朽也。』」《元和姓纂》卷六杜：「祁姓，帝堯裔孫劉累之後，在周爲唐杜氏。成王滅唐，遷封于杜。」參卷七《敬寄族弟唐十八使君》(0353)注。《左傳》昭公十七年：「秋，郯子來朝，公與之宴。昭子問焉，曰：『少皞氏鳥名官，何故也？』郯子曰：『吾祖也，我知之。』」

〔三〕曾祖某王父某：《元和姓纂》卷六襄陽杜氏：「乾光孫叔毗，周峡州刺史，生廉卿、憑石、安石、魚石、黄石。……魚石生依藝，鞏縣令。依藝生審言。」審言父依藝，依藝父魚石。《周書・杜叔毗傳》：「其先京兆杜陵人也，徙居襄陽。祖乾光，齊司徒右長史。父漸，梁邊城太守。……子廉卿。」乾光以下與《姓纂》合。

〔四〕考某：杜審言，見卷四《贈蜀僧閭丘師兄》(0175)注。

〔五〕兄升：杜升，即杜并。《舊唐書・杜審言傳》：「坐事貶授吉州司户參軍，又與州僚不叶。司馬周季重與員外司户郭若訥共構審言罪狀，繫獄，將因事殺之。既而季重等府中酣讌，審言子并，年十三，懷刃以擊之，季重中傷死，而并亦爲左右所殺。季重臨死曰：『吾不知審言有孝子。郭若訥誤我至此。』審言因此免官。還東都，自爲文祭并。士友咸哀并孝烈。蘇頲爲墓志，劉允濟爲祭文。」事又見《大唐新語》卷五。《唐代墓志彙編》長安〇〇七《大周故京兆男子杜并墓志銘並序》：「男子諱并，字惟兼。京兆杜陵人也。……曾祖魚石，隋懷州司功獲嘉縣令。祖依藝，唐雍州司法洛州鞏縣令。父（闕字），皇朝洛州洛陽縣丞。……八歲喪母，不勝其哀。……聖曆中，杜君公事左遷爲吉州司户，子亦隨赴官。聯者阿黨比周，惑邪醜正，蘭芳則敗，木秀而摧，遂構君於司馬周季童，安陷於法。君幽繫之日，子鹽醬俱斷，形積於毁，口無所言，因公府宴集，手刃季童於塵。期殺身以請代，故視死以如歸。……以聖曆二年七月十二日終於吉州之廳館，春秋一十有六。」

〔六〕河東裴君：《唐代墓志彙編》開元一二五《大唐故澤王府户曹參軍裴君墓志並序》：「君諱自强，字自强，河東聞喜人也。……五代祖之平，梁右衛將軍、晋陵郡守、光禄大夫，謚僖公。循良雄武之材，跡標《梁史》。高祖忌，陳左衛將軍都官尚書，樂安縣開國伯。喉舌韜鈐之美，事具《陳書》。曾祖藴，隋御史大夫，位光副相，威震百寮。祖斯，隋左率府長史。職在儲闈，名聞四率。父承宗，皇朝瀛州平舒縣丞。……垂拱元年二月十三日遘疾卒於永豐之里北，春秋五十有六。……夫人京兆杜氏，晋鎮南將軍當陽成侯預之十一代孫，皇朝汝州郟城縣令立素之季女也。……開元七年二月九日奄終於扶溝之官舍，享年七十有五。粤九年龍集辛酉十月乙亥朔十一日乙酉，合葬於平樂鄉之塋，禮也。長子前魏州貴鄉主簿滎期，少子前許州扶溝縣尉昌期。」之平，裴邃兄子。傳附《梁書·裴邃傳》。裴忌《陳書》有傳。滎期之母亦爲杜氏。

〔七〕黼畫二句：《周禮·天官·典絲》：「凡祭祀，共黼畫組就之物。」注：「白與黑謂之黼。采色一成曰就。」《内饔》：「内饔掌王及后、世子膳羞之割亨煎和之事。」

〔八〕規矩二句：任昉《王文憲集序》：「有高世之度，脱落塵俗。」仇注引張云：「不拘拘較量也。」

〔九〕懸罄二句：《左傳》僖公二十六年：「室如縣罄。」

〔一〇〕在嫂叔二句：《晉書·列女傳》王凝之妻謝氏道韞：「凝之弟獻之嘗與賓客談議，詞理將屈，道韞遣婢白獻之曰：『欲爲小郎解圍。』乃施青綾步鄣自蔽，申獻之前議，客不能屈。」王渾妻鍾氏：「字琰……美容止，善嘯詠，禮儀法度爲中表所則。……渾弟湛妻郝氏亦有德行，琰雖貴門，與郝雅相親重。郝不以賤下琰，琰不以貴陵郝，時人稱鍾夫人之禮，郝夫人之法云。」

〔一一〕周給二句：《晉書·列女傳》鄭袤妻曹氏：「袤等所獲禄秩，曹氏必班散親姻，務令周給，家無餘貲。」《論語·學而》：「泛愛衆，而親仁。」

〔一二〕至如四句：星霜，見卷一七《秋日荆南述懷三十韻》(1338)注。《詩·周南·葛覃》：「害澣害否，歸寧父母。」傳：「寧，安也。父母在，則有時歸寧耳。」《左傳》莊公二十七年：「凡諸侯之女，歸寧曰來，出曰來歸。」《增壹阿含經》卷五〇：「爾時長者女人，則我身是。時彼天女隨壽長短，來生人中，復與長者作婦，顔貌殊特，世間稀有。爾時迦葉如來出現於世，時長者婦七日七夜供養迦葉佛，發誓願言：使我將來世得作女人身。」縣君奉佛，飛來疑用天女事。

〔一三〕加以二句：班固《兩都賦序》：「以興廢繼絶，潤色鴻業。」《宋書・禮志》：「翼善輔性，唯禮與學。雖理出自然，必須誘導。」

〔一四〕遏悔吝二句：悔吝，見卷二《送李校書二十六韻》(0089)注。《韓非子・心度》：「故治民者，禁姦於未萌。」

〔一五〕内則二句：《禮記・禮運》：「故天生時而地生財，人其父生而師教之，四者君以正用之，故君者立於無過之地也。」《論語・里仁》：「子曰：『見賢思齊焉，見不賢而内自省也。』」

〔一六〕爰自二句：《法華經・方便品》：「舍利弗，如來但以一佛乘故，爲衆生説法，無有餘乘，若二若三。舍利弗，一切十方諸佛，法亦如是。舍利弗，過去諸佛以無量無數方便，種種因緣譬喻言辭，而爲衆生演説諸法，是法皆爲一佛乘故，是諸衆生從諸佛聞法究竟，皆得一切種智。」

〔一七〕絶葷血二句：《抱朴子・雜應》：「絶葷菜，斷血食。」《法苑珠林》卷九三：「若於世間不生厭離，貪著諸味，酒肉葷辛皆便啖食，不應受於世間信施也。」般若譯《大方廣佛華嚴經》卷七：「入其度門，達其所證。」

〔一八〕喻筏二句：《金剛經》：「如來常説：汝等比丘，知我説法如筏喻者，法尚應捨，何況非法。」

〔一九〕母儀二句：《後漢書・皇后紀》：「好禮節儉，有母儀之德。」

〔二〇〕至於六句：《周禮・天官・食醫》：「凡和，春多酸，夏多苦，秋多辛，冬多鹹，調以滑甘。」《禮記・内則》：「父没母存，冢子御食，群子婦佐餕如初。旨甘柔滑，孺子餕。」《詩・秦風・小戎》：「交韔二弓，竹閉緄縢。」釋文：「竹閉，悲位反。本一作柲。鄭注《周禮》云：弓檠曰柲，弛則縛於弓裏，備損傷也。以竹爲之。」《周禮・天官・縫人》：「縫人掌王宫之縫線之事。」《莊子・大宗師》：「安時而處順，哀樂不能入也。此古之所謂縣解也。」郭象注：「以有繫者爲縣，則無繫者縣解矣。縣解，而性命之情得矣。」

〔二一〕其積行三句：《大般涅槃經》卷一：「以空相無願之法薰修其心。」《法苑珠林》卷九〇引《智度論》：「若偏執一處，即多住著。」

〔二二〕靈山四句：靈山，謂靈鷲山。唐高宗《答沙門慧浄辭知普光寺任令》：「若夫鹿園福地，鷲嶺靈山。」《觀無量壽經》：「次當想水，欲想水者，極樂國土，有八池水……是爲八功德水想。」《法苑珠林》卷二：「如須彌山下，大海深八萬四千由旬。其邊八山大海，初廣八千由旬，中有八功德水。」

〔二三〕則其二句：朱鶴齡注謂二句今本訛缺。按，此似指北宗禪法。敦煌文書S. 0735《大乘無生方便門》：「看心若浄，名浄心地。莫卷縮身心，舒展身心，放曠遠看，平等盡虚空看。和問言：見何物？子云：一物不見。」又：「此不動是由定發慧方便，是開慧門。聞是慧，此方便非但能發慧，亦能正定。」《莊子・徐无鬼》：「頡滑有實，古今不代，而不可以虧，則可不謂有大揚搉乎。」釋文：「音角。又苦學反。《三蒼》云：搉，敵也。許愼云：揚搉，粗略法度。王云：搉略而揚顯之。」

〔二四〕越天寶四句：李陵《報蘇武書》：「老母終堂，生妻去帷。」《唐兩京城坊考》卷五東京長夏門之東第五街：「次北仁風坊。……濟王府録事参軍裴榮期宅。」引此文。《别譯雜阿含經》卷一一：「我以知此生滅相故，成等正覺。」

〔二五〕越六月二句：平樂鄉在邙山。《唐代墓志彙編》貞觀一〇三《大唐處士王君墓志銘並序》：「合葬於洛州河南縣北邙山平樂鄉安善里。」

〔二六〕琴瑟二句：《詩·周南·關雎》：「窈窕淑女，琴瑟友之。」箋：「同志爲友。言賢女之助后妃共荇菜，其情意乃與琴瑟之志同。」《召南·采蘩》序：「《采蘩》，夫人不失職也。」《采蘋》序：「《采蘋》，大夫妻能循法度也。」

〔二七〕厥初四句：《禮記·檀弓上》：「曾子寢疾，病。樂正子春坐於床下，曾元、曾申坐於足，童子隅坐而執燭。」注：「元、申，曾參之子。」

〔二八〕號而二句：《顔氏家訓·風操》：「《禮·間傳》云：斬縗之哭，若往而不反；齊縗之哭，若往而反；大功之哭，三曲而哀；小功緦麻，哀容可也。此哀之發於聲音也。《孝經》云：哭不哀。皆論哭有輕重質文之聲也。禮以哭有言者爲號，然則哭亦有辭也。江南喪哭，時有哀訴之言耳。山東重喪，則唯呼蒼天。期功以下，則唯呼痛深，便是號而不哭。」

〔二九〕縣君三句：《南史·庾承先傳》：「臨終之日，誡約家門，薄棺周形，巾褐爲斂。」《廣弘明集》卷一二明槩《決對傅奕廢佛僧事》：「但佛生天竺，隨其土風，葬必闍維，收必起塔。」

〔三〇〕裴公二句：《論語·先進》：「顔淵死，顔路請子之車以爲之槨。子曰：『才不才，亦各言其子也。鯉也死，有棺而無槨。吾不徒行以爲之槨，以吾從大夫之後，不可徒行也。』」集解：「孔曰：孔子時爲大夫，言從大夫之後不可以徒行，謙辭也。」《左傳》哀公十四年杜預注：「嘗爲大夫而去，故言後也。」此言仍以世禮葬縣君。

〔三一〕其所二句：《周禮·天官·司裘》：「大喪，廞裘，飾皮車。」注：「玄謂廞，興也。若《詩》之興，謂象似而作之。凡爲神之偶衣物，必沽而小耳。」疏：「謂作送死之衣，與生時衣服相似。」「沽，粗也，謂其物沽略而又小。」

〔三二〕有兄五句：《梁書·王規傳》：「規八歲，以丁所生母憂，居喪有至性。太尉徐孝嗣每見必爲之流涕，稱曰孝童。」

〔三三〕甫昔四句：《詩·商頌·那》「置我鞉鼓」箋：「植鞉鼓者，爲楹貫而樹之。」釋文：「楹音盈，柱也。」按，室之楹非一，此言「楹之東南隅」頗費解。或當言堂之東南隅，或當言東南之楹。《爾雅·釋宫》：「東南隅謂之窔。」郭璞注：「《禮》曰：埽室聚窔。窔亦隱闇。」疏：「古者爲室，户不當中而近東，則西南隅最爲深隱，故謂之奥，而祭祀及尊者常處焉。……窔亦隱闇之義也，與奥相類，故郭云亦也。」

〔三四〕君子六句：《列女傳》卷五：「魯義姑姊者，魯野之婦人也。齊攻魯至郊，望見一婦人，抱一兒、携一兒而行。軍且及之，弃其所抱，抱其所携而走於山。兒隨而啼，婦人遂行不顧。齊將問兒曰：『走者爾母耶？』曰：『是也』『母所抱者誰也？』對曰：『不知也。』齊將乃追之，軍士引弓將射之，曰：『止，不止，吾將射爾。』婦人乃還。齊將問所抱者誰也，所弃者誰也。對曰：『所抱者妾兄之子也，所弃者妾之子也。見軍之至，力不能兩護，故弃妾之子。』齊將曰：『子之於母，其親愛也痛甚於心。今釋之，而反抱兄之子，何也？』婦人曰：『己之子，私愛也。兄之子，公義也。夫背公義而向私愛，亡兄子而存妾子，幸而得幸，則魯君不吾畜，大夫不吾養，庶民國人不吾與也。……故忍弃子而行義，不能無義而視魯國。』於是齊將按兵而止。」黄鶴注：「或謂先生之母微，故志不言介婦有崔氏。然先生何爲有與諸舅詩，又皆秀而仕者？……蓋先生之母早亡，乃育於姑而至於有成也。」

唐故范陽太君盧氏墓志

五代祖柔，隋吏部尚書、容城侯。大父元懿，是渭南尉。父元哲，是廬州慎縣丞〔一〕。維天寶三載五月五日，故修文館學士、著作郎京兆杜府君諱某之繼室，范陽縣太君盧氏，卒於陳留郡之私第，春秋六十有九。嗚呼！以其載八月旬有一日，發引歸葬于河南之偃師〔二〕。以是月三十日庚申，將入著作之大塋，在縣首陽之東原，我太君用甲之穴，禮也〔三〕。墳南去大道百二十步奇三尺，北去首陽山二里〔四〕。凡塗車芻靈，設熬置銘之名物，加庶人一等，蓋遵儉素之遺意〔五〕。塋内西北去府君墓二十四步，則壬甲可知矣〔六〕。遺奠之祭畢，一二家相進曰：斯至止〔七〕。將欲啓府君之墓門，安靈櫬於其右，豈厥飾未具，時不練歟〔八〕？前夫人薛氏之合葬也，初太君令之，諸子受之。流俗難之，太君易之〔九〕。今兹順壬取甲，又遺意焉〔一〇〕。嗚呼孝哉！孤子登，號如嬰兒，視無人色〔一一〕。且左右僕妾洎廝役之賤，皆蓬首灰心，嗚呼流涕。寧或一哀所感，片善不忘而已哉！實惟太君積德以常，臨下以恕。如地之厚，縱天之和。運陰教之名數，秉女儀之標格。嗚呼！得非太公之後，必齊之姜乎〔一二〕？薛氏所生子適曰某，故朝議大夫、兖州司馬〔一三〕。次曰升，幼卒。報復父讎，國史有傳。次曰專，歷開封尉，先是不禄〔一四〕。息女長適鉅鹿魏上瑜，蜀縣丞。次適河東裴榮期，濟王府録事。次適范陽盧正均，平陽郡司倉參軍。嗚呼！三家之女，又皆前卒。而某等夙遭内艱，有長自太君之手者〔一五〕。至於昏姻之禮，則盡是太君主之。慈恩穆如，人或不知者，咸以爲盧氏之腹生也。然則某等亦不無平津孝謹之名於當世矣〔一六〕。登即太君所生，前任武康尉。二女，曰適京兆王佑，任硤石尉。曰適會稽賀撝，卒常熟主簿。其往也，既哭成位。有若冢婦同郡盧氏，介婦滎陽鄭氏、鉅鹿魏氏、京兆王氏，女通諸孫子三十人，内宗外宗寖以疏闊者，或玄纁玉帛，自他日互有所至〔一七〕。若以爲杜氏之葬，近於禮而可觀。而家人亦不敢以時繼年，式志之金石〔一八〕。銘曰：太君之子，朝儀所尊。貴因長子，澤就私門〔一九〕。亳邑之都，終天之地〔二〇〕。享年不永，殁而猶視〔二一〕。（1483）

【注】

黄鶴《年譜辨疑》天寶三載（七四四）甲申：是年五月五日先生祖母范陽太君盧氏卒於陳留之私第，先生作志。

〔一〕五代祖柔六句：《周書·盧柔傳》：「盧柔，字子剛。少孤，爲叔母所養。……大統二年，至長安，封容城縣男，邑二百户。太祖重其才，引爲行臺郎中，加平東將軍，除從事中郎。與蘇綽對掌機秘。……進爵爲子，增邑三百户，除中書舍人。遷司農少卿，轉郎，兼著作，撰起居注。後拜黄門侍郎。……孝閔帝踐阼，拜小内史，遷内史大夫，進位開府。卒於位。……子愷嗣。愷字長仁，涉獵經史，有當世幹能。……大象初，拜東京吏部下大夫。」則柔仕西魏、北周，未入隋。《隋書·盧愷傳》：「盧愷，字長仁。……開皇初，加上儀同三司，除尚書吏部侍郎，進爵爲侯。……歲餘，拜禮部尚書，攝吏部尚書事。……子義恭嗣。」《唐代墓志續編》貞元〇六六盧峻《唐故河南府伊闕縣丞盧公墓志銘並序》：「君諱甫，字甫，其先食菜於盧，因以氏焉，則今之范陽也。自我太公國齊，以至於我五代祖兵、禮、吏部尚書容城侯愷，代有其傳，故不書也。尚書生工部侍郎義恭，（義恭）生衛州刺史少儒。」任隋吏部尚書者盧愷。《新唐書·宰相世系表三上》盧氏第二房敏："義惇四世孫、洛州司功參軍之信子："「元哲，金州刺史。」與此元哲世系不合。參卷九《天寶初南曹小司寇舅於我太夫人堂下累土爲山》(0424)注。

〔二〕維天寶七句：《元和郡縣圖志》卷七河南道："汴州，陳留。雄。……漢陳留郡即今陳留縣，東魏孝静帝於此置梁州，周宣帝改爲汴州。"按，杜專爲開封尉，盧氏或依專而居。《元和郡縣圖志》卷五河南府："偃師縣，畿。西南至府七十里。……北邙山，在縣北二里，西自洛陽縣界東入鞏縣界。……首陽山，在縣西北二十五里。"參卷九《奉寄河南韋尹丈人》(0426)注。

〔三〕以是月四句：盧夫人祔葬甲穴，而未與審言同穴，合于葬法之「卧馬」法。《重校正地理新書》卷一三「步地取吉穴」："七曰卧馬，謂舊墓是一穴之地，後喪擬相近葬者，即向後斜行，如雁行之勢，即依血脈命步，如墩葬法。"《唐代墓志彙編》開元三四九《大唐故鄭州刺史源公故夫人鄭氏志銘》："以開元廿年壬申九月辛丑朔二日壬寅，迎府君於殯，還夫人于堂，同窆一塋，爲庚壬兩穴，斯亦衛人之祔焉。"貞元〇六九《□田府君□□並序》："有亡妹附於墓之甲，異塋也。二新婦穴於墓之癸，同塋也。"

〔四〕墳南二句：宋之問《祭杜學士審言文》："登君詞賦於雲臺之上，藏君齒髮於緱山之曲。緱氏山兮山上雲，秦城郊兮郊外墳。"元稹《唐故工部員外郎杜君墓係銘》："合窆我杜子美於首陽之山前。"《元和郡縣圖志》卷五河南府："緱氏縣，次赤。西北至府六十三里。……緱氏山，在縣東南二十九里。王子晋得仙處。"《讀史方輿紀要》卷四八河南府偃師縣："緱氏城，縣南二十里。古滑國。……宋熙寧初，省入偃師。""緱氏山，在縣南四十里。""首陽山，在縣西北二十里。」杜氏大塋在首陽山南，與緱氏山隔洛水相望。首陽亦爲偃師鄉名。《唐代墓志續編》天寶〇九八《唐故睢陽郡穀熟縣丞鄭府君墓志銘並序》：「遷厝於偃師首陽鄉之原。」納新《河朔訪古記》卷下：「杜氏墳在鞏縣西五十二里首陽山東。唐杜審言及子閑、孫甫三世墓皆在焉。」大道，即洛陽東至偃師之大道。其地或即土婁舊莊。參卷一六《憑孟倉曹將書覓土婁舊莊》（1226）注。

〔五〕凡塗車四句：《禮記・檀弓下》：「塗車芻靈，自古有之，明器之道也。」注：「芻靈，束茅爲人馬。謂之靈者，神之類。」《周禮・夏官・校人》：「大喪，飾遺車之馬。及葬，埋之。」注：「言埋之，則是馬塗車之芻靈。」疏：「古者以泥塗爲車，芻靈謂以芻草爲人馬神靈。」《春官・小祝》：「大喪，贊渳，設熬，置銘。」注：「銘，今書或作名。鄭司農云：銘，書死者名於旌，今謂之柩。」「玄謂熬者，棺既蓋，設於其旁，所以惑蚍蜉也。《喪大記》曰：熬，君四種八筐，大夫三種六筐，士二種四筐，加魚腊焉。」《儀禮・士喪禮》：「熬黍稷各二筐，有魚腊，饌於西坫南。」

〔六〕塋內二句：唐代行六甲八卦冢葬法，以甲丙庚壬四穴爲吉穴。按唐之五姓說，杜氏屬商姓（見《古今合璧事類備要》續集卷一八類姓門。一說屬羽姓），利壬穴。說詳宋《地理新書》及敦煌卜葬書等。依二十四方位，壬穴在北，甲穴在其東南。

〔七〕遣奠三句：《周禮・春官・小祝》：「及葬，設道賫之奠，分禱五祀。」注：「玄謂賫猶送也。送道之奠，謂遣奠也。分其牲體以祭五祀，告王去此宮中不復反，故興祭祀也。」

〔八〕將欲四句：《周禮・天官・染人》：「凡染，春暴練，夏纁玄，秋染夏，冬獻功。」注：「暴練，練其素而暴之。」時爲八月，非練之時。按，此爲假設之辭。啓府君墓門，則與府君合葬，然盧氏實未合葬，原因如下述。

〔九〕前夫人五句：按，杜審言卒於景龍二年（七〇八）。以杜并卒聖曆二年（六九九）年十六，八歲喪母，可知薛氏當卒於天授二年（六九一）。夫妻合葬爲唐人通例，蓋審言卒時薛氏先與之合葬。後夫人盧氏卒時不得與之合葬。此文蓋緣飾之辭，爲盧氏美言。《唐代墓志彙編》永徽〇三〇《唐故弘農楊府君墓志銘》：「春秋七十，卒於清化里之私第。夫人張氏……春秋卌有四，奄歸窆夜。以大業十二年八月十九日殯於洛陽城北。是知合葬非古，而周聖所遵；庶泉路無違，幽途靡隔。兩棺共坎，二魄同窀。」此夫人先逝而合葬之例。貞元〇九六《唐故河南府河南縣主簿崔公墓志銘並序》：「夫人和順自天……遘疾而終，享年廿。後夫人柔德克比，是以嗣之，亦生一女，又不幸先公而殂。且聞生無並配，葬宜異處，先長同穴，情合禮中。君子以爲宜。故後夫人之墓共域並阡，列於西次。」此後夫人雖卒於夫先，然不得與夫同穴，故別墓列於西次。盧氏不得與夫合葬，情狀略與此例同。

〔一〇〕今兹二句：由壬至甲（由北至東）爲左旋順行。

〔一一〕孤子登三句：宋玉《高唐賦》：「孤子寡婦，寒心酸鼻。」《文選》李善注：「《禮記·王制》曰：小而無父謂之孤。」按，失怙稱孤子，可自稱，也可指稱。《三國志·魏書·司馬紹傳》：「孤子紹頓首。」《通典》卷九七《凶禮·爲祖母持重既葬而母亡服議》：「晋雷孝清問曰：『爲祖母持重，既葬而母亡，服制云何？別開門，更立廬不？言稱孤孫，爲稱孤子？』陳子昂《我府君有周居士文林郎陳公墓志銘》：「孤子子昂愚昧，鞠然在疚。」此皆自稱之例。盧氏卒時閑、并、專皆亡，故唯登稱孤子，此志之行文極分明。唯此墓志仍作一般叙事，非自稱口吻。杜登事迹别無見。據薛氏卒年，審言再娶盧氏當在長壽元年（六九二）後，登當生於此後。

〔一二〕得非二句：《元和姓纂》卷三盧氏：「姜姓，齊太公之後。至文公子高，高孫傒，食采于盧，因姓盧氏。」

〔一三〕薛氏所生子二句：元稹《唐檢校工部員外郎杜君墓係銘》：「審言生閑，閑生甫。閑爲奉天令。」黄鶴注：「先生作志云某等遭内艱云云，當是代叔父作。」「而志又云薛氏所生子適曰某，次曰并，次曰專，不及先生之父閑爲奉天令，何也？若以爲是時閑猶無恙，志代其作，此後又不聞先生居父喪。」錢箋：「此志代其父閑作也。薛氏所生子曰閑，曰并，曰專，太君所生曰登。志曰某等夙遭内艱，有長自太君之手者，知其代父作也。又云并幼卒，專先是不禄，則閑尚無恙也。鶴以爲代登作，又疑閑已卒，何不考之甚也。元《志》云閑爲奉天令，是時尚爲兖州司馬，閑之卒蓋在天寶間，而其年不可考矣。」按，黄、錢説皆非是。此文非代筆，作者署名爲杜甫無疑。文中不稱閑名，甫避父諱也。「某等夙遭内艱」亦叙事之辭，非自稱。朱鶴齡注：「《志》云故朝議大夫兖州司馬，猶《漢書·李廣傳》所云故李將軍，非謂已没也。舊《譜》殆因故字誤。但閑時爲兖州司馬，而《志》、《傳》俱云終奉天令。考奉天爲次赤縣。唐制京縣令正五品上階，閑自兖州司馬授奉天令，蓋從五品升正五品也。公東郡趨庭之後，閑即丁太君憂，必服闋補此官耳。」朱氏蓋謂閑爲盧氏服闋後補奉天令，則必在天寶六載以後。然天寶六載杜甫有應詔就選之舉，此後在長安屢求汲引，其間無容有服喪之事。朱注解「故」字引《漢書》亦不當。此文稱登「前任武康尉」，是稱前任不用故字，唐人例如此。稱故某官者則皆已逝，例多不煩詳引。杜閑必卒於此前，此亦可解釋盧氏爲何依杜專居開封，而不居杜氏陸渾故莊。元稹《墓係銘》稱閑爲奉天令，則所傳或誤，或閑未及赴任，當以甫此文爲准。

〔一四〕次曰專三句：《禮記·曲禮下》：「大夫死曰卒，士曰不禄。」杜專之卒或當在杜閑後。

〔一五〕而某等二句：内艱，母喪。此謂杜閑等生母薛氏卒。《陳書·司馬暠傳》：「年十二，丁内艱。」

〔一六〕然則句：《史記·平津侯主父列傳》：「丞相公孫弘者，齊菑川國薛縣人也。……養後母孝謹。……以弘爲丞相，封平津侯。」

〔一七〕有若冢婦六句：《禮記·内則》：「舅没則姑老，冢婦所祭祀賓客，每事必請於姑，介婦請於冢婦。」注：「以其代姑之事。介婦，衆婦。」疏：「若舅姑未没，傳家事於長子，其婦亦從夫知家事也。」黄鶴注：「并年十三歲死，宜無婦，而《志》冢婦盧氏，介婦鄭氏、魏氏、王氏，則是四婦。而所載子何爲與并止四人？則云某等遭閔凶，又似指父名而言，而鄭氏即先生之正母。更俟博考。」錢箋：「公母崔氏，此云冢婦盧氏，盧字誤。以《祭外祖父母文》及張燕公《義陽王碑》考之甚明。而作《年譜》者曲爲之説曰：先生之母微，此殁而不書。或又大書於世系曰：母盧氏，生母崔氏。其敢爲誕妄如此。」朱鶴齡注：「盧氏乃崔氏之訛，極有據，但崔之郡望爲清河，此曰同郡，疑並誤。」陳冠明謂：「冢婦盧氏爲杜甫之繼母。杜甫生母崔氏早亡故，父杜閑再娶范陽盧氏，故作冢婦盧氏。」説是。《儀禮·既夕禮》：「乃窆，主人哭，踊無算。襲，贈用制幣，玄纁束，拜稽顙。」

〔一八〕而家人二句：《晋書·律曆志》：「故仲尼之作《春秋》，日以繼月，月以繼時，時以繼年。」時謂四時。

〔一九〕貴因二句：長子謂杜閑。《唐六典》卷二司封郎中外命婦之制：「五品若勳官三品有封，母、妻爲縣君。散官並同職事。勳官四品有封，母、妻爲鄉君。其母邑號皆加太字。各視其夫及子之品，若兩有官爵者，皆從高。」盧氏蓋以杜閑朝議大夫散官正五品下、上都督府司馬從四品下受封贈。

〔二〇〕亳邑二句：《元和郡縣圖志》卷五偃師縣：「商有三亳，成湯居西亳，即此是也。」

〔二一〕享年二句：潘岳《馬汧督誄》：「没而猶眡，嗚呼哀哉。」眡即視字。

補遺①

祭遠祖當陽君文

維開元二十九年歲次辛巳月日，十三葉孫甫，謹以寒食之奠，敢昭告于先祖晉駙馬都尉、鎮南大將軍、當陽成侯之靈〔一〕。初，陶唐出自伊祁，聖人之後，世食舊德。降及武庫，應乎虬精〔二〕。恭聞淵深，罕得窺測。勇功是立，智名克彰〔三〕。繕甲江陵，祲清東吴。建侯于荆，邦于南土。河水活活，造舟爲梁。洪濤莽沄，未始騰毒〔四〕。《春秋》主解，稾隸躬親。嗚呼筆迹，流宕何人〔五〕。蒼蒼孤墳，獨出高頂。静思骨肉，悲憤心胸。峻極于天，神有所降。不毛之地，儉乃孔昭。取象邢山，全模祭仲。多藏之誡，焯序前文〔六〕。小子築室首陽之下，不敢忘本，不敢違仁。庶刻豐石，樹此大道〔七〕。論次昭穆，載揚顯號。于以采蘩，于彼中園。誰其尸之，有齊列孫。嗚呼！敢告兹辰，以永薄祭。尚饗。（1484）

【校】

①《瞿唐懷古》等詩五首原在此下，今移至卷一八末。

【注】

黄鶴《年譜辨疑》開元二十九年（七四一）辛巳：是年先生在河南，有祭遠祖晉鎮南將軍于洛之首陽。

〔一〕維開元四句：《晉書·杜預傳》：「杜預，字元凱，京兆杜陵人也。祖畿，魏尚書僕射。父恕，幽州刺史。……文帝嗣立，預尚帝妹高陸公主，起家拜尚書郎，襲祖爵豐樂亭侯。……及祐卒，拜鎮南大將軍、都督荆州諸軍事，給追鋒車，第二駙馬。……孫皓既平，振旅凱入，以功進爵當陽縣侯。……追贈征南大將軍、開府儀同三司。謚曰成。」

〔二〕降及二句：《晋書·杜預傳》：「預在内七年，損益萬機，不可勝數，朝野稱美，號曰杜武庫，言其無所不有也。」「預初在荆州，因宴集，醉卧齋中。外人聞嘔吐聲，竊窺於户，止見一大蛇垂頭而吐。聞者異之。」

〔三〕恭聞四句：《晋書·杜預傳》：「預以天下雖安，忘戰必危，勤於講武，修立泮宫。江漢懷德，化被萬里。攻破山夷，錯置屯營，分據要害之地，以固維持之勢。又修邵信臣遺跡，激用滍淯諸水以浸原田萬餘頃，分疆刊石，使有定分，公私同利。衆庶賴之，號曰杜父。舊水道唯沔漢達江陵千數百里，北無通路。又巴丘湖，沅湘之會，表裏山川，實爲險固，荆蠻之所恃也。預乃開楊口，起夏水達巴陵千餘里，内瀉長江之險，外通零桂之漕。南土歌之曰：後世無叛由杜翁，孰識智名與勇功。」

〔四〕河水四句：《晋書·杜預傳》：「預又以孟津渡險，有覆没之患，請建河橋於富平津。議者以爲殷周所都，歷聖賢而不作者，必不可立故也。預曰：『造舟爲梁，則河橋之謂也。』及橋成，帝從百僚臨會，舉觴屬預曰：『非君，此橋不立也。』」

〔五〕春秋四句：《晋書·杜預傳》：「既立功之後，從容無事，乃耽思經籍，爲《春秋左氏經傳集解》。又參考衆家譜第，謂之《釋例》。又作《盟會圖》、《春秋長曆》，備成一家之學，比老乃成。又撰

《女記讚》。當時論者謂預文義質直，世人未之重，唯秘書監摯虞賞之，曰：『左丘明本爲《春秋》作傳，而《左傳》遂自孤行。《釋例》本爲《傳》設，而所發明何但《左傳》，故亦孤行。』時王濟解相馬，又甚愛之，而和嶠頗聚斂，預常稱濟有馬癖，嶠有錢癖。武帝聞之，謂預曰：『卿有何癖？』對曰：『臣有《左傳》癖。』」《法書要録》卷一羊欣《采古來能書人名》：「京兆杜畿，魏尚書僕射。子恕，東郡太守。子預，荆州刺史。三世善草稿。」

〔六〕蒼蒼十二句：《晋書・杜預傳》：「預先爲《遺令》曰：古不合葬，明於終始之理，同於無有也。中古聖人改而合之，蓋以别合無在，更緣生以示教也。自此以來，大人君子或合或否，未能知生，安能知死？故各以己意所欲也。吾往爲臺郎，嘗以公事使過密縣之邢山，山上有冢，問耕父，云是鄭大夫祭仲，或云子産之冢也，遂率從者祭而觀焉。其造冢居山之頂，四望周達，連山體南北之正，而邪東北，向新鄭城，意不忘本也。其隧道唯塞其後而空其前，不填之，示藏無珍寶，不取於重深也。山多美石不用，必集洧水自然之石以爲冢藏，貴不勞工巧，而此石不入世用也。君子尚其有情，小人無利可動，歷千載無毁，儉之致也。吾去春入朝，因郭氏喪亡，緣陪陵舊義，自表營洛陽城東首陽之南爲將來兆域。而所得地中有小山，上無舊冢。其高顯雖未足比邢山，然東奉二陵，西瞻宫闕，南觀伊洛，北望夷叔，曠然遠覽，情之所安也。故遂表樹開道，爲一定之制。至時皆用洛水圓石，開隧道南向，儀制取法於鄭大夫，欲以儉自完耳。棺器小斂之事，皆當稱此。子孫一以遵之。」

〔七〕小子五句：《通典》卷一七七《州郡・河南府》偃師：「晋當陽侯杜元凱墓，在西北。」《太平寰宇記》卷五河南道偃師縣：「杜預墓在首陽山南。」「杜預墓在縣西北山上二十里。」

祭外祖祖母文

維年月日，外孫滎陽鄭宏之、京兆杜甫，謹以寒食庶羞之奠，敢昭告于外王父母之靈〔一〕。嗚呼！外氏當房祭祀無主，伯道何罪，元陽誰撫〔二〕？緬惟夙昔，追思艱窶。當太后秉柄，內宗如縷。紀國則夫人之門，舒國則府君之外父〔三〕。聿以生居貴戚，釁結狂豎。雌伏單栖，雄鳴折羽。憂心惙惙，獨行踽踽。悲夫逝景①，分飛忽間於鳳凰；咄彼讒人，有詞何異於鸚鵡②。初，我父王之遘禍，我母妃之下室。深狴殊塗，酷吏同律。夫人於是布裙屝屨，提餉潛出。昊天不傭，退藏于密。久成凋瘵，溘至終畢。蓋乃事存于義陽之誄，名播于燕公之筆〔四〕。嗚呼哀哉！宏之等從母昆弟，兩家因依〔五〕。弱歲俱苦，慈顏永違〔六〕。豈無世親，不如所愛。豈無舅氏，不知所歸③。誓以偏往，惻戀光輝④〔七〕。漸漬相勗，居諸造微〔八〕。幸遇聖主，願發清機〔九〕。以顯內外，何當奮飛。洛城之北，邙山之曲。列樹風烟，寒泉珠玉。千秋古道，王孫去兮不歸；三月晴天，春草萋兮增綠〔一〇〕。頃物將牽累，

事未欲遂〔一一〕。使淚流頓盡，血下相續者矣。捧奠遲回，炯心依屬。庶多載之洒掃，循茲辰之軌躅〔一二〕。（1485）

【校】

① 逝，宋本無此字，據錢箋補。

② 何，宋本無此字，據錢箋補。

③ 所，宋本無此字，據錢箋補。

④ 以，宋本無此字，據錢箋補。　惻，宋本作「測」，據錢箋改。

【注】

按，文稱「洛城之北，邙山之曲」，杜甫外祖父母葬於洛陽。此文當作於開元、天寶間。

〔一〕滎陽鄭宏之：《唐御史臺精舍題名考》卷二殿中侍御史兼内供奉「鄭宏之」，引《新表》鄭氏北祖房安平令九辨子宏之，定州刺史。又《太平廣記》卷四四九引《紀聞》：「唐定州刺史鄭宏之解褐爲尉，擒劫遷秩，後自寧州刺史改定州。至州兩歲，風疾去官。」及杜甫此文。

〔二〕伯道二句：《晋書·鄧攸傳》：「鄧攸字伯道……步走，擔其兒及其弟子綏。度不能兩全，乃謂其妻曰：『吾弟早亡，唯有一息，理不可絶，止應自弃我兒耳。幸得而存，我後當有子。』妻泣而從之，乃弃之。其子朝弃而暮及。明日，攸繫之於樹而去。……攸弃子之後，妻不復孕。過江，納妾。甚寵之，訊其家屬，説是北人遭亂，憶父母姓名，乃攸之甥。攸素有德行，聞之感恨，遂不復畜妾，卒以無嗣。時人義而哀之，爲之語曰：天道無知，使鄧伯道無兒。」《晉書・魏舒傳》：「魏舒，字陽元，任城樊人也。少孤，爲外家甯氏所養。甯氏起宅，相宅者云：『當出貴甥。』外祖母以魏氏甥小而慧，意謂應之。舒曰：『當爲外氏成此宅相。』」朱鶴齡注：「元陽當作陽元。」

〔三〕舒國則府君之外父：錢箋：「曰府君之外父者，蓋舒國爲府君外王父也。于《贈李義》詩可考。」《舊唐書・高祖二十二子傳》：小楊嬪生舒王元名，「高祖第十八子也。……永昌年，與子亶俱爲丘神勣所陷，被殺。神龍初，贈司徒，復其官爵，仍令以禮改葬。亶子津爲嗣舒王。景龍四年，加銀青光禄大夫。開元中，左威衛將軍，卒。子萬嗣，天寶二年卒。子藻嗣，天寶九載封嗣舒王。」杜甫外祖父崔某，名不詳。其母爲舒王元名女。

〔四〕初我父王十二句：《舊唐書・太宗諸子傳》：韋妃生紀王慎，「太宗第十子也。……慎少好學，長於文史，皇族中與越王貞齊名，時人號紀、越。初，貞將起事，慎不肯同謀。及貞敗，慎亦下獄。臨刑放免，改姓虺氏，仍載以檻車，配流嶺表，道至蒲州而卒。慎長子和州刺史東平王續最知名，早卒。次子沂州刺史義陽王琮、楚國公睿、遂州別駕襄郡公秀、廣化郡公獻、建平郡公欽等五人，垂拱中並遇害，家屬徙嶺南。中興初，追復官爵，令以禮改葬。」張説《贈陳州刺史義陽王神道碑》：「王諱琮，字某。文帝之孫，紀王之子。……某年月日，遘六道酷吏，薨於桂林之野，春秋五十。神龍之初，興廢繼絶，追贈陳州刺史。……以某年月日，陪葬於昭陵柏城，妃汝南周氏祔焉，禮也。妃考曰駙馬都尉梁郡襄公，妣曰臨川大長公主。宗周元胄，大君自出。……以王之故，薨於掖宫。初永昌之難，王下河南獄，妃録司農寺，惟有崔氏女，屝屨布衣，往來供饋，徒行顇色，傷動人倫，中外咨嗟，目爲勤孝。」錢箋：「按《碑》，則公之外母，紀王之孫、義陽之女也，故曰紀國則夫人之門，又曰名播于燕公之筆也。公母崔氏，此有明徵。」《唐會要》卷六《公主》太宗女：「臨川，降周道務。」即義陽王周妃之父。

〔五〕宏之二句：《爾雅·釋親》：「母之姊妹，爲從母。」即姨母。宏之母與杜甫母爲姊妹，同出崔氏。故二人爲從母昆弟。

〔六〕弱歲二句：據此，似宏之母與杜甫母皆早逝。

〔七〕晢以二句：偏謂偏孤。潘岳《寡婦賦》：「少伶俜而偏孤兮，痛忉怛以摧心。」《文選》李善注：「偏孤，謂喪父也。」此指喪母。《後漢書·東平王蒼傳》：「中心戀戀，惻然不能言。」

〔八〕漸漬二句：居諸謂歲月。蕭綱《善覺寺碑》：「居諸不息，寒暑推移。」盧照鄰《鄭太子碑銘》：「將日月以居諸，邈宇宙而長久。」《晋書·郗超傳》：「沙門支遁以清談著名於時，風流勝貴，莫不崇敬，以爲造微之功，足參諸正始。」

〔九〕幸遇二句：陸雲《晋故散騎常侍陸府君誄》：「帝欽遺烈，士詠清機。」曹攄《思友人》：「精義測神奥，清機發妙理。」

〔一〇〕千秋四句：《楚辭·招隱士》：「王孫游兮不歸，春草生兮萋萋。」

〔一一〕頃物將二句：嵇康《家誡》：「或牽於外物，或累於内欲。」

〔一二〕庶多載二句：《漢書·叙傳》：「伏周孔之軌躅，馳顔閔之極摯。」

爲閬州王使君進論巴蜀安危表〔一〕

臣某言：伏自陛下平山東，收燕薊洎海隅，萬姓感動①，喜王業再康，瘡痏蘇息。陛下明聖，社稷之靈，以至於此。然河南河北，貢賦未入；江淮轉輸，異於曩時。唯獨劍南，自用兵已來，稅斂則殷，部領不絶。瓊林諸庫，仰給最多。是蜀之土地膏腴，物産繁富，足以供王命也〔二〕。近者賊臣惡子，頻有亂常。巴蜀之人，橫被煩費，猶相勸勉，充備百役，不敢怨嗟。吐蕃今下松維等州，成都已不安矣〔三〕。楊琳師再脅普合，顒顒兩川，不得相救〔四〕。百姓騷動，未知所裁。況臣本州山南所管，初置節度，庶事草創，豈暇力及東西兩川矣〔五〕。伏願陛下聽政之餘，料巴蜀之理亂，審救援之得失，定兩川之異同，問分管之可否。度長計大，速以親賢出鎮，哀罷人以安反仄，犬戎侵軼，群盜窺伺，庶可遏矣。而三蜀，天府也〔六〕。儻取萬計，陛下忍坐見其狼狽哉？不即爲之，臣竊恐蠻夷得恣屠割耳，實爲陛下有所痛惜。必以親王，委之節鉞，此古之維城盤石之義明矣，陛下何疑哉？在近擇親賢，加以醇厚明哲之老，爲之師傅，則萬無覆敗之跡，又何疑焉？其次付重臣舊德，智略經久，舉事允愜，不隕穫於蒼黄之際，臨危制變之明者，觀其樹勳庸於當時，扶泥塗於已墜，整頓理體，竭露臣節，必見方面小康也。今梁州既置節度，與成都足以久遠相應矣。東川更分管數州於内，幕府取給，破弊滋甚。若兵馬悉付西川，梁州益坦爲聲援，是重斂之下，免至多門，西南之人有活望矣〔七〕。必以戰伐未息，勢資多軍，應須遣朝廷任使舊人，授之使節。留後之寄，綿歷歲時，非所以塞衆望也〔八〕。臣於所守封界，連接梓州，正可爲成都東鄙，其中别作法度，亦不足成要害哉，徒擾人矣。伏惟明主裁之。又天下徵收赦文，減省軍用外諸色雜賦名目，伏願損之又損之，劍南諸州亦困而復振矣〔九〕。將相之任，内外交遷，西川分壼〔一〇〕，以付賢俊。愚臣特望以親王總戎者，意在根固流長，國家萬代之利也，敢輕易而言？次請慎擇重臣，亦願任使舊人，鎮撫不缺。借如犬戎俶擾，臣素知之。臣之兄承訓，自没蕃已來，長望生還。僞親信於贊普②，探其深意。意者報復摩彌青海之役決矣，同謀誓衆，於前後没落之徒，曲成翻動，陰合應接，積有歲時〔一一〕。每漢使回，蕃使至，帛書隱語，累嘗懇論。臣皆封進上聞，屢達臣兄承訓憂國家緣邊之急，願亦勤矣。況臣本隨兄在蜀，向二十年。兄既辱身蠻夷，相見無日。臣比未忍離蜀者，望兄消息時通，所以戮力邊隅，累踐班秩。補拙之分淺，待罪之日深。蜀之安危，敢竭聞見。臣子之義，貴有所盡於君親。愚臣迂闊之説，萬一少裨聖慮，遠人之福也，愚臣之幸也。昨竊聞諸道路出③，吐蕃已來，草竊岐隴，逼近咸陽〔二〕。似是之間，憂憤隕迫，益增尸禄寄重之懼，寤寐報效之懇。謹冒死具巴蜀成敗形勢，奉表以聞。（1486）

【校】

① 萬姓，錢箋作「萬里百姓」。

② 贊普，宋本作「普贊」，據錢箋改。

③ 出，錢箋作「云」。

【注】

朱鶴齡注：廣德元年（七六三）作。

〔一〕王閬州：參卷一一《陪李梓州王閬州蘇遂州李果州四使君登惠義寺》（0802）注。

〔二〕唯獨六句：部領，當作簿領。見卷九《臨邑舍弟書至苦雨黄河泛溢隄防之患簿領所憂因寄此詩用寬其意》（0437）注。《舊唐書·陸贄傳》贄諫德宗：「瓊林、大盈，自古悉無其制，傳諸耆舊之説，皆云創自開元。貴臣貪權，飾巧求媚，乃言：『郡邑貢賦所用，盍各區分：賦税當委於有司，以給經用；貢獻宜歸于天子，以奉私求。』玄宗悦之，新是二庫，蕩心侈欲，萌柢於兹。迨乎失邦，終以餌寇。」

〔三〕吐蕃二句：廣德元年吐蕃陷松、維州，參卷五《入奏行》（0236）、卷一一《警急》（0815）等詩注。

〔四〕楊琳三句：朱鶴齡注：「楊琳，即楊子琳。」「再脅普合，其事未詳。」《元和郡縣圖志》卷三三東川：「普州，安岳。中。……正北微西至梓州二百五十里。」「合州，巴川。中。……西至遂州陸路二百六十里。」楊子琳，見卷五《草堂》（0251）注。子琳本爲瀘南賊帥，屯瀘州，在普州、合州南。顆顆，當作顒顒。朱鶴齡注已改。

〔五〕况臣四句：《元和郡縣圖志》卷二二山南道管州十七，有閬州。《舊唐書·地理志》山南西道節度使亦管閬州，然閬州又列入東川節度使梓州管下。

〔六〕而三蜀天府也：《華陽國志》卷三：「蜀沃野千里，號爲陸海。旱則引水浸潤，雨則杜塞水門，故《記》曰：水旱從人，不知饑饉，時無荒年。天下謂之天府也。」

〔七〕今梁州十句：《舊唐書·地理志》山南西道：「梁州興元府，隋漢川郡。……天寶元年，改爲漢中郡，仍爲都督府。乾元元年，復爲梁州。興元元年六月，昇爲興元府。」《新唐書·方鎮表四》山南西道：「廣德元年，升山南西道防禦守捉使爲節度使，尋降爲觀察使，領梁、洋、集、壁、文、通、巴、興、鳳、利、開、渠、蓬十三州，治梁州。」據此文，閬州當原屬東川，分管於山南。坦，疑當作恒。朱鶴齡注：「東川與山南接壤，山南既增節度，東川兵馬便可並付西川，減省幕府繁費。高適奏請罷東川節度，以一劍南，西山不急之城，稍以減削，意亦與公同也。」

〔八〕留後三句：朱鶴齡注：「時章梓州彝爲東川留後，故云。」見卷四《冬狩行》(0194)注。

〔九〕又天下四句：代宗《册尊號赦文》：「自廣德元年七月十一日昧爽已前……諸道百姓逋租懸調，及一切欠負官物，自寶應元年十二月三十日已前並放免。一户之中，有三丁放一丁，庸調地税，依舊每畝税二升。」赦文當指此。

〔一〇〕分壹：當作分閫。見卷一二《奉和嚴中丞西城晚眺十韻》(0728)注。朱鶴齡注已改。

〔一一〕臣之兄十一句：張九齡《敕當悉等州羌首領書》：「敕當、悉、柘、静、維、翼等諸州首領百姓等：前者令王承訓往宣問，事止當州。」又《敕柘静等州首領書》：「敕柘静等州部落：昨王承訓去，緣當州百姓，有相扇動，故令宣旨。」《敕西南蠻大首領蒙歸義書》：「今故令内給事王承訓往，一一口具。」蓋開元間爲西川從事。顔真卿《中散大夫京兆尹漢陽郡太守贈太子少保鮮于公神道碑銘》：「拜公爲蜀郡大都督府長史兼御史中丞，持節充劍南節度副大使，公當大任，既竭丹誠，射討吐蕃摩彌城拔之，改洪州爲保寧都護府。」此天寶八載鮮于仲通收復洪州事。嚴耕望考其地在劍南西北部，大渡河上源東支之梭磨河流域，唐名索磨川。王承訓在蜀陷蕃，所言摩彌當爲一地。由此西北入吐蕃。此稱「摩彌青海」，青海蓋泛指吐蕃所占區域。

〔一二〕昨竊聞四句：廣德元年七月，吐蕃大寇河隴，盜有隴右之地。參《警急》等詩注。

東西兩川説

聞西山漢兵食糧者四千人，皆關輔山東勁卒，多經河隴幽朔教習，慣於戰守，人人可用。兼羌堪戰子弟向二萬人，實足以備邊守險。脱南蠻侵掠，邛雅子弟不能獨制〔一〕，但分漢勁卒助之，不足撲滅。是吐蕃憑凌本自足支也①，權量西山邛雅兵馬，卒叛援形勝明矣。頃三城失守②〔二〕，罪在職司，非兵之過也，糧不足故也。今此輩見闕兵馬使，八州素歸心於其世襲刺史，獨漢卒自屬裨將主之③〔三〕。竊恐備吐蕃在羌，漢兵小昵，而釁隙隨之矣。況軍須不足，姦吏減剥未已哉。愚以爲宜速擇偏裨主之，主之勢，明其號令，一其刑賞，申其哀恤，致其驩忻，宜先自羌子弟始。自漢兒易解人意，而優勸旬月，大浹洽矣。仍使兵羌各繫其部落，刺史得自教閲，都受統於兵馬使。更不得使八州都管或在一羌王，或都關一世襲刺史。是羌之豪族，發源有遠近，世封有豪家，紛然聚藩落之議於中，肆與奪之權於外已。然則備守之根危矣，又何以藉其爲本，式遏雪嶺之西哉！比羌族封王者，初以拔城之功得。今城失矣，襲王如故，總統未已，奈諸董攘臂何？王尹之獄是矣，由策嗣羌王。闕王氏舊親，西董族最高，怨望之勢然矣〔四〕。誠於此時便宜聞上，使各自統領，不須王區分易制，然後都静聽取别于兵馬使，不益元戎氣壯，部落無語。或縱一部落怨，獲羣部落喜矣無爽。如此處分，豈唯邛南不足憂，八州之人願賈勇，復取三城不日矣。幸急擇公所素諳明了將，正色遣之。獠賊内編屬自久，數擾背亦自久，徒惱人耳，憂慮蓋不至大。昨聞受鐵券，爵禄隨之，今聞已小動，爲之奈何？若不先招諭也，穀貴人愁，春事又起，緣邊耕種，即發精卒討之甚易。恐賊星散於窮谷深林，節度兵馬但驚動緣邊之人。供給之外，未見免劫掠，而還賃其地，豪族兼有其地而轉富。蜀之土肥，無耕之地，流冗之輩，近者交互其鄉村而已，遠者漂寓諸州縣而已，實不離蜀也，大抵秪與兼并豪家力田耳。但鈞畝薄斂，則田不荒。以此上供王命，下安疲人可矣。豪族轉安，是否非蜀，仍禁豪族受賃罷人田〔五〕。管内最大誅求，宜約富家辦，而貧家創痍已深矣。今富兒非不緣子弟職掌〔六〕，盡在節度衙府州縣官長手下哉。村正里見面④〔七〕，不敢示文書取索。非不知其家處，獨知貧兒家處。兩川縣令、刺史有權攝者，須盡罷免。

苟得賢良，不在正授權，在進退聞上而已〔八〕。（1487）

【校】

①支，宋本缺，據錢箋補。
②頃，宋本原誤重，據錢箋删。
③主，宋本、錢箋校：「一作帥。」
④里，宋本、錢箋校：「一作雖。」

【注】

朱鶴齡注：廣德二年（七六四）嚴武幕中作。

〔一〕邛雅子弟：指邛、雅州内屬羌獠之族。見卷五《草堂》（0251）注。
〔二〕三城：見卷五《入奏行》（0236）注。
〔三〕今此輩三句：後嚴武遣崔旰統兵西山，旰爲檢校西山兵馬使，見《舊唐書·崔寧傳》等。則此前未設此職，嚴武蓋從此議。八州刺史，見《入奏行》注。
〔四〕是羌之豪族以下：《舊唐書·地理志》維州：「（貞觀）三年，左上封生羌董屈占等，舉族内附，復置維州及（金川、定廉）二縣。」「小封，咸亨二年，刺史董弄招慰生羌置也。」「保州，下。本維州之定廉縣。開元二十八年，置奉州，以董晏立爲刺史，領定廉一縣。天寶元年，改爲雲山郡。

八載，移治所於天保軍，乃改爲天保郡。乾元元年二月，西山子弟兵馬使嗣歸誠王董嘉俊以西山管内天保郡歸附，乃爲保州，以嘉俊爲刺史。」《新唐書・南蠻傳》：「松外蠻尚數十百部，大者五六百户，小者二三百，凡數十姓，趙、楊、李、董爲貴族。」「戎州管内有馴、騁、浪三州大鬼主董嘉慶，累世内附，以忠謹稱，封歸義郡王。貞元中，狼蠻亦請内附，補首領浪沙爲刺史，然卒不出，劍南西川節度使韋皋檄嘉慶兼押狼蠻。」朱鶴齡注：「此云嗣羌王，疑即嘉俊也。時吐蕃陷松、維、保三州及雲山新築二成，上云今城失矣，襲王如故，以此知其爲嘉俊也。」「王尹」之下疑有脱誤，朱注謂王氏疑即王承訓，恐未是。參卷一三《寄董卿嘉榮十韻》(0870)注。

〔五〕豪族三句：「是否非蜀」處疑有脱誤。

〔六〕今富兒句：非不緣即無不緣，「非」或當作豈非。

〔七〕村正里：當作村里正。

〔八〕苟得三句：「正授權」下當補「攝」字。

杜甫年譜簡編

玄宗先天元年(七一二)壬子，一歲。

八月，睿宗傳位於皇太子隆基，自稱太上皇帝。太子即位，是爲玄宗。

杜甫生於河南鞏縣。

李白十二歲。王維十二歲。鄭虔二十二歲。

先天二年(七一三)癸丑，十二月改元開元。二歲。

七月，太平公主與僕射竇懷貞等同謀作亂，玄宗率兵誅之。

玄宗開元二年(七一四)甲寅，三歲。

開元三年(七一五)乙卯，四歲。

正月，立郢王嗣謙爲皇太子。

岑參生。

開元四年(七一六)丙辰,五歲。

六月,太上皇崩。十月,葬睿宗於橋陵。是夏,山東、河南、河北蝗蟲大起。十二月,姚崇罷知政事。宋璟爲吏部尚書黄門監。

開元五年(七一七)丁巳,六歲。

正月,玄宗幸東都。二月,至自東都,大赦天下。六月,鞏縣暴雨連月,山水泛濫,毁郭邑廬舍七百餘家。

甫約於此年至郾城,觀公孫大娘舞劍器渾脱。

賈至生。

開元六年(七一八)戊午,七歲。

六月,瀍水暴漲,溺殺千餘人。

《壯游》:「七齡思即壯,開口詠鳳凰。」又《進雕賦表》:「臣自七歲所綴詩筆,向四十載矣。」皆始於此時。

開元七年(七一九)己未，八歲。

元結生。

開元八年(七二〇)庚申，九歲。

正月，宋璟、蘇頲罷知政事。源乾曜、張嘉貞並同中書門下平章事。六月，東都暴雨。新安、河南、鞏縣等廬舍蕩盡。

《壯游》：「九齡書大字，有作成一囊。」在此年。

開元九年(七二一)辛酉，十歲。

九月，姚崇薨。張說爲兵部尚書、同中書門下三品。

開元十年(七二二)壬戌，十一歲。

正月，玄宗幸東都。五月，東都大雨，伊、汝等水泛漲，漂壞河南府及許、汝等州廬舍數千家。六月，玄宗訓注《孝經》頒於天下。九月，京兆人權梁山以屯營兵數百人斬關入宮城構逆，至曉兵敗。

開元十一年（七二三）癸亥，十二歲。

正月，玄宗北都巡狩，幸并州、潞州、晋州。四月，張説正除中書令。

開元十二年（七二四）甲子，十三歲。

七月，廢皇后王氏爲庶人。十一月，玄宗幸東都。

開元十三年（七二五）乙丑，十四歲。

二月，初置彍騎。十一月，玄宗至泰山，行封禪禮。十二月，至東都。時累歲豐稔，東都米斗十錢。

《壯游》：「往昔十四五，出游翰墨場。斯文崔魏徒，以我似班揚。」約在此年前後。

開元十四年（七二六）丙寅，十五歲。

四月，張説停兼中書令。岐王範薨。是秋，十五州言旱及霜，五十州言水，河南、河北尤甚。

嚴武生。

開元十五年（七二七）丁卯，十六歲。

二月，張説、崔隱甫、宇文融以朋黨相構，制説致仕。十月，玄宗至自東都。

開元十六年（七二八）戊辰，十七歲。

八月，張説進一行所修《開元大衍曆》，詔頒行之。

開元十七年（七二九）己巳，十八歲。

二月，張説復爲尚書左丞相。六月，宇文融、裴光庭並同中書門下平章事。八月，尚書右丞相宋璟爲尚書左丞相。九月，宇文融左遷。

開元十八年（七三〇）庚午，十九歲。

六月，東都瀍、洛泛漲，損居人廬舍千餘家。十二月，張説薨。

約於此年自洛陽西游郇瑕（猗氏），與韋之晋、寇錫游。《奉酬寇十侍御錫見寄四韻復寄寇》：「往别郇瑕地，於今四十年。」

開元十九年（七三一）辛未，二十歲。

正月，霍國公王毛仲貶死。十月，玄宗幸東都。十一月，至自東都。

約於此年游吴越。至江寧，觀瓦官寺顧愷之所繪維摩詰像。下姑蘇，登虎丘，謁吴太伯廟。渡浙江，至會稽，游剡溪，泊天姥。

開元二十年（七三二）壬申，二十一歲。

三月，信安王禕大破奚、契丹於幽州。九月，中書令蕭嵩等奏上《開元新禮》。十月，玄宗至北都。十二月，至京師。

開元二十一年（七三三）癸酉，二十二歲。

正月，制貢舉人加《老子》策。十一月，右丞相宋璟以年老致仕。十二月，蕭嵩、韓休罷知政事。裴耀卿爲黄門侍郎，張九齡起復中書侍郎，並同中書門下平章事。是歲，關中久雨害稼，京師饑。

開元二十二年（七三四）甲戌，二十三歲。

正月，玄宗幸東都。五月，裴耀卿爲侍中，張九齡爲中書令，李林甫爲禮部尚書、同中書門下平章事。十二月，幽州長史張守珪發兵討契丹，斬其王屈烈。

《壯游》：「歸帆拂天姥，中歲貢舊鄉。」杜甫當於此年應鄉貢。舊鄉指河南府。十月，隨貢入長安。

開元二十三年（七三五）乙亥，二十四歲。

正月，在長安應進士舉，不第。《壯游》：「忤下考功第，獨辭京尹堂。」聞一多《會箋》謂此年應舉在洛陽，不確。是年知貢舉爲考功員外郎孫逖，中進士舉者有賈季鄰、李頎、蕭穎士、李華、趙驊等二十七人。

開元二十四年（七三六）丙子，二十五歲。

三月，始移考功貢舉，由禮部侍郎掌之。六月，京兆醴泉人劉志誠爲亂，咸陽官吏燒便橋以斷其路，盡擒斬之。十月，車駕發東都，還西京。十一月，裴耀卿、張九齡並罷知政事。李林甫兼中書令。

甫下第後游齊趙，至磁州、青州，與蘇預（源明）游。《壯游》：「放蕩齊趙間，裘馬頗清狂。春歌叢臺上，冬獵青丘旁。……蘇侯據鞍喜，忽如攜葛强。」又曾至兖州省親，時父杜閑任兖州司馬。有《登兖州城樓》、《望岳》等詩。又與高適相逢汶上。《奉寄高常侍》：「汶上相逢年頗多。」聞一多《會箋》定省父在開元二十八年，乃據錢謙益、朱鶴齡以杜閑卒於天寶三載後爲説，實不足據。杜閑卒年在天寶三載前，或定於開元二十八、九年間，然亦不能確考。

開元二十五年(七三七)丁丑,二十六歲。

四月,張九齡左授荆州長史。皇太子瑛、鄂王瑶、光王琚並廢爲庶人。九月,頒新定令、式、格及事類於天下。十一月,宋璟薨。十二月,惠妃武氏薨。

開元二十六年(七三八)戊寅,二十七歲。

六月,立忠王璵(後改名紹,又改名亨)爲皇太子。其冬,析左右羽林軍置左右龍武軍,以左右萬騎營隸焉。

開元二十七年(七三九)己卯,二十八歲。

七月,北庭都護蓋嘉運襲破突騎施於碎葉城,威震西陲。十月,將改作明堂,東都訛言埋小兒以爲厭勝,都城騷然,久乃定。

開元二十八年(七四〇)庚辰,二十九歲。

二月,張九齡卒於荆州長史任。三月,權判益州長史章仇兼瓊拔吐蕃安戎城。其時頻歲豐稔,京師米斛不滿二百。孟浩然卒。

開元二十九年(七四一)辛巳,三十歲。

正月,制兩京、諸州置玄元皇帝廟並崇玄學,令習《老子》等四子。七月,洛水泛漲,洛、渭間廬舍壞,溺死者千餘人。安禄山爲平盧軍節度副使。九月,大雨雪,霖雨月餘。十一月,寧王憲薨,謚讓皇帝。十二月,吐蕃入寇,陷振武軍石堡城。

時歸在河南,在偃師有《祭遠祖當陽君文》。

天寶元年(七四二)壬午,三十一歲。

正月,以在尹喜故宅發得玄元皇帝賜靈符,改元天寶。八月,李適之爲左相。李林甫加尚書左僕射。

時在河南。姑母裴夫人自東都遷殯河南縣,爲作《唐故萬年縣君京兆杜氏墓志》。曾北往王屋山訪華蓋君,在此數年間。

天寶二年(七四三)癸未,三十二歲。

三月,玄宗親祀玄元廟以册尊號。十二月,太子賓客賀知章請度爲道士還鄉。

天寶三載(七四四)甲申,三十三歲。

正月,改年爲載。三月,安禄山代裴寬爲范陽節度使。

時在東都。《贈李白》：「二年客東都，所歷厭機巧。」繼祖母盧氏卒於陳留郡，八月歸葬偃師，爲作《唐故范陽太君盧氏墓志》。李白天寶元年徵爲翰林供奉，三載賜金還山，道出洛陽，與甫相會，將游梁宋。一説二人相會在天寶四載。秋，游宋州，與李白、高適登吹臺、琴臺。川《譜》謂甫又與李、高同渡黄河登王屋山，無據。王屋山在洛陽北，甫非與李、高在宋州相會後同訪。

天寶四載（七四五）乙酉，三十四歲。

八月，册太真妃楊氏爲貴妃。九月，契丹、奚殺唐公主，舉部落叛。皇甫惟明與吐蕃戰石堡城，不利。

游齊州。夏，李之芳宴李邕於歷下亭，甫陪宴。又暫如臨邑省弟穎。秋至魯郡，與李白重會，同尋城北范十隱居。又往東蒙山訪董鍊師。冬，李白有江東之游，甫西還。

天寶五載（七四六）丙戌，三十五歲。

四月，左相李適之罷知政事。門下侍郎陳希烈同中書門下平章事。七月，韋堅爲李林甫所構，賜死。李適之貶宜春太守，飲藥死。十二月，杜有鄰、王曾、柳勣等爲李林甫所構，並下獄死。

至長安。應駙馬鄭潛曜之託，撰《唐故德儀贈淑妃皇甫氏神道碑》。又從汝陽王璡等游。

天寶六載（七四七）丁亥，三十六歲。

正月，遣使殺北海太守李邕、淄川太守裴敦復。十一月，户部侍郎楊慎矜及兄慎餘、弟慎名並爲李林甫及御史中丞王鉷所構，下獄死。

正月下制，天下諸色人通明一藝以上者各任薦舉，委尚書諸司及御史中丞對試，杜甫、元結皆就選。已而無有第者，李林甫遂表賀人主，以爲野無遺賢。

天寶七載（七四八）戊子，三十七歲。

四月，以高力士爲驃騎大將軍。六月，安禄山賜實封及鐵券。十月，玄宗幸華清宮，封貴妃姊二人爲韓國、虢國夫人。

在長安。

天寶八載（七四九）己丑，三十八歲。

六月，隴右節度使哥舒翰攻吐蕃石堡城，拔之。閏六月，玄宗謁太清宮，册玄元皇帝尊號，高祖、太宗、高宗、中宗、睿宗五帝加「大聖皇帝」之字。

在長安。黄鶴以《冬日洛城北謁玄元皇帝廟》爲本年冬歸東都作，然東都玄元廟天寶二年後稱太微宫，詩當作於此前，謂甫本年曾歸東都無據。

天寶九載(七五〇)庚寅,三十九歲。

三月,時久旱,制停封西岳。七月,國子監置廣文館。九月,處士崔昌上《五行應運曆》,請廢周、隋不合爲二王後。十一月,制告獻太清宫及太廟爲朝獻。

在長安。有《贈韋左丞丈濟》、《奉贈韋左丞丈二十二韻》詩。韋濟遷尚書左丞在本年。約於此年投延恩匭進《雕賦》。

天寶十載(七五一)辛卯,四十歲。

正月,玄宗朝獻太清宫,朝饗太廟,有事於南郊,合祭天地。二月,安禄山兼雲中太守、河東節度使。四月,劍南節度使鮮于仲通將兵討雲南閣羅鳳,大敗。是秋,霖雨積旬,牆屋多壞,西京尤甚。十一月,兵部侍郎楊國忠兼領劍南節度使。

在長安。有《杜位宅守歲》:「四十明朝過。」投延恩匭獻《朝獻太清宫賦》、《朝享太廟賦》、《有事於南郊賦》三大禮賦。玄宗奇之,命待制集賢院,委學官試文章,送隸有司,參列選序。

天寶十一載(七五二)壬辰,四十一歲。

四月,御史大夫兼京兆尹王鉷賜死。楊國忠兼京兆尹。十一月,李林甫薨。楊國忠爲右相兼文部尚書。

在長安。秋與高適、薛據、岑參、儲光羲同登慈恩寺塔，賦詩。

天寶十二載（七五三）癸巳，四十二歲。

二月，楊國忠誣奏李林甫陰結叛胡阿布思，追削李林甫在身官爵，男岫、宗黨李復道等五十人皆流貶。八月，京城霖雨，令出太倉米十萬石減價糶與貧人。

在長安。有《奉贈鮮于京兆二十韻》。高適五、六月間赴河西，轉隴右入哥舒翰幕，甫有《送高三十五書記》。

天寶十三載（七五四）甲午，四十三歲。

正月，加安禄山尚書左僕射，又加群牧都使。二月，楊國忠守司空。三月，太常卿張垍、垍兄均坐貶。六月，劍南留後李宓擊雲南蠻於西洱河，爲閣羅鳳所擒，舉軍皆没。八月，以久雨左相陳希烈罷知政事，韋見素同中書門下平章事。京城垣屋頹壞殆盡，人多乏食，令出太倉米一百萬石賤糶以濟貧民。

在長安。時携家居城南下杜。秋，以久雨乏食，寄家奉先縣。有《橋陵詩三十韻因呈縣内諸官》。有《上韋左相二十韻》，左相謂韋見素。有《投贈哥舒開府翰二十韻》及《贈田九判官》。

冬，投匭獻《封西岳賦》。

天寶十四載（七五五）乙未，四十四歲。

十月，玄宗幸華清宫。十一月九日，安禄山反於范陽，殺太原尹楊光翽於博陵郡。十五日，聞於行在所。以郭子儀爲朔方節度使。以封常清爲范陽、平盧節度使，令募兵以禦逆胡。二十七日，以榮王琬爲元帥，命高仙芝副之，於京城召募，號曰天武軍。十二月丙戌朔，安禄山於靈昌郡渡河。六日，陷陳留郡。九日，陷滎陽郡。十一日，封常清與賊戰於成皋，官軍敗績。十二日，禄山陷東京。高仙芝弃陝郡，西保潼關。十六日，詔皇太子統兵東討。二十一日，斬封常清、高仙芝於潼關。以哥舒翰爲太子先鋒兵馬元帥，領河隴兵募守潼關。

在長安。十月，初注官河西尉，改授太子右衛率府兵曹。有《官定後戲贈》。十一月初，自京赴奉先縣探家，路經驪山。有《自京赴奉先縣詠懷五百字》。

天寶十五載（七五六）丙申，七月肅宗即位，改元至德。四十五歲。

正月乙卯朔，安禄山僭號於東京。唐以李光弼爲河東節度使。八日，賊將蔡希德陷常山郡。十一日，賊將安慶緒犯潼關，哥舒翰擊退之。二月丙戌，李光弼、郭子儀將兵東出井陘，與賊將史思明戰，大破之。三月，以李光弼爲范陽節度使，顔真卿爲河北采訪使。五月戊午，南陽太守魯炅與賊將武令珣戰於滍水上，官軍大敗，賊進寇南陽。六月八日，哥舒翰與賊將崔乾祐戰於靈寶西原，官軍大敗。李光弼與史思明戰於常山東嘉山，大破之。九日，哥舒翰至潼關，爲其帳下火拔歸仁執以降賊，京師大駭。十二日，將謀幸蜀，乃下詔親征。十三日，玄宗及宰相楊國忠、韋見素、内侍高力士及太子、親王自延秋門出。十四日，次馬嵬驛，兵士圍驛四合，誅楊國忠、魏方進一族，命高力士賜楊貴妃自盡。十五日，發馬嵬驛，留皇太子。十九日，太子至平涼郡。七月九日，至靈武。十二日，即皇帝位於靈武。十五日，玄宗詔以皇太子充天下兵馬元帥，永王璘、盛王琦、豐王珙分領諸路節度大使。二十八日，玄宗至蜀郡。八月十日，靈武使至，始知皇太子即位。十四日，遜位稱上皇。册肅宗，命韋見素、房琯使靈武。八月，肅宗詔郭子儀、李光弼自河北旋師。九月，南幸彭原郡。十月，以房琯爲兵馬元帥收復京師，王思禮爲副。二十日，琯與賊將安守忠戰於陳濤斜，官軍敗績。平原太守顔真卿以食盡援絶，弃城渡河，河北郡縣盡陷。十一月，回紇引軍赴難，與郭子儀同破賊黨同羅部於河上。十二月，賊將阿史那承慶陷潁川郡。永王璘擅領舟師下廣陵。

正月或在長安。有《晦日尋崔戢李封》。五月，携家自奉先往白水避難。有《白水縣崔少府十九翁高齋三十韻》。潼關破後，自白水西至華原，又北上至坊州，又北至三川。七月，在三川，有《三川觀水漲二十韻》。聞肅宗即位靈武，留家屬於鄜州，欲北上延州，出蘆子關，投靈武。中途被擄至長安。九月，曾至藍田。有《九日藍田崔氏莊》、《崔氏東山草堂》，注：「王維時被張通儒禁在東山北寺。」十月，在長安城中。聞陳陶軍敗，作《悲陳陶》、《悲青坂》。

肅宗至德二載（七五七）丁酉，四十六歲。

正月，安禄山爲其子慶緒所殺。二月，肅宗幸鳳翔郡。李光弼破賊將蔡希德之衆於城下。郭子儀破崔乾祐於潼關，收河東郡。永王璘兵敗，爲洪州刺史皇甫侁所殺。三月，韋見素、裴冕罷知政事。四月，以郭子儀爲司空、副元帥，統諸節度，李光弼爲司徒。五月，郭子儀與賊將安守忠戰於清渠，官軍敗績，子儀退保武功。房琯罷知政事。以張鎬爲中書侍郎、同中書門下平章事。郭子儀以失律讓司空。閏八月，賊將遽寇鳳翔，崔光遠行軍司馬王伯倫等破賊，乘勝至中渭橋。時賊大軍屯武功，聞之燒營而去。九月，回紇葉護太子率兵四千助國討賊。丁亥，元帥廣平王統朔方、安西、回紇、南蠻、大食之衆二十萬，東向討賊。壬寅，與賊將安守忠等戰於香積寺北，賊軍大敗。賊帥張通儒弃京城東走。癸卯，廣平王收西京。十月，賊將尹子奇陷睢陽。廣平王統郭子儀等攻陝郡，賊衆大敗。安慶緒與其黨奔河北。十八日，廣平王入東京。二十三日，肅宗入長安。十一月，僞御史大夫嚴莊來降。十二月，上皇至自蜀。改蜀郡爲南京，鳳翔府爲西京，西京改爲中京。僞范陽節度使史思明與僞河東節度使高秀岩並表送降。陷賊官僞署達奚珣等十八人並處斬，陳希烈等七人並賜自盡，張均等免死配流。

陷居長安，有《春望》、《哀江頭》等詩。二月，曾宿大雲寺。有《大雲寺贊公房四首》。四月，自金光門出，間道竄歸鳳翔。有《喜達行在所三首》。五月十六日，拜左拾遺。房琯罷相，甫上疏言琯罪細，不宜免大臣。帝怒，詔禮部尚書崔光遠、刑部尚書顔真卿與御史大夫韋陟三司推問。

宰相張鎬曰：「甫若抵罪，絶言者路。」韋陟入奏：「杜甫所論不失諫臣大體。」帝乃解。六月一日，張鎬奉宣口敕，宜放推問。有《奉謝口勅放三司推問狀》。六月十二日，有《爲遺補薦岑參狀》。閏八月初一，墨制放往鄜州省家。途經邠州、坊州，至鄜州羌村。有《北征》、《徒步歸行》、《羌村三首》。九月，有《喜聞官軍已臨賊寇二十韻》。十月，有《收京三首》。十二月，鄭虔以陷賊官論罪，免死貶台州司户。甫有《送鄭十八虔貶台州司户傷其臨老陷賊之故闕爲面别情見於詩》。

至德三載（七五八）戊戌，二月改元乾元。四十七歲。

二月，僞淄青節度能元皓以其地請降。四月，册淑妃張氏爲皇后。五月，立成王俶爲皇太子。崔圓、李麟並罷知政事。七月，寧國公主出降回紇毗伽可汗。八月，郭子儀、李光弼、王思禮來朝。加子儀中書令，光弼侍中，思禮兵部尚書。九月二十一日，命郭子儀等九節度之師大舉討安慶緒於相州，以魚朝恩爲觀軍容使。十月，郭子儀破賊十萬於衛州，進收衛州。王思禮破賊二萬於相州。十一月，郭子儀收魏州。十二月，安慶緒食盡，求史思明來援。思明復陷魏州。在左拾遺任。有《奉和賈至舍人早朝大明宫》。王維、岑參同作。有《宣政殿退朝晚出左掖》、《春宿左省》等詩。春，賈至出爲汝州刺史，有《送賈閣老出汝州》。六月，房琯貶邠州刺史，劉秩、嚴武等同貶。甫約於六月出爲華州司功參軍。七月六日，在華州有《早秋苦熱堆案相仍》

詩。七月，有《爲華州郭使君進滅殘寇形勢圖狀》。秋以司功預鄉貢考試，有《華州試進士策問五首》。冬至日有《至日遣興奉寄北省舊閣老兩院故人二首》。冬末以事之東都，過虢州湖城，有《湖城東遇孟雲卿復歸劉顥宅宿宴飲散因爲醉歌》。

乾元二年（七五九）己亥，四十八歲。

正月己巳朔，史思明自稱燕王於魏州。李嗣業卒於相州行營。三月九日，郭子儀等與史思明戰，九節度兵潰，子儀斷河陽橋，以餘衆保東京。郭子儀權東京留守。來瑱爲陝州刺史，充虢華節度、潼關防禦團練等使。七月，韋陟充東京留守。以趙王係爲天下兵馬元帥，李光弼爲副。王思禮兼太原尹，充北京留守。九月，襄州賊張嘉延襲破荆州。崔光遠充荆襄等州招討使。史思明陷洛陽，李光弼守河陽，汝、鄭、滑等州陷賊。十月，制親征史思明，竟不行。李光弼奏破賊於城下。十二月，衛伯玉破賊於陝東彊子坂。

春初，歸至鞏縣陸渾莊。有《憶弟二首》。相州兵敗後，自東京西還，經新安縣、陝縣石壕鎮，作《新安吏》、《潼關吏》、《石壕吏》、《新婚别》、《垂老别》、《無家别》組詩。夏在華州。有《夏日歎》、《夏夜歎》。七月，弃官西去，越隴坂，携家至秦州。曾往東柯谷訪侄杜佐。時高適爲彭州刺史，岑參爲虢州長史。有《寄彭州高三十五使君適虢州岑二十七長史參三十韻》。甫時患瘧。賈至貶岳州司馬，嚴武出在巴州。有《寄岳州賈司馬六丈巴州嚴八使君兩閣老五十韻》。李白以從永王璘下獄，乾元元年長流夜郎，半道遇赦還。甫未知其消息，有《夢李白二首》、《天末懷李白》。時同谷有主人相邀，十月發秦州，往同谷。有自秦州赴同谷縣紀行詩十二首。至同谷，有《乾元中寓居同谷縣作歌七首》。然亦未能久居。十二月一日，發同谷，往成都。有自隴右赴劍南紀行詩十二首。抵成都已在次年正月初。

乾元三年（七六〇）庚子，閏四月改元上元。四十九歲。

正月，李光弼進位太尉、兼中書令。朔方節度使郭子儀兼邠寧、鄜坊兩道節度使。三月，李若幽爲成都尹、劍南節度使。四月，李光弼破賊於懷州、河陽。襄州軍亂，殺節度使史翽。閏四月，以星文變異，改乾元爲上元，大赦天下。自四月雨至閏月末不止，米價翔貴，人相食。五月，以劉晏爲户部侍郎，勾當度支鑄錢鹽鐵等使。七月，上皇自興慶宮移居西内。高力士配流巫州。九月，以荆州爲南都。蜀郡先爲南京，復爲蜀郡。十一月，李光弼收懷州。劉展赴鎮揚州，爲鄧景山所拒，展進陷揚、潤、昇等州。

在成都。時成都尹爲裴冕。三月，李若幽（國貞）爲成都尹。甫後有《奉酬李都督表丈早春作》，謂若幽。卜居成都西郭浣花溪，築草堂。《卜居》：「主人爲卜林塘幽。」或以主人爲裴冕，實難確指。秋暫至新津，有《和裴迪登新津寺寄王侍郎》。時王縉爲蜀州刺史。九月，有《建都十二韻》。

上元二年（七六一）辛丑，九月去上元年號，稱元年，以十一月爲歲首，月以斗所建辰爲名。五十歲。

二月，党項寇寶雞，入散關，陷鳳州。崔光遠爲成都尹、劍南節度使。李光弼與史思明戰於北邙，敗績，河陽、懷州陷賊，京師戒嚴。三月，史思明爲其子朝義所殺。四月，東川節度副使段子璋叛。節度使李奂戰敗，奔成都。五月，僞滑州刺史令狐彰以滑州歸朝。崔光遠與李奂擊敗段子璋於綿州。李光弼來朝，進位太尉，充河南副元帥。太原尹王思禮卒。八月，以中官李輔國守兵部尚書。九月，李光弼收復許州。十月，崔光遠以憂恚卒。

在成都。有《百憂集行》：「即今倏忽已五十。」有《戲作花卿歌》，言崔光遠牙將花驚定平段子璋事。秋分日，爲蜀州唐興縣宰王潛作《唐興縣客館記》。冬，高適以事至成都，有《王十七侍御掄許携酒至草堂奉寄此詩便請邀高三十五使君同到》、《王竟携酒高亦同過共用寒字》。

元年（七六二）壬寅，建巳月改元寶應，建巳月爲四月，復以正月爲歲首。五十一歲。

建丑月，來瑱與史朝義戰於汝州，敗之。建卯月，河東軍亂，殺節度使鄧景山，辛雲京自稱節度使。河中軍亂，殺李國貞。建辰月，党項、奴剌寇梁州、奉天。蕭華罷知政事。以元載同中書門下平章事。建巳月五日，太上皇崩。十八日，肅宗崩。皇后矯詔召太子，將圖廢立。中官李輔國、程元振勒兵迎太子，收捕越王係。太子即皇帝位於柩前。五月，以李輔國爲司空兼中書令。七月，劍南西川兵馬使徐知道反。八月，劉晏爲户部侍郎、京兆尹，充度支轉運鹽鐵諸道鑄錢等使。徐知道伏誅。九月，袁晁陷台州。十月，詔天下兵馬元帥雍王統河東、朔方及諸道行營、回紇等兵討史朝義，會軍於陝州。盜殺李輔國於其第。王師次洛陽北郊，戰於橫水，賊大敗。史朝義奔冀州。雍王奏收東京、河陽、汴、鄭、滑、相、魏等州。李寶臣以趙、定、深、恒、易五州歸順。河北州郡悉平。李懷仙斬史朝義首來獻，請降。

在成都。建子月，有《草堂即事》。建丑月，嚴武自東川節度使除西川節度使、成都尹，敕令兩川都節制，有《嚴中丞枉駕見過》、《奉和嚴中丞西城晚眺十韻》。春社日有《遭田父泥飲美嚴中丞》。建卯月，上嚴武《説旱》，時蜀自十月不雨。建巳月，有《戲贈友二首》。仲夏有《嚴公仲夏枉駕草堂兼攜酒饌》。嚴武召還，有《奉送嚴公入朝十韻》。七月，送嚴武至綿州，有《送嚴侍郎到綿州同登杜使君江樓》、《奉濟驛重送嚴公四韻》。在綿州有《觀打魚歌》、《越王樓歌》、《姜楚公畫角鷹歌》。時成都徐知道作亂，道阻不能歸，甫往東川梓州。有《相從歌贈嚴二別駕》：「我行入東川，十步一回首。成都亂罷氣蕭颯，浣花草堂亦何有。」九月在梓州，有《九日登梓州城》、《九日奉寄嚴大夫》。冬往射洪、通泉，有《陳拾遺故宅》、《奉贈射洪李四丈》、《陪王侍御同登東山最高頂宴姚通泉晚携酒泛江》、《通泉驛南去通泉縣十五里山水作》等詩。

代宗寶應二年（七六三）癸卯，七月改元廣德。五十二歲。

正月，劉晏爲吏部尚書、同中書門下平章事。來瑱長流播州，尋賜死於路。二月，回紇登里可汗辭歸蕃。高適爲劍南西川節度使。三月，袁傪破袁晁之衆於浙東。玄宗、肅宗歸祔山陵。七月，吐蕃大寇河隴，陷秦、成、渭州，入大震關，陷蘭、廓、鄯、洮、泯等州。九月，僕固懷恩拒命於汾州。吐蕃寇涇州，刺史高暉以城降。十月二日，高暉引吐蕃犯京畿，寇奉天、武功。七日，駕幸陝州。郭子儀收合散卒，屯於商州。九日，吐蕃入京師，立廣武王承宏爲帝。二十一日，子儀收京城。十一月，柳伉上疏請斬程元振以謝天下。削元振在身官爵，放歸田里。十二月，車駕還京。苗晋卿、裴遵慶罷知政事。李峴爲黄門侍郎、同中書門下平章事。僕固懷恩燒營遁入吐蕃。吐蕃陷松州、維州。

春在梓州。有《聞官軍收河南河北》、《春日梓州登樓二首》。時東川留後爲章彝，夏有《陪章留後惠義寺餞嘉州崔都督赴州》。五月至漢州，有《陪王漢州留杜綿州泛房公西湖》。時房琯自漢州刺史召還，八月遇疾卒於閬州。九月朔日，有《祭故相國清河房公文》。時至閬州，有《爲閬州王使君進論巴蜀安危表》及《王閬州筵奉酬十一舅惜别之作》。秋還梓州。時吐蕃入寇，高適奉命練兵於蜀，臨吐蕃南境以牽制之。成都少尹、西山檢察使竇某因入奏，至梓州。有《入奏行》、《章梓州橘亭餞成都竇少尹》。松州被圍，有《警急》，注：「時高公適領西川節度。」又有《西山三首》等。十一月，將離東川爲吴楚之游。有《將適吴楚留别章使君留後兼幕府諸公得柳字》、《桃竹杖引贈章留後》、《冬狩行》。

廣德二年（七六四）甲辰，五十三歲。

正月，劉晏、李峴並罷知政事。王縉爲黄門侍郎，杜鴻漸爲兵部侍郎，並同中書門下平章事。第五琦專判度支及諸道鹽鐵轉運鑄錢等使。嚴武復出爲成都尹、劍南節度使。二月，册雍王适爲皇太子。七月，李光弼薨於徐州。八月，王縉持節都統河南、淮西、淮南、山南東道節度行營事，兼領東京留守。九月，河中軍亂。張鎬卒。郭子儀加太尉。嚴武攻拔吐蕃當狗城。十月，僕固懷恩引吐蕃寇邠州、奉天，京師戒嚴。嚴武奏收吐蕃鹽川城。十一月，僕固懷恩與蕃軍自潰，京師解嚴。十二月，加郭子儀關内、河中副元帥兼尚書令。

正月，東行至閬州，將南下出峽。有《陪王使君晦日泛江就黄家亭子二首》。時除官京兆功曹，有《奉寄别馬巴州》，注：「時甫除京兆功曹，在東川。」未赴召。嚴武再鎮蜀，當以書召之，故春末自閬州返成都。有《奉待嚴大夫》、《將赴成都草堂途中有作先寄嚴鄭公五首》、《自閬州領妻子却赴蜀山行三首》。行前有《别房太尉墓》詩。時章彝罷梓州刺史、東川留後，將赴朝廷，有《奉寄章十侍御》。至成都，有《草堂》、《四松》、《歸來》諸詩，稱「大官喜我來」，謂嚴武。嚴武表爲節度參謀、檢校工部員外郎。有《揚旗》，注：「二年夏六月，成都尹嚴公置酒公堂，觀騎士試新旗幟。」七月，有《奉和軍城早秋》：「已收滴博雲間戍，更奪蓬婆雪外城。」謂嚴武用兵西山。有《寄董卿嘉榮十韻》，董卿爲西山羌族，充嚴武軍將。上《東西兩川説》。又有《宿府》、《遣悶奉呈嚴鄭公二十韻》、《奉觀嚴鄭公廳事岷山沱江畫圖十韻》諸詩。

永泰元年（七六五）乙巳，五十四歲。

正月朔，改元永泰元年。高適卒。嚴武加檢校吏部尚書。三月，吐蕃請和，詔元載、杜鴻漸與蕃使同盟於興唐寺。是春大旱，京師米貴，斛至萬錢。四月，嚴武卒。五月，以郭英乂爲成都尹，充劍南節度使。九月，僕固懷恩死於靈州。時懷恩誘吐蕃數十萬寇邠州、奉天，逼鳳翔府，京師戒嚴。郭子儀進屯涇陽。下詔親征。吐蕃大掠京畿男女數萬，焚廬舍而去。十月，吐蕃與回紇復合從入寇，逼奉天。党項攻同州。郭子儀説諭回紇，與回紇合軍擊吐蕃於靈臺縣之西原。閏十月，郭英乂爲西山兵馬使崔旰所殺，柏茂林、楊子琳、李昌巙起兵討旰，蜀中亂。

春在成都。有《正月三日歸溪上有作簡院内諸公》、《敝廬遣興奉寄嚴公》。四月嚴武卒，有《哭嚴僕射歸櫬》。五月，携家離成都。乘舟南下。至戎州，有《宴戎州楊使君東樓》。又過瀘州。《解悶十二首》：「憶過瀘戎摘荔枝，青楓隱映石逶迤。」即此年事。再至渝州，有《渝州候嚴六侍御不到先下峽》。遂下峽抵忠州，有《宴忠州使君侄宅》、《禹廟》、《題忠州龍興寺所居院壁》。又《聞高常侍亡》注：「忠州作。」將往雲安，《撥悶》：「聞道雲安麴米春，纔傾一盞即醺人。乘舟取醉非難事，下峽消愁定幾巡。」九月已在雲安，有《雲安九日鄭十八携酒陪諸公宴》。又《十二月一日三首》：「今朝臘月春意動，雲安縣前江可憐。」

永泰二年（七六六）丙午，十一月改元大曆。五十五歲。

正月，以劉晏充東都、河南等道轉運常平鑄錢鹽鐵等使，以第五琦充京畿、關内等道轉運等使，天下財賦始分理。二月，杜鴻漸兼成都尹，充劍南西川節度使，以平郭英乂之亂。以張獻誠充劍南東川節度觀察使，邛州刺史柏茂林充邛南防禦使，崔旰爲茂州刺史、充劍南西山防禦使。三月，張獻誠與崔旰戰於梓州，爲旰所敗。税青苗地錢，以充百官俸料，歲以爲常式。八月，以崔旰爲成都尹、劍南西川節度行軍司馬。魚朝恩加内侍監、判國子監事，進封鄭國公。十月，和蕃使楊濟與蕃使論位藏等來朝。十一月日長至，下制大赦天下，改永泰二年爲大曆元年。十二月，周智光據華州謀叛。

居雲安。有《杜鵑》、《子規》。《客堂》：「棲泊雲安縣，消中内相毒。」又《客居》：「西南失大將，商旅自星奔。今又降元戎，已聞動行軒。」言蜀中之亂，杜鴻漸出鎮蜀。春晚移居夔州。《移居夔州郭》：「伏枕雲安縣，遷居白帝城。春知催柳别，江與放船清。」又《引水》：「雲安沽水奴僕悲，魚復移居心力省。」有《入宅三首》：「奔峭背赤甲，斷崖當白鹽。」夔州治所奉節縣，即赤甲城，依赤甲山而建。本年柏貞節（茂林、茂琳）授夔州都督、夔忠等州防禦使，有《爲夔府柏都督謝上表》。夏有《園人送瓜》：「江間雖炎瘴，瓜熟亦不早。柏公鎮夔國，滯務兹一掃。」有《覽鏡呈柏中丞》、《覽柏中丞兼子侄數人除官制詞因述父子兄弟四美載歌絲綸》。秋有《送殿中楊監赴蜀見相公》、《殿中楊監見示張旭草書圖》，相公謂杜鴻漸。又《狄明府博濟》，博濟或隨杜鴻漸入蜀，時在成都。歲晚有《奉送蜀州柏二别駕將中丞命赴江陵起居衛尚書太夫人因示從弟行軍司馬位》。荆南兵馬使趙某至夔州，有《荆南兵馬使太常卿趙公大食刀歌》。

大曆二年（七六七）丁未，五十六歲。

正月，周智光帳下將斬智光。四月，洪州刺史李勉爲京兆尹。魚朝恩與吐蕃同盟於興唐寺。徐浩爲廣州刺史、嶺南節度觀察使。六月，杜鴻漸自蜀入朝。荆南節度使衛伯玉封城陽郡王。七月，以崔旰爲劍南西川節度觀察等使，杜濟爲劍南東川節度觀察等使。九月，吐蕃寇靈州、邠州，京師戒嚴。郭子儀自河中鎮涇陽，移鎮奉天。十月，靈州奏破吐蕃，京師解嚴。

居夔州。暮春移居瀼西，有《暮春題瀼西新賃草屋五首》。《柴門》：「泛舟登瀼西，回首望兩崖。」《卜居》：「雲障寬江北，春耕破瀼西。」弟觀自長安來，有書至。有《得舍弟觀書自中都已達江陵今兹暮春月末行李合到夔州》。觀至夔，後有《舍弟觀歸藍田迎新婦送示兩篇》。時韋之晋將任衡州刺史，有《奉送韋中丞之晋赴湖南》。夏有《阻雨不得歸瀼西甘林》。瀼西有果園四十畝，離夔州時有《將别巫峽贈南鄉兄瀼西果園四十畝》。六月杜鴻漸入朝，有《季夏送鄉弟韶陪黄門從叔朝謁》。七月有《贈李八秘書别三十韻》，注：「山劍元帥杜相公初屈幕府參籌畫，相公朝謁，今赴後期也。」岑參六月赴嘉州刺史任，有《寄岑嘉州》。衛伯玉封王，有《送田四弟將軍》，注：「將夔州柏中丞命，起居江陵節度陽城郡王衛公幕。」《秋日夔府詠懷奉寄鄭監審李賓客之芳一百韻》：「陣圖沙北岸，市暨瀼西巔。」亦作於此年。秋自瀼西遷居東屯，有《自瀼西荆扉且移居東屯茅屋四首》。有《簡吴郎司法》，遷東屯後以瀼西草堂借吴郎。東屯有稻田，《行官張望補稻畦水歸》：「東屯大江北，百頃平若桉。六月青稻多，千畦碧泉亂。」又有《秋行官張望督促東渚耗稻向畢清晨遣女奴阿稽豎子阿段往問》、《茅屋檢校收稻二首》。本年夔州柏都督離任，崔卿權夔州，有《上卿翁請修武侯廟遺像缺落時崔卿權夔州》。冬有《奉送卿二翁統節度鎮軍還江陵》。十月在夔州别駕元持宅觀臨潁李十二娘舞劍器，有《觀公孫大娘弟子舞劍器行》。

大曆三年（七六八）戊申，五十七歲。

四月，劍南西川節度使崔旰來朝。五月，崔旰檢校工部尚書，改名寧。楊子琳乘虚襲據成都。以邛州刺史鮮于叔明爲梓州刺史、劍南東川節度使。六月，幽州節度使李懷仙爲兵馬使朱希彩所殺。閏六月，宰臣王縉兼幽州節度使。以朱希彩知幽州留後。七月，崔寧弟寬攻破楊子琳，收復成都府。八月，吐蕃寇靈武、邠州，京師戒嚴。馬璘破吐蕃二萬於邠州。王縉兼太原尹、北都留守。杜鴻漸兼東都留守。九月，吐蕃寇靈州。白元光破吐蕃二萬於靈武，京師解嚴。十月，京兆尹李勉爲廣州刺史，充嶺南節度使。

正月離夔州，出峽。時弟觀自江陵書至，有《續得觀書迎就當陽居止正月中旬定出三峽》。又有《大曆三年春白帝城放船出瞿唐峽久居夔府將適江陵漂泊有詩凡四十韻》。至巫山縣，有《巫山縣汾州唐使君十八弟宴别兼諸公携酒樂相送率題小詩留於屋壁》。别後有《敬寄族弟唐十八使君》。至峽州，有《春夜峽州田侍御長史津亭留宴》。至松滋縣，有《泊松滋江亭》。至江陵，有《行次古城店泛江作不揆鄙拙奉呈江陵幕府諸公》、《乘雨入行軍六弟宅》。在江陵，與李之芳、鄭審等同集，有《宴胡侍御書堂李尚書之芳鄭秘監審同集》、《暮春江陵送馬大卿公恩命追赴闕下》、《夏夜李尚書筵送宇文石首赴縣聯句》、《奉賀陽城郡王太夫人恩命加鄧國太夫人》、《江陵望幸》、《惜别行送向卿進奉端午御衣之上都》等。時戎昱在江陵幕府，昱有《觀衛尚書九日對中使射破的》詩。《直齋書録解題》引昱集其侄孫序謂「弱冠謁杜甫于渚宫，一見禮遇」。秋時仍在江陵，有《秋日荆南述懷三十韻》、《秋日荆南送石首薛明府辭滿告别奉寄薛尚書頌德叙懷斐然之作三十韻》等。李之芳卒於江陵，有《哭李尚書之芳》。遂移居公安，有《舟中出江陵南浦奉寄鄭少尹審》、《移居公安敬贈衛大郎鈞》、《公安送韋二少府匡贊》、《公安縣懷古》、《醉歌行贈公安顔少府請顧八題壁》。時欲往沔鄂，有《公安送李二十九弟晋肅入蜀余下沔鄂》。然不果行。冬發公安，往岳陽。有《留别公安太易沙門》、《曉發公安數月憩息此縣》。經石首縣，有《發劉郎浦》。至岳州，有《泊岳陽城下》、《登岳陽樓》。有《歲晏行》：「歲云暮矣多北風，瀟湘洞庭白雪中。」

大曆四年（七六九）己酉，五十八歲。

二月，以瀘州刺史楊子琳爲陜州刺史。衡州刺史韋之晋爲潭州刺史，因徙湖南軍於潭州。三月，劉晏改吏部尚書。五月，以僕固懷恩女爲崇徽公主，嫁回紇可汗。七月，以澧州刺史崔瓘爲潭州刺史、湖南都團練觀察等使。十一月，杜鴻漸卒。裴冕充東都留守。十二月，裴冕卒。

初春在岳陽，有《陪裴使君登岳陽樓》。遂往潭州，有《過南岳入洞庭湖》。蓋指南岳爲所往。宿青草湖，謁湘夫人祠。有《宿青草湖》、《湘夫人祠》。經湘陰，有《宿白沙驛》。至潭州，有《入喬口》，在長沙北界。又有《銅官渚守風》，在寧鄉縣界。仲春離潭州，有《發潭州》。泝湘水南行，至湘潭縣，有《宿鑿石浦》、《次空靈岸》、《宿花石戍》。過湘潭，有《次晚洲》。有《詠懷二首》：「飄飄桂水游，悵望蒼梧暮。」又《上水遣懷》：「一紀出西蜀，於今向南斗。孤舟亂春華，暮齒依蒲柳。」又《早發》：「側聞夜來寇，幸喜囊中净。」將近衡山，有《過津口》。至衡山縣，有《望岳》：「牽迫限修途，未暇杖崇岡。」至衡州，遇熱北返，有《回棹》。五月在潭州，有《岳麓山道林二寺行》。張建封辭韋之晋幕，有《别張十三建封》。夏韋之晋卒，有《哭韋大夫之晋》。裴虬赴道州刺史任，過潭州，有《湘江宴餞裴二端公赴道州》。崔瓘繼爲潭州刺史，蘇涣佐其幕，肩輿訪甫於江浦，吟詩數首，才力素壯，甫賦詩八韻記異。暮秋有《暮秋枉裴道州手札率爾遣興寄近呈蘇涣侍御》。有《潭州送韋員外迢牧韶州》。時欲適漢陽且歸秦，有《登舟將適漢陽》、《暮秋將歸秦留别湖南幕府親友》。然不果行。盧琚爲江陵府參謀，秋冬間奉使至長沙，有《奉贈盧五丈參謀琚》。冬，盧岳護韋之晋靈櫬歸京，有《送盧十四弟侍御護韋尚書靈櫬歸上都》、《舟中夜雪有懷盧十四侍御弟》。《風疾舟中伏枕書懷三十六韻奉呈湖南親友》亦作於此年，仇注繫於大曆五年。

大曆五年（七七〇）庚戌，五十九歲。

二月，李抱玉移鎮盩厔，鳳翔軍忿，大掠。罷魚朝恩觀軍容使，朝恩自縊而死。詔定夏秋兩稅。四月，湖南都團練使崔瓘爲兵馬使臧玠所殺，玠據潭州爲亂。澧州刺史楊子琳、道州刺史裴虯、衡州刺史楊濟出軍討玠。五月，元載既誅朝恩，下制罷第五琦等使職，仍放黜之。辛京杲爲潭州刺史、湖南觀察使。

正月，有《追酬故高蜀州人日見寄》。清明在潭州，有《清明》：「逢迎少壯非吾道，況乃今朝更祓除。」本年清明在三月三日。又《清明二首》。夏避臧玠亂，入衡州。至衡山縣，有《題衡山縣文宣王廟新學堂呈陸宰》：「有井朱夏時，轆轤凍階戺。耳聞讀書聲，殺伐災髣髴。」時衡州刺史陽濟起兵討臧玠。有《入衡州》，詳述亂起事：「元惡迷是似，聚謀洩康莊。竟流帳下血，大降湖南殃。……銷魂避飛鏑，累足穿豺狼。」又《舟中苦熱遣懷奉呈陽中丞通簡臺省諸公》：「似聞上游兵，稍逼長沙館。」道州刺史裴虯出兵討玠，有《江閣對雨有懷行營裴二端公》。時舅氏崔偉攝郴州，有書來，故欲往郴州依之。《入衡州》：「諸舅剖符近，開緘書札光。」再入舟溯耒水南行，將至耒陽，阻水半旬，泊於方田驛，縣令聶某以書至，饋酒肉，至縣以詩呈聶。甫蓋未至郴州，即卒於本年。然何時何地卒，説有不同。耒陽有杜甫墓，見羅隱、齊己等人詩。《太平御覽》卷八六三引《明皇雜録》謂甫投詩耒陽縣宰，宰致牛炙白酒，甫飲過多，一夕而卒。《舊唐書·杜甫傳》謂甫「一夕卒於耒陽」，《新唐書》略同。蓋據《明皇雜録》。此小説家言。據甫詩，甫受聶令之饋後，至縣以詩呈聶，非一夕而卒。元稹《墓係銘》止謂其「竟以寓卒，旅殯岳陽，享年五十九」。王得臣、黄鶴、黄生、仇兆鰲等皆主本年秋冬寓卒於潭岳間。錢謙益、朱鶴齡主卒於耒陽，殯於岳陽。按，集中無至郴州詩，意甫未至郴州，即自耒陽返衡州，又自衡州北返。

憲宗元和八年（八一三）癸巳。

甫卒後，嗣子宗武貧不克葬，殁，命其子嗣業。本年嗣業啓祖父之柩，合窆於偃師首陽之前山，卒先人之志。途經江陵，拜江陵士曹參軍元稹，爲作《唐檢校工部員外郎杜君墓係銘》。

引用書目

宋本杜工部集　續古逸叢書第四十七種　商務印書館一九五七年影印（簡稱宋本）
杜詩趙次公先後解輯校　趙次公注　林繼中輯校　上海古籍出版社一九九四年（原書存丁戊己三帙，甲乙丙三帙仍據《九家》等所引）
新刊校定集注杜詩　郭知達編　中華書局一九八二年影印宋寶慶元年曾噩重刻本（簡稱《九家》）
王狀元集百家注編年杜陵詩史　一九一三年貴池劉氏玉海堂影宋本（簡稱《百家注》）
分門集注杜工部詩（附吕大防撰年譜、蔡興宗重編年譜、魯訔撰年譜）　四部叢刊影印宋刻本（簡稱《分門》）
杜工部草堂詩箋　蔡夢弼撰　清光緒十年黎庶昌古逸叢書影印覆麻沙本（簡稱《草堂》）
黄氏補千家集注杜工部詩史　黄希　黄鶴補注　四庫全書本（題《補注杜詩》）
集千家注批點杜工部詩集　劉辰翁批點　高楚芳編　四庫全書本（簡稱《千家注》）
杜工部年譜　趙子櫟撰　四庫全書本
杜臆　王嗣奭撰　上海古籍出版社一九七八年排印本

杜詩攟　唐元竑撰　四庫全書本
箋注杜工部集　錢謙益箋注　清康熙六年静思堂刻本（簡稱錢箋）
杜工部詩集輯注　朱鶴齡輯注　清康熙金陵葉永茹萬卷樓刻本
杜詩解　金聖歎撰　上海古籍出版社一九八四年排印本
杜詩闡　盧元昌撰　清康熙二十五年書林刊本
杜詩解意七言律　朱瀚　李爔撰　清康熙十四年蒼雪樓刻本
杜詩論文　吴見思撰　四庫全書存目叢書本
杜詩説　黄生撰　四庫全書存目叢書本
杜詩提要　吴瞻泰撰　一九七四年大通書局杜詩叢刊本
杜詩詳注　仇兆鰲撰　中華書局一九七九年排印本（簡稱仇注）
杜律詩話　陳廷敬撰　清康熙刻本
讀注心解　浦起龍撰　中華書局一九六一年排印本
杜詩鏡銓　楊倫撰　上海古籍出版社一九八〇年排印本
讀杜詩説　施鴻保撰　上海古籍出版社一九八三年排印本
杜園説杜　梁運昌撰　書目文獻出版社一九九五年影印本
少陵先生年譜會箋（簡稱《會箋》）　岑嘉州繫年考證　聞一多著（收入《唐詩雜論》）　中華書局一九

五六年
杜詩引得　洪業等編　哈佛燕京學社引得編纂處一九四〇年
杜甫年譜　四川省文史研究館編　四川人民出版社一九五八年（簡稱《川譜》）
李白與杜甫　郭沫若著　人民文學出版社一九七一年
杜甫詩選注　蕭滌非選注　人民文學出版社一九七九年
杜詩注解商榷　徐仁甫著　中華書局一九七九年
杜甫評傳　陳貽焮著　上海古籍出版社一九八二至一九八八年
杜甫選集　鄧魁英　聶石樵選注　上海古籍出版社一九八三年
杜詩別解　鄧紹基著　中華書局一九八七年
杜詩檠詁　鄭文著　巴蜀書社一九九二年
杜詩新補注　信應舉著　中州古籍出版社二〇〇二年
杜甫隴蜀紀行詩注析　高天佑注　甘肅民族出版社二〇〇二年
杜甫親眷交游行年考（外一種）　陳冠明著　上海古籍出版社二〇〇六年
杜詩雜説全編　曹慕樊著　三聯書店二〇〇九年
周易正義　中華書局影印十三經注疏本

尚書正義　中華書局影印十三經注疏本
毛詩正義　中華書局影印十三經注疏本
毛詩草木鳥獸蟲魚疏廣要　陸璣撰　毛晉參　叢書集成本
韓詩外傳集釋　許維遹集釋　中華書局一九八〇年
周禮注疏　中華書局影印十三經注疏本
周禮句解　朱申撰　四庫全書本
儀禮注疏　中華書局影印十三經注疏本
禮記正義　中華書局影印十三經注疏本
大戴禮記　四部叢刊本
春秋左傳正義　中華書局影印十三經注疏本
春秋公羊傳注疏　中華書局影印十三經注疏本
春秋穀梁傳注疏　中華書局影印十三經注疏本
春秋繁露義證　蘇輿義證　中華書局一九九二年
論語注疏　中華書局影印十三經注疏本
孝經注疏　中華書局影印十三經注疏本
爾雅注疏　中華書局影印十三經注疏本

孟子注疏　中華書局影印十三經注疏本
説文解字義證　桂馥著　中華書局影印湖北崇文書局本
説文解字注　段玉裁注　上海古籍出版社影印經韻樓原刻本
説文通訓定聲　朱駿聲著　中華書局影印臨嘯閣刻本
隸釋　洪适撰　中華書局影印洪氏晦木齋刻本
玉篇　中華書局影印張氏澤存堂本
類篇　上海古籍出版社影印汲古閣影宋鈔本
龍龕手鑑　四部叢刊本
六書故　戴侗撰　四庫全書本
正字通　張自烈撰　中國工人出版社影印清康熙九年弘文書院刻本
字詁義府合按　黄生撰　中華書局排印本
廣韻校本　周祖謨著　中華書局一九六〇年
集韻　上海古籍出版社影印述古堂影宋鈔本
增修禮部韻略　毛居正撰　四庫全書本
古今韻會舉要　黄公韶撰　中華書局影印明刊本
洪武正韻　樂韶鳳撰　四庫全書本

急就篇　顔師古注　叢書集成本
方言　郭璞注　四部叢刊本
方言藻　李調元撰　叢書集成本
吴下方言考　胡文英撰　清乾隆刻本
釋名疏證　江聲疏證　叢書集成本
匡謬正俗　顔師古撰　叢書集成本
廣雅疏證　王念孫疏證　江蘇古籍出版社影印王氏家刻本
埤雅　陸佃撰　叢書集成本
爾雅翼　羅願撰　四庫全書本
駢雅　朱謀㙔撰　叢書集成本

史記　中華書局標點本
漢書　中華書局標點本
漢書補注　王先謙撰　中華書局影印清光緒刻本
後漢書　中華書局標點本
三國志　中華書局標點本

晋書　中華書局標點本
宋書　中華書局標點本
南齊書　中華書局標點本
梁書　中華書局標點本
陳書　中華書局標點本
魏書　中華書局標點本
北齊書　中華書局標點本
周書　中華書局標點本
隋書　中華書局標點本
南史　中華書局標點本
北史　中華書局標點本
舊唐書　中華書局標點本
新唐書　中華書局標點本
新唐書糾謬　吴縝撰　叢書集成本
舊五代史　中華書局標點本
新五代史　中華書局標點本

宋史　中華書局標點本
遼史　中華書局標點本
資治通鑑　中華書局排印本
續資治通鑑長編　李燾撰　中華書局排印本
前漢紀　荀悦撰　四部叢刊本
後漢紀　袁宏撰　四部叢刊本
順宗實録　韓愈撰　叢書集成本
逸周書彙校集注　黄懷信等撰　上海古籍出版社二〇〇七年
古本竹書紀年輯校訂補　范祥雍訂補　上海古籍出版社二〇一一年
國語　上海古籍出版社排印本
戰國策　上海古籍出版社排印本
晏子春秋音義　孫星衍撰　叢書集成本
越絶書　樂祖謀點校　上海古籍出版社一九八五年
吴越春秋　江蘇古籍出版社排印本
列女傳　四部叢刊本
貞觀政要　上海古籍出版社排印本

安禄山事迹　姚汝能撰　曾貽芬校點　上海古籍出版社一九八三年
翰林志　李肇撰　知不足齋叢書本
華陽國志校注　劉琳校注　巴蜀書社一九八四年
蜀檮杌　張唐英撰　叢書集成本
東京夢華録注　孟元老撰　鄧之誠注　中華書局一九八二年
高士傳　叢書集成本
吴船録　范成大撰　叢書集成本
入蜀記　陸游撰　叢書集成本
李相國論事集　李絳撰　叢書集成本
關中奏議　楊一清撰　四庫全書本
歲時廣記　陳元靚撰　叢書集成本
元和郡縣圖志　李吉甫撰　中華書局排印本
太平寰宇記　樂史撰　中華書局排印本
元豐九域志　王存等撰　叢書集成本
輿地廣記　歐陽忞撰　叢書集成本
輿地紀勝　王象之撰　李勇先校點　四川大學出版社二〇〇五年

方輿勝覽　祝穆等撰　施和金點校　中華書局二〇〇三年
明一統志　四庫全書本
清一統志　四庫全書本
嘉慶重修一統志　四部叢刊本
讀史方輿紀要　顧祖禹著　中華書局排印本
齊乘　于欽撰　清乾隆刻本
河南通志　四庫全書本
陝西通志　四庫全書本
甘肅通志　四庫全書本
江南通志　四庫全書本
湖廣通志　江蘇廣陵古籍刻印社影印明刊本
雲南志（蠻書）校釋　樊綽撰　趙呂甫校釋　中國社會科學出版社一九八五年
蜀中廣記　曹學佺撰　四庫全書本
廣東通志　清道光刻本
吴地記校注　陸廣微撰　曹林娣校注　江蘇古籍出版社一九九九年
吴郡志　范成大撰　中華書局宋元方志叢刊本

吴郡圖經續記　朱長文撰　江蘇古籍出版社排印本
景定建康志　周應合撰　中華書局宋元方志叢刊本
嘉泰會稽志　中華書局宋元方志叢刊本
嘉靖長沙府志　明刻本
道光略陽縣志　清刻本
水經注　四部叢刊本
水經注疏　楊守敬　熊會貞疏　科學出版社一九五七年影印稿本
水道提綱　齊召南撰　四庫全書本
三輔黄圖校注　何清谷校注　三秦出版社二〇〇六年
長安志　宋敏求撰　中華書局宋元方志叢刊本
長安志圖　李好文撰　叢書集成本
雍録　程大昌撰　黄永年點校　中華書局二〇〇二年
唐兩京城坊考　徐松著　中華書局排印本
河朔訪古記　納新撰　叢書集成本
日下舊聞考　于敏中編纂　北京古籍出版社排印本
游城南記　張禮撰　叢書集成本

南方草木狀　嵇含撰　叢書集成本
荆楚歲時記　宗懔撰　叢書集成本
岳陽風土記　范致明撰　叢書集成本
南岳小録　李沖昭撰　叢書集成本
桂海虞衡志　范成大撰　叢書集成本
嶺表録異　劉恂撰　叢書集成本
南越筆記　李調元撰　叢書集成本
益部方物略記　宋祁撰　叢書集成本
益部談資　何宇度撰　叢書集成本
漢官六種　孫星衍等輯　周天游點校　中華書局一九九〇年
大唐開元禮　民族出版社影印洪氏公善堂刊本
唐六典　陳仲夫點校　中華書局一九九二年
唐律疏議　劉俊文點校　中華書局一九八三年
通典　王文錦等點校　中華書局一九八八年
唐會要　中華書局排印本
文獻通考　中華書局影印本

通志　中華書局影印本
直齋書録解題　陳振孫撰　徐小蠻　顧美華點校　上海古籍出版社一九八四年
元和姓纂附四校記　林寶撰　岑仲勉校記　郁賢皓　陶敏整理　中華書局一九九四年
古今姓氏書辨證　邓名世撰　四庫全書本
魏鄭公諫録　王方慶撰　叢書集成本
紹陶録　王質撰　叢書集成本
登科記考　徐松著　趙守儼點校　中華書局一九八四年
唐尚書省郎官石柱題名考　勞格　趙鉞撰　徐敏霞　王桂珍點校　中華書局一九九二年
唐御史臺精舍題名考　趙鉞　勞格撰　張忱石點校　中華書局一九九七年
集古録跋尾　集古録目　歐陽修著　叢書集成本
金石録　趙明誠撰　古逸叢書三編影印宋本
輿地碑記目　王象之撰　叢書集成本
潛研堂金石文跋尾　錢大昕撰　潛研堂刻本
寶刻類編　粤雅堂叢書本
史通通釋　劉知幾撰　浦起龍釋　上海古籍出版社一九七八年
唐鑒　范祖禹撰　上海古籍出版社影印宋本

老子　王弼注　諸子集成本
莊子集釋　郭慶藩輯　諸子集成本
孫子　諸子集成本
荀子集解　王先謙著　諸子集成本
孔叢子　四部叢刊本
孔子家語　四部叢刊本
孔子集語　孫星衍輯　叢書集成本
韓非子集解　王先慎集解　諸子集成本
管子校正　戴望著　諸子集成本
吕氏春秋　高誘注　諸子集成本
曾子十篇　阮元注釋　叢書集成本
賈誼新書　四部叢刊本
陸賈新語　諸子集成本
淮南子　高誘注　諸子集成本
新序校釋　石光瑛校釋　中華書局二〇〇一年
説苑校證　向宗魯校證　中華書局一九八七年

法言義疏　揚雄撰　汪榮寶義疏　中華書局一九八七年
鹽鐵論　桓寬撰　諸子集成本
論衡　王充著　諸子集成本
潛夫論　王符著　諸子集成本
申鑒　荀悅著　諸子集成本
列子　張湛注　諸子集成本
尸子　孫星衍輯　諸子集成本
尹文子　諸子集成本
關尹子　叢書集成本
傅子　傅玄撰　叢書集成本
中説　王通撰　四部叢刊本
亢倉子　四庫全書本
吕氏雜記　吕希哲撰　叢書集成本
朱子語類　黎靖德編　中華書局理學叢書本
六韜　平津館叢書本
太白陰經　李筌撰　守山閣叢書本

武經總要　曾公亮撰　四庫全書本
齊民要術校釋　賈思勰撰　繆啓愉校釋　農業出版社一九八二年
元刻農桑輯要校釋　繆啓愉校釋　農業出版社一九八八年
黄帝内經素問　四部叢刊本
神農本草經　孫星衍　孫馮翼輯　叢書集成本
金匱要略方論　四部叢刊本
外臺秘要　王燾撰　人民衛生出版社影印經餘居刻本
重修政和經史證類備用本草　唐慎微撰　四部叢刊本
本草綱目　李時珍撰　人民衛生出版社排印本
九章算術　劉徽注　郭書春彙校　遼寧教育出版社一九九〇年
新儀象法要　蘇頌撰　錢熙祚校　叢書集成本
太玄集注　揚雄撰　司馬光集注　劉韶軍點校　中華書局一九九八年
焦氏易林　焦延壽撰　叢書集成本
書斷　張懷瓘撰　四庫全書本
墨藪　韋續撰　叢書集成本
法書要録　張彦遠撰　范祥雍點校　人民美術出版社一九八四年

歷代名畫記　張彦遠撰　范祥雍點校　人民美術出版社一九六三年
圖畫見聞志　郭若虚撰　黄苗子點校　人民美術出版社一九六三年
後畫録　僧彦悰撰　叢書集成本
唐朝名畫録　朱景玄撰　四庫全書本
海岳名言　米芾撰　四庫全書本
宣和畫譜　俞劍華標點　人民美術出版社一九六四年
畫繼　鄧椿撰　黄苗子點校　人民美術出版社一九六三年
廣川書跋　董逌撰　叢書集成本
學古編　吾丘衍撰　叢書集成本
六藝之一録　倪濤撰　四庫全書本
溪山卧游録　盛大士撰　清道光刻本
淳化閣帖釋文　叢書集成本
硯史　米芾撰　叢書集成本
樂府雜録　段安節撰　叢書集成本
琴史　朱長文撰　楝亭藏書十二種本
劉氏菊譜　劉蒙撰　叢書集成本

范村菊譜　范成大撰　叢書集成本
百菊集譜　史鑄撰　四庫全書本
竹譜　李衎撰　叢書集成本
陳氏香譜　陳敬撰　四庫全書本
酒譜　竇苹撰　叢書集成本
酒概　沉沉撰　明刻本
佩文齋廣群芳譜　汪灝等編　清康熙刻本
白虎通義　班固著　四部叢刊本
獨斷　蔡邕撰　四部叢刊本
風俗通義校注　應劭撰　王利器校注　中華書局一九八一年
孫子　孫綽撰　玉函山房輯佚書本
古今注　崔豹撰　涵芬樓影印本
中華古今注　馬縞集　叢書集成本
金樓子校箋　蕭繹撰　許逸民校箋　中華書局二〇一一年
顔氏家訓集解　顔之推撰　王利器集解　中華書局一九九三年
封氏聞見記校注　封演撰　趙貞信校注　中華書局一九五八年

蘇氏演義　蘇鶚撰　叢書集成本
資暇集　李匡乂撰　叢書集成本
兼明書　丘光庭撰　叢書集成本
宋景文公筆記　宋祁撰　叢書集成本
春明退朝録　宋敏求撰　中華書局唐宋史料筆記叢刊本
文昌雜録　龐元英撰　叢書集成本
麈史　王得臣撰　上海古籍出版社宋元筆記叢書本
夢溪筆談校證　沈括撰　胡道静校證　上海古籍出版社一九八七年
東坡志林　蘇軾撰　中華書局唐宋史料筆記叢刊本
仇池筆記　蘇軾撰　叢書集成本
避暑録話　葉夢得撰　叢書集成本
明道雜志　張耒撰　叢書集成本
寓簡　沈作喆撰　叢書集成本
宋本東觀餘論　黄伯思撰　中華書局一九八八年影印
猗覺寮雜記　朱翌撰　叢書集成本
能改齋漫録　吴曾撰　上海古籍出版社宋元筆記叢書本

老學庵筆記　陸游撰　中華書局唐宋史料筆記叢刊本
晁氏客語　晁説之撰　叢書集成本
愧郯録　岳珂撰　叢書集成本
學林　王觀國撰　武英殿聚珍版叢書本
容齋隨筆　洪邁撰　上海古籍出版社排印本
西溪叢語　姚寬撰　中華書局唐宋史料筆記叢刊本
貴耳集　張端義撰　叢書集成本
履齋示兒編　孫奕撰　叢書集成本
演繁露　程大昌撰　叢書集成本
雲麓漫鈔　趙彦衛撰　叢書集成本
墨莊漫録　張邦基撰　中華書局唐宋史料筆記叢刊本
捫虱新話　陳善撰　叢書集成本
懶真子　馬永卿著　叢書集成本
賓退録　趙與旹著　上海古籍出版社宋元筆記叢書本
野客叢書　王楙撰　中華書局唐宋史料筆記叢刊本
鶴林玉露　羅大經撰　中華書局唐宋史料筆記叢刊本

困學紀聞　王應麟撰　四部叢刊本
齊東野語　周密撰　中華書局唐宋史料筆記叢刊本
敬齋古今黈　李治撰　中華書局學術筆記叢刊本
研北雜志　陸友仁撰　叢書集成本
説郛　陶宗儀編　宛委山堂本
説郛　張宗祥校訂　商務印書館排印本
草木子　葉子奇撰　中華書局元明史料筆記叢刊本
留青日札　田藝蘅撰　朱碧蓮點校　上海古籍出版社一九九二年
焦氏筆乘　焦竑撰　上海古籍出版社排印本
丹鉛餘録　楊慎撰　四庫全書本
丹鉛總録　楊慎撰　四庫全書本
名義考　周祈撰　湖北先正遺書本
五雜俎　謝肇淛撰　中華書局排印本
通雅　方以智撰　四庫全書本
卮林　周嬰撰　叢書集成本
日知録集釋　顧炎武著　黄汝成集釋　上海古籍出版社一九八五年

義門讀書記　何焯撰　中華書局學術筆記叢刊本
湛園札記　姜宸英撰　四庫全書本
居易録　王士禎撰　四庫全書本
藝林彙考　沈自南撰　四庫全書本
管城碩記　徐文靖撰　中華書局學術筆記叢刊本
札樸　桂馥撰　中華書局學術筆記叢刊本
陔餘叢考　趙翼撰　中華書局學術筆記叢刊本
履園叢話　錢泳撰　張偉點校　中華書局一九七九年
退庵隨筆　梁章鉅撰　清道光刻本
恒言録　錢大昕撰　叢書集成本
冷廬雜識　陸以湉撰　清咸豐刻本
北堂書鈔　續修四庫全書本
藝文類聚　上海古籍出版社排印本
初學記　中華書局排印本
宋本白氏六帖事類集　張芹伯莚圃影印本
白孔六帖　四庫全書本

六帖補　楊伯嵒撰　四庫全書本
太平御覽　中華書局影印本
册府元龜　中華書局影印本
全芳備祖　陈景沂撰　四庫全書本
古今合璧事類備要　謝維新編　四庫全書本
玉海　王應麟輯　清光緒九年浙江書局本
古今事文類聚　祝穆等撰　四庫全書本
歲華紀麗　韓鄂撰　叢書集成本
事物紀原　高承撰　中華書局排印本
永樂大典　解縉等纂　中華書局一九八六年影印
天中記　陳耀文撰　四庫全書本
山堂肆考　彭大翼撰　四庫全書本
格致鏡原　陳元龍撰　四庫全書本
事物異名録　厲荃輯　中國書店影印本
山海經　郭璞注　四部叢刊本
穆天子傳　郭璞注　四部叢刊本

神異經　叢書集成本
十洲記　叢書集成本
漢武故事　魯迅古小説鈎沈本
西京雜記校注　劉克任校注　上海古籍出版社一九九一年
趙飛燕外傳　伶玄撰　叢書集成本
博物志　張華撰　范寧校證　中華書局一九八〇年
拾遺記　王嘉撰　齊治平校注　中華書局一九八一年
搜神記　干寶撰　汪紹楹校注　中華書局一九七九年
搜神後記　陶潛撰　汪紹楹校注　中華書局一九八一年
新輯搜神記　新輯搜神後記　李劍國輯校　中華書局二〇〇七年
世説新語校箋　徐震堮校箋　中華書局一九八四年
殷芸小説　周楞伽輯注　上海古籍出版社一九八四年
異苑　劉敬叔撰　范寧校點　中華書局一九九六年
述異記　任昉撰　叢書集成本
續齊諧記　吴均撰　叢書集成本
隋遺録　叢書集成本

隋唐嘉話　劉餗撰　中華書局唐宋史料筆記叢刊本
朝野僉載　張鷟撰　中華書局唐宋史料筆記叢刊本
大唐新語　劉肅撰　中華書局唐宋史料筆記叢刊本
教坊記箋訂　崔令欽撰　任半塘箋訂　中華書局一九六二年
高力士外傳　郭湜撰　叢書集成本
唐國史補　李肇撰　上海古籍出版社排印本
因話録　趙璘撰　上海古籍出版社排印本
玄怪録　牛僧孺撰　程毅中點校　中華書局一九八二年
次柳氏舊聞　李德裕撰　叢書集成本
劉賓客嘉話録　韋絢撰　叢書集成本
酉陽雜俎　段成式撰　方南生點校　中華書局一九八一年
獨異志　李亢撰　叢書集成本
大唐傳載　叢書集成本
明皇雜録　鄭處誨撰　中華書局唐宋史料筆記叢刊本
杜陽雜編　蘇鶚撰　叢書集成本
前定録　鍾輅撰　叢書集成本

劇談録　康駢著　叢書集成本
宣室志　張讀撰　叢書集成本
甘澤謡　袁郊撰　叢書集成本
開天傳信記　鄭棨撰　叢書集成本
北里志　孫棨撰　叢書集成本
幽閑鼓吹　張固撰　叢書集成本
雲溪友議　范攄著　四部叢刊本
雲仙雜記　馮贄撰　叢書集成本
鑒誡録　何光遠撰　叢書集成本
唐摭言　王定保撰　叢書集成本
開元天寶遺事　王仁裕撰　叢書集成本
北夢瑣言　孫光憲著　上海古籍出版社排印本
太平廣記　中華書局排印本
南部新書　錢易撰　叢書集成本
唐語林校證　王讜撰　周勛初校證　中華書局一九八七年
楊太真外傳　樂史撰　叢書集成本

東齋記事　范鎮撰　中華書局唐宋史料筆記叢刊本
澠水燕談録　王闢之撰　中華書局唐宋史料筆記叢刊本
談苑　孔平仲撰　叢書集成本
侯鯖録　趙德麟撰　中華書局唐宋史料筆記叢刊本
墨客揮犀　彭乘撰　中華書局唐宋史料筆記叢刊本
畫墁録　張舜民撰　叢書集成本
雞肋編　莊綽撰　中華書局唐宋史料筆記叢刊本
邵氏聞見録　邵伯温撰　中華書局唐宋史料筆記叢刊本
邵氏聞見後録　邵博撰　中華書局唐宋史料筆記叢刊本
醉翁談録　金盈之撰　適園叢書本
癸辛雜識　周密撰　中華書局唐宋史料筆記叢刊本
觚賸　鈕琇撰　上海古籍出版社排印本

抱朴子内篇校釋　葛洪撰　王明校釋　中華書局一九八五年
真誥　陶弘景撰　叢書集成本
老子化胡經　大正藏本

赤松子章曆　正統道藏本
無上秘要　正統道藏本
三洞奉道科戒　正統道藏本
道教義樞　孟安排集　正統道藏本
雲笈七籤　張君房輯　四部叢刊本
庚道集　正統道藏本
萬法歸宗　明刻本
列仙傳校箋　劉向撰　王叔岷校箋　中華書局二〇〇七年
神仙傳校釋　葛洪撰　胡守爲校釋　中華書局二〇一〇年
神仙感遇傳　杜光庭撰　正統道藏本
弘明集　僧祐編　四部叢刊本
敦煌新本六祖壇經　楊曾文校寫　上海古籍出版社一九九三年
壇經校釋　郭朋校釋　中華書局一九八三年
神會和尚遺集　胡適編　上海亞東圖書館一九三一年
神會和尚禪話録　楊曾文編校　中華書局一九九六年
歷代法寶記　大正藏本

大唐西域記校注　玄奘撰　季羨林校注　中華書局二〇〇〇年
法苑珠林　道世著　周叔迦　蘇晋仁校注　中華書局二〇〇三年
祖堂集校注　張美蘭校注　商務印書館二〇〇九年
釋文紀　梅鼎祚編　四庫全書本
高僧傳　慧皎撰　湯用彤校注　中華書局一九九二年
續高僧傳　道宣撰　大正藏本
宋高僧傳　贊寧撰　范祥雍點校　中華書局一九八七年
一切經音義　玄應撰　海山仙館叢書本
一切經音義　慧琳撰　上海古籍出版社影印獅谷白蓮社本
新集藏經音義隨函録（可洪音義）　可洪撰　中華大藏經影印高麗藏本
（其他佛教經論律據《大正藏》、《續藏經》本，不一一臚列）

楚辭補注（附王逸楚辭章句）　洪興祖補注　中華書局一九八三年
韓昌黎文集校注（録沈欽韓補注）　馬其昶校注　馬茂元整理　上海古籍出版社一九八六年
張承吉文集　上海古籍出版社影印宋蜀刻本
蘇魏公集　蘇頌著　四庫全書本

蘇東坡集　蘇軾著　商務印書館國學基本叢書本
施注蘇詩　施元之注　四庫全書本
欒城集　蘇轍著　曾棗莊　馬德富校點　上海古籍出版社一九八七年
誠齋集　楊萬里著　四部叢刊本
劍南詩稿校注　陸游著　錢仲聯校注　上海古籍出版社一九八五年
攻媿集　樓鑰著　四部叢刊本
滹南遺老集　王若虛著　四部叢刊本
元好問論詩三十首小箋　郭紹虞箋釋　人民文學出版社一九七八年
升庵集　楊慎著　四庫全書本
鄭侯升集　鄭明選著　明刻本
大明一統賦　莫旦著　明嘉靖刻本
隱秀軒集　鍾惺著　李先耕　崔重慶標校　上海古籍出版社一九九二年
吹景集　董斯張著　明崇禎刻本
遂初堂集　潘耒著　清康熙刻本
敬業堂詩集　查慎行著　四部叢刊本
六臣注文選　四部叢刊本

玉臺新詠箋注　吴兆宜注　中華書局一九八五年
河岳英靈集　殷璠編　四部叢刊本
中興間氣集　高仲武編　四部叢刊本
文苑英華　中華書局影印明隆慶刊本
文苑英華辨證　彭叔夏撰　叢書集成本
唐文粹　姚鉉編　浙江人民出版社影印清光緒許氏榆園刊本
樂府詩集　郭茂倩編　中華書局排印本
萬首唐人絶句　洪邁編　文學古籍刊行社影印本
瀛奎律髓彙評　方回選評　李慶甲校點　上海古籍出版社一九八六年
唐詩品彙　高棅編　上海古籍出版社影印明汪宗尼校訂本
唐音統籤　胡震亨編　上海古籍出版社影印故宫博物院圖書館藏抄補本
唐詩歸　鍾惺編　明刻本
全唐詩　揚州詩局本
全唐文（附唐文拾遺　唐文續拾）　中華書局影印清嘉慶内府刻本
全唐文補遺（一至九輯　千唐志齋新藏專輯）　吴鋼主編　三秦出版社一九九四至二〇〇七年
唐代墓志彙编　周紹良主编　上海古籍出版社一九九二年

唐代墓志彙編續集　周紹良　趙超主編　上海古籍出版社二〇〇一年
全宋詩　傅璇琮等主編　北京大學出版社一九九八年
全唐五代詞　曾昭珉等編著　中華書局一九九九年
全宋詞　唐圭璋編　中華書局一九六五年
古詩類苑　張之象編　中島敏夫整理　上海古籍出版社二〇〇六年
古詩紀　馮惟訥編　四庫全書本
古文苑　章樵注　四部叢刊本
全上古三代秦漢三國六朝文　嚴可均輯　中華書局影印本
先秦漢魏晉南北朝詩　逯欽立輯校　中華書局一九八三年
全蜀藝文志　周復俊編　四庫全書本
文心雕龍注　劉勰撰　范文瀾注　人民文學出版社一九五八年
詩品注　鍾嶸撰　陳延傑注　人民文學出版社一九六一年
詩格　王昌齡撰　吟窗雜録本
文鏡秘府論校注　空海撰　王利器校注　中國社會科學出版社一九八三年
樂府古題要解　吴兢撰　丁福保輯歷代詩話續編本
本事詩　孟棨撰　丁福保輯歷代詩話續編本

六一詩話　歐陽修撰　何文焕輯歷代詩話本
温公續詩話　司馬光撰　何文焕輯歷代詩話本
中山詩話　劉攽撰　何文焕輯歷代詩話本
石林詩話　葉夢得撰　何文焕輯歷代詩話本
后山詩話　陳師道撰　何文焕輯歷代詩話本
冷齋夜話　惠洪撰　陳新點校　中華書局一九八八年
天厨禁臠　惠洪撰　中華書局影印明刻本
許彦周詩話　許顗撰　何文焕輯歷代詩話本
唐子西文録　强幼安撰　何文焕輯歷代詩話本
潛溪詩眼　范温撰　郭紹虞輯宋詩話輯佚本
詩話總龜　阮閲編　周本淳校點　人民文學出版社一九八七年
苕溪漁隱叢話　胡仔纂集　廖德明校點　人民文學出版社一九六二年
珊瑚鈎詩話　張表臣撰　何文焕輯歷代詩話本
觀林詩話　吴聿撰　丁福保輯歷代詩話續編本
藏海詩話　吴可撰　丁福保輯歷代詩話續編本
艇齋詩話　曾季貍撰　丁福保輯歷代詩話續編本

韻語陽秋　葛立方撰　何文焕輯歷代詩話本
歲寒堂詩話　張戒撰　丁福保輯歷代詩話續編本
竹坡詩話　周紫芝撰　何文焕輯歷代詩話本
誠齋詩話　楊萬里撰　丁福保輯歷代詩話續編本
風月堂詩話　朱弁撰　陳新點校　中華書局一九八八年
庚溪詩話　陳岩肖撰　丁福保輯歷代詩話續編本
砦溪詩話　黄徹撰　丁福保輯歷代詩話續編本
唐詩紀事　計有功撰　上海古籍出版社排印本
二老堂詩話　周必大撰　何文焕輯歷代詩話本
對床夜語　范晞文撰　丁福保輯歷代詩話續編本
後村詩話　劉克莊撰　王秀梅點校　中華書局一九八三年
滄浪詩話校釋　嚴羽撰　郭紹虞校釋　人民文學出版社一九八三年
吴禮部詩話　吴師道撰　丁福保輯歷代詩話續編本
升庵詩話　楊慎撰　丁福保輯歷代詩話續編本
四溟詩話　謝榛撰　丁福保輯歷代詩話續編本
唐音癸籤　胡震亨撰　上海古籍出版社排印本

詩藪　胡應麟撰　上海古籍出版社排印本
詩鏡總論　陸時雍撰　丁福保輯歷代詩話續編本
薑齋詩話　王夫之撰　丁福保輯清詩話本
夕堂永日緒論内篇　王夫之撰　船山遺書本
春酒堂詩話　周容撰　郭紹虞輯清詩話續編本
蠖齋詩話　施閏章撰　丁福保輯清詩話本
歷代詩話　吴景旭撰　四庫全書本
抱真堂詩話　宋徵璧撰　郭紹虞輯清詩話續編本
詩筏　賀貽孫撰　郭紹虞輯清詩話續編本
載酒園詩話　賀裳撰　郭紹虞輯清詩話續編本
圍爐詩話　吴喬撰　郭紹虞輯清詩話續編本
原詩　葉燮撰　霍松林校注　人民文學出版社一九七九年
古歡堂雜著　田雯撰　郭紹虞輯清詩話續編本
蘭叢詩話　方世舉撰　郭紹虞輯清詩話續編本
説詩晬語　沈德潛撰　霍松林校注　人民文學出版社一九七九年
一瓢詩話　薛雪撰　杜維沫校注　人民文學出版社一九七九年

峴齋詩談　張謙宜撰　郭紹虞輯清詩話續編本
貞一齋詩説　李重華撰　丁福保輯清詩話本
龍性堂詩話　葉矯然撰　郭紹虞輯清詩話續編本
劍谿説詩　喬億撰　郭紹虞輯清詩話續編本
詩學纂聞　汪師韓撰　丁福保輯清詩話本
甌北詩話　趙翼撰　霍松林校注　人民文學出版社一九八一年
隨園詩話　袁枚撰　顧學頡校點　人民文學出版社一九八二年
石洲詩話　翁方綱撰　郭紹虞輯清詩話續編本
雨村詩話　李調元撰　郭紹虞輯清詩話續編本
昭昧詹言　方東樹撰　汪紹楹校點　人民文學出版社一九六一年
養一齋詩話（附李杜詩話）　潘德輿撰　郭紹虞輯清詩話續編本
拜經樓詩話　吴騫撰　丁福保輯清詩話本
竹林答問　陳僅撰　郭紹虞輯清詩話續編本
白華山人詩説　厲志撰　郭紹虞輯清詩話續編本
詩譜詳説　許印芳撰　民國雲南叢書本
峴傭説詩　施補華撰　丁福保輯清詩話本

古今詞論　王又華撰　唐圭璋輯詞話叢編本
七頌堂詞繹　劉體仁撰　唐圭璋輯詞話叢編本
游仙窟校注　張文成撰　李時人　詹緒左校注　中華書局二〇一〇年
董解元西廂記　凌景埏校注　人民文學出版社一九六二年

唐方鎮年表　吴廷燮撰　中華書局一九八〇年
校注人間詞話　王國維撰　徐調孚校注　中華書局二〇〇三年
詩詞曲語辭彙釋　張相撰　中華書局一九七七年
金明館叢稿二編　陳寅恪撰　上海古籍出版社一九八〇年
唐人行第録　岑仲勉撰　中華書局二〇〇四年
郎官石柱題名新考訂　岑仲勉撰　上海古籍出版社一九八四年
唐宋詩舉要　高步瀛撰　上海古籍出版社一九七八年
李白詩文繫年　詹鍈撰　作家出版社一九五八年
敦煌變文集　王重民等編　人民文學出版社一九五七年
敦煌變文字義通釋　蔣禮鴻撰　上海古籍出版社一九九七年
唐僕尚丞郎表　嚴耕望撰　中華書局一九八六年

唐代交通圖考　嚴耕望撰　上海古籍出版社二〇〇七年
唐書兵志箋證　唐長孺撰　中華書局二〇一一年
管錐編　錢鍾書撰　中華書局一九七九年
高適年譜　周勛初撰　上海古籍出版社一九八〇年
唐才子傳校箋　傅璇琮主编　中華書局一九八七至一九九五年
王梵志詩校注　項楚撰　上海古籍出版社一九九一年
寒山詩注　項楚撰　中華書局二〇〇〇年
文史探微　黄永年自選集　中華書局二〇〇〇年
唐詩語言研究　蔣紹愚撰　語文出版社二〇〇八年
唐刺史考全编　郁賢皓撰　安徽大学出版社二〇〇〇年
王維新論　陳鐵民撰　北京師範學院出版社一九九〇年
新唐書宰相世系表集校　趙超撰　中華書局一九九八年
全唐詩人名彙考　陶敏撰　遼海出版社二〇〇六年
敦煌詩集殘卷輯考　徐俊纂輯　中華書局二〇〇〇年
中國古代曆法　張培瑜等著　中國科學技術出版社二〇〇八年
漢梵梵漢陀羅尼用語用句辭典　Robert Heinemann 撰　華宇出版社世界佛學名著譯叢一九八六年

篇目索引

本索引以漢語拼音爲序。斜綫前爲作品編號，斜綫後爲頁碼。

A

B

C

D

E

F

G

J

K

l

M

N

O

P

Q

R

S

T

W

X

Y

稼軒詞編年箋注	［宋］辛棄疾撰　鄧廣銘箋注
姜白石詞編年箋校	［宋］姜夔著　夏承燾箋校
顧亭林詩集彙注	［清］顧炎武著　王蘧常輯注　吴丕績標校
聊齋志異會校會注會評本	［清］蒲松齡著　張友鶴輯校
納蘭詞箋注	［清］納蘭性德著　張草紉箋注
儒林外史彙校彙評	［清］吴敬梓著　李漢秋輯校

《中國古典文學叢書》(典藏版)已出書目

詩經今注	高亨注
楚辭今注	湯炳正、李大明、李誠、熊良智注
陸機集校箋	[晉]陸機著　楊明校箋
陶淵明集校箋	[晉]陶潛著　龔斌校箋
孟浩然詩集箋注	[唐]孟浩然著　佟培基箋注
李白集校注	[唐]李白著　瞿蜕園、朱金城校注
高適集校注	[唐]高適著　孫欽善校注
杜甫集校注	[唐]杜甫著　謝思煒校注
岑參集校注	[唐]岑參著　陳鐵民、侯忠義校注
韋應物集校注	[唐]韋應物著　陶敏、王友勝校注
劉禹錫集箋證	[唐]劉禹錫著　瞿蜕園箋證
白居易集箋校	[唐]白居易著　朱金城箋校
樂章集校箋	[宋]柳永著　陶然、姚逸超校箋
梅堯臣集編年校注	[宋]梅堯臣著　朱東潤編年校注
嘉祐集箋注	[宋]蘇洵著　曾棗莊、金成禮箋注
東坡樂府箋	[宋]蘇軾著　[清]朱孝臧編年　龍榆生校箋
清真集箋注	[宋]周邦彦著　羅忼烈箋注
李清照集箋注	[宋]李清照著　徐培均箋注
放翁詞編年箋注	[宋]陸游著　夏承燾、吴熊和箋注　陶然訂補